Knaur.

Knaur.

Bei Knaur sind bereits folgende Bücher
des Autors erschienen:
Engelspapst
Engelsfluch
Engelsfürst
Im Schatten von Notre Dame
Sonnenkreis

Über den Autor:
Jörg Kastner, geboren 1962 in Minden an der Weser, hat nach erfolgreichem Jurastudium aus der Liebe zum Schreiben einen Beruf gemacht. Genaue Recherche und die Kunst, unwiderstehlich spannend zu erzählen, zeichnen seine Erfolgsromane aus.
Jörg Kastner lebt mit seiner Frau in Hannover.
Besuchen Sie den Autor im Internet unter *www.kastners-welten.de*

Jörg Kastner

Die Farbe Blau

Roman

Knaur Taschenbuch Verlag

Besuchen Sie uns im Internet:
www.knaur.de

Vollständige Taschenbuchausgabe August 2006
Knaur Taschenbuch
Ein Unternehmen der Droemerschen Verlagsanstalt
Th. Knaur Nachf. GmbH & Co. KG, München
Copyright © 2005 bei Knaur Verlag
Ein Unternehmen der Droemerschen Verlagsanstalt
Th. Knaur Nachf. GmbH & Co. KG, München
Alle Rechte vorbehalten. Das Werk darf – auch teilweise – nur mit
Genehmigung des Verlages wiedergegeben werden.
Umschlaggestaltung: ZERO Werbeagentur, München
Umschlagabbildung: Picture Press, Hamburg / Graphistock
Satz: Ventura Publisher im Verlag
Druck und Bindung: Clausen & Bosse, Leck
Printed in Germany
ISBN-13: 978-3-426-63348-9
ISBN-10: 3-426-63348-5

2 4 5 3

Die Farbe Blau

ROMAN NACH DEN AUFZEICHNUNGEN DES
MALERS UND ZUCHTHAUSAUFSEHERS
CORNELIS BARTHOLOMEUSZ. SUYTHOF

NIEDERGESCHRIEBEN ZU AMSTERDAM,
AN BORD DES SEGLERS TULPENBURGH UND ZU
BATAVIA IN DEN JAHREN 1670 BIS 1673

Für meine Frau Corinna,
die während der langen Arbeit an diesem Buch
nicht nur in Amsterdam an meiner Seite war.

JK

PROLOG

Das untreue Herz

Wilhelm fühlte sich beklommen. Ihm war, als läge auf seiner Brust ein Mühlstein, der ihm die Luft abschnürte. Und er fror. Es war die Kälte des Todes, die ihn streifte, als er mit seinen Gästen den Speisesaal verließ, um ihnen ein paar erst kürzlich erworbene Wandteppiche zu zeigen. Nicht Prahlsucht war es, was ihn dazu veranlaßte, sondern ehrlicher Stolz und tiefempfundene Freude über die Kunstwerke. In Zeiten wie diesen, angefüllt von Krieg und Intrigen, bedurfte der menschliche Geist der Erholung, die das Betrachten eines schönen Gemäldes oder eines prachtvollen Wandbildnisses bot, dringender denn je.

Wilhelms Söhne Moritz und Justin führten die Zuhörer an, die einen Halbkreis um den Generalstatthalter der Niederlande bildeten. Die Männer seiner Leibwache hielten sich im Hintergrund. Sie wußten, daß der Prinz von Oranien es nicht mochte, wenn sie ihm zu nahe kamen. Er fühlte und gab sich als ein Mann des Volkes, der immer ein offenes Ohr für Bittsteller hatte. Dazu hätte es kaum gepaßt, sich von einem Trupp Hellebardiere abschirmen zu lassen.

Eben wollte er seinen Zuhörern einen weiteren Wandteppich vorstellen, da entstand Unruhe unter den Wachen. Der Hauptmann, der den kleinen Wachtrupp anführte, sprach aufgeregt mit einem Mann, der offenbar versuchte, sich zwischen den Soldaten hindurchzudrängen. Wilhelm erkundigte sich, was da los sei.

»Dieser Herr will mit Euch sprechen, Prinz«, antwortete der Hauptmann und wies auf den Fremden. »Er will einfach nicht verstehen, daß Ihr jetzt anderweitig beschäftigt seid.«

Wilhelm trat zwei Schritte auf die Wachen zu und musterte den Störenfried. Der Mann war noch jung, kaum älter als zwanzig, und trug unter seinem schweren Mantel Kleidung von französischem Schnitt. Er wirkte äußerst gepflegt. Die dunkle Färbung der Haut ließ auf einen Ausländer schließen, ein Südfranzose vielleicht oder ein Italiener. Die äußere Ruhe des Fremden jedoch täuschte. Wilhelm bemerkte ein unsicheres Flackern in den schmalen Augen und sah mehrmals die Lider zucken. Der Mann schien unter großem Druck zu stehen.

Der Prinz von Oranien setzte ein freundliches Gesicht auf und hob an, den Fremden nach seinem Anliegen zu fragen. Doch bevor er noch die erste Silbe hervorbrachte, erstarrte er. Sein Blick fiel auf die Hand, die unter dem Mantel des Eindringlings hervorkam und etwas Schweres hielt. In dem Licht, das durch die großen Fenster hereinfiel, glänzte der längliche Gegenstand metallisch. Als Wilhelm endlich begriff, daß der Mann eine Pistole auf ihn richtete, blendete ihn auch schon ein Flammenstrahl, und fast zeitgleich vernahm er die Detonation des Schusses.

Er spürte einen Schlag gegen die rechte Wange und gleich darauf einen stechenden Schmerz, während Flammen ihn umloderten: Feuer, das geradewegs vor seinem Gesicht aufflackerte. Seine Halskrause war durch den Flammenstrahl aus der Pistole entzündet worden. Endlich löste er sich aus seiner Erstarrung und schlug hektisch nach den Flammen.

Gleichzeitig sah er den Fremden an. Der stand leicht vornübergebeugt und starrte auf die Hand, die eben noch die Pistole gehalten hatte. Die Waffe war verschwunden, und von der Hand war nichts übrig als ein paar blutige Fleischfetzen. Die Pulverladung mußte die Pistole auseinandergesprengt haben – und die Hand des Attentäters gleich mit.

Zwei Diener eilten herbei und halfen Wilhelm, die Flammen zu ersticken. Auch der Angreifer wurde umringt, von Wilhelms Wachen. Hellebarden und Schwerter fuhren in den Leib des Mannes, wieder und wieder, selbst dann noch, als er mit einer grotesken Drehung zu Boden sank und reglos vor den Soldatenstiefeln liegenblieb.

Das Feuer war gelöscht, aber der Schmerz in Hals und Mund war unerträglich. Kraftlos sackte Wilhelm zu Boden, als wollte er sich im Tod mit seinem Mörder vereinen.

Verwirrt schlug Wilhelm die Augen auf. Längst hatte die Morgendämmerung die Nacht verdrängt. Ein leichtes Brennen auf seiner rechten Wange hielt die Erinnerung wach. Mehr als zwei Jahre war es jetzt her, daß er dem Anschlag wie durch ein Wunder lebend entronnen war. Der gedungene Mörder dagegen, ein Spanier namens Juan Jauréguy, hatte unter den Schwert- und Hellebardenhieben der Wachen sein Leben gelassen. Die Ärzte waren in Scharen an Wilhelms Krankenbett geeilt, hatten sich zuversichtlich gezeigt, in Wahrheit aber selbst kaum daran geglaubt, den Generalstatthalter der Niederlande, dem die Kugel durch die rechte Wange und den Gaumen gefahren war, dem eisigen Griff des Todes entreißen zu können. Jetzt noch fröstelte es Wilhelm bei der Erinnerung an die langen Wochen, während deren er daniederlag, auf Weisung der Ärzte kein Wort sprechen durfte und die vordringlichsten Regierungsgeschäfte mittels Zeichen und einiger mit unsicherer Hand niedergeschriebener Anweisungen erledigte.

Seine Gesundheit hatte sich nie ganz erholt, aber das entmutigte ihn nicht. Auch weiterhin führte er den Freiheitskampf der Niederlande gegen Spanien, und immer noch suchte er ohne Angst vor heimlichen Mördern die Begegnung mit allen, die ihm ein Anliegen vortragen wollten. Obwohl Philipps Angebot unverändert galt.

Spaniens König Philipp II. hatte demjenigen, der Wilhelm tötete, eine Belohnung von fünfundzwanzigtausend Goldkronen versprochen, in barer Münze oder als Landbesitz. Einem Attentäter, der kein Edelmann war, winkte nach vollbrachter Tat die Erhebung in den Adelsstand. Die Tötung Wilhelms an sich war Philipp zufolge kein Verbrechen; der spanische König hatte den verhaßten Rebellen mit dem Bann belegt und ihn für vogelfrei erklärt.

Wilhelm lächelte, als er aus dem Bett stieg und zum Fenster ging. König Philipps Offerte hatte ihm gezeigt, was für ein wertvoller Mann er war. Aber wichtiger war noch, daß Philipp ihn fürchtete. Als Generalstatthalter der Niederlande war er der militärische Oberbefehlshaber der sieben nördlichen Provinzen, die sich im Jahr 1579 zur Utrechter Union zusammengeschlossen und zwei Jahre später in einem feierlichen Akt vom spanischen König losgesagt hatten. Er hatte den Spaniern mehrere empfindliche Niederlagen beigebracht.

Er zog die schweren Vorhänge beiseite, um den neuen Tag zu begrüßen. Aber mitten in der Bewegung hielt er inne. Ein eisiger Hauch streifte ihn und ließ ihn erschauern, ähnlich jener Kälte, die er zwei Jahre zuvor an jenem Unglückstag in Antwerpen gespürt hatte.

Wilhelm schüttelte die Beklemmung ab und riß das Fenster auf. Hier war er in Delft, nicht in Antwerpen, und die einströmende Morgenluft kündigte einen warmen Sommertag an. Kein Grund für trübe Gedanken, sagte er sich, und nach einer kleinen Stärkung nahm er an seinem Schreibpult Platz, um wichtige Korrespondenz zu erledigen. Er arbeitete gern in der Abgeschiedenheit des St. Agathenstifts, das einmal ein bedeutendes Kloster gewesen war und jetzt in seinem nordöstlichen Teil den Prinzenhof beherbergte.

Später am Vormittag, als aus der morgendlichen Sommerwärme schon hochsommerliche Hitze geworden war, empfing er Rombout Uylenburgh, den Bürgermeister von Leeuwarden, um mit ihm Frieslands politische und religiöse Angelegenheiten zu besprechen. Erst die Trompetenstöße, die das Mittagsmahl ankündigten, unterbrachen ihre angeregte Unterhaltung. Auf dem Weg zum Speisesaal gesellten sich Wilhelms Frau Louise, seine Tochter Anna und seine Schwester Katharina, die Gräfin Schwarzburg, zu ihnen.

Ein paar Bittsteller hatten die Mittagszeit abgepaßt, um Wilhelm ihre Anliegen vorzutragen, doch er wollte seine Gäste nicht warten lassen und vertröstete die Bittsteller auf die Zeit nach dem Mittagsmahl. Lediglich einen jungen Franzosen, der ihm einige Male wichtige Botschaften übermittelt und den er auch schon mit Geld unterstützt hatte, winkte er zu sich heran. Dieser François Guyon hatte sich dem Calvinismus verschrieben und erzählt, sein Vater sei in Dôle für den neuen Glauben sogar gefoltert und ermordet worden.

»Was gibt es, Guyon?« fragte Wilhelm. »Bringst du Neuigkeiten aus Frankreich, die keinen Aufschub dulden?«

Guyon, ein schmaler Mann von ungefähr fünfundzwanzig Jahren, nahm den dunkelblauen Filzhut ab, verneigte sich und schüttelte den Kopf. »Ich habe keine Neuigkeiten, Prinz Wilhelm. Aber ich hoffe, auf meiner nächsten Reise welche in Erfahrung zu bringen. Und dafür benötige ich einen Paß.« Seine Stimme klang seltsam hohl und unsicher, so als sei er sich selbst darüber im klaren, daß dies nicht der rechte Zeitpunkt war, Wilhelm mit einer Paßangelegenheit zu belästigen.

»Später, nach dem Mahl«, sagte Wilhelm etwas unwirsch und bedeutete dem Franzosen, er solle bei den anderen Bittstellern auf ihn warten.

Guyon zog sich mit verstörter Miene zurück.

Als Wilhelm mit seinen Begleitern den Speisesaal betrat, sagte Louise leise zu ihm: »Der Mann, mit dem du da eben gesprochen hast, gefällt mir nicht. Er hat sich seltsam benommen.«

Wilhelm erwiderte lächelnd: »Er ist kein schlechter Mensch. Ich bin ihm schon mehrmals begegnet. Wenn er etwas gegen mich im Schilde führte, hätte er es längst in die Tat umsetzen können. Eben war er lediglich ein bißchen unbeholfen, wahrscheinlich hat ihn die Zahl der hohen Herrschaften erschreckt.«

Erst nach dem Essen, als vor dem Speisesaal erneut mehrere Bittsteller auf ihn zukamen, fiel Guyon ihm wieder ein. Der Franzose stand in einer Reihe Wartender und schien sich in Geduld zu üben. Wilhelm besprach eine militärische Angelegenheit mit einem walisischen Offizier und wandte sich danach einem italienischen Kaufmann zu, der andeutete, er verfügte über wichtige Informationen betreffend den Seehandel im Mittelmeer. Wilhelm wollte das nicht in der Öffentlichkeit erörtern und zog sich mit dem Italiener nach oben in sein Arbeitszimmer zurück.

Als er den Kaufmann verabschiedete und vor die Tür brachte, wartete dort bereits ein englischer Offizier, der grauköpfige Captain Williams. Er ließ sich auf ein Knie nieder, um Wilhelm sein Anliegen vorzutragen. In diesem Augenblick tauchte François Guyon auf, und ein Gedanke, der alles andere beiseite wischte, durchfuhr Wilhelm: *Es ist genau wie in Antwerpen!*

Guyon hielt eine schwere Doppelpistole in der Rechten und zielte auf Wilhelm. Eine Stichflamme und Pulverrauch, die ohrenbetäubende Detonation des Schusses, und schon spürte Wilhelm einen schweren Schlag gegen seine Magengegend. Der rasende heiße Schmerz, der sich von der Wunde her ausbreitete, traf auf jenen kalten Hauch, den er schon am Morgen verspürt hatte. Der Tod hielt Wilhelm im eisigen Griff und war nicht gewillt, ihn noch einmal davonkommen zu lassen.

Noch bevor der Leibarzt zur Stelle war, erlag der Prinz von Oranien seiner schweren Verletzung.

Der Todesschütze wurde gefangengenommen. Er hieß mit

richtigem Namen Balthasar Gérard, stammte aus der Freien Grafschaft Burgund und war in Wahrheit katholischen Glaubens und ein treuer Untertan des spanischen Königs. Er hatte sich in Delft den Anschein eines geflohenen Hugenotten gegeben und sich so Wilhelms Vertrauen erschlichen. Vermutlich hätte er seine Tat schon viel eher ausgeführt, wäre er im Besitz einer geeigneten Waffe gewesen. Die Doppelpistole hatte er erst kurz zuvor erworben, ausgerechnet von einem Angehörigen der Leibwache Wilhelms, dem er weisgemacht hatte, er benötige die Waffe zum Schutz gegen das Gesindel, das abends die Gassen von Delft unsicher machte.

Balthasar Gérard kam nicht in den Genuß der auf Wilhelms Tötung ausgesetzten Belohnung, aber sein Vater wurde von Philipp in den Stand des Edelmanns erhoben und mit Ländereien in Burgund beschenkt. Der Attentäter wurde nach schweren Folterungen zum Tode verurteilt. Die Vollstreckung des Urteils erfolgte nur vier Tage nach dem Mord, am vierzehnten Juli des Jahres 1584, vor dem Delfter Rathaus. Eine große Menschenmenge hatte sich zusammengedrängt, und bei vielen war die Trauer um Wilhelm überlagert von der Vorfreude darauf, seinen Mörder leiden und sterben zu sehen.

Zur Enttäuschung der Schaulustigen zeigte Gérard sich standhaft und gefaßt. Er biß die Zähne zusammen, als man ihm auf dem Gerüst vor dem Rathaus die Hand, die den tödlichen Schuß abgegeben hatte, mit einem glühenden Eisen brannte, bis nur noch ein verkohlter Stumpf übrigblieb. Erst als ihm glühende Zangen an verschiedenen Stellen seines Leibes ins Fleisch fuhren und Stücke davon herausrissen, entrangen sich dumpfe Schmerzenslaute seiner Kehle.

Die Henkersknechte begannen, ihn bei lebendigem Leib zu vierteilen, indem sie seinen Körper von unten herauf aufschlitzten. Jetzt bäumte er sich auf, starrte mit vor Haß glühenden Augen in die Menge und schrie: »Ich verfluche euch alle, ihr seelenlosen Calvinisten! Euch, eure Kinder und Kindeskinder. Noch in hundert Jahren soll mein Fluch über euch kommen und über alle, die in euren gottverlassenen Niederlanden leben!«

Seine Stimme erstarb in einem gurgelnden Laut, als sein Bauch aufgeschnitten und das Herz herausgerissen wurde. Das »untreue Herz«, wie es im Urteilsspruch geheißen hatte, wurde ihm dreimal ins Angesicht geschlagen. Schließlich hieb man ihm den Kopf ab, schnitt die vier Teile seines Körpers auseinander und hängte sie an die vier Bollwerke der Stadt. Das versammelte Volk verfolgte dies alles mit Genugtuung, aber ein Schatten hatte sich auf die Menschen gelegt, und noch lange sprach man in Delft wie überall in den Niederlanden von Balthasar Gérards Fluch.

KAPITEL 1

Der Tod im Rasphuis

AMSTERDAM, 7. AUGUST 1669

Komm her, Cornelis, und ramm mir dein Messer in den Wanst!«

Ossel Jeuken lachte rauh und wackelte dabei mit dem Kopf, was seine fleischigen Wangen beben ließ. Die Augen unter den wulstigen Brauen zwinkerten mir aufmunternd zu und schienen mich gleichzeitig zu necken. Ossel stand drei, vier Schritte vor mir, den massigen Oberkörper leicht nach vorn gebeugt, die Arme mit den kräftigen Pranken ausgestreckt, als wolle er mich umarmen.

Oder mich zerdrücken, dachte ich, der ich selbst nicht gerade klein von Gestalt bin. Ossel aber überragte mich noch um Haupteslänge, und seine Arme hatten beinahe den Umfang meiner Oberschenkel.

Dennoch schien es mir verwegen, daß er mich aufforderte, das spanische Klappmesser mit der langen gebogenen Klinge zum Angriff zu benutzen. Ich hielt mich für recht geschickt mit der Waffe, die ich einem englischen Seemann beim Würfelspiel abgenommen hatte.

»Was zögerst du, Cornelis?« dröhnte Ossel.

»Du willst es nicht anders«, knurrte ich und griff ihn mit einem schnellen Ausfallschritt an. Zugleich stieß meine Rechte das Messer gegen seinen massigen Brustkorb.

Doch Ossel stand nicht mehr an derselben Stelle. Innerhalb eines Augenblicks hatte er seine Position geändert, mit einer Schnelligkeit und Gewandtheit, die sein schwerfällig wirkendes Äußeres Lügen strafte. Statt vor der spanischen Klinge zurückzuweichen, hatte er, schräg versetzt, einen Schritt nach vorn gemacht und mich mit festem Griff gepackt. Seine rechte Hand umfaßte meinen Nacken und Hinterkopf, und die linke krallte sich in meinem rechten Oberarm so fest, daß es weh tat. Ehe ich mich noch besinnen konnte, brachte Ossel mich mit einer schnellen Drehung aus dem Gleichgewicht. Sein rechter Arm umspannte jetzt meinen Rücken, und mit der linken Hand malträtierte er meinen Arm. Letzteres hatte einen stechenden Schmerz zur Folge. Meine Hand zuckte unkontrolliert, und das Messer fiel mit einem lauten Klirren auf den schmutzigen Boden. Als Ossel den Druck auf meinen Rücken erhöhte, verlor ich vollends das Gleichgewicht und fiel hart auf meine Schulter.

Ich atmete heftig, schnappte nach Luft und schöpfte neue Hoffnung, als ich dicht neben mir die Messerklinge aufblitzen sah. Meine Hand flog zur Waffe, aber Ossels lederbeschuhter Fuß war schneller und klemmte das Messer auf dem Boden fest.

»Du solltest eingestehen, daß du verloren hast«, sagte er, von einem Ohr zum anderen grinsend, und beugte sich über mich. »Ein Mann sollte Tapferkeit niemals mit Dummheit verwechseln.«

Ich starrte zu ihm hinauf wie ein kleiner Junge zu seinem übermächtigen Vater und seufzte: »Ich gebe mich geschlagen. Gegen dich ist kein Kraut gewachsen, Meister Jeuken. Du bist ebenso stark wie geschickt.«

»Stark bin ich von Natur aus, die Geschicklichkeit habe ich durchs Üben erlangt«, erwiderte Ossel und streckte die Hand aus, um mir aufzuhelfen. »Wenn du genauso fleißig übst wie ich, wirst auch du die Kunst des Ringens beherrschen.«

»Bei solch einem Lehrmeister mit Sicherheit«, sagte ich, während ich rote Holzspäne von der Messerklinge wischte. Mein Arm schmerzte gehörig, aber ich versuchte, mir nichts anmerken zu lassen. Schließlich war ich es gewesen, der um diese Übungsstunde gebeten hatte.

Ossel schüttelte den Kopf. »Ein Meister bin ich nun wirklich nicht, aber ich habe das Ringen bei einem wahren Meister gelernt.«

»Bei wem?« fragte ich und klappte die Messerklinge zurück in den mit Messing und Hirschhorn beschlagenen Griff.

»Nicolaes Petter«, antwortete Ossel beiläufig, doch er wußte genau, welche Wirkung der Name hatte.

»Bei Nicolaes Petter, dem Leiter der berühmten Ringkampfschule?« hakte ich dann auch staunend nach.

»Dem Begründer der Ringkampfschule«, stellte Ossel richtig. »Inzwischen wird sie von einem seiner Schüler geleitet, Robbert Cors.«

Es schien mir, als spreche mein Freund diesen Namen mit einiger Abneigung aus.

»Schwatzen wir nicht von vergangenen Zeiten«, sagte Ossel und baute sich breitbeinig vor mir auf. »Du wolltest von mir die Kunst des Ringens lernen, also los. Komm noch einmal auf mich zu, aber ganz langsam jetzt. Dann zeige ich dir, mit welchen Bewegungen ich deinen Angriff abgewehrt habe. Ein bißchen Kraft und etwas mehr Köpfchen wiegen schwerer als dein spanisches Messerchen, Cornelis.«

Ich nickte und machte mich zum Angriff bereit. Atmete tief durch und nahm den Geruch von frischem Holz in mich auf. Wir hatten uns für unsere Übungen das große Lager ausgesucht, in dem das brasilianische Hartholz darauf wartete, von den Insassen des Rasphuis zersägt und zerrieben – geraspelt – zu werden. Gerade als ich auf meinen Freund losgehen wollte, erscholl eine laute Stimme: »Ossel! Ossel! Wo steckst du?«

»Das ist Arne Peeters«, sagte Ossel verwundert und rief dem Arbeitskameraden zu: »Wir sind im Holzlager, Arne!«

Eilige Schritte kamen näher, die schwere Holzbohlentür flog donnernd auf, und Arne Peeters streckte seinen kahlen Kopf herein. Atemlos stammelte er: »Ossel, du mußt sofort zu Melchers' Zelle kommen, schnell! Es ist was Schreckliches passiert!«

»Was?« fragte Ossel nur und griff ruhig nach seinem lederbedeckten Wams, das er neben einem Holzstapel abgelegt hatte.

»Melchers ... er ist tot!«

Von einer Sekunde auf die andere war Ossels Ruhe dahin. »Wie das?« schnappte er und streifte hastig das Wams über.

»Er hat sich umgebracht. Ich wollte ihm das Essen bringen, da habe ich es gesehen. Die ganze Zelle ist voller Blut!«

Im Laufschritt folgten wir Peeters zur Zelle des Blaufärbermeisters Gysbert Melchers. Als wir durch den großen Raspsaal kamen, warfen die hart arbeitenden Gefangenen uns neugierige oder auch feindselige Blicke zu, ohne jedoch in ihrer Arbeit innezuhalten. Späne flogen durch den Raum, es roch nach Schweiß und Holz, und über allem schien der Geruch des Todes zu schweben. So jedenfalls kam es mir vor, während ich mit den beiden anderen Aufsehern zur Zelle des Mannes eilte, dessen Fall sechs Tage zuvor ganz Amsterdam erschüttert hatte.

Gysbert Melchers war einer der angesehensten Blaufärber der Stadt und ein weit über Amsterdam hinaus geachtetes Mitglied seiner Zunft. Ein Mann, der sein Gewerbe mit Tüchtigkeit und Geschäftssinn betrieb und es zu ansehnlichem Wohlstand gebracht hatte. Nichts in seinem Verhalten, so sagten es später die Zeugen aus, hatte auf die Untat hingedeutet.

Am vergangenen Sonntagabend hatte er seine Frau und seine Kinder, einen Jungen von dreizehn Jahren sowie ein elf und ein acht Jahre altes Mädchen, auf gräßliche Weise getötet. Er hatte sie mit einem Messer niedergestochen, ihnen reihum die Köpfe abgeschlagen und diese in einen Bottich mit Färberküpe geworfen. Bekanntgeworden war die Tat erst am Montagmorgen, als Melchers' Gesellen das über den Sonntag in die Küpe gelegte Tuch herausholen wollten, um es an der frischen Luft zum Trocknen aufzuhängen. Einer der Männer, ein gewisser Aert Tefsen, zog mit den Tüchern auch die Köpfe der Ermordeten hervor. Die aufgeregten Gesellen suchten ihren Meister und fanden ihn in einem abgelegenen Winkel seines Hauses, wo er wie ein in die Enge getriebenes Tier am Boden kauerte und sie anstarrte. Er brachte kein vernünftiges Wort heraus. Neben ihm lag die blutige Axt, und seine Hände wie auch seine Kleider waren voller Blut. In der Wohnstube fanden die Gesellen kurz darauf die blutüberströmten Leiber der Ermordeten. Man brachte Melchers zum Verhör ins Rathaus, und erst unter Anwendung der Folter begann er zu sprechen. Er bekannte sich zu seiner Tat, wollte oder konnte aber keinen Grund dafür benennen, sondern sagte nur immer wieder, er habe es tun müssen. Am Mittwoch hatte man ihn dann ins Rasphuis eingewiesen, wo er auf seinen Prozeß warten sollte. Auch hier war er sehr verschlossen gewesen.

Ich hatte zweimal vergebens versucht, mit ihm ins Gespräch zu kommen, und es schließlich aufgegeben. Der Hausvater entschied, daß Melchers abgesondert in seiner Zelle bleiben sollte. Sein seltsam entrückter Zustand ließ es nicht ratsam erscheinen, ihn an der Arbeit im Raspsaal zu beteiligen. Der Hausvater befürchtete wohl, Melchers könnte mit der zwölfblättrigen Säge in der Hand erneut gewalttätig werden.

Als wir in den Gang einbogen, der zu Melchers' Zelle führte, sah ich schon von weitem, daß die Zellentür halb offenstand. Davor hatte Peeters eine schmucklose Schale mit Brei abgestellt, das Melchers zugedachte Essen. Ossel riß die schwere Tür mit einem Ruck ganz auf und starrte als erster in den kleinen Raum. Ich trat neben ihn und betrachtete das grausige Bild.

Während meiner zwei Jahre als Aufseher im Rasphuis hatte ich einiges gesehen, das einen empfindlicheren Magen als meinen in Aufruhr versetzt hätte, aber der Anblick Guysbert Melchers' stellte alles andere in den Schatten. Ich atmete tief durch und zwang mich, den Würgereiz zu unterdrücken.

Von der imposanten Erscheinung, die der Blaufärber zu Lebzeiten abgegeben hatte, war nichts geblieben. Im Tod wirkte er jämmerlich. An seinen Handgelenken, aus denen Blut und Leben geströmt waren, hing das zerrissene Fleisch in Fetzen. Er lag auf der rechten Seite wie ein verendetes Tier, im Todeskampf zusammengekrümmt. Seine Augen waren unnatürlich weit aufgerissen, der Mund halb geöffnet und ringsum blutverschmiert. Blutig waren auch seine Zähne. Ich konnte nicht anders, ich mußte an eine Bestie denken, an die blutigen Fänge eines Raubtiers.

»Wie hat er das bloß gemacht?« fragte Arne Peeters und schüttelte ungläubig seinen kahlen Kopf. »Er hatte doch keine Waffe!«

»Siehst du denn die Zähne nicht?« entgegnete Ossel mit ungewöhnlich rauher Stimme. Selbst den abgebrühten Zuchtmeister nahm der Anblick mit.

»Ja, seltsam, das viele Blut ...«

»Nicht seltsam, sondern abscheulich«, sagte Ossel und führte seinen rechten Unterarm zum Mund, als wollte er sich ins Handgelenk beißen. »So hat er es getan.«

Peeters schluckte heftig. »Daß ein Mensch zu so etwas fähig ist.«

»Ein Mann, der seine Frau und seine unschuldigen Kinder niedermetzelt, dürfte zu fast allem imstande sein«, erwiderte ich und schob mich an Ossel vorbei, um die Zelle zu betreten, weil etwas an der hinteren Wand meine Aufmerksamkeit erregt hatte: ein undeutlicher Schatten, ein großes Viereck.

»Er muß große Angst vor seiner Bestrafung gehabt haben, daß er sich ihr auf diese Weise entzogen hat«, murmelte Peeters.

»Vielleicht hat er beschlossen, die Strafe selbst zu vollstrekken«, meinte ich.

»Oder er war ganz einfach nur verrückt«, sagte Ossel, der seine rechte Hand schwer auf meine Schulter legte und mich zu meiner Verwunderung davon abhielt, in die Zelle zu gehen. »Arne, verständige bitte den Hausvater!«

»Ja, ist gut«, antwortete Peeters und machte sich eilig davon. Ossel blickte ihm nach, und als Peeters den Gang verlassen hatte, sagte er: »Er braucht das nicht zu sehen.« Dabei zeigte er auf den großen Gegenstand, der an der rückwärtigen Zellenwand lehnte.

»Was ist das?« fragte ich.

Ossel betrat den düsteren Raum, sorgsam darauf bedacht, nicht in die große Blutlache zu geraten, die Melchers' Leichnam umgab, griff hinter den Toten und zog ein Gemälde hervor, das in einen mit Schnitzereien verzierten Rahmen eingefaßt war.

»Ein Bild?« Ich wunderte mich.

»Ja, ein Bild.«

Im Licht der beiden rußenden Lampen, die den Gang erhellten, betrachtete ich das Ölgemälde. Es zeigte unverkennbar den Toten, vermutlich im Kreis seiner Familie. Der Maler hatte einen zufriedenen Gysbert Melchers dargestellt, der an einem reichgedeckten Tisch saß. Neben ihm stand eine üppige, aber hübsche Frau, die ihm etwas in einen großen, silbern glänzenden Pokal goß. Ein Junge und zwei kleinere Mädchen standen links neben der Mutter und beobachteten die Eltern.

»Melchers und seine Familie – seine Opfer«, sagte ich leise.

»Richtig erkannt, Cornelis. Das Gemälde hing bis vor kurzem in seiner guten Stube.«

»Wie kommt es hierher?«

Ossel sah zu dem Toten. »Er hatte mich darum gebeten.«

»Ge-be-ten?« wiederholte ich. »Aber Ossel …«

»Jajaja, ich weiß, daß es untersagt ist, den Gefangenen irgendwelche häuslichen Dinge in die Zellen zu bringen. Aber der Blaufärber hat mich regelrecht angefleht. Und außerdem …«

»Außerdem?« hakte ich nach, als mein Freund zögerte.

»Außerdem sind zehn Gulden eine Menge Geld!«

»In der Tat. Erstaunlich!«

»Was? Daß Melchers so viel Geld dafür bezahlt, sein eigenes Bild bei sich zu haben? Vielleicht sollte es ihm Trost spenden. Oder er wollte sich mit dem ständigen Anblick derjenigen, die er auf dem Gewissen hat, selbst bestrafen. Mag sein, daß er es nicht länger ertrug, das Bild anzusehen, und sich deshalb umgebracht hat.«

»Möglich, Ossel. Aber erstaunlich finde ich etwas ganz anderes. Der Mann war überaus verstockt, nur unter der Folter hat er den Mund aufgemacht. Und zu dir hat er gesprochen?«

»Als ich ihm am Mittwochabend das Essen brachte, ja. Aber er hat mir nicht gesagt, weshalb er seine Frau und die Kinder getötet hat. Es ging ihm nur um dieses Bild. Er hat mich angefleht, zu seinem Haus zu gehen und seinen Gesellen Aert Tefsen um das Bild zu bitten. Tefsen würde mir das Geld geben, hat er gesagt. Und so war es.« Als eilige Schritte ertönten, zuckte Ossel zusammen. »Ich muß das Bild verstecken, Cornelis, bin gleich wieder da.«

Und schon war er um die nächste Ecke verschwunden. Kaum einer kannte sich im Rasphuis so gut aus wie er. Nur deshalb hatte es ihm auch gelingen können, das nicht gerade kleine Gemälde unbemerkt in Melchers' Zelle zu schmuggeln. Als Arne Peeters mit Rombertus Blankaart erschien, dem als Hausvater die Leitung des Rasphuis anvertraut war, stand Ossel denn auch schon wieder neben mir.

Blankaart, ein kleiner, drahtiger Mann, der immer ein wenig unsicher wirkte, steckte seinen Kopf in die Zelle des Blaufärbers – und zuckte zurück wie von einer unsichtbaren Faust getroffen. »Das – das darf nicht wahr sein«, sagte er und heftete seinen Blick auf den Zuchtmeister. »Wie konnte das geschehen?«

»Wir stehen auch vor einem Rätsel, Herr«, sagte Ossel.

»Aber wie soll ich das den Zuchthausverwaltern, den Bürgermeistern und dem Magistrat erklären?« fragte Blankaart.

»Man kann es wohl nicht erklären«, sprang ich meinem Freund zur Seite. »Es ist ebenso unerklärlich wie Melchers' Untat. Vermutlich ist er ganz einfach wahnsinnig gewesen.«

»Ja, das muß es sein«, seufzte Blankaart und wirkte erleichtert, wenigstens den Hauch einer Erläuterung anbieten zu können. Ich hingegen fühlte mich seltsam bedrückt. Eine unheimliche Ahnung beschlich mich. Ich spürte, daß der Tod des Blaufärbers nicht so einfach abzutun war, und zugleich war ich mir nicht sicher, ob ich die Wahrheit überhaupt wissen wollte.

KAPITEL 2

Das Bild eines Toten

Am Ende unserer Schicht verließen Ossel und ich das Rasphuis gemeinsam. Wir gingen hinaus auf den Heiligeweg, wo die übliche Betriebsamkeit eines Sommerabends herrschte. Schwerbeladene Lastkarren rumpelten vorbei, Hausierer boten ihre Waren feil, und im noch warmen Schein der Augustsonne hatten sich Paare und ganze Familien zu einem Abendspaziergang aufgemacht. Möwen und ein paar Graureiher kreisten über uns, als wollten sie die friedliche, ja idyllische Szenerie vervollständigen. Nichts deutete darauf hin, daß wenige Stunden zuvor hinter den dicken Mauern des Amsterdamer Zuchthauses ein Mensch seinem Leben auf furchtbare Weise ein Ende gesetzt hatte. Noch bewahrten die Mauern ihr schreckliches Geheimnis, aber spätestens morgen würde ganz Amsterdam die Geschichte bis in die kleinste Einzelheit kennen.

Nein, nicht bis in jede Einzelheit, dachte ich, als mein Blick auf das sperrige Päckchen fiel, das Ossel unter dem Arm trug. Er hatte das Bild in eine graue Wolldecke eingeschlagen.

Ich deutete darauf und fragte: »Willst du es wieder zu Melchers' Haus bringen?«

»Ja, aber erst in ein paar Tagen, wenn sich die allgemeine Aufregung gelegt hat. Ich möchte wegen des Bildes nicht noch in Schwierigkeiten geraten.«

»Gut. Ich würde es mir nämlich gern noch einmal in Ruhe ansehen.«

»Warum?«

»Nenn es berufliches Interesse, Ossel. Immerhin male ich auch.«

»Aber nicht eben erfolgreich«, erwiderte er grinsend und zeigte mit dem Daumen hinter sich aufs Rasphuis. »Sonst müßtest du dein Geld nicht da drin verdienen.«

»Dreh den Dolch nur in meiner Wunde herum«, sagte ich und lachte. »Es gibt in unserem Land einfach mehr Maler als Gefängnisaufseher, zu viele Maler vielleicht.«

Ossel schlug mir freundschaftlich auf die Schulter. »Na, dann komm doch mit zu mir nach Hause, Rubens. Ich möchte dieses Meisterwerk ungern vor Publikum enthüllen. Außerdem habe ich noch einen kräftigen Wacholderschnaps. Einen guten Schluck haben wir uns nach all der Aufregung verdient!«

Wir schlugen den Weg zum Jordaanviertel ein. Meine Gedanken kreisten weiter um das Bild, und ich machte meinem Freund Vorwürfe, daß er es in die Zelle des Blaufärbers geschmuggelt hatte.

Ossel verzog verärgert das Gesicht. »Hör endlich auf damit, Cornelis! Du sprichst ja wie der Hausvater. Hast wohl ein Auge auf seine Stellung geworfen, wie?«

»Seinen Lohn hätte ich schon gern. Aber die Vorstellung, den Rest meines Lebens im Rasphuis zu verbringen, gefällt mir weniger.«

»Ist doch gar nicht so schlecht da«, brummte Ossel. »Ich mache das schließlich schon seit mehr als einem Dutzend Jahren.«

»Du bist auch Zuchtmeister.«

»Hat lange gedauert, bis ich das geworden bin. Aber ich beschwer mich nicht. Bevor ich ins Rasphuis kam, habe ich mal dies und mal das gearbeitet, und überall wurde ich auf die Straße gesetzt, sobald meinem Brotherrn das Geld ausging. Im Rasphuis habe ich mein geregeltes Einkommen, wenn es auch etwas üppiger ausfallen könnte.«

Ich warf ihm einen prüfenden Blick zu, verbiß mir aber eine Bemerkung zu seinem Einkommen. Es hätte wohl mehr als ausgereicht, wäre er nicht dem Schnaps und dem Glücksspiel derart zugetan gewesen. Je mehr er trank, desto weniger Glück hatte er allerdings beim Spiel, und so wurden die Stüber in seiner Tasche schnell knapp. Außerdem lebte er neuerdings mit einer Frau zusammen, Gesa oder Gese hieß sie, die keinen guten Einfluß auf ihn hatte. Er sprach nicht viel von ihr, aber was er erzählte, ließ darauf schließen, daß auch sie den Schnaps mehr mochte, als ihr guttat. Außerdem litt sie unter hartnäckigem Husten, und Ossel mußte viel Geld für Ärzte und Medizin ausgeben.

Das Mietshaus, in dem er wohnte, war ebenso groß wie düster. Sobald wir in das Gewirr aus Treppenfluchten und engen Gängen eintauchten, war von der linden Stimmung dieses Sommerabends nichts mehr zu spüren. Das Haus gehörte einem Werkzeugfabrikanten, und er hatte seine Arbeiter in den übelsten Löchern untergebracht. Jeder Stüber, den er ihnen dafür vom Lohn abzog, war meiner Meinung nach zuviel bezahlt. Die Wohnungen, in die wenigstens etwas Luft und Tageslicht gelangten, hatte er anderweitig vermietet, an Leute wie Ossel, die einen ausreichenden Verdienst hatten, ohne sich allerdings in irgendeiner Weise für wohlhabend halten zu dürfen. Es stank in dem Haus nach alter Feuchtigkeit und Unrat.

Wir erklommen zwei steile Treppen und betraten Ossels Wohnung, in der ich seit Monaten nicht mehr gewesen war – seit er mit dieser Frau zusammenlebte. Ich hatte den Eindruck, daß er mich absichtlich von ihr fernhielt, und auch an diesem Abend war sie nicht da. Als ich mich nach ihr erkundigte, sagte er, sie sei für ein paar Tage fort, sie müsse sich um ihre schwerkranke Tante kümmern.

Er stellte zwei nicht ganz saubere Steingutbecher auf den Tisch und füllte sie mit dem versprochenen Wacholderschnaps. Währenddessen zog ich die Decke von dem Bild und lehnte es so gegen eine wurmstichige Truhe, daß es von dem spärlichen Abendlicht beschienen wurde, das durch das winzige Fenster einfiel. Ossel bemerkte meine zusammengekniffenen Augen und entzündete eine Öllampe.

»Und?« fragte er, nachdem ich das Gemälde eine Weile betrachtet hatte. »Ist es ein gutes Bild, vielleicht sogar wertvoll?«

»Ich bin mir nicht sicher«, sagte ich leise und näherte mich dem Bild, um mir die Signatur anzuschauen.

»Das ist seltsam«, murmelte ich, »sehr seltsam.«

»Was denn?« Ossel nahm einen kräftigen Schluck von dem Schnaps, rülpste laut und wohlig und wischte mit dem Handrücken über seinen feuchten Mund. »So red doch endlich, Junge!«

»Jeder Maler hinterläßt seinen Namen oder wenigstens sein Zeichen auf dem Bild. Das verlangt der Stolz ebenso wie die Geschäftstüchtigkeit. Schließlich ist ein Maler auf weitere Aufträge angewiesen. Die Leute müssen also wissen, von wem das Werk stammt, das sie betrachten. Hier kann ich aber keine Signatur entdecken, beim besten Willen nicht.«

»Vielleicht war der Maler in diesem Fall nicht eben stolz auf sein Werk«, mutmaßte Ossel und ließ sich auf einen Stuhl nieder, der unter dem Gewicht erschrocken knarrte.

»Das glaube ich nicht. Es ist ein gutes Bild. Sieh hier, wie das Licht auf die Gesichter der Kinder fällt, das ist meisterhaft!«

Ossel beugte sich über den Tisch und starrte mit großen Augen auf das Bild. »Also, ich hätte das anders gemacht.«

»Was meinst du?«

»Die wichtigste Person auf dem Bild ist doch der Blaufärber. Er dürfte es schließlich in Auftrag gegeben haben. Also sollte das Licht auf ihn fallen und nicht auf die Kinder. Der Maler ist ein Stümper. Kein Wunder, daß er seinen Namen nicht aufs Bild gekritzelt hat.«

Ich blickte Ossel empört an. »Du hast verdammt keine Ahnung von der Malerei, Ossel. Gerade diese Lichtgebung hat mich fasziniert. Ich finde es sehr ausgeklügelt, daß der Blick des Betrachters zuerst auf die Kinder gelenkt wird. Die schauen ihren Vater an, und dadurch wird dessen Stellung erst besonders hervorgehoben. Wäre das Bild in anderen Farben, würde ich es Meister Rembrandt zuordnen.«

»Rembrandt?« Ossel trank einen Schluck Wacholderschnaps und kratzte sich nachdenklich am Hinterkopf. »Der soll doch ziemlich runtergekommen sein. Lebt er überhaupt noch?«

»Natürlich lebt er noch. Er hatte in den letzten Jahren viel Pech. Die meisten Leute denken wie du und schätzen seine Art zu malen nicht. Aber wenn du mich fragst, wird er eines Tages genauso berühmt sein wie Rubens, berühmter vielleicht.«

»In tausend Jahren nicht!« lachte Ossel. »Der Rembrandt wird so wenig geschätzt, hab ich gehört, daß er vor einigen Jahren bankrott gegangen ist. Oder irre ich mich da?«

»Du hast schon recht, er konnte sein großes Haus in der Jodenbreestraat nicht länger unterhalten und mußte alles Hab und Gut verkaufen. Jetzt lebt er in einem kleineren Haus an der Rozengracht.«

»Aber ein Haus kann er sich noch leisten?« schnaubte Ossel und ließ seinen Blick durch den kleinen, karg ausgestatteten Raum wandern. »Vielleicht hätte ich Maler werden sollen.«

»Er wohnt zur Miete in der Rozengracht. Soweit ich weiß, lebt er vom Erbe seiner verstorbenen Frau, das er für seine Kinder verwaltet.«

»Dann hätte ich wohl eine reiche kranke Frau heiraten sollen, statt mit einer armen kranken zusammenzuleben.« Ossel goß seinen Becher ein weiteres Mal voll und schob den meinen über den Tisch. »Setz dich endlich zu mir und trink einen Schluck, Cornelis. Sonst ist der gute Schnaps weg.«

Ich folgte seiner Aufforderung und sagte: »Rembrandt hat es auch nicht leicht. Gemessen an dem Ruf, den er einmal hatte, fristet er heute ein geradezu kümmerliches Dasein.«

»Du sprichst, als würdest du ihn gut kennen.«

»Gut sicher nicht, aber wir sind uns einmal begegnet. Kurz bevor ich im Rasphuis anfing, hatte ich ihn gebeten, mein Lehrer zu sein.«

»Dein Lehrer? Schau an. Und was ist draus geworden?«

»Er hat mich aus dem Haus geworfen und mir nachgebrüllt, ich solle niemals wieder einen Fuß über seine Schwelle setzen.«

Diese Mitteilung versetzte meinen Freund in solche Erheiterung, daß er nicht an sich halten konnte und prustend einen Schluck Schnaps quer über den Tisch spuckte. »Ich dachte mir schon, daß du kein begnadeter Maler bist, Cornelis. Aber wenn du so schlecht malst, daß es selbst einem wie Rembrandt auffällt, dann solltest du die Pinselei wohl besser ganz aufstecken.«

»Es ging nicht um meine Malerei, sondern um sein Laster, das Trinken. Sein Töchterchen hatte mich gebeten, ein wenig darauf zu achten, daß er nicht soviel Wein trinkt. Als ich ihm eines Abends den Krug aus den Händen nehmen wollte, hat er mich rausgeworfen.«

»Zu Recht! Du hättest ihm einen Krug Wein gönnen sollen.«

»Aber er hatte schon zwei gehabt.«

»Das läßt ihn in meiner Achtung steigen«, sagte Ossel und griff nach seinem Schnapsbecher.

Ich wandte mich wieder dem Bild zu und betrachtete die Gewänder der Färbersfamilie, die in verschiedenen Schattierungen eines eindringlichen Blaus gehalten waren. Der Hintergrund, die Wand der Wohnstube, war ebenfalls blau, dunkler als die Kleider und doch seltsam leuchtend. Dieses blaue Leuchten schien das ganze Gemälde zu überstrahlen, so als wollte es aus ihm heraustreten und den Betrachter umhüllen, um ihn ganz in seinen Bann zu ziehen.

»Wäre es nicht in diesem eindringlichen Blau gehalten, ich hätte geschworen, daß es von Rembrandt ist.«

»Wieso? Mag er kein Blau?«

»Ich weiß nicht. In der kurzen Zeit, als ich bei ihm war, habe ich es ihn niemals benutzen sehen. Seine bevorzugten Farben sind Weiß, Schwarz, Gelbocker und ein irdenes Rot.«

»Vielleicht ist das Bild von einem seiner Schüler«, sagte Ossel.

Ich schlug mir gegen die Stirn. »Du hast recht, so wird es sein. Jetzt hat Rembrandt wohl keine Schüler mehr, ich war eine Ausnahme. Aber früher, als sein Name noch geachtet war, wollten viele bei ihm lernen.«

Auf dem Gang ertönten unsichere Schritte, gefolgt von einem kratzenden Geräusch am Türschloß. Mit einem Satz war mein Freund bei der Tür und riß sie auf. Auch ich erhob mich, um Ossel gegen einen möglichen Angreifer beizustehen. Das Jordaanviertel war ein Sammelbecken der Heruntergekommenen und Gestrandeten. Seinen Namen verdankte es den aus Frankreich hierhergeflohenen Hugenotten; das schmutzige Wasser der nahen Prinsengracht erinnerte sie an einen Fluß in ihrer alten Heimat, der Jordanne hieß. In einem Haus wie diesem mußte man jederzeit mit unwillkommenen Eindringlingen rechnen, bestenfalls mit einem verwirrten Säufer, aber auch mit Burschen, denen der Tod eines Menschen nichts bedeutete, wenn sie dadurch an ein paar Gulden oder auch nur an einige Stüber gelangen konnten.

»Gesa!«

Noch bevor Ossel den Namen rief, hatte ich geahnt, wer die Frau war, die da leicht schwankend vor der Tür stand. Ihre Hand mit dem Schlüssel zitterte so heftig, daß es ihr nicht gelungen war, das Schlüsselloch zu finden. Ossel zog seine Gefährtin herein und schloß die Tür hinter ihr.

Ermattet ließ Gesa sich auf den Stuhl fallen, auf dem zuvor Ossel gesessen hatte, und kippte ohne Umschweife den Inhalt seines Schnapsbechers in ihre durstige Kehle. Kaum hatte sie den Schnaps hinuntergeschluckt, wurde sie von einem Hustenanfall geschüttelt, der kein Ende nehmen wollte. Im ersten Augenblick glaubte ich, der Wacholderschnaps sei zu stark für sie gewesen, doch ihr strenger Atem verriet, daß es nicht ihr erster

36

Schnaps an diesem Abend war, und die Spritzer blutigen Auswurfs vor ihr auf der Tischplatte wiesen eindeutig auf eine ernstere Ursache des Hustens hin.

»Was suchst du hier?« fuhr Ossel sie wenig freundlich an. »Wolltest du nicht zur Prinsengracht, deine Tante pflegen?«

»Pah, die verrückte Alte! Glaubt, nur weil ich eines Tages ein paar Gulden von ihr erben soll, kann sie mich den lieben, langen Tag rumkommandieren wie ein Hauptmann seine Kompanie. Aber nicht mit Gesa Timmers! Hier putzen und da wischen, und zwischendurch einholen und das Essen zubereiten, so stellt sie sich das vor. Und dann meckern, bloß weil ich beim Einholen kurz in den *Goldenen Anker* bin, um ein Glas zu trinken. Da bin ich abgehauen.«

»Du und der *Goldene Anker*«, sagte Ossel vorwurfsvoll und schüttelte den Kopf. »Am besten schlägst du dein Bett gleich in dieser Kaschemme auf!«

»Du gerade!« gackerte die Frau. »Wenn sich einer mit den Kaschemmen dieser Stadt auskennt, dann doch wohl du, Ossel.«

Ich rückte ein Stück vom Tisch ab, um dem beißenden Geruch zu entgehen, der mit jedem Wort ihrem Mund entströmte. Sie mußte mindestens vier oder fünf Becher eines ebenso starken wie billigen Fusels getrunken haben. Allmählich begann ich zu verstehen, weshalb Ossel sie von seinen Freunden und Arbeitskameraden fernhielt.

Ihr Kopf ruckte zu mir herum wie der eines Vogels, der einen Wurm erspäht hat. »Was glotzt du so, Mann? Wer bist du überhaupt?«

»Das ist mein Freund Cornelis Suythof«, erklärte Ossel. »Ich habe ihn auf einen Schluck eingeladen.«

»Das mit dem Schluck ist eine gute Idee.« Gesa schob den leeren Becher in Ossels Richtung. »Hast du noch was von dem Zeug?«

»Nicht für dich, Gesa. Du hast für heute genug. Leg dich lieber hin!«

»Hinlegen?« Sie überlegte und schüttelte dann so heftig den Kopf, daß ihr verfilztes blondes Haar von einer Seite zur anderen flog. »Nicht allein«, gluckste sie. »Das ist doch langweilig. Willst du nicht mitkommen, Ossel? Oder vielleicht dein junger Freund da? Er scheint recht gut gebaut zu sein. Ich wüßte gern, ob er sich auch so anfühlt, wie er aussieht.«

Mit einer Schnelligkeit, die mich angesichts ihrer Trunkenheit überraschte, erhob sie sich, kam um den Tisch herum und faßte mit sicherem, festem Griff zwischen meine Beine. Ich fuhr zusammen, wagte aber keine weitere Bewegung. Womöglich hätte Gesa dann noch fester zugepackt.

»Ah, das fühlt sich gut an.« Sie grinste mich an. »Und wie schnell du unter meinem Griff hart wirst! Bist ja auch noch so jung. Ossel kommt allmählich in die Jahre und ist im Bett mehr am Schlafen interessiert als an mir. Wollen wir nicht einen Ritt wagen?«

Sie näherte ihr Gesicht dem meinen und spitzte die Lippen zu einem Kuß. Unwillkürlich neigte ich mich nach hinten, so weit meine peinliche Lage es zuließ.

Unter anderen Umständen hätte ich es nicht einmal als schlimm empfunden, sie zu küssen. Sie mochte allenfalls fünf oder sechs Jahre älter sein als ich, also Ende Zwanzig. Ossel dagegen hatte die Vierzig längst überschritten, weshalb er für mich nicht nur ein Freund, sondern auch ein zweiter Vater geworden war. Aber Gesa wirkte älter. Ihre Krankheit und die Trunksucht hatten tiefe Linien in ihr Gesicht gegraben, und unter den grünen, einst sicher hübschen und verführerischen Augen lagen dunkle Ringe.

Ossel trat hinter Gesa und riß sie von mir weg. Zwischen meinen Beinen schmerzte es, als sie ihr Beutestück widerstrebend losließ. Sie verlor den Halt und stürzte zu Boden. Gleichzeitig wurde sie von einem weiteren Hustenanfall geschüttelt, und vor Ossels Füßen bildete sich eine kleine Blutlache.

»Ich gehe jetzt besser«, sagte ich mit heiserer Stimme, stand

38

auf und eilte zur Tür. »Wir sehen uns am Montag im Rasphuis, Ossel.«

Ich wollte gerade hinaus auf den Gang treten, da stand Gesa schwankend auf, lief mir nach und krallte sich an meinem Arm fest.

»Nimm mich mit!« flehte sie. »Laß mich nicht bei diesem alten Ochsen, der sich nur müde im Bett rumwälzt und die ganze Nacht schnarcht, als wollte er das Rotholz im Rasphuis ganz allein zersägen!«

»Das geht nicht«, erwiderte ich hilflos und versuchte, mich aus ihrer Umklammerung zu lösen, ohne ihr weh zu tun.

»Ich kann dir viel Gutes tun, glaub mir!« versicherte sie mit einem heftigen Nicken. »Ich nehm dich auch in den Mund, wenn du das magst.«

Dieses Angebot erschien mir wenig verlockend, und dennoch schaffte ich es nicht, mich aus ihrem Griff zu lösen.

Schließlich packte Ossel die trunkene Frau und schleuderte sie in eine Ecke des dunklen Gangs. Ein aufgeschrecktes Quieken ertönte, und kleine schwarze Gestalten huschten von ihr weg: Ratten.

Gesa bedachte Ossel mit einem Schwall widerlicher Schimpfwörter, von denen ich bis dahin kein einziges je aus dem Mund einer Frau vernommen hatte. Türen wurden aufgerissen, und neugierige Nachbarn steckten ihre Köpfe heraus. Ossel zog die unaufhörlich keifende Frau hoch und zerrte sie zurück in die Wohnung.

Mit knappen Worten verabschiedete ich mich noch einmal und machte, daß ich davonkam, wenn auch mit schlechtem Gewissen, denn ich ließ meinen Freund allein mit den Ratten, der hustenden, fluchenden Gesa und dem Bild eines Toten.

KAPITEL 3

In der Dunkelzelle (1)

Zwar lebte auch ich in dem allgemein Jordaan genannten Viertel, in dem gewiß nicht die angesehensten Bürger der Stadt wohnten, aber ich hatte mit meinem Quartier mehr Glück gehabt als mein Freund. Die Witwe Jessen, eine gutmütige Frau mit einem Herz für brotlose Künstler, hatte mir im Obergeschoß ihres Hauses ein Zimmer überlassen, das im Vergleich zu Ossels Wohnung ein Palast war und für das ich wohl nicht mehr bezahlte als er für seine Bruchbude. Es war geräumig, dank der fleißigen Witwe Jessen stets sauber und hatte zwei große Fenster nach Norden. Das gleichmäßige Licht, das aus dieser Himmelsrichtung einfiel, war für einen Maler geradezu ideal.

Am Sonntag, als die Augustsonne aus einem fast wolkenlosen Himmel auf Amsterdam herabschien, wollte ich das ausnutzen. Gleich nach dem Kirchgang, zu dem ich die Witwe Jessen begleitet hatte, mischte ich die Farben an, um an einem Bild weiterzuarbeiten, das ich einige Tage zuvor begonnen hatte, einer Hafenszene bei den Docks der Ostindischen Kompanie. Ich hoffte, das fertige Bild für gutes Geld an einen Angestellten oder gar einen Direktor der Kompanie verkaufen zu können. Auch wenn ich in den vergangenen zwei Jahren mehr Zeit im Rasphuis verbracht hatte als vor der Staffelei, ging mir der

40

Wunsch, eines Tages von der Malerei leben zu können, nicht aus dem Kopf.

Die Stunden flossen dahin, aber sobald ich meinen Pinsel in das kräftige Blau eintauchte, um das Wasser zu malen, hielt ich inne, weil vor meinem inneren Auge ein anderes Bild auftauchte: das Gemälde aus der Zelle des Blaufärbers.

Ich sann darüber nach, welcher von Rembrandts Schülern als Schöpfer des Werks in Frage kommen mochte, aber alles Kopfzerbrechen brachte mich nicht weiter; ich kannte mich mit den Schülern von Meister Rembrandt van Rijn einfach nicht gut genug aus. Vielleicht ähnelte das Bild auch rein zufällig den Werken Rembrandts, oder jemand, der gar nicht bei dem Meister in die Lehre gegangen war, hatte dessen Stil kopiert.

Meine Gedanken kreisten mit solcher Hingabe um das fremde Bild, daß ich mich nicht recht auf meine eigene Arbeit konzentrieren konnte. Unschlüssig ließ ich den Pinsel über der Palette kreisen und verfehlte ein ums andere Mal den passenden Farbton.

Am Nachmittag gab ich es auf, mich selbst zu quälen, und unternahm einen Spaziergang. Ich mischte mich unter die Leute und lauschte ihren Gesprächen, von denen sich viele um die Untat des Gysbert Melchers und seine Selbsttötung drehten. Die Nachricht von dem, was am Vortag im Rasphuis vorgefallen war, hatte also bereits die Runde gemacht.

Als ich am nächsten Morgen ins Rasphuis kam, schien Ossel noch nicht dazusein. Was mich nicht verwunderte, denn montags kam er häufig ein paar Minuten später und sah dann so aus, als hätte er am Sonntag mehr Schnaps als Schlaf genossen. Verwunderlich fand ich allerdings, daß die anderen alle mich ansahen, als sei mir über Nacht ein zweiter Kopf gewachsen.

Ich ging auf Arne Peeters zu und fragte: »Was ist los? Was starrt ihr mich so an, du und die anderen?«

Peeters wirkte peinlich berührt und zerrte an seinem Kragen, als kriege er nicht richtig Luft. »Es ist nicht deinetwegen, Cornelis, sondern wegen Ossel.«

»Es ist doch nichts Besonderes, daß er sich an einem Montagmorgen verspätet.«

Jetzt sah Peeters mich an, als redete ich irre. »Wieso verspätet? Er ist doch längst da!«

»So, wo denn? Ich habe ihn noch nicht gesehen.«

Peeters deutete mit der rechten Hand auf den Boden. »Da unten ist er, in der Dunkelzelle.«

»Was tut er da? Mußte er jemanden einsperren?«

Die Dunkelzelle war, abgesehen von dem berüchtigten Wasserhaus, der schlimmste Ort im ganzen Zuchthaus. Manche Neuzugänge mußten dort einige Zeit verbringen, bevor der Hausvater über ihre endgültige Unterbringung entschieden hatte. Ansonsten sperrten wir Insassen, die gegen die Hausordnung verstoßen hatten, in das finstere, feuchte Kellerloch, um ihnen den Eigensinn auszutreiben. Manch einer mußte viele Tage und Nächte dort verbringen, ohne einmal das Tageslicht zu sehen, ohne mit einer Menschenseele zu sprechen, mit nicht mehr als einer Schale Wasser und einem Kanten Schwarzbrot am Tag.

Arne Peeters betrachtete mich lange schweigend. Schließlich sagte er stockend: »Du weißt es also nicht, bei allen Heiligen, du weißt es wirklich nicht.«

Ich stieß einen tiefen Seufzer aus. »Arne, sag mir doch einfach, was geschehen ist!«

»Ossel sitzt schon die halbe Nacht in der Dunkelzelle, seit … seit er dort eingeliefert wurde.«

Es gibt Dinge, die der Verstand nicht begreift – nicht begreifen will, obwohl das Ohr sie deutlich und eindeutig vernommen hat. So ging es mir in diesem Augenblick. Ich starrte Peeters fassungslos an und fragte: »Was sagst du?«

»Mein Gott, Cornelis, er hat sie getötet!«

»Wer hat wen getötet?«

»Ossel diese Frau. Wie hieß sie noch gleich?«

»Gesa?« fragte ich, während in mir die unschöne Erinnerung an den vorvergangenen Abend aufstieg. »Sprichst du von Gesa Timmers?«

Peeters nickte eifrig, froh, mir endlich ein Anzeichen von Verstehen entlockt zu haben. »Genau die meine ich. Sie haben wohl zusammengelebt, Ossel und diese Gesa. Stimmt's?«

»Ja, das stimmt. Aber was ist geschehen, Arne?«

Er verzog sein langes Gesicht zu einer schiefen Fratze, die wohl seiner Bekümmernis Ausdruck verleihen sollte. »Einzelheiten sind nicht bekannt. Eigentlich weiß man nur das, was Ossels Nachbarn zu Protokoll gebracht haben. Danach hat es Streit gegeben, zwischen ihm und dieser Gesa, heftigen Streit, vorgestern abend schon und dann den ganzen Sonntag über. Gestern abend haben ein paar aufgebrachte Leute, die wegen des Lärms keinen Schlaf finden konnten, Ossels Wohnung gestürmt. Sie kamen zu spät, sahen nur noch, wie Ossel sich über die tote Gesa beugte. Er hatte sie mit dem Kopf gegen die Wand geschlagen, wie ein zorniges Kind es mit seiner Puppe tut. Der Schädel der Frau soll ausgesehen haben wie ein zerplatztes Ei.«

Ich versuchte, mir die Szene vorzustellen, aber es wollte mir nicht gelingen. Ich kannte Ossel seit zwei Jahren, und dieser Mann, der mir zu einem väterlichen Freund geworden war, konnte das, was Peeters da schilderte, unmöglich getan haben. Gewiß, Ossel konnte lospoltern und mit der Faust auf den Tisch schlagen, zumal, wenn er ein paar Becher Schnaps geschluckt hatte. Und er war zweifellos kräftig genug, um einen Menschen, eine schwache Frau noch dazu, wie ein Ei zu zerschlagen. Aber ich hätte beide Hände dafür ins Feuer gelegt, daß er zu solch einer Tat niemals imstande gewesen wäre.

»Was ... hat Ossel dazu gesagt?« fragte ich und fürchtete mich zugleich vor der Antwort.

»Er hat die Tat eingestanden.«

»Hat er auch gesagt, warum er das getan hat?«

»Nein, davon weiß ich nichts. Er soll, als man ihn auffand, geweint und gestammelt haben, er habe Gesa getötet. Seit er hier ist, schweigt er. Vielleicht wird erst die Folter seine Zunge lösen.«

Schwindel packte mich, und mir wurde übel. Ich ging mit Peeters in den Wachraum, ließ mich auf einen Schemel sinken und trank dankbar von dem Wasser, das er mir in einer Schöpfkelle reichte. Den Rest des Wassers schüttete ich mir ins Gesicht. Die Übelkeit ging etwas zurück, und ich konnte wieder klarer denken. Der Blaufärber Gysbert Melchers kam mir in den Sinn. Die Ermordung seiner Familie war eine ähnlich ungeheuerliche Tat wie das, was meinem Freund Ossel vorgeworfen wurde. Was war nur los in Amsterdam? Brachte die sommerliche Hitze die Menschen um den Verstand?

Ich reichte Peeters die Schöpfkelle zurück und sagte: »Ich muß ihn sehen, Arne. Ich muß mit ihm sprechen.«

»Das geht nicht, Cornelis. Du weißt, daß die Dunkelzelle nur einmal am Tag zur Essensvergabe geöffnet werden soll. Eine Ausnahme bedarf der ausdrücklichen Genehmigung des Hausvaters.«

»So lange kann ich nicht warten. Außerdem bin ich mir nicht sicher, ob Blankaart mir die Genehmigung erteilen würde.«

»Da wäre ich mir auch nicht sicher. Er wurde heute nacht hinzugerufen, als sie Ossel einlieferten, und er soll sehr zornig darüber gewesen sein, daß ausgerechnet der oberste seiner Aufseher einen Mord begangen hat.«

»Also ist es besser, der Hausvater erfährt gar nichts von meinem Besuch bei Ossel«, seufzte ich, stand auf und griff nach dem Schlüssel zur Dunkelzelle, der an einem besonderen Haken hing. Der Schlüssel war groß und schwer, und die Rostflecken, die ihn sprenkelten, zeigten, daß er nicht besonders häufig benutzt wurde.

Peeters packte mich am Arm. »Häng den Schlüssel zurück, Cornelis! Du bringst uns alle in Schwierigkeiten.«

»Das ist wohl nichts im Vergleich zu den Schwierigkeiten, in denen Ossel steckt.«

Ich stieß ihn unsanft zur Seite und verließ den Wachraum, darauf gefaßt, daß er mir folgen würde, um mich zurückzuhalten. Aber ein hastiger Blick über die Schulter verriet mir, daß Peeters im Eingang des Wachraums stehengeblieben war und mir mit zusammengekniffenen Augen hinterhersah. Vermutlich versuchte er abzuwägen, wie groß die Gefahr war, daß mein Besuch in der Dunkelzelle entdeckt wurde.

Schon als ich die schmale Treppe hinabstieg, spürte ich die feuchte Kühle, die selbst im Sommer im Keller des Rasphuis herrschte. Unten auf dem Gang verbreitete eine einsame Lampe trotzig ihr Licht. Ich zögerte weiterzugehen. Das Ganze kam mir vor wie ein böser Traum, aus dem ich zu erwachen hoffte – bevor das Unglaubliche sich als Wahrheit erwies.

Dort hinten, am Ende des Gangs, lag die Dunkelzelle, deren Tür bei der unzureichenden Beleuchtung nur als schemenhaftes dunkles Rechteck auszumachen war. Ich hätte die Vorstellung, daß Ossel, der so viele Lumpen und Halunken dort eingesperrt hatte, nun selbst in dem finsteren Loch saß, am liebsten aus meinen Gedanken verbannt, aber auf dem Absatz kehrtzumachen war keine Lösung, weder für ihn noch für mich.

Zögernd ging ich weiter, und je näher ich der Zelle kam, desto mehr mußte ich mich zwingen, einen Fuß vor den anderen zu setzen. Wieder dachte ich an den Abend bei Ossel, an das versoffene, hustende, lüsterne Weib, das mein Freund sich unerklärlicherweise zur Gefährtin genommen hatte. Konnte diese Gesa einen Mann so sehr reizen, daß er alle Gesetze Gottes und der Menschen – auch er sich selbst – vergaß und einen Mord beging? Ich hatte die Frau als derart abstoßend empfunden, daß ich die Frage mit einem eindeutigen Ja beantwortete. Aber auf die andere, die entscheidende Frage wollte ich keine bejahende Antwort geben: War Ossel der Mensch, solch eine Tat zu vollbringen?

Tief Atem holend, schloß ich die Tür zur Dunkelzelle auf und zog den rostigen Riegel zurück, der sie zusätzlich sicherte. Mit einem widerspenstigen Knarren schwang die Tür auf. Im ersten Augenblick sah ich nur Finsternis. Meine Augen brauchten etwas Zeit, um in dem schwachen Schein, der von der Gangbeleuchtung bis hierher drang, etwas zu erkennen. Zunächst war es nur ein umrißhaftes Etwas in einer Ecke, aber dann schälten sich die Konturen eines Menschen heraus, und ich blickte wahrhaftig in das Antlitz von Ossel.

Aber wie sehr hatten die Züge meines Freundes sich seit unserem letzten Zusammentreffen verändert! Tiefe Linien hatten sich in das Gesicht gegraben, Ossel schien um zehn Jahre gealtert. Jegliche Kraft schien von ihm gewichen. Zusammengesunken hockte er auf dem kalten Boden und blickte teilnahmslos zu mir auf wie zu einem Fremden.

Ich sprach ihn an, zaghaft erst, dann eindringlicher, aber er verharrte stumm und starr in seiner Ecke, und nicht einmal der Schimmer eines Erkennens lag in seinem stumpfen Blick. Ganz so, als hätte er mit seiner Gefährtin auch seine Erinnerung getötet.

Die Zeit verrann, während ich mich vergebens bemühte, Ossels Aufmerksamkeit zu erringen. Irgendwann hörte ich hinter mir Schritte, die im Kellergang hohl widerhallten. Ich drehte mich um und sah Arne Peeters in der Begleitung von Rombertus Blankaart. Letzterer hatte eine verdrießliche Miene aufgesetzt, und seine Augen funkelten mich wütend an.

»Was fällt Euch ein, Suythof, ohne meine Erlaubnis mit dem Gefangenen zu sprechen?« fauchte er mich an, ehe er die Dunkelzelle noch ganz erreicht hatte. »Ihr solltet wissen, daß dies ein Verstoß gegen die Hausregeln ist.«

»Ossel Jeuken ist mein Freund. Ich wollte wissen, was ihn zu seiner Tat bewogen hat – falls er sie wirklich beging.«

»Daran besteht kein Zweifel. Die Aussagen seiner Nachbarn waren eindeutig. Außerdem haben die eilends herbeigerufenen Männer der Nachtwache ihn neben dem toten Weib gefunden. Ihr Blut klebte an Jeuken.«

»Aber warum nur?« rief ich verzweifelt und vermutlich viel lauter, als es nötig war. »Welchen Grund sollte er gehabt haben, seine Gefährtin zu töten?«

Der Hausvater maß meinen Freund mit einem Blick, in dem sich Verärgerung mit Verachtung paarte. »Beide sollen dem Schnaps oft und reichlich zugesprochen haben. Hätte ich das eher gewußt, ich hätte Jeuken niemals das verantwortungsvolle Amt eines Zuchtmeisters anvertraut. Die Nachbarn haben von heftigen Streitereien berichtet. Vielleicht wußte Jeuken in seinem Suff einfach nicht mehr, was er tat. Vielleicht ist er aber auch nur verstockt. In diesem Fall wird die Folter ihn zum Reden bringen.«

»Laßt mich mit ihm sprechen, Mijnheer Blankaart!« flehte ich. »Wenn ich nur genügend Zeit habe, wird Ossel sich mir gewiß anvertrauen.«

Blankaart schüttelte energisch den Kopf. »Das wäre gegen die Vorschrift. Ich muß Euch ersuchen, die Dunkelzelle sofort zu verlassen.«

In mir tobten widerstreitende Gefühle. Im ersten Moment wollte ich der Aufforderung des Hausvaters, dessen Befehlen ich mich als Aufseher im Rasphuis unterzuordnen hatte, folgen. Aber danach genügte ein Blick auf Ossel, um den Wunsch, meinem Freund zu helfen, die Oberhand gewinnen zu lassen.

»Nein, ich bleibe«, erklärte ich. »So lange, bis Ossel sich mir anvertraut hat.«

Blankaart drehte den Kopf und stieß einen kurzen Ruf aus. Als sich daraufhin zwei Schatten aus dem Bereich des Treppenaufgangs lösten, erkannte ich, daß der Hausvater auf diese Zuspitzung vorbereitet war. Pieter Boors und Herman Brink, die beiden kräftigsten unter meinen Arbeitskameraden, kamen auf mich zu und nahmen mich in ihren festen Griff.

Der Hausvater maß mich mit tadelndem Blick. »Ihr seid unzuverlässig und aufsässig, Suythof. Für jemanden wie Euch ist kein Platz im Rasphuis. Schon gar nicht jetzt, da der Tod des Blaufärbers und Jeukens Schandtat unser Haus in einem schlechten Licht erscheinen lassen. Ihr seid auf der Stelle entlassen. Den Lohn für die vergangenen Wochen werdet Ihr noch erhalten, mehr nicht. Wagt es bloß nicht, heimlich mit Jeuken Verbindung aufzunehmen. Sonst lasse ich Euch ebenfalls einsperren – ins Wasserhaus!«

Er gab Brink und Boors einen Wink, mich wegzuschaffen. In diesem Moment regte sich Ossel. Er suchte meinen Blick, und ich las unendliche Trauer in seinen Augen. Er öffnete die Lippen und brachte leise, mit zitternder Stimme hervor: »Das Bild … es war das Bild … blau …«

»Was meint er?« fragte Blankaart.

»Ich weiß es nicht«, log ich, um Ossel nicht in noch größere Schwierigkeiten zu bringen. »Er scheint verwirrt zu sein.«

»Wohl wahr«, seufzte der Hausvater und wandte sich wieder an die Aufseher. »Bringt ihn fort!«

Sie schleppten mich aus der Zelle, vorbei an Arne Peeters, dem ich einen giftigen Blick zuwarf. Mir war klar, daß er mich bei Blankaart angeschwärzt hatte. Vielleicht wollte er nur seine weiße Weste bewahren, vielleicht hatte er es aber auch darauf abgesehen, sich beim Hausvater lieb Kind zu machen, um den frei gewordenen Posten des Zuchtmeisters zu ergattern.

Brink und Boors entließen mich erst auf dem Heiligeweg aus ihrem festen Griff und stießen mich vom Eingangstor des Rasphuis fort. Ich geriet ins Stolpern und stürzte vor die Füße einiger Kinder, die über mich lachten. Meine einstigen Kameraden fielen in das Gelächter ein, und zu meiner Wut gesellte sich die Scham des Hilflosen.

Noch eine Stunde zuvor war ich ein angesehener Aufseher des

Amsterdamer Zuchthauses gewesen, jetzt hatte ich keine Stellung und, wie es aussah, auch keine Freunde mehr. Der einzige Mann, auf den ich mich uneingeschränkt hatte verlassen können, saß in der Dunkelzelle und sah einem bösen Ende entgegen. Mit Schaudern dachte ich an die Folterkammer und an Schlimmeres – den Richtplatz. Etwas anderes schien kaum in Frage zu kommen, wenn Ossels einzige Hoffnung ein mittelloser Maler namens Cornelis Suythof war.

KAPITEL 4

Auf der Suche

Eilig verließ ich den Ort meiner Niederlage und schlug den Weg zum Jordaanviertel ein. Die Scham über die erlittene Schmach verebbte rasch, und meine Gedanken kehrten zu Ossel zurück. Hätte Rombertus Blankaart mich doch nur ein paar Minuten länger mit ihm sprechen lassen! Gerade in dem Augenblick, als Boors und Brink mich fortschleppten, schien Ossel die unsichtbare Mauer, die ihn umgab, durchbrochen zu haben. Wie waren doch seine Worte gewesen? *Das Bild ... es war das Bild ... blau ...*

Ich hegte keinen Zweifel daran, welches Bild er gemeint hatte. Aber was hatte es mit Melchers' Gemälde auf sich? Es mußte etwas Wichtiges sein, sonst hätte Ossel nicht davon gesprochen. Ich beschloß, mir das Bild noch einmal in Ruhe anzuschauen, und ging, statt direkt zu meiner Wohnung, in Richtung des Mietshauses, wo sich das Drama zwischen Ossel und Gesa Timmers abgespielt hatte.

Ich lief durch enge Gassen, vorbei an mehr oder minder finsteren Kaschemmen, achtete jedoch, mit anderen Dingen beschäftigt, kaum auf die Aushangschilder. Doch dann blieb ich stehen, drehte den Kopf und betrachtete das reichlich verwitterte Schild über einem schmalen Eingang, an dem ich eben vorbeigekommen war. Nur mit viel Mühe konnte ich erkennen, daß der Anker auf dem Schild einmal von goldener Farbe gewesen war. Ich erinnerte mich an den Streit zwischen Ossel und Gesa, daran, wie er ihr vorgeworfen hatte, zu oft den *Goldenen Anker* aufzusuchen.

Also kehrte ich um und betrat die Schenke, die zu dieser frühen Stunde fast menschenleer war. Nur an einem der hinteren Tische saßen zwei Männer in einfacher Kleidung und unterhielten sich lautstark über die schlechten Löhne, die Hafenarbeitern gezahlt wurden. Der Wirt, ein faßbäuchiger Kahlkopf, musterte mich mit seinem einzigen Auge. Das andere war von einer ledernen Augenklappe bedeckt. Als ich zwei Bier bestellte und ihn einlud, mir beim Trinken Gesellschaft zu leisten, hellte sich seine Miene etwas auf. Er hieß Frans, hatte in der Kriegsmarine gedient und sein rechtes Auge vor drei Jahren verloren, als er unter Admiral de Ruyter in der viertägigen Seeschlacht gegen die Engländer gekämpft hatte. Mit jedem Schluck Bier wurde er redseliger.

»Mit günstigem Ostwind sind wir zur englischen Küste gesegelt«, berichtete er, und sein Auge leuchtete bei der Erinnerung auf. »Die englischen Hunde waren so dumm, ihre Flotte zu teilen. Nur fünfzig ihrer Schiffe standen unseren neunzig gegenüber. Sie wären eine leichte Beute gewesen, aber dann sprang plötzlich der Wind auf Südwest um, und die Sicht wurde immer schlechter. De Ruyter befahl, Anker zu werfen zwischen Dünkirchen und den Downs. Die verdammten Engländer haben uns überrascht, indem sie mit dem Wind angriffen. Unser Schiff gehörte zum Geschwader von Cornelis Tromp, das die Vorhut bildete. Auf Tromps Befehl haben wir die Trossen gekappt und sind auf die französische Küste zugesegelt. Eine Kanonenkugel schlug dicht neben mir ein, und Holzsplitter flogen in alle Richtungen. Einer hat sich geradewegs in mein Auge gebohrt. Aber ich habe weitergekämpft, und nach vier Tagen haben wir den Engländern endgültig die Ärsche versohlt!«

Ich nutzte die Gelegenheit, mich seiner Sympathie zu versichern, und brachte einen Trinkspruch auf Admiral de Ruyter aus. Daß auch wir in der Seeschlacht der vier Tage herbe Verluste erlitten hatten, ließ ich ebenso unerwähnt wie den Umstand, daß die Engländer dem Admiral sieben Wochen später zwanzig Schiffe versenkten, ohne selbst auch nur ein einziges zu verlieren.

Der Wirt erzählte von einer Erbschaft, die es ihm ermöglicht hatte, den Goldenen Anker zu kaufen. Ich beglückwünschte ihn dazu, lobte sein heruntergekommenes Lokal in den höchsten Tönen und erwähnte beiläufig, daß mir eine Freundin sein Haus empfohlen habe.

»Eine Freundin, wer?«

»Gesa Timmers«, sagte ich und beobachtete gespannt sein schwammiges Gesicht.

»Gesa.« Ein düsterer Schleier legte sich über seine eben noch heitere Miene. »Habt Ihr gehört, was mit ihr geschehen ist?«

Ich nickte. »Man spricht ja von nichts anderem. Armes Ding.«

»Ja, armes Ding. Dieser Jeuken sollte bei lebendigem Leib in Stücke gehackt werden!«

»Wart Ihr Gesa zu zugetan?«

Frans setzte ein schiefes Grinsen auf. »Sie war ein liebes Mädchen, wenn Ihr wißt, wie ich's meine. Hatte nicht viel Geld, aber immer großen Durst. Oft hat sie mit dem bezahlt, was der Herrgott ihr mitgegeben hatte.« Sein Gesicht nahm einen halb lüsternen, halb wehmütigen Ausdruck an.

Ich unterdrückte meinen plötzlichen Drang, ihm einen kräftigen Fausthieb zu verpassen, und fragte: »Habt Ihr gehört, daß es zwischen Gesa und diesem Jeuken zu einem heftigen Streit gekommen ist?«

»Ja, dabei hat er sie erschlagen, heißt es.«

»Sie sollen sich gestritten haben, weil Gesa am Sonnabend hier im *Goldenen Anker* gewesen ist.«

»So? Das wußte ich nicht.«

»Aber sie war doch hier, oder?«

»Ja, war sie.«

Ich zwang mich zu einem breiten Grinsen. »Und, hat sie wieder mit ihren göttlichen Gaben bezahlt?«

»Leider nicht. Andererseits hatte sie gutes Geld bei sich, wo auch immer sie's herhaben mochte. Vielleicht hatte sie sich schon einem anderen verkauft.«

»Tat sie das oft?«

»Hin und wieder, wenn sie knapp bei Kasse war.«

»Hat der Mann, mit dem sie zusammenlebte, davon gewußt?«

»Jeuken? Weiß ich nicht. Aber sie hat nicht auf seine Rechnung gearbeitet, da bin ich mir sicher. Dafür hat sie den Schnaps zu sehr geliebt.«

Während ich meinen Weg zu Ossels Wohnung fortsetzte, dachte ich über die Auskunft des Wirtes nach. Hatte Gesa Ossel im Verlauf ihres Streits von den anderen Männern erzählt, denen sie sich hingab, und hatte er sie daraufhin aus Eifersucht getötet? Ich schüttelte heftig den Kopf, um mich von diesen düsteren Gedanken zu befreien. Wenn sogar ich mich mit der Vorstellung anfreundete, daß Ossel ein Mörder war, wer sollte dann noch an ihn glauben? Ich wußte einfach zu wenig über Gesa Timmers, um mir ein deutliches Bild zu machen. Am wenigsten verstand ich, was Ossel an ihr gefunden hatte. Mit seiner Stellung im Rasphuis hätte er leicht eine bessere Frau finden können.

Vor dem Haus, in dem sich am Abend zuvor die Tragödie ereignet hatte, spielten ein paar zerlumpte Kinder mit einem Flickengebilde, das man mit viel gutem Willen für einen Ball halten konnte. Ich köderte den größten Jungen mit einem Stüber und fragte ihn nach dem Hauswirt. Er ließ die Münze mit einer raschen Bewegung in seiner zerfransten Hosentasche verschwinden und zeigte mir den Weg zu einer der helleren Wohnungen, wo ich »die alte Deken«, wie der Junge sich ausdrückte, antraf. Sie war eine fast zahnlose Witwe, die sich nach eigenen Worten im Auftrag des Eigentümers um das Haus kümmerte. Der verwahrloste Zustand des Gebäudes zeugte allerdings davon, daß es mit ihrer Fürsorge nicht weit her sein konnte.

Ich blieb dicht bei der Wahrheit und erzählte ihr, ich sei ein Freund Ossel Jeukens, der in dessen Auftrag in der Wohnung nach dem Rechten sehen sollte. Ob sie mir glaubte, weiß ich nicht, aber nachdem ein weiterer Stüber den Besitzer gewechselt hatte, öffnete sie mir bereitwillig die Tür zu Ossels Wohnung.

Zerbrochenes Geschirr und ein entzweigegangener Stuhl kündeten von dem heftigen Streit, der hier getobt hatte. Und dann sah ich den großen, schwärzlich roten Fleck an der Wand: getrocknetes Blut, in dem bei näherem Hinsehen Haare klebten.

»Da hat er sie umgebracht«, sagte die Witwe Deken überflüssigerweise. »Mit dem Kopf gegen die Wand hat er sie geschlagen, wieder und wieder, bis sie tot war.«

»Woher wißt Ihr das so genau?«

»Ich … ich nehme es an. Woher sonst sollte der Blutfleck stammen? Außerdem war der Kopf der Frau zertrümmert, als man sie fand.«

Ein Schauer packte mich, als ich mir die Szene vorstellte. Schnell richtete ich meine Gedanken auf etwas anderes – das Bild. Es hatte genau an der Wand gestanden, wo jetzt der abscheuliche rote Fleck klebte. Aber sosehr ich mich auch in dem Zimmer umsah, ich konnte es nirgends entdecken. Also fragte ich die alte Frau danach.

»Ein Ölgemälde?« Sie lachte und schüttelte den Kopf. »Nein, der Jeuken hat kein solches Bild besessen. Niemand hier im Haus kauft sich Bilder. Die Leute, die hier wohnen, sind froh, wenn sie genug Geld für die Miete und etwas zu essen aufbringen können.«

»Er hatte es sich geliehen«, sagte ich und wies auf die kleine

Tür, die zur Schlafkammer führte. »Vielleicht hat er das Bild dort hineingestellt.«

Sie schien nichts dagegen zu haben, daß ich mich in dem kleinen Raum umsah. Aber auch hier fand ich das Bild nicht. Als ich wieder in die Wohnstube trat, stand neben der Deken ein schlanker Mann in den Dreißigern, gut und sauber gekleidet. Mir war auf den ersten Blick klar, daß er nicht in diesem Haus wohnte.

Er nahm sich die Zeit, mich von oben bis unten zu mustern, bevor er fragte: »Wer seid Ihr? Was sucht Ihr hier?«

Die Alte kam mir zuvor: »Er ist ein Freund von Jeuken und sucht nach einem Gemälde. Aber das ist nicht da. Der Jeuken hat doch kein Geld gehabt, um sich Bilder zu kaufen.«

»Ein Gemälde?« wiederholte der Fremde überrascht, ohne seinen forschenden Blick von mir zu wenden. »Was für ein Gemälde?«

»Ich wüßte nicht, weshalb ich Euch Rechenschaft schulden sollte«, entgegnete ich. »Wer seid Ihr überhaupt?«

»O verzeiht, wie unhöflich von mir!« Lächelnd nahm er den mit einem blau leuchtenden Federbusch geschmückten Hut ab und deutete eine Verbeugung an. »Amtsinspektor Jeremias Katoen, vom Amsterdamer Amtsrichter mit der Untersuchung dieses Falles beauftragt.«

»Was gibt es da zu untersuchen? Ich dachte, man weiß, was vorgefallen ist.«

»Ossel Jeuken hat als Zuchtmeister im Rasphuis ein öffentliches Amt bekleidet. Der Amtsrichter hat es daher für erforderlich gehalten, die Umstände der Mordtat aufs genaueste aufzuklären. Und jetzt wäre ich Euch verbunden, wenn auch Ihr Euch vorstellen würdet.«

Ich zog meinen speckigen, zerbeulten, schmucklosen Hut, verbeugte mich ebenfalls leicht und nannte meinen Namen.

»Cornelis Suythof heißt Ihr also und seid ein Freund Jeukens. Woher kennt Ihr einander?«

Wohl oder übel erzählte ich dem Amtsinspektor von meiner Tätigkeit im Rasphuis und meinem an diesem Morgen erfolgten Rauswurf.

Katoen strich über seinen dunklen Kinnbart und nickte leicht. »Wenn Ihr für Jeuken Eure Stellung aufs Spiel gesetzt habt, müßt Ihr in der Tat ein guter Freund sein. Was hat es mit diesem Gemälde auf sich?«

Ich sah keine Möglichkeit, ihm die Wahrheit zu verschweigen. Aber was konnte es Ossel noch schaden? Wegen Mordes angeklagt, durfte ihn der lächerliche Vorwurf, ein Gemälde in Melchers' Zelle geschmuggelt zu haben, kaum bekümmern.

»Und jetzt wollt Ihr das Bild suchen und zu Eurem Freund bringen?« fragte der Amtsinspektor zweifelnd.

»Ich will es nicht zu ihm bringen, aber ich möchte es mir noch einmal ansehen.«

»Warum?«

»Weil mich ein dummer Gedanke plagt.«

Katoen lächelte erneut, und diesmal wirkte es nicht amüsiert, sondern aufmunternd. »Vielleicht ist Euer Gedanke ja gar nicht so dumm. Würdet Ihr ihn mir mitteilen, Mijnheer?«

»Dieses Bild hing vermutlich im Haus des Blaufärbers Gysbert Melchers, als er seine Familie umbrachte. Es hing in seiner Zelle, als er sich selbst tötete. Und am Sonnabend nahm Ossel Jeuken es mit. Hier hat es gestanden, an dieser Wand. Gestern dann soll er hier seine Gefährtin erschlagen haben. Bei jeder Bluttat war dieses Bild in der Nähe. Das ist in meinen Augen ein seltsamer Zufall.«

Abermals rieb Katoen über sein Kinn. »Da habt Ihr recht, Suythof. Aber was folgert Ihr daraus?«

»Kann es sein, daß dieses Bild eine Schuld an den Bluttaten trifft?« Der Amtsinspektor blickte mich an, als hätte ich den Verstand verloren, deshalb fügte ich schnell hinzu: »Ich sagte doch, es ist ein dummer Gedanke.«

»Die Ermordeten wurden von Menschenhand getötet, nicht

von den Gestalten eines Gemäldes«, stellte Katoen fest. »Andererseits ist Eure Beobachtung nicht von der Hand zu weisen. Vielleicht spielt das Bild tatsächlich eine wichtige Rolle, aber anders, als Ihr denkt. Wo ist es jetzt?«

»Wenn ich das wüßte. Hier jedenfalls nicht, ich habe alles durchgesehen.«

Katoen bedachte die Hauswirtin mit einem strengen Blick. »Ihr wißt auch nicht, wo das Bild ist?«

»Nein, Herr«, sagte sie schnell, wobei ihre Stimme leicht zitterte und ihre Augen dem Blick des Amtsinspektors auswichen.

»Ihr müßt mir die Wahrheit sagen, Frau, sonst erwartet Euch eine strenge Strafe!«

»Strafe? Was für eine Strafe?«

»Wenn Ihr mich belügt, sorge ich dafür, daß man Euch öffentlich auspeitscht!«

»Aber ... ich wollte Euch nicht anlügen, Mijnheer, das müßt Ihr mir glauben. Ausgepeitscht, Allmächtiger, wie soll ich alte, schwache Frau das überleben?«

»Wenn Ihr mir auf der Stelle die Wahrheit sagt, wird der Amtsrichter nichts von Eurem Vergehen erfahren«, sagte Katoen leutselig. »Nur dürft Ihr mir nichts verschweigen!«

Die Witwe Deken preßte die Hände zusammen wie zum Gebet. »Ich werde Euch alles sagen, Herr, ganz bestimmt!«

»Dann erzählt mir endlich, was Ihr von diesem geheimnisvollen Bild wißt!«

»Ein Herr hat es abgeholt, vor etwa einer Stunde.«

»Was für ein Herr? Wie ist sein Name?«

»Den hat er nicht genannt, Herr Amtsinspektor. Er sagte nur, er wollte ein Bild aus Jeukens Wohnung abholen. Das Gemälde stand hier an der Wand. Der Herr hat es in seinen Mantel gewickelt und mitgenommen. Mehr weiß ich nicht.«

»Weshalb habt Ihr ihn gewähren lassen?« fuhr Katoen die Frau an.

»Er ... er hat mir drei Stüber dafür gegeben.«

»Mehr wißt Ihr nicht von dem Mann? Hat er nicht gesagt, wer ihn schickt?«

»Nein, er war nicht sehr gesprächig.«

»Wie hat er denn ausgesehen?«

»Er war gut gekleidet, wie Ihr selbst, Mijnheer, und er hatte einen dunklen Bart. Aber so genau habe ich ihn mir nicht angesehen.«

Ich konnte mir gut vorstellen, daß die drei Münzen, die der Fremde ihr in die Hand gedrückt hatte, ihre ganze Aufmerksamkeit beansprucht hatten. Und tatsächlich war nicht mehr aus ihr herauszukriegen.

»Die Sache mit dem Gemälde wird immer undurchsichtiger«, stellte Katoen fest.

»Werdet Ihr Euch darum kümmern?« fragte ich.

»Soweit es mir möglich ist. Aber ohne weitere Anhaltspunkte werde ich dem Bild kaum auf die Spur kommen. Jedenfalls solltet Ihr Eure Nase nicht weiter in diese Sache stecken, Suythof. Ich brauche noch Eure Adresse, falls ich weitere Fragen habe.«

Ich gab ihm die gewünschte Auskunft und verabschiedete mich. Schon auf dem Gang, hörte ich den Amtsinspektor noch einmal rufen, ich solle jetzt besser nach Hause gehen und mir über diesen Fall nicht weiter den Kopf zerbrechen.

Meine Schritte führten mich keineswegs nach Hause, wie der Amtsinspektor es mir geraten hatte. Ich wollte mehr für Ossel tun, als mich auf die Ermittlungen des Herrn Jeremias Katoen zu verlassen. Vielleicht konnte ich nicht herausfinden, wo sich das geheimnisvolle Gemälde befand, aber möglicherweise konnte ich in Erfahrung bringen, woher es stammte.

Dieses Ziel vor Augen, ging ich zur Färbergracht, deren schmutziges Wasser im hellen Licht der Vormittagssonne bunt schillerte. Ich fragte eine Dienstmagd, die vor einem großen Haus die Eingangsstufen schrubbte, nach dem Anwesen des Blaufärbers Melchers. Es befand sich nahe der hölzernen

Brücke, die, neben zwei steinernen Brücken, die Färbergracht überspannte.

Eine Hofeinfahrt neben dem Haus stand offen, und ich ging einfach hindurch. Trotz des offenen Tores war auf dem Blaufärberhof alles ruhig, was mich jedoch nicht weiter verwunderte. Nach dem Tod von Meister Melchers schien es mir fraglich, ob seine Geschäfte überhaupt weitergeführt wurden.

Zudem war es ein Montag, im Blaufärbergewerbe der »blaue Montag« genannt. Am arbeitsfreien Sonntag ließ man die zu färbenden Tuche länger als gewöhnlich in der Küpe, und montags wurden sie zum Austrocknen an die Luft gehängt. Da die Ware durch das Trocknen ihre blaue Färbung erhielt, sprach man vom »blauen Montag«. Die Färbergesellen hatten an diesem Tag für gewöhnlich nicht viel zu tun, und entsprechend ruhig ging es auch heute an der Färbergracht zu.

Ich bog um eine Ecke und erblickte große Holzgestelle mit aufgehängten Tüchern. Hier schien also trotz der Abwesenheit des Färbermeisters gearbeitet zu werden. Langsam ging ich zwischen den Trockengestellen hindurch auf ein weiteres offenes Tor zu, das in einen großen Arbeitsraum mit mehreren großen Holzbottichen führte. Als ich näher kam, sah ich, daß sie mit gelber Flüssigkeit gefüllt waren, der Küpe. Und ich hörte Stimmen, die aus dem hinteren, durch einen Vorhang abgetrennten Teil des großen Arbeitsraums zu mir drangen. Ich hörte Männer lachen, dazwischen aber auch hellere Stimmen wie von jungen Frauen oder Kindern.

Ich schob den Vorhang beiseite und hatte nun freien Blick auf ein seltsames Schauspiel, wobei mir ein beißender Gestank entgegenschlug, schlimmer noch als der strenge Geruch der Küpe. Die warme, feuchte Luft war angefüllt vom Dunst frisch gelassenen Wassers. Und in der Tat, drei Männer und mehrere Knaben umringten mit heruntergelassenen Hosen einen hölzernen Bottich und urinierten hinein, als sei es ihnen eine wahre Wonne. Zwei große Korbflaschen machten die Runde und sorgten dafür, daß der warme gelbe Strom nicht so rasch versiegte. Ich wußte zwar, daß die Färber menschlichen Urin sammelten, weil sie ihn zur Herstellung der Küpe benötigten, aber ich hatte einem solchen Vorgang noch nie beigewohnt.

Ein großer, kräftiger Mann erspähte mich, und er fragte, ohne in seiner Verrichtung innezuhalten: »Wer seid Ihr? Was wollt Ihr hier?«

»Suythof ist mein Name«, preßte ich hervor, während ich gegen heftige Übelkeit ankämpfte. »Ist jemand unter euch, der den Meister Gysbert Melchers vertritt?«

»Ihr könnt Euch in allen Angelegenheiten an mich wenden. Ich bin der Blaufärbergeselle Aert Tefsen.«

»Tefsen«, wiederholte ich und sann einen Augenblick nach. »Seid Ihr nicht derjenige, der die … die Köpfe der Getöteten in der Küpe aufgefunden hat?«

Das breite, bärtige Gesicht des Färbergesellen verfinsterte sich. »Ja, das stimmt. Aber warum interessiert Euch das?«

»Ich würde Euch in dieser Angelegenheit gern ein paar Fragen stellen, Mijnheer Tefsen.«

Er zog seine fleckige Hose hoch und trat auf mich zu. »Schickt Euch das Gericht oder der Magistrat?«

»Nein, ich bin aus eigenem Antrieb hier. Ich wußte nicht einmal, ob ich jemanden antreffen würde. Ihr arbeitet also auch nach dem Tod Eures Meisters weiter.«

»Wir haben bereits einen neuen Meister, Antonis ter Kuile. Er hat Meister Melchers' Geschäft gekauft. Seit heute sind wir wieder am Schaffen.«

»Ah, deshalb die rege Betriebsamkeit am blauen Montag«, sagte ich und blickte angewidert auf den Urinbottich.

»Der Montag ist immer ein guter Tag zum Wassersammeln, weil sonntags viel getrunken wird. Aber welches Anliegen führt Euch her?«

»Ich interessiere mich für ein Gemälde, das Eurem Herrn gehört hat. Es war ihm so wichtig, daß er es sich ins Rasphuis

60

bringen ließ. Ihr erinnert Euch sicher daran. Ihr selbst habt es dem Zuchtmeister des Rasphuis ausgehändigt.«

Tefsens Miene wurde noch finsterer, und eine steile Falte bildete sich über seiner Nasenwurzel. »Was geht Euch dieses Bild an, Mann?«

»Es ist verschwunden, und ich möchte wissen, warum.«

Der Blaufärbergeselle machte einen schnellen Schritt auf mich zu und packte mich an den Aufschlägen meiner Jacke. »Vielleicht erzählt Ihr mir etwas über das Bild! Warum sucht Ihr es, hm? Wer hat Euch geschickt?«

»Niemand schickt mich. Ich möchte nur wissen, was hinter all den schrecklichen Bluttaten steckt.«

»Und ich möchte wissen, was hinter dieser gottverfluchten Schnüffelei steckt.«

Er riß mich mit solcher Gewalt herum, daß ich beinahe das Gleichgewicht verloren hätte. Die beiden anderen Männer packten mich ebenfalls mit ihren dunklen Färbergesellenhänden. Zu spät dachte ich daran, nach dem spanischen Messer in meiner Jacke zu greifen. Jetzt, im festen Griff dreier Männer, konnte ich mich kaum noch rühren.

»Rede endlich!« fuhr Tefsen mich an. »Was steckt hinter der Schnüffelei?«

»Ich möchte nur meinem Freund helfen«, stammelte ich.

»Deinen Freund? Wer ist das?«

»Ossel Jeuken, der Zuchtmeister des Rasphuis.«

»Der hat doch gestern seine Frau erschlagen.«

»Richtig, und deshalb bin ich hier. Als er seine Gesa umbrachte – falls er es wirklich getan hat –, befand sich das Bild in seiner Wohnung.«

»So?« In Tefsens Blick lagen Unverständnis und Mißtrauen. »Aber eben habt Ihr gesagt, das Bild sei verschwunden.«

»Ja, jetzt ist es verschwunden.«

»Ich glaube, Ihr schwindelt, Mann. Aber ich werde die Wahrheit schon aus Euch herausbekommen.« Ein boshaftes Grinsen trat in sein Gesicht, als er seine beiden Kameraden ansah. »Geben wir ihm etwas zu trinken, das wird seine Zunge lockern!« Unter rauhem Gelächter schleppten sie mich zu dem Urinbottich. So heftig ich mich auch sträubte, ich war der Übermacht hoffnungslos unterlegen. Sie stießen mich zu Boden und steckten meinen Kopf in den Bottich mit dem warmen, dampfenden, stinkenden Naß. Ich schloß die Augen und hielt die Luft an, aber irgendwann drohten meine Lungen zu platzen. In dem verzweifelten Bemühen, irgendwie nach Luft zu schnappen, öffnete ich den Mund und schluckte die eklige Brühe.

Kräftige Hände zogen mich hoch. Ich hustete, würgte und spuckte, während die Färbergesellen feixend auf mich herabsahen. Ein paar der Knaben machten sich einen besonderen Spaß daraus, ihren Wasserstrahl auf mich zu richten und mich am ganzen Leib zu verunreinigen.

»Nun, wollt Ihr jetzt reden?« fragte Tefsen.

»Aber ich rede doch die ganze Zeit«, erwiderte ich unter heftigem Würgen.

»Ihr redet, aber Ihr sagt nichts.«

»Ich kann Euch nicht mehr sagen, als ich weiß.«

»Er ist noch genauso verstockt wie eben«, stellte Tefsen kopfschüttelnd fest. »Wir sollten ihm ein ausgiebigeres Bad gönnen.«

Ich versuchte, mich loszureißen, doch die drei Kerle waren abermals stärker; sie schleppten mich zu den großen Küpebottichen und warfen mich ganz und gar in einen hinein. Die stinkende Mischung aus Alkohol und Urin schwappte über mir zusammen, und ich schwamm darin wie ein hilfloses Katzenjunges, das man zum Ertrinken ins Wasser geworfen hat. Sobald ich meinen Kopf aus der Brühe erhob und nach Luft schnappte, tauchten die Männer mich auch schon wieder unter. So ging es viele Male, bis sie mich irgendwann endlich in Ruhe ließen. Ich war zu schwach, um aus dem Bottich zu klettern. So blieb ich darin hocken und reckte nur Kopf und Oberkörper

über den Rand, um die unfreiwillig geschluckte Küpe auszu-
speien.

»Jetzt wird er sicher reden«, meinte einer der Gesellen.

»Wenn nicht, hängen wir ihn draußen zum Trocknen auf«, erwiderte Tefsen. »Dann wird er sein blaues Wunder erleben.«

In das allgemeine Gelächter über diese Bemerkung fuhr eine
schneidende Stimme: »Ein blaues Wunder werdet ihr Kerle erleben, wenn ihr nicht eine gute Erklärung für das hier habt!«

Der Mann trat näher. Das erste, was ich von ihm wahrnahm,
war der blaue Federbusch auf seinem Hut.

»Und Ihr, Mijnheer Suythof, hättet meinen Rat befolgen und
nach Hause gehen sollen«, fuhr der Amtsinspektor Jeremias
Katoen fort. »Nur gut, daß mich wohl derselbe Gedanke hertrieb wie Euch.«

»Wie recht Ihr habt«, sagte ich grimmig, während er mir aus
dem Bottich half.

Tefsen funkelte den Amtsinspektor drohend an. »Mischt Euch
nicht in unsere Angelegenheiten, Mann! Ich habe allmählich
die Nase voll von Fremden, die hier herumschnüffeln.«

»Ich schnüffele hier herum, soviel es mir beliebt«, entgegnete
Katoen ruhig und stellte sich vor. »Ein weiteres Widerwort,
und Ihr werdet noch heute nachmittag vor dem Rathaus ausgepeitscht.«

Die Drohung mit der Peitsche schien dem Amtsinspektor
zu gefallen, und sie verfehlte auch hier ihre Wirkung nicht.
Augenblicklich senkten die Färbergesellen den Blick, und ihr
Widerstand war gebrochen.

»Warum habt ihr den Herrn Suythof derart mißhandelt?«
fragte Katoen.

»Er ist schon der zweite, der heute hier herumschnüffelt und
sich nach dem verdammten Bild erkundigt«, antwortete Tefsen. »Wir wollten endlich wissen, um was es dabei geht.«

»Der zweite, wie interessant«, murmelte der Amtsinspektor.
»Und wer war der erste?«

»Seinen Namen hat er nicht genannt. Er fragte nach diesem Bild. Ich habe ihm gesagt, daß Meister Melchers es ins Rasphuis holen ließ. Da ist der Fremde schnell wieder gegangen.«

»Beschreibt den Mann!« forderte Katoen die Färbergesellen auf.

Ihre Beschreibung fiel nicht sonderlich genau aus, aber es konnte sich gut um denselben Mann handeln, der das Gemälde aus Ossels Wohnung geholt hatte.

»Woher stammt das Bild?« fragte Katoen weiter. »Wer hat es gemalt?«

Die Färbergesellen wußten es nicht. Tefsen sagte: »Vor neun oder zehn Tagen habe ich es zum ersten Mal in der Stube des Meisters hängen sehen. Aber wie es dahin gekommen ist, kann ich nicht sagen.«

Katoen wandte sich mir zu. »Ihr solltet besser nach Hause gehen und ein Bad nehmen, Mijnheer Suythof. Ein heißes Bad. Und dann legt Euch zu Bett. Ihr seht noch schlechter aus, als Ihr riecht.«

Diesmal befolgte ich seinen Rat. Bevor ich das Haus der Witwe Jessen erreichte, hatte ich mich dreimal übergeben.

KAPITEL 5

Freitag, der Dreizehnte

Erst schlug die Witwe Jessen die Hände über dem Kopf zusammen, dann machte sie Wasser heiß, goß es in einen Zuber und befahl mir, mich zu entkleiden. Ich tat, was sie sagte; die Ereignisse des heutigen Tages hatten jedwede Widerstandskraft in mir gebrochen. Ich fühlte mich zum Gotterbarmen elend und empfand das heiße Wasser, das mich alsbald umspülte, als himmlische Wohltat. Die kräftigen Hände der Witwe rieben mich mit einer duftenden Seife ein, wieder und wieder, bis der Gestank, der mir wie ein Pesthauch anhaftete, vertrieben war.

Nach dem Bad, das in meiner Erinnerung Stunden dauerte, steckte die gute Frau mich ins Bett, und ich fiel in einen Schlaf voller unruhiger Träume. So stand ich Ossel im Holzlager des Rasphuis gegenüber, wie am Sonnabend. Aber diesmal wollte er mich nicht die Kunst des Ringens lehren. Seine Hände waren blutbeklebt, und als er sie nach mir ausstreckte, glomm Mordlust in seinen Augen. Ich wandte mich ab und lief fort – geradewegs in die Arme der Färbergesellen, die mich mit ihrer übelriechenden Küpe übergossen. Ich sah mich wie mit den Augen eines anderen und beobachtete, wie ich mich ganz und gar blau verfärbte. Erneut wollte ich weglaufen, doch ich war gefangen. Nicht in einem Gebäude, nicht in einer Zelle im

65

Rasphuis, sondern in einem Bild! Ich war zu einer Figur auf einem in Blau gehaltenem Ölbild geworden, und der hölzerne Rahmen begrenzte meine Welt.

Solcher und anderer übler Art waren die Träume, die mich quälten, voller Schreckgespenster und in einer Vielzahl, wie sie ein Mensch kaum in einer Nacht erfahren kann. Als ich endlich erwachte, war ich heilfroh, den Dämonen des Schlafes entkommen zu sein. Ich lag in dem schmalen Bett in meinem Zimmer und blinzelte ins helle Licht, das durch die beiden großen Fenster hereinfiel. Die Sonne stand hoch über den Dächern Amsterdams, es mußte auf Mittag zugehen. Ich konnte unmöglich nur wenige Stunden geschlafen haben bei all den Träumen, die mich so sehr gequält hatten, die zum Glück aber bereits zu verblassen begannen. So blieb mir nur der Schluß, daß ich vierundzwanzig Stunden lang im Bett gelegen hatte.

Als ich mich aufrichten wollte, stieß mein linker Ellbogen gegen eine Wasserschale, die auf dem kleinen Tisch neben dem Bett stand. Die Schale fiel zu Boden und zersprang, so daß der Inhalt sich über die Dielen ergoß. Ich schüttelte benommen den Kopf. Etwas fiel von meiner Stirn aufs Kissen, ein feuchtes Tuch. Da erschien, wohl von dem Lärm der zerspringenden Schüssel angelockt, die Witwe Jessen und begann, das Wasser mit einem Lappen vom Boden zu wischen.

»Es tut mir leid«, sagte ich mit schwerer, belegter Zunge. »Als ich aufwachte, habe ich nicht an die Wasserschale gedacht. Ich kann mich gar nicht erinnern, sie dort hingestellt zu haben.«

»Das ist nicht Eure Schuld, Herr Cornelis. Ich habe die Schale dort abgestellt, um Euch regelmäßig kalte Wickel aufzulegen, wie der Arzt es angeordnet hat.«

»Der Arzt?«

»Als es mit Euch so gar nicht besser werden wollte, habe ich Doktor van Bijler geholt. Ich habe Euch mit einem Löffel das Mittel eingeflößt, das er verordnet hat, und Euch die Wickel gemacht. Danach erst ist das Fieber gesunken. Man hat Euch wirklich übel mitgespielt, Herr Cornelis. Ihr solltet diese Färberbande vor Gericht bringen.«

»Ein Verfahren vor Gericht kann teuer werden, und Geld ist zur Zeit knapp bei mir. Ich bin nicht länger im Rasphuis beschäftigt.«

Sie nickte. »Das weiß ich. Ein Bote vom Rasphuis war hier und hat Euren ausstehenden Lohn gebracht. Ich habe das Geld in die Holzschatulle gelegt, in der Ihr Eure Wertsachen aufbewahrt.«

Das hörte sich an, als sei ich mit Reichtümern im Übermaß gesegnet. In Wahrheit stellte das Geld vom Rasphuis so ziemlich mein ganzes Vermögen dar.

Ich blickte wieder zum Fenster und fragte: »Habe ich denn länger als vierundzwanzig Stunden geschlafen?«

Zu meiner Verwunderung lachte die Witwe. »Das kann man wahrhaftig behaupten, Herr Cornelis!«

»Was ist daran komisch?« fragte ich mit leichter Empörung.

»Das Fieber hatte Euch lange in seinen Klauen. Doktor van Bijler meinte, Ihr hättet zuviel von der Färberküpe geschluckt.« Sie zählte es an den Fingern ab. »Dienstag, Mittwoch, Donnerstag, Freitag. Vier Nächte und Tage habt Ihr geschlafen, nicht eine Stunde weniger.«

Ich brauchte einige Zeit, um diese Eröffnung zu verdauen. Trieb die Witwe einen Scherz mit mir? Ich musterte ihr gutmütiges rosiges Gesicht und verwarf den Gedanken sofort.

Trotzdem vergewisserte ich mich: »Heute ist wirklich schon Freitag?«

»Aber ja, Freitag, der dreizehnte August. Ein Tag, den man nicht besser verbringen kann als im Bett.«

Der tiefe Aberglaube, von dem meine Hauswirtin in manchen Dingen besessen war, wollte nicht ganz zu der frommen Kirchgängerin passen, die sie im allgemeinen war. Ich hatte mich schon manches Mal darüber amüsiert, wenn sie einer schwarzen Katze auswich oder wenn sie es vermied, unter einer Leiter hindurchzugehen. Offenbar konnte sie in meinem Gesicht lesen wie in einem Buch, denn sie warf mir einen strengen Blick zu.

»Schmunzelt nur, junger Herr. Wenn Ihr einmal in meinem Alter seid, werdet auch Ihr wissen, daß vielerlei Mächte um uns sind, die wir nicht mit den Augen erblicken und mit den Händen greifen können. Der Sohn meiner Schwester, Gott erbarme sich des armen Hendricks, ward an einem Freitag, dem Dreizehnten geboren. An seinem ersten Geburtstag ist er verstorben, einfach so, ohne Vorwarnung. Und ein Vetter von mir feierte an einem Freitag, dem Dreizehnten seine Hochzeit. Ein schweres Gewitter zog auf, und ein Blitz fuhr mitten in die Hochzeitsgesellschaft. Drei Menschen starben, und viele weitere wurden übel zugerichtet. Es ist und bleibt nun mal ein Unglückstag, auch für Euren Freund.«

Augenblicklich fiel jede Heiterkeit von mir ab, und ich fragte hastig: »Sprecht Ihr von Ossel Jeuken?«

Die Witwe Jessen nickte.

»Was ist mit ihm? Sagt es mir bitte!«

»Man hat ihn verurteilt, gestern schon«, sagte sie mit matter Stimme und senkte den Blick. »Er soll vor dem Rathaus an einem Pfahl erdrosselt werden, und sein Schädel soll zerschmettert werden, so wie er es mit dem Kopf von Gesa Timmers getan hat.«

Eine Hitzewelle packte mich, durchströmte meinen ganzen Leib.

»Ist seine Schuld denn erwiesen?« fragte ich schwach.

»Niemand hat je daran gezweifelt.«

Das mochte stimmen, denn meine Zweifel zählten nicht.

»Wann soll das Urteil vollstreckt werden?« erkundigte ich mich bange.

»Heute zur Mittagsstunde.«

Ich sprang aus dem Bett und stieg, allen Protesten der Witwe zum Trotz, in meine Kleider. Sie waren dank meiner fleißigen

Wirtin sauber und dazu auch noch ordentlich zusammengefaltet; nicht der geringste Hauch von Färberküpe oder Urin haftete ihnen mehr an. Ein beiläufiger Blick in den kleinen runden Spiegel neben meinem Bett offenbarte mir ein Gesicht, das alles andere als vorzeigbar war. Dunkle Bartstoppeln bedeckten meine sonst glatten Züge, und meine Wangen wirkten eingefallen.

»Ihr seid viel zu schwach, um herumzulaufen«, versuchte die Witwe Jessen noch einmal, mich zurückzuhalten. »Ihr werdet Euch den Tod holen, Herr Cornelis. Vergeßt nicht, heute ist Freitag, der Dreizehnte!«

Ich ließ sie lamentieren und lief die Treppe hinunter, so schnell es meine vom langen Liegen noch wackligen Beine erlaubten. Es konnte nicht mehr lange hin sein bis Mittag – bis zur Hinrichtung meines Freundes Ossel.

An der Haustür blieb ich stehen und rang nach Luft. Schwindel hatte meinen geschwächten Körper erfaßt. Sollte die Witwe recht behalten? Ich atmete tief und gleichmäßig, straffte mich, trat hinaus auf die Straße und schlug den Weg zum Rathaus ein. Schon bald mußte ich mich zwischen Scharen von Menschen hindurchzwängen, um voranzukommen. Offenbar hatte sich jeder in Amsterdam, der nicht unabkömmlich beschäftigt war, aufgemacht, um der Hinrichtung beizuwohnen.

Auf dem Dam drängte sich eine buntgemischte Menge zwischen Rathaus, Nieuwe Kerk, Oude Waag und Kaufmannsbörse. Vor mir tanzten die federbuschgeschmückten Hüte angesehener Herren, die hohen schwarzen Kopfbedeckungen von Händlern und Geschäftsleuten, die unförmigen Kappen einfacher Arbeiter, die breitkrempigen Sonnenhüte junger Damen und die weißen Hauben unzähliger Dienstmägde. Mit der Kraft eines Verzweifelten schob ich die Leute ungeachtet ihres Standes und ihres Geschlechts beiseite, wobei ich mir manche Verwünschung einfing, und arbeitete mich zum Richtplatz vor, wo bereits der Würgepfahl stand.

Bevor ich noch ganz vorn angelangt war, brachten Trompetenstöße die Menge zum Verstummen. Der Trompete folgte ein Trommelwirbel, und eine unheimliche Prozession hielt vom Rathaus her auf die Richtstätte zu. Vorn und hinten gingen mit Hellebarden bewaffnete Wachen, deren grimmige Gesichter und im Sonnenlicht blitzende Waffen dafür sorgten, daß die Schaulustigen Abstand hielten. Ich sah den Trommler, ich sah hohe Herren aus dem Magistrat, ich sah die Schöffen, die Ossel verurteilt hatten – und ich sah meinen Freund.

Die Hände auf den Rücken gefesselt, ging er müden Schrittes zwischen zwei Wachen auf den Richtplatz zu. Sein vordem breites Gesicht wirkte so eingefallen wie meins, sein Kopf war kraftlos auf die Brust gesunken, und sein trüber Blick schien ins Leere zu gehen. Unzweifelhaft war dieser arme Mensch Ossel, und doch hatte er wenig mit dem Mann und kräftigen Ringer gemein, den ich meinen Freund genannt hatte. Ich war versucht, seinen Namen zu rufen, um seine Aufmerksamkeit auf mich zu lenken, doch was hätte ihm das genützt?

Es mußte doch einen Weg geben, ihm beizustehen! Vielleicht konnte ich die Schöffen und Ratsherren davon überzeugen, daß sein Fall nicht so eindeutig war, wie jedermann außer mir zu denken schien. Ich versuchte, mich noch näher an die Prozession heranzudrängen, doch es war kein Durchkommen mehr. Beim Erscheinen des Verurteilten hatte sich die Mauer der Schaulustigen so fest geschlossen, daß ich zwischen ihnen eingeschlossen war und mich kaum noch rühren konnte.

Ich schrie den Ratsherren zu, sie dürften Ossel nicht töten, aber das allgemeine Gelärm um mich herum verschluckte meine Worte. Irgendwann, als ich nur noch krächzen konnte, stellte ich das Rufen ein. Ich war hergekommen, um meinem Freund zu helfen, und konnte doch nichts weiter tun, als der Vollstreckung der schrecklichen Strafe beizuwohnen.

So wurde ich denn Zeuge, wie er nach der öffentlichen Verlesung des Urteils mit dem Rücken an den Würgepfahl gebunden und vom Scharfrichter langsam mit einem groben Strick erdrosselt wurde. Nie werde ich vergessen, wie Ossel nach Atem rang, wie seine Glieder in einer letzten Aufwallung von Widerstand zuckten, wie seine Augen hervortraten.

Als sein Kopf schlaff zur Seite fiel, war ich tatsächlich erleichtert, daß sein Leid ein Ende hatte. Als der Henker schließlich das schwere Beil hob, um der Vergeltung Genüge zu tun und Ossels Schädel zu zertrümmern, schloß ich die Augen, und trotzdem sah ich das widerliche Bild deutlich vor mir.

Die Menge löste sich langsam auf und drängte sich an den Ständen der Händler vorbei, denen das Schauspiel der Hinrichtung gute Geschäfte bescherte. Ein mittelmäßiger Sänger gab das Lied vom Zuchtmeister Jeuken zum besten, der aus Eifersucht zum Mörder wurde. Ein junges Mädchen, fast noch ein Kind, ging mit einem umgedrehten Hut herum, um den Lohn des Sängers einzusammeln, und so mancher Stüber landete in dem Hut. Als das Mädchen vor mir stehenblieb, schüttelte ich nur stumm den Kopf. Das Kind wollte sich damit nicht abspeisen lassen und reckte mir fordernd den Hut entgegen. Da schnellte neben mir eine Hand vor und warf eine Münze in den Hut, woraufhin das Mädchen mich endlich in Ruhe ließ.

»Ich kann verstehen, daß Ihr dafür nicht bezahlen wollt, Mijnheer Suythof«, sagte der Amtsinspektor Jeremias Katoen. »Selbst wenn der Sänger begabter wäre, könnte er Euch nicht erfreuen, nicht an diesem Tag und gewiß nicht mit diesem Lied.«

»Nein, nicht an diesem Tag«, seufzte ich und fügte leise hinzu: »Es ist Freitag, der Dreizehnte.«

»Wie meint Ihr?«

»Ach nichts, schon gut«, murmelte ich und räusperte mich, weil meine Stimme versagen wollte.

»Ihr seht nicht gut aus, Suythof. Schmal seid Ihr geworden. Ihr seid krank gewesen, stimmt's?«

Ich nickte. »Ich habe zuviel von dieser elenden Küpe gesoffen.«
»Dann solltet Ihr jetzt etwas Richtiges trinken und vor allem
etwas essen. Da vorn, nicht weit von der Kirche, kenne ich eine
gute Garküche. Kommt, Ihr seid eingeladen.«
Ich wollte mich noch einmal nach dem Richtplatz umsehen,
doch Katoen hielt mich zurück. »Behaltet Euren Freund lieber
so in Erinnerung, wie er zu Lebzeiten aussah! Ein zertrümmer-
ter Schädel ist kein schönes Bild für die Ewigkeit.«
Die Hinrichtung bescherte auch der Garküche ein volles
Haus. Nur mit Mühe fanden wir auf einer Holzbank am Ende
des schlauchartigen Raums Platz. Katoen bestellte Bier und
Fischsuppe, und schon kurz darauf brachte ein dralles blondes
Mädchen zwei Krüge und zwei Schüsseln. Der Amtsinspektor
ließ sich die Suppe schmecken, ich aber trank nur ein paar
Schlucke Bier. Noch zu deutlich stand mir der jammervolle
Anblick des schändlich erdrosselten Freundes vor Augen, als
daß ich auch nur einen Löffel Suppe hätte essen können.
»Ihr solltet Euch zwingen, etwas zu Euch zu nehmen«, sagte
der Amtsinspektor. »Ihr seht aus, als könntet Ihr's gut ver-
tragen.«
»Wieso zeigt Ihr Euch so besorgt um mich? Plagt Euch das
schlechte Gewissen?«
Katoen sah mich erstaunt an. »Schlechtes Gewissen? Wie
kommt Ihr darauf?«
»Ihr habt nichts unternommen, um Ossel Jeuken zu retten.«
»Das war weder meine Aufgabe noch meine Absicht. Zumal
ich der festen Überzeugung bin, daß Euer Freund den Mord
begangen hat. Die Schöffen haben ihn dafür zum Tod verurteilt, und das ist die gerechte Strafe. Manch einer könnte sich
ermutigt fühlen, müßte ein Mörder seine Tat nicht mit dem Leben bezahlen. Ihr seht mich zweifelnd an, Suythof. Haltet Ihr
Jeuken noch immer für unschuldig?«
Ich dachte an meinen Besuch in der Dunkelzelle, an Ossels
traurigen, verlorenen Blick. Das war mehr gewesen als die

Trauer eines Mannes, der zum Mörder geworden war. Verzweiflung hatte in dem Blick gelegen, ein Nichtverstehen. Und wieder kamen mir seine Worte in den Sinn: *Das Bild ... es war das Bild ... blau ...*

»Ich halte es für möglich, daß Ossel seine Gefährtin mit eigenen Händen getötet hat«, gestand ich zögernd ein.

»Also doch! Und ich dachte schon, Eure freundschaftlichen Regungen hätten Euch blind gemacht.«

»Aber kann er nicht trotzdem unschuldig gewesen sein?«

»Wie das?«

»Denkt doch an einen Betrunkenen, der nicht mehr Herr seiner Sinne ist. Er mag im Rausch einen Menschen erschlagen, dem er mit klarem Kopf niemals etwas angetan hätte. Dann ist es der Rausch, der ihn lenkt, nicht sein Wille.«

»Hört, hört! Ihr hättet Advokat werden sollen, Suythof. Würde Eure Argumentation sich durchsetzen, hätten die Mörder es in Zukunft leicht. Sie müßten sich nur ordentlich betrinken und könnten dann ungestraft meucheln. Meint Ihr das wirklich ernst?«

»Nicht jeder Betrunkene handelt ohne eigenen Willen. Aber wir wollen uns nicht darüber streiten, das sollte nur ein Beispiel sein. Ich weiß nicht, wieviel Ossel am Sonntagabend getrunken hatte.«

»Vermutlich war er nicht gerade nüchtern. Er und diese Gesa Timmers haben dem Schnaps beide gern zugesprochen.«

Ich fuhr unbeirrt fort: »Kann es nicht etwas anderes geben, das, ähnlich einem Rausch, einen Menschen dazu bringt, Dinge zu tun, die er gar nicht tun will?«

»Zu morden?«

»Ja, auch zu morden.«

»Was sollte das sein?«

»Ich muß immer wieder an das Gemälde denken. Warum hat Ossel es erwähnt, als ich ihn in der Dunkelzelle aufsuchte? Sonst hat er gar nichts gesagt.«

Katoen dachte nach und schüttelte schließlich den Kopf. »Für mich ergibt das keinen Sinn. Ein Gemälde kann doch wohl keinen Menschen töten. Es vermag ja nicht einmal einen Menschen in einen Rausch zu versetzen wie etwa eine Flasche Schnaps.«

»Ihr seid kein großer Freund der Malerei, wie?«

»Ich habe zwei, drei Bilder zu Hause.«

»Aber sie bedeuten Euch nichts, oder?«

»Nun, die Wände sehen weniger kahl aus.«

»So wie Ihr denken viele. Und viele Maler fertigen ihre Werke auch nur zu diesem Zweck an. Aber es gibt auch andere Bilder. Sie können den Betrachter durchaus in einen Rausch versetzen, den Rausch der Bewunderung, der Verzückung, des Träumens oder auch der Furcht.«

»Aber das bringt doch wohl keinen Menschen so weit, daß er alles vergißt und womöglich einen anderen tötet!«

»Ihr sprecht einen interessanten Gedanken aus und verneint ihn im selben Atemzug, Mijnheer Katoen. Vielleicht solltet Ihr Euch eingehender mit ihm beschäftigen, bevor Ihr ein Urteil fällt.«

Der Amtsinspektor trank einen Schluck Bier und sah mich durchdringend an. »Glaubt Ihr wirklich, was Ihr da redet, Suythof? Meint Ihr, dieses mysteriöse Bild hat Euren Freund zu der Bluttat getrieben?«

»Es war im Haus des Blaufärbers Melchers, als er seine Familie ermordete. Es war in der Zelle, in der Melchers sich selbst gerichtet hat. Und es befand sich in Ossels Wohnung, als Gesa Timmers starb.«

»Das ist mir bekannt. Aber wo ist es jetzt?«

»Das hatte ich von Euch zu erfahren gehofft.«

»Da muß ich Euch enttäuschen. Das Bild ist wie vom Erdboden verschluckt.«

»Habt Ihr den Mann, der es aus Jeukens Wohnung geholt hat, nicht gefunden?«

»Wenn ich den Mann hätte, hätte ich wohl auch das Bild«, sagte der Amtsinspektor gereizt.

»Die Sache scheint Euch nicht gleichgültig zu sein. Ihr meßt dem Bild also doch eine Bedeutung zu!«

»Es ist ein ungeklärter Faktor in dieser Rechnung, und das gefällt mir nicht. Vielleicht ist dieses Bild aus irgendeinem Grund sehr wertvoll. Vielleicht hat es auch rein gar nichts mit den Morden zu tun.«

»Für meinen Geschmack sind das zu viele Vielleichts. Ich werde nicht ruhig schlafen können, bis ich Licht in das Dunkel um dieses Bild gebracht habe.«

»Tut, was Ihr nicht lassen könnt, Suythof, wenn es nur Euer Gemüt beruhigt.« Katoen schob den geleerten Krug beiseite und erhob sich. »Für mich ist diese Angelegenheit erledigt. Andere wichtige Geschäfte warten auf mich.«

Der Amtsinspektor verabschiedete sich, und ich bestellte einen weiteren Krug Bier. Es blieb nicht bei dem zweiten Krug, und es blieb nicht beim Bier. Eine Flasche Schnaps sollte mir helfen, den Anblick des am Würgepfahl stehenden Ossel aus meiner Erinnerung zu löschen.

KAPITEL 6

Die Kunst und das Handwerk

Ein Lichtstrahl riß mich aus einem Schlaf voll grausiger
Traumbilder. Wieder und wieder war Ossel vor meinen
Augen gestorben, und selbst im Tod hatte er mich noch ankla-
gend angesehen. Und hatte er nicht recht? War ich nicht mit-
schuldig an seinem Tod? Wer hätte ihm beistehen sollen, wenn
nicht ich, sein bester und – wie es in diesen Tagen schien – einziger Freund? Auch wenn ich mich müde und ausgelaugt fühlte, war ich doch froh über mein Erwachen. Die Traumbilder
verblaßten im hellen Morgenlicht, das Schuldgefühl aber blieb
zurück.
Ich blinzelte ins Licht und war verwirrt. Das waren nicht die
breiten Fenster des großen Zimmers im Haus der Witwe Jessen,
und das war nicht das gleichmäßig milde Licht, das ich gewöhnt
war. Mein Blick wanderte zu einem kleineren, fast quadrati-
schen Fenster, das direkt nach Osten zeigte. Die aufgehende
Sonne warf ihre blendenden Strahlen mit ganzer Kraft auf mich,
wie um jede Bemäntelung meiner Schuld zu verhindern.
Als ich mich umdrehte, stieß mein linker Arm gegen etwas
Weiches, Schweres, und ein unwilliges, halb im Schlaf aus-
gestoßenes Brummen ertönte. Ich blickte auf rosiges Fleisch,
das sich neben mir in dem engen Bett breitmachte. Runde
Schenkel, darüber ein leicht gewölbter Bauch und Brüste, groß

76

genug, um einer ganzen Schützenkompanie Milch zu spenden. Welliges blondes Haar umspielte runde Schultern und ein ebenso rundes, rotwangiges Gesicht.

Die Frau war noch jung, und erst nach einigem Grübeln fiel mir ein, wie ich in ihr Bett gekommen war. Sie hieß Elsje und war die Bedienung aus der Garküche, in die Jeremias Katoen mich eingeladen hatte. Ich erinnerte mich an den Schnaps, den ich getrunken hatte, nachdem er gegangen war. Irgendwann hatte ich nicht nur die Schnapsflasche in der Hand gehalten, sondern auch Elsje auf dem Schoß.

Alles Weitere verschwamm im Nebel meines Rauschs, aber das zerwühlte Laken und meine Blöße bezeugten, was sich abgespielt hatte. Ich wußte nicht einmal, ob es ihr und mir gefallen hatte. Statt einer schönen Erinnerung an die Nacht mit Elsje hatte ich nur noch heftigere Schuldgfühle, weil ich mich so kurz nach dem Tod meines Freundes mit dem erstbesten Weibsbild eingelassen hatte.

Als ich nach meiner Hose angelte, die auf dem Boden lag, weckte ich Elsje. Sie gähnte ausgiebig und reckte ihre Glieder, wobei sie ihre in den Tat ungewöhnlich großen Brüste vorstreckte, als wolle sie mir ihre körperlichen Vorzüge vorführen. Ich starrte auf das rosige Fleisch, aber nicht mit Verlangen, sondern mit Ekel – Ekel vor mir selbst.

»Warum willst du schon gehen?« fragte Elsje und strich eine Haarsträhne aus ihrem Gesicht. »Ich habe noch ein paar Stunden Zeit, bevor ich zur Arbeit muß. Wir könnten uns noch einmal vergnügen, so wie letzte Nacht.« Ein breites Lächeln bekräftigte die Einladung, und ihre linke Hand rieb das behaarte Dreieck zwischen ihren Schenkeln.

»Aber ich habe zu tun«, erwiderte ich und schluckte, während ich in die Hose stieg. »Außerdem habe ich so früh am Morgen keinen Appetit auf Fleisch.«

Als ich die Tür hinter mir zuzog und die enge Stiege hinabging, verfolgte mich ein Schwall derber Beschimpfungen.

Elsjes Zimmer befand sich im selben Haus wie die Garküche. Um das Gebäude zu verlassen, mußte ich unweigerlich auf den Dam hinaustreten, wo trotz der frühen Stunde schon etliche Händler ihre Marktstände errichteten. Ich wollte meinen Blick nicht dem Richtplatz zuwenden, aber ich konnte nicht anders, etwas in mir zwang mich dazu.

Glücklicherweise war Ossels lebloser Leib nicht mehr am Würgepfahl festgebunden. Vermutlich hatten sie ihn, wie es üblich war, auf die andere Seite des Flusses IJ gebracht, nach Volewijk. Dort standen hohe Pfähle, an denen man die Hingerichteten aufknüpfte, um sie zur allgemeinen Abschreckung vor aller Augen verrotten zu lassen. Ein wenig erleichtert, aber keineswegs froheren Herzens wollte ich mich auf den Heimweg machen.

Doch dann fiel mein Blick auf den Damrak mit seinen zahlreichen Läden, und ich änderte meinen Sinn. Seit fünf Tagen war ich nun ohne Stellung, und die Erschöpfung meiner finanziellen Reserven war absehbar. Es wurde Zeit, etwas zu unternehmen. Daher steuerte ich den Laden von Emanuel Ochtervelt an, der einige Zeit zuvor fünf meiner Bilder in Kommission genommen hatte. Es war zwei Wochen her, daß ich bei Ochtervelt nachgefragt hatte, da hatte er noch keine meiner Arbeiten verkauft.

Die großen Keller am Damrak, wo sich Garküchen, Trinkstuben und Läden aller Art aneinanderreihten, gehörten zu den teuersten in ganz Amsterdam. Ochtervelts Geschäfte mußten gutgehen, wenn er hier residierte. Als er meine Bilder annahm, hatten sich vor meinem geistigen Auge schon blinkende Münzen aufgetürmt, und ich hatte mich dem kühnen Traum hingegeben, die Anstellung im Rasphuis bald kündigen und ganz von der Malerei leben zu können. Das Schicksal allerdings sprach meinen Plänen hohn.

Ochtervelts Buch- und Bilderhandlung lag zwischen einer Bierstube und einem Geschäft, in dem orientalische Vasen,

Kleider und Teppiche verkauft wurden. Gerade als ich die kurze Treppe zum Eingang hinabstieg, schloß Yola, Ochtervelts hübsche sechzehnjährige Tochter, die Ladentür auf. Sie erkannte mich, schenkte mir ein Lächeln, das einem Mann das Herz erwärmen konnte, und erkundigte sich nach meinem Befinden.

Ehe ich antworten konnte, erscholl aus dem hinteren Teil des Ladens die Stimme ihres Vaters: »Wie soll's dem Cornelis Suythof schon gehen, Tochter? Elend wird er sich fühlen. Weißt du denn nicht, daß der Mann, dem sie gestern vor dem Rathaus den Garaus gemacht haben, sein Freund war?«

»Oh, das wußte ich nicht«, murmelte Yola und senkte den Kopf, so daß ich nur noch ihre dunkle Lockenpracht sah. »Verzeiht meine Dummheit, Mijnheer Suythof!«

Ich faßte unter ihr Kinn und hob ihr Gesicht an. »Ihr habt keinen Grund, Euch zu schämen, Yola. Woher hättet Ihr das wissen sollen?«

Ihr Vater kam in gebückter Haltung herausgeschlurft und blinzelte mich an, als sei er an Tageslicht nicht gewöhnt. »Ihr seht übel aus, Suythof, wirklich übel. Als hättet Ihr die Nacht durchgesoffen, um Euren Kummer zu ertränken.«

»So ähnlich war es«, räumte ich ein. »Aber heute ist ein neuer Tag, und das Leben geht weiter! Wie laufen die Geschäfte, Mijnheer Ochtervelt?«

Er verzog sein ohnehin etwas schiefes Gesicht. »Es könnte besser sein, es könnte wirklich besser sein.« Seine eben noch zusammengekniffenen Lippen bemühten sich um ein freundliches Lächeln. »Seid Ihr gekommen, um etwas zu kaufen, Mijnheer? Ein Buch oder das Bild eines anderen Malers?«

Ich schüttelte den Kopf. »Nein, ich wollte mich nur erkundigen, ob Ihr schon eine meiner Arbeiten verkauft habt.«

»Ach so.« Das Lächeln verschwand, und Ochtervelt setzte eine trübselige Miene auf. »Leider scheint niemand an Euren Bildern interessiert zu sein. Wollt Ihr sie nicht wieder mitnehmen,

Suythof? Mein Laden ist ohnehin sehr voll, und ich habe wenig Hoffnung, Eure Werke noch an den Mann zu bringen. Vielleicht kann einer meiner Zunftbrüder Euch dienlicher sein.«

Ich gab mir alle Mühe, meine Enttäuschung zu verbergen. Erst wollte ich an Ochtervelts Mitgefühl appellieren und ihm erzählen, daß ich meine Anstellung verloren hatte, aber der Händler machte keinen sonderlich mitfühlenden Eindruck. Also rang ich mir ein Lächeln ab und sagte generös: »Ich habe vollstes Vertrauen zu Euch, Mijnheer Ochtervelt. Ihr werdet schon Käufer für meine Bilder finden. Übrigens habe ich jetzt mehr Zeit zum Malen und kann Euch bald weitere Arbeiten bringen.«

Entsetzt starrte Ochtervelt mich an. »Wenn Ihr etwas Neues malt, Suythof, wählt um Himmels willen ein Motiv, das die Leute anspricht! Etwas Gängiges wie die Seefahrt zu Beispiel.«

»Aber drei der Gemälde, die ich Euch überlassen habe, zeigen Schiffe!«

Der Händler packte mich am Ärmel und zog mich wortlos in den dunkleren Teil seines Ladens, wo meine Bilder in einer abgelegenen Ecke auf dem Boden standen. Jetzt wunderte es mich nicht mehr, daß niemand auf sie aufmerksam geworden war. Zwei von ihnen zeigten Amsterdamer Straßenszenen. Ochtervelt stellte sie beiseite und hob die anderen drei hoch.

»Was seht Ihr hier, Suythof?«

»Ein Schiff natürlich, einen Heringsfänger beim Entladen seiner Fracht.«

»Soso. Und hier?«

»Ein Schiff der Ostindischen Kompanie, das aus dem Amsterdamer Hafen ausläuft.«

»Und auf dem dritten Bild?«

Auch das hätte ich ihm sagen können, ohne das Bild anzusehen, schließlich hatte ich es gemalt. »Eine Lustyacht, mit der ein paar wohlhabende Bürger eine sonntägliche Ausflugsfahrt auf dem IJ unternehmen.«

Ochtervelt stellte die Bilder wieder ab und blickte mich herausfordernd an. »Fällt Euch beim Betrachten Eurer Bilder etwas auf?«

»Auf allen werden Schiffe gezeigt, ganz wie Ihr es eben angeregt habt.«

»Falsch! Ihr sollt die Seefahrt malen, nicht den Heringsfang oder eine Lustpartie auf dem IJ. Der Ostindiensegler geht schon in die richtige Richtung, aber Ihr solltet ihn nicht im heimatlichen Hafen zeigen.«

»Wo sonst?«

Wieder zog er mich mit sich, diesmal zu einem Tisch mit mehreren Bücherstapeln gleich neben dem Eingang. Ein zufriedener Ausdruck trat auf sein Gesicht, als er die rechte Hand auf einen der Stapel legte. »Meine bestverkauften Bücher, Suythof. Keine Dramen von Vondel, keine Verse von Huyghens und keine historische Prosa von Hooft. Ratet einmal, um was für Bücher es sich handelt!«

»Bücher über Seefahrt?«

»Jawohl, und was für welche! Keine Abhandlungen über den Heringsfang oder Ausflugsfahrten vor Amsterdams Küste. Hier werden Abenteuer auf hoher See und in fernen Ländern geschildert: Stürme, Schiffsunglücke, Meutereien, Begegnungen mit wilden Völkern. Bontekoes Tagebuch oder Gerrit de Veers Bericht über die Nordreisen – das ist es, was die Leute lesen wollen!«

»Ich bin Maler, kein Schriftsteller.«

»Das eine schließt das andere nicht aus. Nehmt Gerbrand Breero, der war auch erst Maler und hatte dann als Schriftsteller Erfolg. Und sein Sinn für Farben und Formen kam auch in seiner Sprache zur Geltung. Aber Ihr müßt ja nicht unbedingt unter die Literaten gehen. Bleibt meinethalben bei Pinsel und Palette, aber malt Eure Schiffe nicht vor der Kulisse Amsterdams, sondern auf dem sturmgepeitschten Meer oder an Batavias Küste!«

»Dort kenne ich mich nicht aus.«

»Dann fahrt hin!« Ochtervelt schien einen Moment seinen eigenen Worten nachzulauschen, und dann nickte er bedächtig. »Ja, das ist eine gute Idee. Fahrt zur See, Ihr seid doch noch jung! Schmeckt das Salz der weiten Meere, laßt Euch den Seewind um die Nase wehen, seht Euch die Welt an! Wie könnte ein Maler seinen Gegenstand besser kennenlernen?«

»Ich werde mir Euren Vorschlag durch den Kopf gehen lassen«, sagte ich etwas lahm, überrascht von der Wendung, die das Gespräch genommen hatte. Als hoffnungsvoller junger Maler hatte ich den Laden betreten – sollte ich ihn als angehender Seemann wieder verlassen?

»Tut das, Suythof, aber verschont mich einstweilen mit weiteren Bildern. Das hier will ich Euch doch noch mitgeben. Es ist ein Geschenk.« Er nahm ein Buch vom höchsten Stapel und drückte es mir in die Hand; es roch noch frisch, nach Leim und Druckerschwärze. »Es ist erst gestern fertig geworden, ich verlege es selbst. Ich erwarte mir einen großen Erfolg, so wie Commelin ihn mit Bontekoes Aufzeichnungen hatte. Euch dürfte es ein paar wichtige Anregungen liefern.«

Ich schlug das Buch auf und las den Titel: *Journal-Aufzeichnungen des Kapitäns, Oberkaufmanns und Direktors Fredrik Johannsz. de Gaal über seine Fahrten nach Ostindien im Dienst der Vereinigten Ostindischen Kompanie.*

Natürlich kannte ich den Namen des Verfassers, wie wohl jedermann in Amsterdam und weit darüber hinaus. De Gaal hatte sich vom Seemann zum Kapitän eines Seglers der Ostindischen Kompanie hochgedient. Seine großen Verdienste hatten ihm den Rang eines Oberkaufmanns eingebracht. Jedes Schiff der Kompanie hatte einen Oberkaufmann an Bord. Er war der eigentliche Anführer der betreffenden Handelsexpedition und dem Kapitän gegenüber weisungsbefugt, selbst in nautischen Angelegenheiten. De Gaal war einer der Direktoren der Kompanie gewesen und hatte schließlich dem »Siebzehner« angehört, dem obersten Verwaltungsrat, der dreimal im Jahr zusammentrat. Inzwischen hatte er sich, fast siebzigjährig, aus den Geschäften zurückgezogen, jedenfalls offiziell. Sein Sohn Constantijn führte das Handelsunternehmen des Vaters fort und saß auch im Direktorium der Kompanie.

Obwohl ich nicht viel erreicht hatte, verließ ich Ochtervelts Laden einigermaßen wohlgelaunt. Das in Leder gebundene Buch war ein wertvolles Geschenk. Sollten mir die Stüber knapp werden, konnte ich es verkaufen und mit dem Erlös einige Tage über die Runden kommen.

Zu Hause machte mir die Witwe Jessen Vorhaltungen wegen meines langen Ausbleibens. Ich ließ die von mütterlicher Sorge getragene Tirade über mich ergehen und legte mich folgsam ins Bett. Meine Wirtin hatte nicht ganz unrecht, ich war noch nicht wieder bei Kräften. Die lange Zeit des Fiebers, Ossels Tod und der überreichlich genossene Schnaps – all das forderte seinen Tribut. Es hatte aber auch sein Gutes, daß ich derart erschöpft war: Diesmal sank ich in einen tiefen, traumlosen Schlaf.

»Es tut mir leid, Herr Cornelis, aber hier ist ein Herr, der sich nicht abweisen läßt.«

Die Stimme der Witwe Jessen riß mich aus dem Schlummer. Ihre rundliche Gestalt, die eben noch den Türrahmen ausgefüllt hatte, wurde von einem gutgekleideten Fremden beiseite geschoben, der sich in mein Zimmer drängte. Ob er sich nicht komisch vorkam, als er seinen dunklen Hut vor einem im Bett Liegenden abnahm und sich artig verbeugte?

Jedenfalls verzog er keine Miene und sagte: »Ich habe die Ehre mit Cornelis Suythof, nicht wahr? Mein Name ist Maerten van der Meulen, und ich möchte mit Euch über wichtige Geschäfte sprechen.«

»Van der Meulen«, murmelte ich mit vom Schlaf rauher Kehle. »Der Kunsthändler van der Meulen?«

»Derselbe«, antwortete er, während seine von einem dunklen Bart umrahmten Lippen sich zu einem höflichen Lächeln formten. »Ich komme soeben von meinem Zunftbruder Ochtervelt, der mich auf Euch aufmerksam machte.«

Ich erinnerte mich, daß van der Meulens Kunsthandlung ebenfalls auf dem Damrak lag, nicht weit von Ochtervelts Geschäft entfernt.

Ich schöpfte Hoffnung. »Habt Ihr eines meiner Bilder erworben, Mijnheer van der Meulen?«

»Das nicht, aber Eure Art zu malen gefällt mir. Ich könnte mir eine Zusammenarbeit mit Euch gut vorstellen.« Er warf der Witwe Jessen einen ungeduldigen Blick zu. »Aber das sollten wir beide ganz in Ruhe besprechen, denke ich.«

Wenige Minuten später saß ich van der Meulen in einem Kaffeehaus gegenüber. Er war so freundlich gewesen, mich einzuladen. Da er sich solche Mühe mit mir gab, war ich äußerst gespannt auf seinen Vorschlag.

»Wie ich bereits erwähnte, Eure Art zu malen sagt mir zu«, nahm er den Faden wieder auf. »Aber ich benötige andere Sujets.«

»Das habe ich heute schon zu hören bekommen, von Ochtervelt.«

»Wie ich ihn kenne, hat er Euch aufgefordert, Schiffe im Sturm zu malen.«

Ich grinste. »Ja, und mehr noch, er schlug mir vor, am besten selbst zur See zu fahren.«

»Ochtervelt wird mit den Jahren immer wunderlicher. Will einen begnadeten jungen Maler aus Amsterdam fortschicken, auf daß wir seine Kunst für Monate oder gar Jahre entbehren müssen. Welch dummer Gedanke!«

Der Mann verstand es, einem Honig um den Bart zu schmieren. Durch seine Artigkeiten ermutigt, erkundigte ich mich nach dem von ihm bevorzugten Sujet.

»Ich brauche Porträts, Meister Suythof. Die Modelle stelle ich

Euch zur Verfügung, und für jedes fertige Bild zahle ich Euch acht Gulden.«

Das war ein guter Preis. Gewiß, die großen Meister erhielten für ein Ölbild tausend oder zweitausend Gulden, aber was die Masse der Maler betraf, so sah es ganz anders aus. Manches Gemälde brachte im Verkauf, selbst wenn es gerahmt war, nur um die zwanzig Gulden ein. Wenn der Kunsthändler, der mit Sicherheit auf seinen Gewinn bedacht war, mir als vollkommen unbekanntem und – leider – bislang auch unbedeutendem Maler schon acht Gulden allein für das Malen bot, konnte ich wirklich zufrieden sein. Ich beglückwünschte mich dazu, meine Bilder bei Ochtervelt gelassen zu haben, und betrachtete mein Gegenüber als echten Wohltäter. Meine Pechsträhne schien endlich ein Ende zu haben.

Van der Meulen beugte sich vor. »Ihr sagt gar nichts, Freund Suythof. Sind Euch acht Gulden nicht genug?«

»Ich weiß sehr wohl, daß das ein guter Preis ist für die Bilder eines Unbekannten. Da kann ich nur hoffen, daß meine Arbeit Euer Vertrauen rechtfertigen wird.«

»Also sind wir miteinander im Geschäft?«

»Ja!« sagte ich von ganzem Herzen und ergriff die ausgestreckte Hand.

Während van der Meulen meine Hand drückte, griff seine Linke in die Jackentasche und förderte ein paar Münzen zutage, die er vor mir auf den Tisch legte. »Zwei Gulden als Anzahlung auf das erste Bild, damit Ihr mir nicht noch abspringt.«

»Kein Gedanke«, beeilte ich mich zu sagen und strich das Geld ein; es war mir noch nicht ganz geheuer, einen Förderer zu haben, der mich mit einem ansehnlichen Vorschuß bedachte. »Was genau an meiner Malerei mögt Ihr eigentlich so sehr?«

»Die Art, wie Ihr mit Licht und Schatten umgeht. Sie erinnert mich an Meister Rembrandt. Seid Ihr sein Schüler gewesen?«

»Ich wäre es gern geworden, aber es kam etwas dazwischen«, antwortete ich ausweichend. »Der Vergleich mit Rembrandt ehrt mich, Mijnheer van der Meulen, aber ich dachte, sein Stil sei heutzutage gar nicht mehr gern gesehen?«

Van der Meulens schmales Gesicht nahm einen ernsten Ausdruck an. »Jemand wie Ihr oder auch wie Rembrandt übt eigentlich zwei Berufe aus. Er ist Künstler und Handwerker zugleich. Der Künstler verfolgt beim Malen seine ganz eigene Vision, der Handwerker dagegen achtet darauf, daß eine Arbeit zur Zufriedenheit des Auftraggebers ausfällt. Nehmt zum Beispiel Rembrandts Bild über den Ausmarsch von Frans Banningh Cocqs Bürgerkompanie, das damals so großes Aufsehen erregt hat. Ohne Zweifel ist es ein künstlerisch hochstehendes Werk. Gleichwohl war die Schelte, die Rembrandt dafür bezog, berechtigt. Jeder der Abgebildeten hatte ihm gutes Geld dafür bezahlt, sich auf dem Gemälde verewigt zu sehen. Was aber tat Rembrandt? Er malte manche von ihnen halb verdeckt und stellte ein Kind mit einem Huhn deutlicher heraus als die meisten Schützen. Die Männer, die für das Bild bezahlt hatten, mußten einfach enttäuscht sein.«

»Hätte Rembrandt den Künstler in sich unterdrücken sollen?«

»Nicht unterdrücken, aber bezähmen. Wenn ein Maler einen Auftrag annimmt, hat er sich an erster Stelle nach den Erwartungen des Auftraggebers zu richten. Die Kunst hat sich dann dem Handwerk unterzuordnen, muß es fördern, anstatt es zu dominieren. Wenn ein Maler dagegen zum Pinsel greift, ohne die Wünsche eines Kunden bedienen zu müssen, kann er seinem künstlerischen Drang freien Lauf lassen.«

Die Ermahnung kam sehr wohl bei mir an. Aber ich hielt sie für überflüssig. Ich war nicht darauf aus, meinen Gönner zu enttäuschen. Schließlich hatte er meinem Dasein, das dem eines Hungerleiders bedenklich nahe gewesen war, wieder eine Perspektive gegeben. Zudem war es stets mein Bestreben als Maler gewesen, auf meinen Bildern den menschlichen Charakter in all seinen Schattierungen darzustellen. Die Porträts, von denen mein Gegenüber gesprochen hatte, würden mich diesem Ziel näher bringen als Amsterdamer Straßenszenen oder Schiffe im Sturm.

»Ihr werdet mit mir zufrieden sein«, versprach ich und umklammerte die zwei Gulden in meiner Jackentasche. »Wann soll ich anfangen?«

»Am liebsten, mein junger Freund, würde ich das erste Modell noch heute zu Euch bringen.«

Nur zwei Stunden später klopfte es an meiner Zimmertür, und van der Meulen trat in Begleitung des angekündigten Modells ein. Es war eine junge Frau, etwa in meinem Alter, mit einem ebenmäßigen Gesicht, dessen hübscher, beinahe vollkommener Gesamteindruck allenfalls von der etwas zu großen Nase gestört wurde. Unter dem Strohhut, um den ein blaues Band geschlungen war, lugten rote Locken hervor. Die Frau trug nicht eine jener breiten Halskrausen, wie sie bei den Damen aus gutem Haus in diesen Tagen beliebt waren, wenngleich Stoff und Schnitt ihres Kleides nicht auf eine niedere Herkunft schließen ließen. Ein blaues Tuch bedeckte Schultern und Brust.

»Das ist Fräulein Marjon, Euer Modell«, sagte der Kunsthändler nur und machte keine Anstalten, mir auch den Familiennamen der Schönen zu nennen.

Ich begrüßte sie, und sie antwortete mit einem schüchternen Lächeln.

»Beginnen wir am besten gleich«, schlug van der Meulen vor und sah seine Begleiterin erwartungsvoll an.

Sie nickte und setzte ihren Hut ab. Die rötlichen Locken fielen ihr über die Schultern. Als nächstes löste sie das blaue Schultertuch; das helle Fleisch darunter bildete einen schönen Kontrast zur Farbe ihres Haares. Ich hatte erwartet, daß es damit genug sein würde, aber Marjon begann, ihr Oberkleid abzulegen.

Verwirrt sah ich zu van der Meulen. »Was soll das?«

»Marjon macht sich bereit, Euch Modell zu stehen.«

87

»Dazu kann sie ihr Kleid anbehalten. Es steht ihr wunderbar. Sie braucht ihre Kleidung nicht zu wechseln.«

»Sie wird ihre Kleidung nicht wechseln, sondern ablegen.«

»*Ablegen?*« wiederholte ich ungläubig. »Wozu?«

Van der Meulen runzelte die Stirn. »Begreift Ihr das wirklich nicht, Suythof, oder stellt Ihr Euch absichtlich dumm? Ich brauche ein Bildnis der unbekleideten Marjon.«

Während unseres Wortwechsels fuhr Marjon unbeirrt fort, sich zu entkleiden. Ungläubig starrte ich auf die kleinen, aber schön geformten Brüste, als sie ihr Unterkleid abstreifte. Welch ein Gegensatz zu den rosigen, überquellenden Fleischmassen des Schankmädchens Elsje, schoß es mir durch den Kopf.

»Sie gefällt Euch, nicht wahr?« fragte van der Meulen, und ich glaubte, einen lauernden Unterton wahrzunehmen.

»Das ist hier nicht die Frage«, erwiderte ich schroff, weil ich mich des Eindrucks nicht erwehren konnte, daß er sich über mich lustig machte.

»Doch, das ganz genau ist hier die Frage«, widersprach der Kunsthändler. »Nur wenn Ihr Gefallen an Eurem Modell findet, werdet Ihr auch ein ansprechendes Porträt anfertigen können.«

»Selbstverständlich gefällt sie mir«, räumte ich widerstrebend ein. »Welchem Mann, der nicht mit Blindheit geschlagen ist, könnte es anders gehen? Aber das erklärt nicht, warum ich Euer Modell unbekleidet malen soll.«

Van der Meulen fixierte mich mit einem strengen Blick. »Ich bezahle Euch, Suythof, da muß ich Euch meine Wünsche nicht erklären. Habt Ihr schon vergessen, was ich Euch vorhin im Kaffeehaus über die Kunst und das Handwerk erzählt habe? Ich dachte, Ihr hättet mich verstanden. Falls nicht, werde ich Euch jetzt in aller Deutlichkeit sagen, was ich von Euch erwarte. Ich zahle Euch gutes Geld und stelle Euch die Modelle zur Verfügung. Ihr fertigt mir die Gemälde genau in der Weise an, in der ich es wünsche. Alles Weitere geht Euch nichts an, und Ihr werdet mir auch keine diesbezüglichen Fragen stellen. Wenn Ihr damit einverstanden seid, so ist es gut. Seid Ihr es nicht, so gebt mir meine zwei Gulden zurück, und ich suche mir einen anderen Maler!«

Es war, als hätte ich es mit einem ganz anderen Mann zu tun als noch ein paar Stunden zuvor. Anfangs hatte er mich geradezu umworben, jetzt aber stellte er mir ganz nüchtern Bedingungen. Meine anfängliche Sympathie für den Kunsthändler löste sich in Luft auf. Ich erkannte, daß ich keinen Mäzen vor mir hatte, sondern bloß einen Mann, der sich genau das kaufte, was er haben wollte. In diesem Fall war ich es gewesen, aber es hätte auch einer der vielen anderen jungen Maler in Amsterdam sein können, die, ebenso wie ich, manchmal nicht wußten, woher sie das Geld für Miete und Essen nehmen sollten.

Zögernd blickte ich zu dem Holzkasten, in den ich die zwei Gulden von van der Meulen gelegt hatte. Ihm das Geld augenblicklich zurückzugeben hätte zweifellos meinem Selbstwertgefühl genutzt, aber wovon sollte ich leben, wenn die paar Münzen aufgebraucht waren, die mir von meinem Lohn als Aufseher im Rasphuis geblieben waren?

Der Kunsthändler schien zu wissen, welche Gedanken mich bewegten. Sein überlegenes Lächeln wurde noch breiter, als ich kleinlaut in seine Bedingungen einwilligte.

»Sehr schön, Suythof. Was meint Ihr, wie lange wird die Sitzung dauern?«

»Sagen wir, drei Stunden, so lange haben wir noch gutes Licht.«

»Gut. In drei Stunden bin ich wieder hier, um Fräulein Marjon abzuholen.« Damit ließ er uns allein.

Ich verdrängte das ungute Gefühl, das mich beschlichen hatte, und versuchte, mich auf meine Arbeit zu konzentrieren. Mein Kohlestift flog über die Leinwand, um die Konturen der schönen Marjon einzufangen. Schön war sie wahrhaftig, und wann immer mein Blick etwas zu lange auf ihr ruhte, drohte das Interesse des Mannes das des Malers zu verdrängen.

Sie selbst stand in der Pose, die sie auf meinen Wunsch hin eingenommen hatte, wie unbeteiligt da, das Gesicht ausdruckslos wie eine Maske. Aber bei genauerem Hinsehen glaubte ich zu erkennen, daß diese Gleichgültigkeit tatsächlich nur eine Maske war. Es waren ihre Augen, die Augen eines unglücklichen Menschen. Mit einem Mal ging mir auf, daß sie nicht freiwillig hier war, daß eine mir unbekannte Not sie dazu gebracht hatte, sich mit Maerten van der Meulen einzulassen.

Obwohl ich die näheren Umstände nicht kannte, wuchs mein Unmut über den Kunsthändler. Marjon erschien mir wie ein Engel, der seiner Flügel beraubt, mitten in die Hölle der Menschenwelt geworfen und dort mit einer unsichtbaren Kette gefesselt worden war.

Unbekleidet Modell zu stehen war bei ehrbaren Frauen verpönt. Häufig mußten wir Maler für diesen Zweck Frauen anheuern, die sich ohnehin von Männern bezahlen ließen und für den entsprechenden Lohn zu allem bereit waren. Aber Marjon wirkte nicht wie eine heruntergekommene Dirne. Ihre teure Kleidung wollte dazu ebensowenig passen wie ihr ganzes Auftreten, ihre stolze Haltung. Sie präsentierte mir ihren nackten Leib, weil sie es mußte, aber sie bot sich mir nicht an. Zwischen ihr und mir war jene unsichtbare Grenze gezogen, die es zwischen einer Dirne und ihrem Freier nicht gibt.

Meine Kohleskizze war fertig, und ich erlaubte Marjon eine Pause, während der ich meine Farben anmischen wollte. Gerade hatte sie sich nackt auf mein Bett gesetzt, da wurde die Tür geöffnet, und die Witwe Jessen sagte: »Herr Cornelis, ich wollte nur fragen, ob Sie und Ihr Besuch vielleicht eine Schokolade ...«

Sie verstummte und betrachtete mit entsetzter Miene die Szene, die sich ihr bot. Und wenn die nackte Marjon nicht auf meinem Bett gesessen, sondern wie zuvor gestanden hätte, wäre die Entrüstung meiner Wirtin kaum geringer ausgefallen. Sie war eine durch und durch fromme Person, den strengen Regeln des Calvinismus weitaus inniger zugetan als ich selbst. Eine unbekleidete fremde Frau in ihrem Haus mußte ihr übel aufstoßen, auch wenn es sich um das Modell eines Malers handelte. Ich schalt mich einen Narren, daß ich nicht eher daran gedacht hatte. Aber van der Meulen hatte mich derart überrumpelt, daß ich mir um die Witwe Jessen nicht den kleinsten Gedanken gemacht hatte.

Ich trat auf sie zu, wollte ihr die Situation erklären, sprach von meiner finanziellen Lage, die mich genötigt hatte, den Auftrag van der Meulens anzunehmen, aber ich predigte tauben Ohren. Mit einer Strenge, die ich nie zuvor an ihr wahrgenommen hatte, sagte sie: »So etwas dulde ich nicht in meinem Haus. Morgen ist der Tag des Herrn, aber am Tag darauf seid Ihr von hier verschwunden, oder ich werde Euer unzüchtiges Treiben zur Anzeige bringen!«

Damit wandte sie sich ab und verließ das Zimmer. Ich starrte ihr nach und versuchte, ihr Benehmen mit meinem bisherigen Bild von ihr in Einklang zu bringen. Wie einen Sohn hatte sie mich bei sich aufgenommen, und wie eine Mutter hatte sie mich umsorgt und gepflegt, als ich, vom Fieber geschüttelt und ohne Bewußtsein, daniederlag. War sie vielleicht gerade deshalb derart enttäuscht? Jedenfalls schien ihr jedes wie auch immer geartete Gefühl der Zuneigung zu mir abhanden gekommen. Die glaubensstrenge calvinistische Seite ihrer Seele, die jedes Laster und jede Ausschweifung verurteilte, hatte die Oberhand gewonnen.

Marjon hatte sich inzwischen meine Bettdecke gegriffen und über ihren Leib gezogen. Sie sah mich unsicher an; in ihrem schüchternen Blick lag Mitleid, aber ich wußte nicht, ob es mir galt oder nur ihr selbst.

»Ihr geht jetzt besser«, sagte ich. »Wenn Ihr wollt, begleite ich Euch nach Hause.«

»Das ist nicht nötig.« Das waren die ersten Worte, die sie überhaupt an mich richtete; ihre Stimme war hell und sanft, wirkte ebenso verschüchtert wie ihr Blick. »Aber was ist, wenn Herr van der Meulen mich hier nicht antrifft?«

»Ich werde ihm erklären, was vorgefallen ist.«

Während sie sich ankleidete, wandte ich mich ab. Bevor sie das Zimmer verließ, drehte sie sich noch einmal zu mir um und sagte: »Es tut mir leid.«

Kapitel 7

Das Haus an der Rozengracht

Amsterdam, 15. August 1669

Je näher ich meinem Ziel, jenem Haus am südlichen Ende der Rozengracht, kam, desto langsamer wurden meine Schritte und desto wilder schlug mein Herz. Ich blieb in meiner Verzagtheit allein an diesem warmen Sonntagnachmittag. Rings um mich waren lachende Spaziergänger in der sonnendurchfluteten Straße unterwegs, viele strebten dem Neuen Irrgarten zu, den der Deutsche Lingelbach aufgezogen hatte. Es gab dort nicht nur den namensgebenden Irrgarten zu durchwandern, den Verliebte gern nutzten, um einander ungestört zu begegnen. Allerlei Kuriositäten, von Fontänen bis hin zu mechanisch bewegten Bildern, lockten die Menschen an, und dieser herrliche Tag war wie geschaffen für eine solche Lustbarkeit. Das Haus, in dem Rembrandt van Rijn nach seinem großen Konkurs eine eher bescheidene Mietwohnung genommen hatte, lag diesem Vergnügungspark gegenüber, und ich fragte mich, wie der alte Meister bei all dem Lärmen, Johlen und Juchzen die Ruhe zum Arbeiten fand.

Zwei junge Frauen lösten sich aus dem Schatten einer hohen Mauer und verstellten mir den Weg. Sie hatten bunte Schleifen in ihr Haar gebunden und ihre Brüste mittels eng geschnürter

Mieder nach oben gepreßt. Kein Tuch bedeckte die fleischigen Hügel, die sie mir keck entgegenreckten. Ein Ort wie der Irrgarten zog die Dirnen unweigerlich an. Als es mir nicht gelang, ihre Falle zu umgehen, stieß ich die beiden bunten Vögel einfach beiseite und ging schnellen Schrittes weiter, verfolgt von einigen Flüchen, die meine Männlichkeit verhöhnten und mich zur Hölle wünschten.

Ich mußte an die junge Frau denken, die Maerten van der Meulen tags zuvor zu mir gebracht hatte. Die beiden Mädchen eben wären zweifellos für wenige Stüber bereit gewesen, einem Maler im Evaskostüm Modell zu stehen und ihm auch sonst jeden Gefallen zu erweisen. Und sie hätten sich nicht, wie ich es bei Marjon vermutete, insgeheim zu Tode geschämt. Ich fragte mich, was Marjons Preis gewesen war, aber das blieb ein Geheimnis zwischen ihr und van der Meulen.

Der unverhoffte Auftritt der Witwe Jessen in meinem Zimmer kam mir wieder in den Sinn. Nachdem Marjon gegangen war, hatte ich das Gespräch mit meiner Hauswirtin gesucht, sie aber nicht zum Einlenken bewegen können. Und dann war van der Meulen zurückgekehrt. Als er Marjon nicht bei mir vorfand, wirkte er beunruhigt, und nachdem ich ihm erklärt hatte, wie die Dinge lagen, war er erbost. Wenn ich nicht schleunigst eine neue Wohnung hätte, erklärte er, wo ich seine Modelle malen könne, werde er unsere Zusammenarbeit beenden, bevor sie noch richtig begonnen habe. Mir war in meiner Not nichts anderes eingefallen, als hier in der Rozengracht nach der Lösung meines Problems zu suchen.

Aber ich war nicht bloß hier, um eine neue Unterkunft zu finden, es gab noch einen anderen Grund. In der vergangenen Nacht, als ich vor Verzweiflung über mein Schicksal keinen Schlaf fand, hatte ich mich plötzlich abgrundtief geschämt. Ich jammerte darüber, Anstellung und Wohnung verloren zu haben, aber was war mit meinem Freund Ossel geschehen? Er hatte sein Leben gelassen wegen einer Tat, die mir nach wie vor vollkommen rätselhaft war. Die Scham über mein Selbstmitleid hatte mich in dem Entschluß bestärkt, Licht in das Dunkel um den Tod von Gesa Timmers zu bringen. Auch deshalb war ich in die Rozengracht gekommen.

Ich atmete noch einmal tief durch, erstieg die aus Quadersteinen erbaute Vortreppe und zog an der Schnur, die eine blecherne Klingel läuten ließ. Endlich wurde die Haustür einen Spaltbreit geöffnet, und ich sah mich dem zerknitterten Gesicht der alten Rebekka Willems gegenüber, die Rembrandt gemeinsam mit seiner Tochter Cornelia den Haushalt führte. Die schmalen Augen der Haushälterin musterten mich ohne ein Zeichen von Wiedererkennen. Rembrandt hatte in seiner langen Laufbahn so viele Schüler gehabt, da fiel einer, der nur wenige Tage bei ihm gewesen war, nicht ins Gewicht.

»Ich möchte Euren Herrn sprechen, den Meister Rembrandt van Rijn.«

»Warum?« fragte sie. »Habt Ihr eine Rechnung, die noch nicht beglichen ist?«

»Ich möchte kein Geld abholen, sondern welches bringen.«

Der Türspalt wurde ein klein wenig größer.

»Welches Geld bringt Ihr? Wofür?«

»Das möchte ich gern mit Meister Rembrandt selbst besprechen. Ist er daheim?«

Sie schaute mich zweifelnd an, als befürchtete sie, in eine Falle gelockt zu werden. »Ich weiß nicht.«

Hinter ihr ertönte eine helle, junge Stimme: »Was gibt's denn, Rebekka? Wer ist an der Tür?«

Die Haushälterin wandte sich zu der unsichtbaren Sprecherin um, ohne jedoch ihren Zerberusplatz an der Tür zu verlassen. »Jemand, der Geld bringt, sagt er.«

Schritte kamen näher, und endlich wurde die Tür weiter geöffnet. Nun stand Cornelia vor mir, und ich staunte, wie sehr sie sich seit unserem letzten Zusammentreffen verändert hatte. Damals war sie wahrhaftig noch ein Kind gewesen, heute erschien sie mir wie eine junge Frau. Eine hübsche junge Frau, um genau zu sein, mit blonden Locken, die ein volles, aber nicht zu rundes Gesicht umrahmten. Sie konnte allenfalls fünfzehn sein, aber sie wirkte älter. Ganz so, als hätte das gewiß nicht immer leichte Leben mit ihrem Vater das Mädchen frühzeitig zur Frau reifen lassen.

Ihre blauen Augen weiteten sich bei meinem Anblick, und sie sagte: »Geh nur zurück in die Küche, Rebekka, ich nehme mich unseres Besuchers an.« Nachdem die Haushälterin sich zögernd entfernt hatte, fragte Cornelia: »Cornelis Sundhoft, nicht wahr? Was wollt Ihr?«

»Suythof«, verbesserte ich sie. »Ich möchte Euren Vater sprechen.«

Ein herzhaftes Lachen brach aus ihr heraus. »Wollt Ihr das wirklich, Mijnheer Suythof? Reicht es Euch nicht, wie er Euch beim letzten Mal behandelt hat?«

»Er war etwas zu beschwingt vom Wein«, sagte ich vorsichtig, »und ich war vielleicht etwas zu aufbrausend ihm gegenüber.«

»Mein Vater war betrunken, und ihr habt es ihm ins Gesicht gesagt, weil es nicht anders ging«, brachte sie es auf den Punkt.

»Vielleicht läßt er heute mit sich reden. Oder ist er wieder ...«

»Nein, er ist nicht betrunken, noch nicht. Er malt. Wollt Ihr es etwa noch einmal als sein Schüler versuchen?«

»Genau das ist mein Wunsch.«

Sie schüttelte ungläubig den Kopf. »Das wird nichts werden.«

»Hat er bereits so viele Schüler?«

»Nein, gewiß nicht. Seit Arent de Gelder seid Ihr der einzige gewesen, der von meinem Vater lernen wollte; aber das ging schief, und es war wohl meine Schuld.«

»Wie kommt Ihr darauf?«

»Habe ich Euch nicht gebeten, meinem Vater wegen seiner Trinkerei ins Gewissen zu reden? Na also! Ich habe da etwas gutzumachen. Deshalb will ich wenigstens versuchen, meinen Vater zu einem Gespräch mit Euch zu bewegen.«

»Vielleicht erinnert er sich nicht mehr an mich, so wie die alte Rebekka«, sagte ich, und das hoffte ich tatsächlich.

Cornelia lächelte schelmisch. »Mein Vater vergißt vielleicht hier und da einen Gläubiger, aber niemals einen Mann, mit dem er einen Streit hatte.«

Sie führte mich durch einen überdachten Gang in den Hausflur, bat mich zu warten und ging hinauf ins obere Stockwerk, wo Rembrandt sein Atelier hatte. Es dauerte nicht lange, und ich hörte sein lautes Schimpfen, das ich in ebenso deutlicher wie unguter Erinnerung hatte. Ich hatte mich bereits von meinem Plan, hier in der Rozengracht Fuß zu fassen, verabschiedet, als Cornelia zurückkam.

»Mein Vater ist bereit, Euch zu empfangen«, sagte sie

»Das hat sich aber eben ganz anders angehört.«

»Man läßt ihn besser erst schreien, dann ist er anschließend um so ruhiger. Der richtige Zeitpunkt, um ihm etwas zu sagen. Merkt Euch das!«

Ich versprach, ihren Rat zu beherzigen, und stieg langsam die Treppe hinauf. Vor dem Atelier blieb ich stehen und klopfte vorsichtig an.

»Kommt rein, die Tür ist nicht verschlossen!« hörte ich Rembrandts knarrende Stimme, in der eine Spur von Ungeduld mitschwang.

Er stand vor der Staffelei, in einem zerschlissenen Kittel, der mit Farbklecksen übersät war. Unmöglich zu sagen, welche Farbe das Kleidungsstück ursprünglich einmal gehabt hatte. Sein Anblick erschreckte mich. Gewiß, schon bei unserer ersten Begegnung zwei Jahre zuvor war er ein alter – durch Sorgen und Schicksalsschläge ungewöhnlich schnell gealterter – Mann gewesen. Aber das Gesicht, das mir jetzt mit einer Mischung aus Neugier und Ungeduld entgegenblickte, wirkte noch einmal um zehn Jahre älter, blaß und eingefallen. Ich wußte, daß er im vergangenen September seinen geliebten Sohn Titus verloren hatte, und nahm an, daß er daran endgültig zerbrochen war.

Rembrandt öffnete die schmalen Lippen zu einem zahnlosen Grinsen. »Ihr bringt mir Geld, sagt meine Tochter. Wo ist es?«

Ich schlug gegen meine Jacke. »Hier drin.«

Er streckte eine knotige, mit Farbtupfern gesprenkelte Hand aus. »So gebt es mir!«

»Weiß ich, ob wir miteinander ins Geschäft kommen?«

Sein Grinsen wurde breiter. »Nicht, wenn Ihr mir wieder den Wein verbieten wollt!«

»Eure Tochter hatte mich damals …«

»Jajaja, ich weiß«, fiel er mir ins Wort. »Also, Ihr wollt wieder mein Schüler sein?«

»Sehr gern.«

»Gut. So zahlt mir für ein Jahr Ausbildung einhundert Gulden. Im voraus.«

»Beim letzten Mal habt Ihr nur sechzig verlangt, und die nicht mal im voraus.«

Rembrandt nickte. »Da war ich zu gutherzig.«

»Hundert Gulden sind sehr viel Geld.«

»Es ist kein unüblicher Betrag für einen Schüler. Bedenkt, ich bin nicht irgendwer!«

Der alte Mann funkelte mich herausfordernd, beinahe kampfeslustig an, und ich überlegte, ob ich unumwunden die Wahrheit sagen sollte. Rembrandt stand nicht mehr hoch im Kurs, und die Zeiten, da er sich vor Schülern kaum retten konnte, waren längst vorbei. Er konnte unmöglich ein Jahresgeld von hundert Gulden verlangen. Aber da ich ihn nicht verletzen und mir die Aussicht, bei ihm unterzukommen, nicht verderben wollte, schlug ich einen anderen Weg ein.

»Hundert Gulden kann ich einfach nicht aufbringen, Meister Rembrandt. Die Hälfte könnte ich Euch bieten, und auch die nur in wöchentlicher Zahlung. Sagen wir, einen Gulden pro Woche und den jeweils im voraus?«

Selbst das war angesichts der Ebbe in meinem Geldbeutel ein

gewagtes Versprechen. Um es zu halten, mußte ich mit Maerten van der Meulen gute Geschäfte machen.

»Zweiundfünfzig Gulden?« ächzte der Alte und zupfte an seinen dünnen grauen Locken. »Bedenkt, daß Ihr als mein Schüler hier Unterkunft und Verpflegung erhaltet. Die Miete für das Haus ist nicht gerade billig.«

»Wie hoch ist sie?«

»An die zweihundertfünfzig Gulden«, antwortete er zögerlich.

»Wieviel genau?«

»Zweihundertfünfundzwanzig«, sagte er trotzig.

»Da ist mein Anteil mit zweiundfünfzig Gulden doch ganz ansehnlich.«

Schwer seufzend ließ er sich auf einem Schemel nieder. »Ihr seid ein harter Verhandlungspartner, Suythof, wirklich. Ich weiß nicht …« Plötzlich leuchteten seine Augen auf. »Ich wäre einverstanden, wenn Ihr mir ein schönes Geschenk machtet.«

»Wie?«

»Ein Geschenk für meine Sammlung. Ihr werdet Euch doch an meine Sammlung erinnern?«

Natürlich erinnerte ich mich. Rembrandts Sammelleidenschaft war legendär, und über viele Jahre hatten Amsterdams Kuriositätenhändler gut daran verdient. Er hatte alles gesammelt, was ihm nur irgendwie als Vorlage für seine Arbeiten nutzen konnte: exotische Kleidungsstücke, ausgestopfte Tiere, Büsten, Schmuck oder Waffen. Im Zuge seines Konkurses war seine gigantische Sammlung verkauft worden, um mit dem Erlös seine Gläubiger zu befriedigen. Aber es hatte nicht lange gedauert, bis Rembrandt seiner Leidenschaft erneut verfallen war.

»Was ist?« fragte er und setzte wieder sein breites Grinsen auf. »Habt Ihr mir etwa kein Geschenk mitgebracht?«

Einem plötzlichen Einfall folgend, zog ich mein Klappmesser aus der Tasche. »Wie wäre es hiermit?« fragte ich. »Ein spanisches Messer.«

»Hm, zeigt mal her!«

Ich trat näher, um ihm das Messer zu reichen, und dabei erblickte ich das Bild, an dem er gerade arbeitete. Es war ein Selbstbildnis, auf dem er den Betrachter mit seinem zahnlosen Lächeln ansah. Das Lächeln hatte etwas Schalkhaftes, Hintersinniges; es schien mir wie der Ausdruck eines Generals, der zwar eine Schlacht verloren hat, insgeheim aber weiß, daß er den Krieg gewinnen wird. Was konnte es im Leben des alten Malers noch geben, das ihm den Glauben an einen letztlichen Triumph verlieh?

Er betrachtete eingehend den mit Messing und Hirschhorn beschlagenen Griff, bevor er die gebogene Klinge ausklappte.

»Die Klinge ist ja nichts Besonderes«, raunzte er. »Ich kenne spanische Messer, bei denen die Klinge mit Ornamenten verziert ist.«

»Bei diesem nicht«, sagte ich etwas gereizt.

»Eben. Das macht es weniger wertvoll.«

Ich streckte die Hand nach der Waffe aus. »Wenn es Euch nicht zusagt, gebt es mir zurück.«

Bevor ich das Messer wieder an mich nehmen konnte, schloß Rembrandts Hand sich fest um den Griff, gleich der Klaue eines Raubvogels.

»Ich nehme es, weil Ihr es seid.«

»Gut. Dann habe ich noch eine Bedingung.

»Eine *Bedingung?*« Rembrandt wiederholte das Wort, als sei es die größte Beleidigung, die er je zu hören bekommen hatte.

Ich blickte ihm fest in die Augen und sagte: »Ich bedinge mir das Recht aus, neben der Arbeit für Euch Modelle zu empfangen und von ihnen auf eigene Rechnung Bilder anzufertigen. Die Materialkosten trage ich selbstverständlich allein.«

Er musterte mich skeptisch. »Sucht Ihr einen Lehrer oder ein billiges Atelier?«

»Beides.«

Als Rembrandt schwieg und mich unter zusammengezogenen

Brauen hervor anstarrte, machte ich mich auf einen Wutausbruch und den zweiten Rauswurf gefaßt. Doch statt dessen verfiel er in ein meckerndes Lachen, und Tränen rannen über seine faltigen, schlecht rasierten Wangen.

»Vielleicht kommen wir diesmal besser miteinander aus«, meinte er schließlich. »Mag sein, daß wir sogar Spaß miteinander haben werden.«

Unten erwartete mich Cornelia. Sie fragte: »Wie ist es gegangen? Ich habe meinen Vater lange nicht mehr so herzhaft lachen hören.«

Ich schilderte in wenigen Worten den Verlauf des Gesprächs. Ihr Gesicht strahlte. »Es ist schön, daß Ihr Euch mit ihm vertragt, Mijnheer Suythof. Meinem Vater wird es guttun, wieder einen Schüler zu haben. Und es wird auch gut sein, wenn wieder ein Mann im Haus ist.«

»Euer Vater ist da.«

»Er ist alt, und die Kraft verläßt ihn allmählich. Als Titus noch da war, hat der manches für uns erledigt, das weder eine Frau noch ein alter Mann besorgen kann.«

»Ich habe vom Tod Eures Bruders gehört, weiß aber nichts Genaues. Er war noch sehr jung.«

»Keine siebenundzwanzig«, sagte Cornelia. »Im Februar letzten Jahres hatte er erst geheiratet; die Geburt seiner Tochter Titia hat er nicht mehr erlebt. Wäre die Kleine nicht, hätte mein Vater vielleicht vollends aufgegeben. Immer wenn meine Schwägerin Magdalena uns mit Titia besucht, blüht er auf. Etwas von Titus lebt in ihr weiter, und das hält Vater am Leben.« Sie schwieg einen Augenblick, und ein trüber Schleier legte sich vor ihre Augen, bevor sie fortfuhr: »Die Pest hat Titus geholt. Man konnte nichts für ihn tun, leider. Am siebten September vergangenen Jahres haben wir ihn in der Westerkerk beigesetzt. Er liegt in einem Mietgrab und soll noch in die Ruhestätte der Familie van Loo, Magdalenas Familie, umgebettet

werden. Aber damit haben wir es nicht eilig. Ich glaube, das
würde Vater noch mehr mitnehmen.« Sie hob den Kopf und lächelte mich an. »Reden wir nicht mehr von diesen traurigen
Dingen. Heute ist ein so herrlicher Tag. Wollt Ihr gleich Eure
Sachen holen, Mijnheer Suythof?«

»Sagt bitte Cornelis zu mir, sonst komme ich mir so schreck-
lich alt vor. Und was meine Sachen angeht, eigentlich ist dieser
Sonntag viel zu schön, um ihn mit Plackerei zu schänden.
Draußen im Irrgarten scheint sich halb Amsterdam zu treffen.
Ich bin noch nie da gewesen. Und Ihr?«

»Einmal als Kind, aber da wohnten wir noch in der Jodenbreestraat. Seit wir hierhergezogen sind, hat es sich nicht ergeben.
Wir bekommen auch so genug von dem Trubel mit, die Musik
und die lauten Lieder und allzuoft das Lärmen der Betrunkenen.«

»Es ist eine Sache, das mitzubekommen, eine andere aber, mittendrin zu stecken«, sagte ich augenzwinkernd.

»Soll das eine Einladung sein, Cornelis?«

»Das soll es.«

Dieser Sonntag war wahrlich ein Glückstag zu nennen. Es war
mir gelungen, bei Rembrandt als Schüler anzuheuern, und nun
ging auch noch eine gutgelaunte Cornelia mit mir in Lingelbachs Irrgarten. Gewiß, sie war ein wenig jung für mich, aber
sobald ich mit ihr sprach, vergaß ich das. Sie schien mir erfahren und wortgewaltig wie eine Erwachsene, und auch ihr Körper war beim besten Willen nicht mehr der eines Kindes zu
nennen. Mehrmals ertappte ich mich dabei, wie mein Blick länger als schicklich an ihren fraulichen Rundungen haftete. Einmal erwischte sie mich, und ein wissendes Lächeln umspielte
ihre Lippen.

Wir scherzten und lachten, während wir zwischen den Spring-
brunnen flanierten und uns von dem kühlen, spritzenden Naß
erfrischen ließen. Im Kuriositätenhaus spotteten wir über die
zahlreichen Ausstellungsstücke, die Rembrandts Sammlung

zur Ehre gereicht hätten: einen grünen Papagei, der die Besucher mit frechen Sprüchen empfing; den mächtigen ausgestopften Schädel eines Elefanten; etliche Figuren, die, von einer verborgenen Mechanik angetrieben, alle möglichen und unmöglichen Verrenkungen vollführten. Wir verirrten uns, wie es sich gehörte, in dem großen Irrgarten, und verzehrten, als wir endlich wieder ins Freie fanden, ein Stück Deventer Kuchen, zu dem es gekühlte Trinkschokolade gab. Als der Abend nahte, ließen wir uns auf einer der Holzbänke in Lingelbachs Weingarten nieder, und ich bestellte eine Karaffe süßen Kirschwein.

»Seid Ihr nicht zu freigebig, Cornelis?« fragte Cornelia keck, als das eilig zwischen den Tischen hin und her eilende Schankmädchen den Wein bei uns abstellte. »Schließlich müßt Ihr ab heute die Lehrstunden bei meinem Vater bezahlen.«

Ich beugte mich zu ihr vor. »Soll ich Euch etwas verraten?«

»Was?«

»Meine Verhandlungsführung muß Euren Vater so beeindruckt haben, daß er ganz vergessen hat, mich nach dem Lehrgeld für die erste Woche zu fragen.«

Cornelia lächelte. »Ihr freut Euch zu früh, Cornelis. Für das Kassieren des Geldes bin nämlich ich zuständig.«

»Ihr?«

»Natürlich. Habt Ihr das vergessen? Seit mein Vater vor elf Jahren Konkurs anmelden mußte, gehört ihm nichts mehr. Wir haben diese Regelung getroffen, damit seine Gläubiger ihm nicht alles nehmen, was er sich jetzt mühsam erarbeitet.«

»Aber wenn Euer Vater arbeitet und Geld verdient, wie geht das an seinen Gläubigern vorbei?«

»Damals wurde eine notarielle Vereinbarung getroffen, der zufolge er in einer Kunsthandlung angestellt wurde, die meiner Mutter und Titus gehörte. Mein Vater erhielt Unterkunft und Beköstigung, dafür bot er seinen Rat und seine Arbeitskraft an.«

»Und das ist Rechtens?« fragte ich ungläubig.

»Das ist es.«

»Und nach dem Tod Eurer Mutter und Eures Bruders führt Ihr die Geschäfte fort?«

»Sozusagen. Ich habe den Anteil meiner Mutter an dem Geschäft geerbt. Natürlich ist mein Vormund, der Maler Christiaen Dusart, für alle wichtigen Fragen zuständig. Aber Euer Geld dürft Ihr gern bei mir abliefern, schließlich führe ich zusammen mit Rebekka den Haushalt und muß die Einkäufe erledigen.«

Sie streckte spielerisch die rechte Hand aus, und ich legte, mit einem theatralischen Augenrollen Empörung vortäuschend, einen Gulden hinein. Wir lachten beide: der endlich wieder einmal unbeschwerte Maler Cornelis Suythof und die junge, aber gar nicht mehr kindliche Cornelia van Rijn.

Welch boshafte Täuschung das Lächeln des Glücks doch sein kann! Noch am selben Abend sollte ich es erfahren, nachdem ich Cornelia nach Hause begleitet hatte.

Die Dämmerung war noch nicht hereingebrochen, und doch war es in der Gegend um die Rozengracht, wo die Häuser eng zusammenstanden und die Wege schmal waren, nicht mehr richtig hell. Während des ganzen Tages hatte ich das seltsame Gefühl gehabt, beobachtet zu werden, selbst während der Stunden im Irrgarten. Doch dort hatte ein solch buntes Treiben geherrscht, daß ein möglicher Verfolger in dem Gewimmel von Kaufleuten, Musketieren, Seeleuten, lachenden Kindern, ehrbaren und weniger ehrbaren Frauen unmöglich auszumachen war. Ich hatte meinen unbestimmten Verdacht schließlich als spukhafte Ausgeburt meines überreizten Verstandes abgetan. Jetzt aber, als ich durch die teils recht stillen Gassen schritt, spürte ich die kalte, unsichtbare Hand auf meiner Schulter, die mich vor einer unbekannten Gefahr warnte, erneut. Und dann hörte ich auch die Schritte.

Zweimal änderte ich meine Richtung, aber die Schritte blieben, mal lauter, mal leiser, hinter mir. Sooft ich auch versuchte, einen verstohlenen Blick auf meinen Verfolger zu werfen, ich hatte keinen Erfolg. Zu geschickt verbarg er sich in den langen Schatten der Häuser. Als ich an einer Bäckerei vorüberkam, vor deren Tür etliche große Kisten aufgestapelt waren, faßte ich einen Entschluß. Mit einer schnellen Bewegung kauerte ich mich hinter einen Kistenstapel und machte mich so klein, wie es nur ging. Wenn es tatsächlich einen Verfolger gab, mußte er jeden Moment an mir vorbeikommen. Zugleich wollte ich mir einreden, daß ich nur die Schritte harmloser Passanten gehört hatte. Der Irrgarten lag am Rande Amsterdams, und viele Besucher kehrten jetzt, so wie ich, in die Stadt zurück.

Wieder hörte ich Schritte – ein aufgeregtes Flüstern. Da glaubte ich nicht länger an einen Zufall. Meine Hände wurden feucht, als ich nach dem Klappmesser in meiner Jacke tastete. Es dauerte eine Weile, bis mir einfiel, daß ich es Rembrandt geschenkt hatte. Ich verfluchte meine Großzügigkeit und meine Dummheit. Denn es war eine Dummheit gewesen, einem Verfolger aufzulauern, dessen Stärke ich nicht kannte. Aber nun war es zu spät; wenn ich mein Versteck jetzt verließ, mußte ich unweigerlich entdeckt werden.

Drei Männer traten in mein Blickfeld, und sie gefielen mir gar nicht. Grobe Gesellen mit ungepflegten Bärten, wie man sie in den Spelunken am Hafen oder im Jordaanviertel antraf. Vor allen Dingen Männer, denen man ungern allein in abgelegenen Gassen begegnete. Ich war gewiß kein Schwächling, aber unbewaffnet und gegen gleich drei von der Sorte rechnete ich mir wenig Glück aus.

Als einer von ihnen, breitschultrig und mit einer großen Narbe auf der rechten Wange, zu sprechen begann, zerstob auch der letzte Rest Hoffnung, daß sie es nicht auf mich abgesehen hätten: »Wo isser geblieben? Hier vor dem Bäckerladen hab ich 'n eben noch gesehen.«

»Hier zweigt keine Gasse ab«, bemerkte der zweite Mann, dessen rote Nase den gewohnheitsmäßigen Trinker verriet. »Ein Faß Branntwein drauf, daß er noch irgendwo hier is!«

»Dann müßten wir ihn doch sehen«, meinte der dritte und kratzte sich verwundert den kahlen Schädel.

»Nicht, wenn er in eins der Häuser rein is«, sagte der mit der roten Nase.

»Wer läßt einen Fremden abends ins Haus?« wunderte sich der Kahlkopf.

»Vielleicht hat er hier ein Mädchen oder kennt sonstwen in der Straße«, mutmaßte die Rotnase.

Der mit der Narbe, seinem ganzen Auftreten nach der Anführer, blickte sich schweigend um. Und sosehr ich mich auch zusammenkrümmte, ich konnte doch nicht verhindern, daß unsere Blicke sich schließlich kreuzten. Ein breites Grinsen zog über sein verunstaltetes Gesicht.

»Schaut mal, wer sich da vor dem Bäckerladen versteckt! Das ist doch unser Freund!«

Die drei kamen gemächlich auf mich zu und kreisten mich ein. Ihre Augen funkelten freudig wie die des Jägers, der seine Beute gestellt hat.

Ich erhob mich und sah mich vergebens nach einer Waffe um. Wie aussichtslos meine Sache war, wurde mir vollends klar, als ich in den Händen des Narbengesichts und des Kahlkopfs Messer mit langen Klingen erblickte. Der Rotnasige zog einen unterarmlangen Knüppel unter seinem Wams hervor.

»Was wollt ihr von mir?« fragte ich und wich langsam zurück. »Wer schickt euch?«

»Du hättest uns nicht auflauern sollen, Pinselschwinger«, sagte der Anführer. »Das mögen wir nich. Wärst du weitergegangen, wär dir nichts passiert.«

In ihren Gesichtern las ich deutlich die Vorfreude auf das, was sie mit mir anstellen wollten. Sie gehörten zu den Männern, die leicht und gern einen Grund finden, über einen Schwächeren herzufallen, und deren Schädel eigentlich nur dazu gut sind, vom Henker zertrümmert zu werden.

Als ich mit dem Rücken gegen die Hauswand stieß, hatte mein Zurückweichen ein Ende.

Meine Hände tasteten das Mauerwerk ab, um wenigstens einen losen Stein zu finden, den ich als Waffe benutzen konnte. Vergebens.

Ich machte mich schon auf das Schlimmste gefaßt, da erscholl eine laute Stimme: »Holla, was muß ich sehen? Drei bewaffnete Männer gegen einen unbewaffneten, ist das nicht eine etwas ungleiche Verteilung?«

Der das sagte, kam aus derselben Richtung wie zuvor meine Verfolger und ich selbst, ein großer, kräftiger Mann. Auf den ersten Blick hätte man ihn für einen Freund der drei Schläger halten können, aber wirklich nur auf den ersten Blick. Seine Kleidung war reinlich und ordentlich, er trug den hohen, dunklen Hut eines ehrbaren Bürgers, und der Bart, der sein Kinn umrahmte, war sauber rasiert. Sein unverhofftes Erscheinen erleichterte mich ein wenig, aber als ich in seinen Händen keine Waffe erspähen konnte, fragte ich mich, ob er tatsächlich eine Hilfe war.

Der Narbige wandte sich verdutzt zu ihm um. »Was suchst du hier? Geh weiter! Das ist nicht deine Sache!«

»Was meine Sache ist und was nicht, laßt bitte meine Sorge sein, mein Herr«, sagte der Fremde lächelnd, während er unbeirrt näher kam. »Wenn ich sehe, daß drei Lumpen auf einen ehrbaren Mann einschlagen wollen, dann erachte ich das sehr wohl als meine Sache.«

»Dann schlagen wir halt auf zwei ehrbare Männer ein«, erwiderte das Narbengesicht grinsend. »Du hättest dir wenigstens eine Waffe nehmen sollen, bevor du dich in fremde Angelegenheiten mischst!«

Der Unbekannte streckte seine Hände vor, die wahrhaftig groß und kräftig waren. »Zwei Waffen, die mir genügen.«

»Du hast es nicht anders gewollt«, meinte der Narbige achselzuckend.

Er und der Rotnasige gingen auf den Fremden zu, während der Kahlkopf mit seiner langen Klinge weiterhin mich bedrohte.

Der eben noch so ruhige Fremde tat einen schnellen Satz, packte den rechten Arm des Rotnasigen und drückte gleichzeitig seinen linken Fuß gegen dessen rechten Unterschenkel. Die Wirkung war im wahrsten Sinne des Wortes umwerfend. Der vollkommen Überraschte ließ seinen Knüppel fallen, verlor das Gleichgewicht und kippte hintenüber aufs Straßenpflaster. Als er mit dem Hinterkopf aufschlug, gab es ein erstaunlich lautes Geräusch, und rasch bildete sich eine Blutlache unter dem Schädel. Das alles ging innerhalb weniger Augenblicke vor sich und verwirrte die Kumpane des Überrumpelten derart, daß sie in ihrem Angriff innehielten.

Als nächstes war mein unbekannter Helfer mit zwei schnellen Schritten bei dem Narbengesichtigen und verdrehte ihm den rechten Arm. Der Anführer der Schläger schrie vor Schmerz auf und ließ sein Messer fallen. Aus dem Schmerzensschrei wurde Wutgeheul. Mit aller Gewalt riß er sich von dem Unbekannten los und wollte sich mit vorgereckten Fäusten auf ihn stürzen. Der aber wich geschickt zur Seite aus, packte den Narbigen an Schulter und Nacken und bugsierte ihn gegen einen der Kistenstapel. Der Mann ging zu Boden, und die Kisten stürzten über ihm zusammen.

Ich staunte noch über meinen Helfer, da griff mich der Kahlkopf an und stieß seine Klinge nach meiner Brust. Ich ließ mich zu Boden fallen und rammte dabei eher unabsichtlich seine Beine. Das aber warf auch ihn zu Boden. Bevor er sich aufrappeln konnte, hielt mein Helfer ihn im festen Griff und zwang ihn, das Messer loszulassen.

Derweil hatte der Mann mit der Narbe sich aus den zusammengestürzten Kisten erhoben und starrte uns irritiert an.

Mein Helfer stieß den Kahlkopf von sich, und der Mann prallte gegen seinen Anführer.

»Sammelt euren saufnasigen Freund ein und schert euch fort, Pack!« rief der Unbekannte ihnen zu. »Wenn ihr nicht sofort verschwindet, übergeben wir euch den Stadtwachen.«

Das ließen sie sich nicht zweimal sagen. Sie nahmen den heftig am Hinterkopf Blutenden in die Mitte und trotteten davon. Bevor sie in den Schatten der Häuser verschwanden, drehte sich der Anführer noch einmal zu uns um. Seine Augen sandten uns haßerfüllte Blicke zu.

Mein Retter hob seinen Hut auf, der ihm vom Haupt gerutscht war, und klopfte den Schmutz von ihm ab. »Heutzutage trauen sich die Straßenräuber schon vor Anbruch der Dunkelheit aus ihren Löchern. Keine guten Zeiten für ehrbare Bürger.«

Ich sagte ihm nicht, daß ich die drei Kerle nicht für gewöhnliche Straßenräuber hielt. Inzwischen war ich mir sicher, daß sie mich schon den ganzen Tag verfolgt hatten. Der Anführer hatte mich einen Pinselschwinger genannt, also genau gewußt, mit wem er es zu tun hatte. Aber wie hätte ich das meinem Helfer erklären sollen, wo ich doch selbst keine Erklärung dafür hatte?

Also bedankte ich mich schlicht für seine Hilfe und fügte hinzu: »Seltsam, daß niemand vor die Tür tritt. Wir haben weiß Gott genügend Lärm veranstaltet, um die halbe Gasse aufzuscheuchen.«

»Gar nicht seltsam, sondern ganz das Übliche, leider. Die Leute haben Angst vor Schlägern und Mördern; sie sind froh, daß es einen Fremden auf der Straße erwischt und nicht sie selbst. Und auf die Stadtwachen ist kein Verlaß. Die kommen in der Regel erst, wenn alles vorüber ist, und halten sich oft genug an Unschuldigen schadlos.«

»Dank Eurer Hilfe ist ja noch mal alles gutgegangen.«

»Aber nicht immer ist jemand in der Nähe, der Euch helfen kann, mein Freund. Ihr solltet lernen, Euch besser zu verteidigen. Habt Ihr schon einmal daran gedacht, Euch in der Kunst des Ringens zu üben? Aber ich muß schnell weiter. Ein süßes Mädchen wartet auf mich, wenn Ihr versteht. Wenn Ihr Euch ernsthaft vornehmt, das Ringen zu erlernen, kommt zur Prinsengracht, in die Ringkampfschule von Nicolaes Petter und fragt nach mir!«

Kaum hatte er geendet, da setzte er sich auch schon mit schnellem Schritt in Bewegung. Das Mädchen, das auf ihn wartete, mußte wirklich süß sein. Daß er bereits in einem Alter war, in dem ein süßes Mädchen gut und gern seine Tochter sein konnte, mochte sein Verlangen eher noch beflügeln.

»Halt, wartet, wie ist Euer Name?« rief ich ihm nach.

»Ich leite die Schule und heiße Robbert Cors.«

KAPITEL 8

Das Geheimnis der Frauen

Die letzte Nacht, die ich im Haus der Witwe Jessen verbrachte, war eine unruhige. Ich sann über meine Verfolger nach, über ihre Absichten und darüber, wer sie beauftragt haben mochte. Der Anführer hatte es selbst gesagt: Hätte ich ihnen nicht aufgelauert, hätten sie mich nicht angegriffen. Also hatten sie mich bloß beobachten sollen. Warum?

Da mir keine befriedigende Antwort einfallen wollte, richtete ich meine ruhelosen Gedanken auf den Mann, der mir gegen die Schläger beigestanden hatte: Robbert Cors. Welch ein seltsamer Zufall, daß er, den Ossel erst vor einer Woche mir gegenüber erwähnt hatte, mir ausgerechnet in jener abgelegenen Gasse begegnet war. Ich nahm mir vor, Cors' Aufforderung Folge zu leisten und ihn in der Ringkampfschule zu besuchen. Ob ich das Ringen erlernen würde, wußte ich nicht, aber so konnte ich vielleicht etwas mehr über Ossels Vergangenheit in Erfahrung bringen. Wir waren Freunde gewesen, aber über sein Leben vor seiner Zeit im Rasphuis wußte ich so gut wie nichts.

Ich konnte kaum fassen, daß unsere Übung im Ringen erst acht Tage zurücklag und was alles innerhalb so kurzer Zeit geschehen war: meine Anstellung im Rasphuis fristlos gekündigt, meine Wohnung bei der Witwe Jessen ebenso, ich als Schüler bei Meister Rembrandt untergeschlüpft – und Ossel als Mörder hingerichtet. Der letzte Gedanke trieb mir Tränen in die Augen, und ich war dankbar, als ich endlich in den Schlaf fand.

Am nächsten Morgen lieh ich mir bei einem benachbarten Obsthändler für drei Stüber einen Handkarren und schaffte meine wenigen Habseligkeiten zur Rozengracht. So luxuriös wie bei der Witwe Jessen wohnte ich hier nicht. Ich bezog einen der Räume im Obergeschoß, in denen Rembrandt seine neue Kuriositätensammlung untergebracht hatte. Nun, nicht jeder hoffnungsvolle junge Maler konnte von sich behaupten, seine Bettstatt zwischen orientalischen Vasen, Büsten antiker Heroen und ausgestopften Tieren stehen zu haben. Wenn mich morgens die ersten Sonnenstrahlen wachkitzelten, starrte mich ein zotteliger Bär an und schien darüber zu spotten, daß sein Winterschlaf um einiges länger währte als meine kurze Ruhezeit.

Während der ersten Tage nahm Rembrandt mich tüchtig ran; er schien geradezu nach Aufträgen zu suchen, die er mir aufhalsen konnte. Vielleicht war das seine Art, mir zu zeigen, wer der Meister und wer der Schüler war. Ich mußte zusehen, daß ich genügend Zeit fand, meine Arbeiten für den Kunsthändler van der Meulen fertigzustellen.

Er zeigte sich von Marjons Bild sehr beeindruckt und brachte mir weitere Modelle in die Rozengracht. Alle mußte ich vollkommen nackt malen, und alle erweckten einen ähnlichen Eindruck wie Marjon: Sie fügten sich in ein unabänderliches Schicksal und taten etwas, das eigentlich unter ihrer Würde war. Ich sah keine von ihnen wieder, nachdem das jeweilige Bild vollendet war, und keine von ihnen sprach mehr als das Nötigste mit mir. Wenn die letzte Sitzung beendet war, schien es mir, als hätte es die junge Dame, die mir Modell gestanden hatte, nie gegeben. Der einzige Beweis ihrer Existenz war das Bild, und das ließ van der Meulen schon kurz nach der Fertigstellung abholen.

Ich hatte befürchtet, die Anwesenheit so vieler junger Damen würde Cornelia irritieren, vielleicht sogar ihren Unmut erwekken, aber dem war nicht so. Im Gegenteil, sie zeigte sich erfreut über van der Meulens Besuche und suchte mehrmals das Gespräch mit ihm, wohl in der Hoffnung, gute Preise für die Gemälde ihres Vaters herauszuschlagen. Er aber verhielt sich abweisend, und einmal bekam ich mit, wie er der armen Cornelia recht unverblümt sagte, daß sein Kundenkreis für die Werke eines Rembrandt nicht zu erwärmen sei. Am liebsten wäre ich zu ihm gesprungen und hätte ihm die Faust ins Gesicht gerammt!

Ein einziges Mal nur, als ich gerade Marjons Bild beendete, fragte Cornelia mich nach meinem Modell. Als ich ihr sagte, daß van der Meulen die Frauen aussuchte und ich nicht einmal ihre vollen Namen kannte, schien sie zwar etwas verwundert, aber zufrieden.

Anfangs kam ich kaum aus dem Haus, es sei denn, Rembrandt schickte mich, etwas zu erledigen. Bei diesen Gelegenheiten stockte ich auch meinen Vorrat an Malutensilien auf. Ansonsten war ich froh, wenn ich mich abends ins Bett legen konnte. Hin und wieder las ich dann noch, bewacht von meinem Bärenfreund, in dem Buch, das Emanuel Ochtervelt mir geschenkt hatte.

Ich konnte nicht finden, daß die *Journal-Aufzeichnungen des Kapitäns, Oberkaufmanns und Direktors Fredrik Johannsz. de Gaal über seine Fahrten nach Ostindien im Dienst der Vereinigten Ostindischen Kompanie* in irgendeiner Weise herausragend waren. Aber ich hatte auch nicht viele jener abenteuerlichen Reiseberichte gelesen, von denen Ochtervelt so angetan war, und durfte mir deshalb kein Urteil erlauben. Im Gegenteil, ich wünschte mir sogar, daß er recht behielt und mit dem Werk einen Erfolg erzielte. Obwohl er sich, um es vorsichtig auszudrücken, nicht gerade für meine Bilder stark machte, mochte ich ihn und besonders seine hübsche Tochter Yola mit den dunklen Locken.

Fredrik de Gaal hatte im Auftrag der Ostindischen Kompanie vier große Reisen unternommen, zwei als Kapitän und zwei als Oberkaufmann. Von diesen letzten beiden behandelte er aber nur die erste ausführlich in seinem Journal. Seine vierte große Schiffsreise tat er mit ein paar allgemeinen Bemerkungen sowie wenigen Daten- und Zahlenangaben ab, so als habe er hier lediglich aus dem Logbuch abgeschrieben. Das schien mir ungewöhnlich, hatte er sich doch bemüht, bei der Darstellung der drei anderen Fahrten jedes noch so kleine Abenteuer ausführlichst zu schildern. Ich meinte mich zu erinnern, daß mir einst ein betrunkener Seemann in einer Hafenschenke erzählt hatte, gerade de Gaals letzte Fahrt habe großes Aufsehen erregt, weil nur ein Teil der Besatzung heil nach Amsterdam zurückgekehrt sei. Aber ich hatte nicht die leiseste Ahnung, ob an dieser Geschichte etwas Wahres war.

Erst Anfang September fand ich die Zeit, meinen Entschluß, den Ringkampflehrer Robbert Cors zu besuchen, in die Tat umzusetzen. Rembrandt war außer Haus in einer Angelegenheit, die mir nicht bekannt war. Es kam öfter vor, daß er halbe Tage verschwunden blieb, und selbst Cornelia wußte nicht, wo er dann steckte. Einmal äußerte sie die Vermutung, er verbringe die Zeit in einsamer Trauer an Titus' Grab.

An jenem Dienstag im September hatte er das Haus schon am frühen Nachmittag verlassen, und eine großzügige Cornelia hatte mir für den Rest des Tages freigegeben. Das Wetter war nicht mehr so sommerlich wie im August, aber trotz der Wolken am Himmel regnete es nicht. Ich machte einen gemächlichen Spaziergang zur Prinsengracht, der nur einmal, als mein Blick im Vorübergehen auf das Färberviertel fiel, von unangenehmen Erinnerungen gestört wurde. Die Ringkampfschule war in einem großen Gebäude untergebracht, woraus ich schloß, daß die Geschäfte des Herrn Robbert Cors gutgehen mußten.

Ein Pförtner geleitete mich in einen großen Übungssaal, in dem es durchdringend nach Schweiß und Reinigungslauge roch. Hier übten sich zwei Gruppen halbnackter Männer im Ringen, jede angeleitet von einem Lehrer. Robbert Cors stand mit seinem breiten Rücken gegen eine Wand gelehnt und führte die Oberaufsicht. Die eine Gruppe setzte sich offensichtlich aus Anfängern zusammen. Die Bewegungen der Männer wirkten unbeholfen, und ihr Lehrer mußte ihnen wieder und wieder dieselben Handgriffe vorführen. Die Mitglieder der zweiten Gruppe gingen weitaus geschickter zu Werke und legten einander mit so schnellen Griffen aufs Kreuz, daß mein Blick ihnen manchmal kaum zu folgen vermochte. Fasziniert beobachtete ich das Treiben und stellte mir vor, wie ein junger Ossel Jeuken einst in diesem Saal das Ringen geübt hatte.

Irgendwann bemerkte Robbert Cors mich und trat mit fragendem Blick auf mich zu. »Kann ich Euch helfen, Mijnheer? Möchtet Ihr die Kunst des Ringens erlernen?«

»Ich möchte mich erst einmal nur hier umsehen, wenn's gestattet ist. Ihr selbst habt mich dazu eingeladen, Mijnheer Cors.«

»Ich?« Er beäugte mich prüfend, konnte sich aber offensichtlich nicht an unsere Begegnung erinnern.

»Die stille Gasse an der Rozengracht«, half ich ihm auf die Sprünge. »Es war ein Sonntagabend im August, und Ihr habt mir gegen drei Schläger beigestanden, die mich ohne Eure Hilfe übel zugerichtet hätten.«

Sein Gesicht hellte sich auf. »Ach, Ihr seid's!«

»Ich bin es«, lachte ich und nannte meinen Namen. »Ihr hattet es damals so eilig, daß ich mich kaum bei Euch bedanken konnte. Das möchte ich hiermit nachholen.«

»Und das Ringen möchtet Ihr nicht erlernen?« hakte der geschäftstüchtige Cors nach.

»Ich weiß nicht, ob ich mir das leisten kann. Ich bin nur ein armer Maler.«

Er nickte verständnisvoll und zitierte einen Kinderreim: »Heut mal ich gelb und morgen rot, doch immer bettel ich um Brot. Seid Ihr wirklich so arm dran?«

»So arm nun wieder nicht, aber als wohlhabend kann ich mich beim besten Willen nicht bezeichnen. Deshalb werde ich auf Euch als Lehrer wohl verzichten müssen, Mijnheer Cors. Aber ich würde mich gern mit Euch unterhalten.«

»So, worüber?«

»Über einen Freund, Ossel Jeuken.«

»Ossel?« Es zuckte verräterisch in Cors' Gesicht. »Ihr seid mit Ossel Jeuken befreundet? Wo steckt er? Wie geht es ihm?«

»Er ist leider tot.«

Cors blickte mich bestürzt an. Ich erklärte ihm in groben Zügen, was vorgefallen war.

»Der Mann, den man wegen der Tötung seiner Geliebten vor dem Rathaus erdrosselt hat – das war er«, murmelte er. »Natürlich habe ich davon gehört, ganz Amsterdam hat von der Geschichte gesprochen. Aber ich kannte den Namen des Mannes nicht. Hätte ich gewußt, daß es sich um Ossel handelte, hätte ich …«

»Was hättet Ihr?« fragte ich voller Neugier.

Er machte eine wegwerfende Handbewegung. »Ach, nichts. Ich hätte nichts für ihn tun können. Armer alter Ossel. So viele Jahre.« Er wirke mit einem Mal sehr traurig. »Das Leben verändert die Menschen und die Beziehungen zwischen ihnen, und das weiß Gott nicht immer zum Besten. Ist es nicht so?«

»Da mögt Ihr recht haben«, sagte ich zögernd, unsicher, worauf er hinauswollte.

»Ich habe recht, leider. Aber wir sollten unser Gespräch nicht hier fortsetzen. Begleitet mich doch bitte in mein Kontor!«

Er rief den beiden Lehrern zu, daß sie ohne ihn weitermachen sollten, und führte mich in einen Raum, der durch zwei große Fenster erhellt wurde. An den Wänden hingen Stiche, die Männer in verschiedenen Positionen beim Ringkampf zeigten.

»Ein paar Muster, die ich habe anfertigen lassen«, erklärte

Cors, »für ein Buch über die Kunst des Ringens. Aber diese Kupferstiche gefallen mir nicht recht, sie sind zu ungenau. Ihr sagt doch, daß Ihr Maler seid, Mijnheer Suythof. Vielleicht habt Ihr Lust, Euch einmal an solchen Darstellungen zu versuchen? Über einen Entwurf von Euch würde ich mich freuen.«

»Ja, vielleicht«, sagte ich und verschwieg, daß ich vom Kupferstechen nicht sonderlich viel verstand. Ich wollte Rembrandt bitten, mich darin zu unterweisen, und dann konnte ich möglicherweise mit einem Muster bei Cors vorstellig werden. Während ich noch darüber nachdachte, fiel mein Blick auf ein Ölbildnis, das an der den Fenstern gegenüberliegenden Wand hing. Es war das Porträt einer Frau, und der Anblick verschlug mir den Atem.

»Was habt Ihr?« fragte Cors. »Ist Euch nicht wohl?«

Ich zeigte auf das Gemälde. »Ich kenne diese Frau!«

»Das glaube ich kaum. Sie starb vor sechzehn Jahren. Damals müßt Ihr noch ein Kind gewesen sein.«

»Sie starb vor ...« stieß ich ungläubig hervor. »Woran?«

»Die Pest hat ihre Lungen zerfressen.«

»Wer war sie?«

»Catryn, die Tochter von Nicolaes Petter. Sie ist der Grund, warum gute Freunde zu Feinden wurden oder zumindest zu Männern, die einander mieden.« Cors lächelte bitter. »Seit Eva bringen die Frauen Unheil und Streit, und doch sind wir ohne sie verloren. Wir verstehen sie nicht, aber wir brauchen sie wie die Luft zum Atmen. Das ist wohl ihr ewiges Geheimnis.«

»Ihr sprecht von Euch und Ossel, habe ich recht? Wollt Ihr mir die Geschichte erzählen?«

»Ihr sollt sie hören. Aber setzt Euch erst einmal und trinkt einen Becher von dem guten Delfter Bier mit mir.«

Er füllte zwei Becher aus einem Zinnkrug, und wir ließen uns auf hochlehnigen Stühlen nieder. Dann erzählte er mir die Geschichte zweier jungen Ringer, die ihre Kunst bei Meister

Nicolaes Petter vervollkommneten und beide bald so gut darin waren, daß er sie als Lehrer in seiner Schule anstellte.

»Und als mögliche Nachfolger«, fügte Cors hinzu. »Denn wir hatten uns beide in die schöne Catryn verliebt und warben um sie, wie nur jemals um ein hübsches Mädel in Amsterdam geworben worden ist.«

»Und wen erhörte sie?« fragte ich.

»Es sah ganz so aus, als hätte Ossel ihre Zuneigung gewonnen. Man munkelte bereits von den ersten Vorkehrungen zur Hochzeit. Ich hatte meine Bemühungen schon fast aufgegeben, als sich an einem schönen Sommerabend das Blatt wendete. Ossel war mit Meister Nicolaes in geschäftlichen Dingen nach Gouda gefahren, und Catryn hatte meine Einladung zu einem abendlichen Spaziergang durch Lingelbachs Irrgarten angenommen.« Ein seltsam entrückter Glanz trat in seine Augen. »An diesem Abend hat sich alles verändert. Wir waren unbeschwert und heiter, lachten und sangen – und irgendwann wußten wir, daß wir füreinander bestimmt waren. Gleich nachdem Catryns Vater und Ossel heimgekehrt waren, sagten wir es ihnen.«

Ich beugte mich gespannt vor. »Wie hat Ossel das aufgenommen?«

Cors stellte seinen Becher auf einen schmalen Tisch und breitete in einer Geste der Hilflosigkeit seine großen Hände aus. »Man kann es kaum mit Worten beschreiben. Von einem Augenblick zum nächsten hatte er sich in einen anderen Menschen verwandelt. Aus dem immer fröhlichen Gefährten, mit dem zusammen ich manchen Streich ausgeheckt hatte, war ein verbitterter, einsilbiger Mann geworden. Nur einen Tag später hat er uns verlassen, obwohl Meister Petter ihm ein gutes Angebot gemacht hatte. Petter hatte ihm angetragen, seine Nachfolge als Leiter der Ringkampfschule mit mir zusammen anzutreten, ganz gleich, wen Catryn heiraten würde.«

»Und das hat Ossel abgelehnt?«

»Mehr noch, er hat sich den Vorschlag nicht einmal richtig angehört. Er wollte wohl einfach nur fort von diesem Ort und
von der Frau, die er über alles liebte. Ich glaube, er hat es nicht
ertragen, in Catryns Nähe zu sein.«
»Habt Ihr nicht versucht, Euch mit ihm auszusöhnen?«
»Mehr als einmal habe ich das, aber er hat sich stets geweigert,
mit mir zu sprechen. In seinen Augen war ich ein Verräter, ein
Dieb, und ich kann es ihm nicht verdenken. Als wir noch um
Catryns Gunst wetteiferten, hätte jeder von uns es hingenom-
men, wenn sie sich für den anderen entschied. So trug auch ich
es mit Fassung, als es so aussah, als sei Ossel der Auserwählte.
Aber als er und Catryn schon ein Paar waren, mußte ihm unser
Handeln als treuloses Verbrechen erscheinen. Doch was soll-
ten wir tun? Catryn und ich waren jung, und die Herzen gin-
gen uns über vor Liebe zueinander.«
Hastig griff er nach seinem Becher und leerte ihn in einem
Zug. Sein Adamsapfel hüpfte beim Schlucken auf und ab, und
Bier rann ihm aus den Mundwinkeln. Schließlich setzte er den
leeren Becher ab, wischte sich mit dem Handrücken über den
Mund und starrte auf das Ölgemälde. Dabei wirkten seine
Augen, als blickten sie in eine andere Welt oder in eine längst
vergangene Zeit.
Auch ich betrachtete das Bildnis der jungen blonden Frau mit
den beeindruckenden grünen Augen und konnte noch immer
kaum glauben, was ich sah. Aber je länger ich auf das Porträt
starrte, desto klarer wurden meine Gedanken. Manches, was
mir an Ossel immer unverständlich geblieben war, erschloß
sich mir. Ich lernte, meinen Freund zu verstehen, wenngleich
es dafür leider zu spät war.
»Mijnheer Cors«, hob ich schließlich an, »Ihr sagtet vorhin, ich
sei zu jung, um die Frau auf dem Bild gekannt zu haben. Das
stimmt und ist zugleich falsch. Ossels Gefährtin, die Frau, die
er angeblich erschlagen hat ...«
»Ja?«

»Ihr Name war Gesa Timmers, und sie hat Eurer Catryn verblüffend ähnlich gesehen, wie eine Zwillingsschwester. Auch sie hatte diese grünen Augen. Hatte Eure Catryn eine Schwester oder Cousine?«

»Meines Wissens nicht. Auch der Name Timmers kommt in Catryns Verwandtschaft nicht vor.«

»Dann ist es ein Zufall gewesen, daß Ossel einer Frau begegnet ist, die seiner großen Liebe so sehr glich, zumindest äußerlich. Im Innern war die Gesa Timmers, die ich kennenlernte, ein verdorbenes Wesen, krank und dem Schnaps mehr als zugetan. Vielleicht war sie noch anders, als Ossel sie zum ersten Mal traf. Jedenfalls begreife ich jetzt, warum er sich an ein Weibsbild klammerte, das ihn sogar im Beisein seines Freundes beleidigte. Nicht sie selbst, sondern ihr Bild hatte ihn in seinen Bann gezogen, so sehr, daß ihm alles andere unwichtig wurde. Es versetzte ihn in die Vergangenheit und gab ihm das Gefühl, doch noch von der Geliebten erhört worden zu sein.«

»Ein kümmerlicher Trost«, fand Cors.

»Mehr ist ihm nicht geblieben.«

Der Ringer stand auf und trat zu dem Gemälde. Lange blieb er, mir den Rücken zukehrend, davor stehen. Als er sich endlich umwandte, sah ich in den Augen des großen, starken Mannes Tränen schimmern.

»Um Ossel Gerechtigkeit angedeihen zu lassen, muß ich noch folgendes hinzufügen«, hörte ich ihn mit belegter Stimme sagen. »Seine Verbitterung rührte nicht nur von dem vermeintlichen Verrat her, dessen ich mich – und in seinen Augen vielleicht auch Catryn – schuldig gemacht hatte. Catryn starb wenige Monate nach unserer Hochzeit und nahm unser ungeborenes Kind mit ins Grab. Danach habe ich Ossel noch einmal aufgesucht und mich bemüht, mit ihm ins reine zu kommen. Aber es war schlimmer mit ihm als zuvor. Er hat mich hinausgeworfen und wäre dabei fast handgreiflich geworden. Warum? Er warf mir vor, Catryns Tod verschuldet, sie nicht gut genug vor der Pest behütet zu haben. Damals habe ich es nicht verstanden, aber heute weiß ich, daß er diese Schuld eigentlich bei sich selbst sah. Vermutlich hat er sich vorgeworfen, nicht heftig genug um Catryn gekämpft zu haben. Er muß geglaubt haben, daß ihr an seiner Seite ein längeres Leben beschieden gewesen wäre. Unvernünftige, aus dem Schmerz geborene Gedanken, doch sie müssen ihn regelrecht zerfressen haben.« Er schüttelte den Kopf. »Daß er aber an dieser Gesa zum Mörder wurde, ist mir das Unbegreiflichste überhaupt.«

»Ich bin von seiner Schuld nicht überzeugt.«

»Wie meint Ihr das?« fragte Cors und setzte sich wieder.

Er war sehr offen gewesen, und ich hatte Vertrauen zu ihm gefaßt. Also erzählte ich ihm von dem verschwundenen Bild und meinem bohrenden, wenngleich ungewissen Verdacht.

Cors sah mich ungläubig an. »Aber ein Bild ist nur eine Sache. Es lebt nicht, denkt nicht, fühlt nicht, handelt nicht.«

»Ich kenne Maler, die anders über ihre Werke sprechen«, sagte ich und fügte hinzu: »Leider kann ich meinen Verdacht nicht besser begründen. Aber wenn nur irgend möglich, werde ich herausfinden, was es mit diesem Bild auf sich hat. Es muß doch einen Grund dafür geben, daß es so kurz nach Gesa Timmers' Tod verschwunden ist.«

»Allerdings, da habt Ihr recht. Habt Ihr schon etwas herausgefunden?«

»Nein, ich hatte bislang nur wenig Zeit.«

So war es in der Tat. Meine anfängliche Vermutung, das blaue Bild könnte aus Rembrandts Werkstatt oder, was wahrscheinlicher war, aus dem Atelier eines seiner Schüler stammen, hatte sich bis dahin nicht bestätigt. Ich hatte die Räume an der Rozengracht von oben bis unten durchsucht, dabei aber nicht ein Gemälde entdeckt, das in der Farbgebung dem »Todesbild«, wie ich es für mich nannte, ähnelte. Blau gehörte einfach nicht zu Rembrandts Farben. Kein einziges Mal hatte ich ihm Blaupulver besorgen sollen, wie man es benötigte, um blaue Farbe zu mischen. Die einzige blaue Farbe im ganzen Haus war die in meinem persönlichen Bestand, den ich für meine Porträtmalerei benutzte.

»Wenn Ihr etwas in Erfahrung bringt, teilt es mir unbedingt mit, Mijnheer Suythof«, bat Cors. »Ich würde Euch sehr gern bei Euren Nachforschungen behilflich sein.«

»Warum?«

»Vielleicht, weil ich eine Schuld begleichen will. Ossel und ich waren einmal wie Brüder. Ich hätte mich mit dem lebenden Ossel aussöhnen sollen, jetzt kann ich nur noch versuchen, das Andenken des Toten von jener Schuld reinzuwaschen, die ihm, wie Ihr vermutet, zu Unrecht angelastet wird.« Seine Augen wurden schmal, als er seinen Blick prüfend auf mich richtete. »Die drei Lumpen damals an der Rozengracht, haben die Euch gar nicht zufällig überfallen? Waren sie womöglich auf Euch angesetzt?«

»Ihr sprecht aus, was auch ich vermute. Aber ich weiß es nicht.«

»So oder so sollten wir Euch vorbereiten, damit Ihr beim nächsten Überfall besser gerüstet seid! Ich werde Euch in die Kunst des Ringens einweihen. Und wehe, Ihr wagt es, mir auch nur einen einzigen Stüber dafür anzubieten!«

Und so lernte ich an diesem Nachmittag, wobei ich mir einige Stürze und blaue Flecke einhandelte, die ersten Grundbegriffe des Ringens. Einmal gelang es mir sogar, das Erlernte dergestalt anzuwenden, daß ich meinen Meister über meinen Rücken wirbelte. Er landete seitlich auf dem Boden. Als ich mich besorgt erkundigte, ob er sich verletzt habe, erwiderte er grinsend, das richtige Fallen sei auch Teil der Ausbildung, das werde er mir in der nächsten Unterrichtsstunde zeigen. Im nachhinein war ich mir nicht mehr so sicher, ob wirklich mein Geschick ihn zu Boden geworfen hatte oder ob es nicht vielmehr seine Gutmütigkeit gewesen war.

Trotz meiner blauen Flecke verließ ich die Ringkampfschule in guter Verfassung. Meine Gedanken über Ossels Tod jemandem mitzuteilen hatte mich ein wenig erleichtert. Andererseits hatte ich vieles über meinen toten Freund erfahren, das mich zum Nachsinnen anregte. Die Wolken hatten sich gelichtet, und die Septembersonne hüllte alles in ein freundliches Licht. Also setzte ich mich auf eine Holzbank vor einem Wirtshaus an der Prinsengracht, bestellte einen Krug Bier, lieh mir vom Wirt eine gute Pfeife und ließ meinen Gedanken freien Lauf, während ich dem Treiben auf der Straße und auf dem Wasser zusah.

Frachtkähne machten vor Kaufmannshäusern fest, und von den überspringenden Giebeln wurden die Lasthaken heruntergelassen, um Ware von Bord zu holen oder an Bord zu befördern. Etliche Tuchballen waren darunter und Kisten und Fässer, über deren Inhalt meine Phantasie spekulierte. In den ankommenden Kisten mochten wertvolle Gewürze aus Indien sein oder Baumrinde aus Portugal und in den Fässern Malaga aus Spanien oder Bier aus Brabant. In den abgehenden Kisten vermutete ich Tuchwaren für England oder Tabak für die türkische Levante, in den Fässern Bordeaux für Schweden oder Rheinwein für Rußland. Während ich den Kähnen nachblickte, die nach Norden in Richtung Hafen getreidelt wurden, kam mir Emanuel Ochtervelts Vorschlag in den Sinn, ich solle zur See fahren, und plötzlich erschien er mir gar nicht mehr so seltsam.

Ein unbändiges Fernweh erfaßte mich, und ich malte mir all die fremden Städte, Länder und Inseln aus, die von niederländischen Schiffen angelaufen wurden: Batavia auf der Insel Java, Malakka und Ceylon, Celebes, Sumatra, Mauritius, Surinam, die Molukken oder das Kapland. Orte, von denen ich zum Teil kaum mehr wußte als die Namen und die ungefähre Lage. Vielleicht brachten sie gerade deshalb eine bislang unbekannte Saite in mir zum Klingen. Ich sah die Eingeborenen vor mir, die sich in fremder Sprache unterhielten, und dachte an Tiere und Pflanzen, die mein Auge noch nie geschaut hatte. Natürlich barg die Reise in ein fernes Land vielerlei Gefahren: Wirbelstürme, tropisches Fieber, Seeräuber und Raubtiere. Aber nur wer diese Gefahren auf sich nahm, konnte eine neue Welt entdecken und sich selbst ein neues Leben erschließen.

Hier in Amsterdam gab es nichts, das mich hielt, und, das mußte ich mir eingestehen, nichts, das mir eine großartige Zukunft versprach. Mittellose junge Maler fanden sich an jeder Straßenecke. Nur wenigen meiner Zunftgenossen gelang der Aufstieg zum allseits geachteten Meister, und selbst wenn er gelang, war das keine Garantie für dauerhaftes Glück. Rembrandts Schicksal bewies es. Ich konnte wohl mit den meisten Malern meines Alters und meiner Stellung mithalten, aber war ich ein Rubens oder Frans Hals, ein Jan Steen oder Govaert Flinck?

Zum ersten Mal bezweifelte ich, daß eine große Malerkarriere vor mir lag. Vielleicht deshalb, weil ich zum ersten Mal ernsthaft darüber nachdachte. Ich hatte mich in sehr jungen Jahren auf die Malerei gestürzt, weil ich in dieser Kunst recht geschickt war und für meine ersten Werke viel Lob einheimste. Aber das wahre Leben bestand nicht nur aus dem Lob von Freunden, Verwandten und ein paar Lehrern, die einen schon seit Kindertagen kannten.

Draußen vor der Insel Texel lagen die großen Kauffahrer, die bald wieder mir unbekannte Teile dieser Welt ansteuern würden. Mußte ich meinen Weg nicht erst dort hinauslenken, meinen Fuß auf fremde Erde setzen, bevor ich wissen konnte, wie ich mein Leben gestalten wollte? Amsterdam mit seinen dichtbebauten Straßen und vielbefahrenen Grachten kam mir mit einem Mal schrecklich klein und eng vor, als wollte es mich zerdrücken, mich niederhalten und meine Augen auf ewig vor der Welt verschließen.

An jenem Nachmittag faßte ich, innerlich aufgewühlt, den Entschluß, Amsterdam zu verlassen und mein Glück an einem der Orte zu suchen, deren Namen fremd und verheißungsvoll nach Abenteuer und Gefahr klangen. Vorher mußte ich nur noch Ossels Namen reinwaschen.

Zufrieden mit dieser Entscheidung, die meinem Leben endlich eine Perspektive gab, streckte ich die Beine aus, lehnte mich rücklings an die Wirtshauswand und ließ meinen Blick wieder schweifen. Während ich überlegte, wer von den Vorübergehenden schon einmal in einem fremden Land gewesen sein mochte, bemerkte ich eine junge Frau, die den großen Kaufmannshäusern zu meiner Linken zustrebte. Vielleicht erregten zuerst die roten Locken meine Aufmerksamkeit, vielleicht war es auch der Strohhut mit dem blauen Band, den ich wiedererkannte. Ruckartig beugte ich mich vor, schirmte die Augen gegen die sinkende Sonne ab und starrte der jungen Frau nach.

»Ein selten hübsches Weib, wenn Ihr mich fragt«, quäkte mir eine fremde Stimme ins Ohr. »Sehr elegant und zugleich verführerisch. Leider bin ich zu alt und zu häßlich für die Süße. Und zu arm.«

Die Mitteilung kam von einem dürren älteren Mann, der auf der nächsten Bank vor einem leeren Becher saß und auf einer Stummelpfeife herumkaute. Das ledrige, wettergegerbte Gesicht ließ mich in ihm einen alten Seemann vermuten. Die vielen winzigen Falten rund um die Augen holte man sich wohl, wenn man zu lange in die Sonne blinzelte, auf der Suche nach Land oder dem ersten Anzeichen davon, einer kreisenden Möwe.

»Henk Rovers«, stellte der Alte sich vor. »Auf allen Meeren zu Hause, aber in Amsterdam daheim.«

»Cornelis Suythof, noch nicht weit über Amsterdam hinausgekommen«, antwortete ich, ohne den Blick von der Rothaarigen zu lassen.

»Aber einen Blick für die Schönheiten dieser Welt«, spottete Rovers. »Die kleine van Riebeeck ist eine wahre Augenweide, was?«

»Ihr kennt die Frau?«

Er nickte. »Sie ist die Tochter des Kaufmanns Melchior van Riebeeck. Ihr Name ist Louisa, wenn ich mich nicht irre. Seht doch, gleich betritt sie van Riebeecks Haus!«

Tatsächlich erstieg die Frau, die ich nur als Marjon kannte, die Stufen zum Eingang eines großen Kaufmannshauses und verschwand unter dem Vordach.

»Eine Augenweide für Kerle wie uns, mehr leider nicht«, seufzte der Seemann. »Ich will Euch natürlich nicht beleidigen, Suythof, aber Ihr seht mir nicht aus wie einer, dem die Münzen aus allen Taschen quellen.«

Ich bedachte ihn mit einem Grinsen. »Ihr habt ein Auge für die Wahrheiten dieser Welt, Henk Rovers. Woher wißt Ihr so gut über diesen van Riebeeck und seine Tochter Bescheid?«

»Ich sitze fast jeden Tag hier, da bekommt man so einiges mit. Und über van Riebeeck hat man sich in letzter Zeit viel erzählt.«

»Was denn?«

Rovers stieß ein unbehagliches Krächzen aus, massierte seine Gurgel und sah wehleidig auf seinen leeren Becher. »Mit rauher Kehle spreche ich gar nicht gern.«

Ich bestellte einen weiteren Krug, setzte mich zu Rovers an den Tisch und wartete darauf, daß das frische Bier seine Kehle schmierte.

Bald erzählte er mir vom Kaufmann van Riebeeck, den in letzter Zeit das Pech verfolgte. Ein Schiff, an dem er beteiligt gewesen war, war, beladen mit Waren vom Kap, kurz vor der Heimkehr im Sturm gesunken. Ein zweites Schiff, in das er sein Geld gesteckt hatte, war zwischen Makassar und Mataram von Piraten aufgebracht, geplündert und verbrannt worden. Um die Verluste auszugleichen, hatte van Riebeeck sich an der Börse zu gewagten Spekulationen hinreißen lassen.

»Aber er hat sich verspekuliert und dabei buchstäblich Haus und Hof eingebüßt«, fuhr Rovers fort.

»Wie das? Seine Tochter ist doch gerade in das große Haus gegangen.«

»Tja, das ist das Erstaunlichste an der ganzen Geschichte«, sagte Rovers gedehnt und füllte seinen Becher auf. »Niemand hat auf den Herrn Melchior van Riebeeck noch einen Stüber gegeben, keine Bank gewährte ihm noch Kredit. Und dann hatte er plötzlich, wenige Tage bevor sein Haus zwangsverkauft werden sollte, genügend Geld, um seine Schulden zu bezahlen.«

»Vielleicht hat er doch noch eine willige Bank gefunden«, meinte ich.

Rovers verzog sein Gesicht zu einer abwertenden Grimasse. »Banken geben ihr Geld nur dahin, wo schon welches ist oder wo wenigstens fette Zinsen zu erwarten sind. Beides konnte man von Melchior van Riebeeck nicht behaupten. Hier im Viertel munkelt man etwas von einem privaten Geldgeber, der van Riebeeck unter die Arme gegriffen hat.«

»Aus welchem Grund?«

»Ihr stellt Fragen, auf die Euch wohl nicht mal die Vögel in den Bäumen eine Antwort zwitschern können. Jedenfalls scheint van Riebeeck wieder gut dazustehen. Plötzlich grüßen ihn die Nachbarn wieder, und man sagt, seine Tochter werde sich bald mit Constantijn de Gaal verloben. Wenn das mal nicht die beste Partie ist, die eine Kaufmannstochter in Amsterdam machen kann!« Rovers sorgte dafür, daß auch bestimmt kein Tropfen Bier in dem Krug blieb, und dann stand er auf und verabschiedete sich. »Ich muß noch raus zum Hafen, treffe mich dort mit ein paar Freunden.«

Damit schlenderte er die Prinsengracht entlang in Richtung Hafen und ließ einen verwirrten Cornelis Suythof zurück. Die Frau, die ich noch wenige Wochen zuvor nackt gemalt hatte, sollte sich bald mit einem der reichsten Männer Amsterdams verloben? Ich schüttelte den Kopf, zahlte die Zeche und ging zu dem Haus, das nach Rovers' Angaben dem Kaufmann Melchior van Riebeeck gehörte.

Während der letzten Wochen war ich auf zu viele Merkwürdigkeiten und Geheimnisse gestoßen. Es wurde Zeit, daß ich begann, ein wenig Licht ins Dunkel zu bringen. Bei der jungen Frau, die ich als Marjon kannte, wollte ich anfangen.

Ohne auf meine inneren Zweifel zu hören, erstieg ich die Treppe zum Vorbau, wo viel Marmor vom Reichtum des Eigentümers zeugte, und zog an der Klingelschnur. Eine Magd mit weißer Schürze und ebenso weißer Haube öffnete, und ich fragte nach Louisa van Riebeeck.

»Was wollt Ihr von der jungen Herrin?« fragte die ältere Frau in einem Tonfall, der aus ihren Zweifeln bezüglich meiner Person keinen Hehl machte.

»Ich möchte sie sprechen«, sagte ich und nannte meinen Namen. »Sagt Ihr doch einfach, wer da ist.«

»Wartet!«

Damit schlug sie die Tür fest zu, doch nach zwei oder drei Minuten kehrte sie zurück, in Begleitung meiner rothaarigen Bekannten.

Die wandte sich zu der Magd um und sagte: »Es ist gut, Jule, du kannst uns allein lassen.«

Die Magd warf mir erneut einen skeptischen Blick zu, und dann verschwand sie im Haus.

»Ihr seid es wirklich!« sagte ich, noch immer erstaunt. »Als Ihr vorhin an mir vorbeikamt, wollte ich meinen Augen nicht trauen. Wie soll ich Euch ansprechen?«

»Am besten gar nicht«, erwiderte sie und zog mich von dem Vorbau weg, vor das Haus. »Ihr solltet gar nicht hiersein. Zu dumm, daß Ihr mich gefunden habt!«

»Ich wollte Euch nicht in Verlegenheit bringen«, versicherte ich. »Aber meine Neugier ist geweckt. Ich verstehe das alles nicht.«

»Das müßt Ihr auch nicht«, sagte sie bestimmt. »Ihr habt Euer Geld nicht nur fürs Malen bekommen, sondern auch dafür, Schweigen zu bewahren. Also haltet Euch daran!«

Ohne ein weiteres Wort wandte sie sich ab und ging wieder ins Haus. Ich kam mir vor wie ein Narr. Als ich wieder auf die Straße trat, stand dort eine junge Frau mit einem Einkaufskorb am Arm und erwartete mich mit einem Blick, in dem Verwunderung und Ärger einander die Waage hielten.

»Cornelia, was tut Ihr hier?« fragte ich verblüfft.

»Da ich Euch für heute freigegeben habe, erledige ich einige Einkäufe selbst. Ich wußte ja nicht, was Ihr hier Wichtiges vorhabt. Ihr seid mir natürlich keine Rechenschaft schuldig, aber daß Ihr mich anlügt, verstehe ich nicht.«

»Was meint Ihr?«

»Als ich Euch vor einiger Zeit nach Euren, hm, Nacktmodellen gefragt habe, sagtet Ihr, Ihr wüßtet nichts über sie, nicht einmal ihre Namen. Wie kommt es dann, daß Ihr diese Frauen zu Hause besucht?«

»Tja, das war ein seltsamer Zufall …« versuchte ich zu erklären.

Cornelia winkte ab. »Verstrickt Euch bloß nicht in noch mehr Lügen! Wie gesagt, Ihr seid mir keine Rechenschaft schuldig. Guten Tag!«

Mit erhobenem Kopf zog sie davon, und ich erinnerte mich an Robbert Cors' Worte: *Wir verstehen sie nicht, aber wir brauchen sie wie die Luft zum Atmen. Das ist wohl ihr ewiges Geheimnis.*

KAPITEL 9

Ein Maler und sein Werk

20. SEPTEMBER 1669

Seit Cornelia und ich einander so überraschend vor dem Haus des Kaufmanns Melchior van Riebeeck begegnet waren, hatte sich unser Verhältnis merklich abgekühlt. Cornelia ging mir, soweit es sich einrichten ließ, aus dem Weg, und wenn wir doch etwas zu besprechen hatten, machte sie es so kurz wie möglich. Jener Abend im Irrgarten, als wir so vertraut miteinander gewesen waren, schien unendlich weit weg.

Louisa – oder Marjon, wie ich sie im stillen noch immer nannte – hatte Maerten van der Meulen offenbar nichts von unserer jüngsten Begegnung erzählt. Jedenfalls verhielt er sich mir gegenüber wie eh und je. Ich kam meinen Pflichten als Rembrandts Schüler nach und erfüllte van der Meulens Aufträge; in meinen freien Stunden besuchte ich die Ringkampfschule und ließ mir von Robbert Cors viele nützliche Kniffe zeigen. Nach dem Ringen saß ich vor der Wirtsstube und blickte zum Haus des Kaufmanns van Riebeeck hinüber, ohne aber Louisa ein weiteres Mal zu sehen. Alles in allem hätte ich mit meinem Dasein zufrieden sein können, nur ließ es mir keine Ruhe, daß ich mit meinen Nachforschungen über Ossels Bluttat und das verschwundene Gemälde nicht vorankam.

Warum ich schließlich begann, aus dem Gedächtnis eine Kopie des verschwundenen Bildes anzufertigen, kann ich nicht genau sagen. Vielleicht trieb mich die Furcht, die verstreichende Zeit könnte meine Erinnerung derart trüben, daß der Eindruck des Todesbildes gänzlich verwischte. Vielleicht war es auch schlicht meine Verzweiflung darüber, dem Bild und seinem Geheimnis nicht auf die Spur kommen zu können. Wie nicht anders zu erwarten, geriet die Kopie reichlich ungenau. Zu kurz hatte ich das Bild gesehen, um mich an jede Einzelheit erinnern zu können. Was insbesondere auf die Gesichter zutraf. Die Züge des Färbermeisters Gysbert Melchers konnte ich mir noch in etwa ins Gedächtnis rufen, aber die Gesichter seiner Frau und seiner Kinder entstammten vollständig meiner Phantasie. Und doch, als ich das Bild fertig hatte, war der Gesamteindruck unverkennbar der des Originals. Selbst das Wechselspiel von Licht und Schatten, das mich an die Arbeiten meines Meisters Rembrandt erinnert hatte, war mir, so schmeichelte ich mir, einigermaßen gelungen. Die Farbe Blau hingegen, mit der die Kleider und der Hintergrund gestaltet waren, entsprach nicht dem Vorbild, obwohl ich mich redlich bemüht hatte, den Farbton nachzuempfinden. Entweder hatte der unbekannte Maler ein Blaupulver benutzt, das mir nicht zur Verfügung stand und das ich auch bei den einschlägigen Händlern Amsterdams nicht hatte auftreiben können, oder er hatte sein Blau durch das Beimischen anderer Farben hergestellt. Ich hatte es mit Dutzenden von Farbmischungen versucht, den Ton des Todesbildes aber nicht getroffen.

Dennoch war ich recht zufrieden mit meinem Werk, das ich ganz im geheimen angefertigt hatte. Von einem Tuch bedeckt und von dem ausgestopften Bären bewacht, ließ ich es in der Rozengracht zurück, als ich am späten Nachmittag zur Prinsengracht ging, um eine weitere Unterrichtsstunde bei Robbert Cors zu nehmen.

An diesem Tag lernte ich, unter den Armen eines Gegners wegzutauchen und mich durch eine schnelle Bewegung in seinen Rücken zu bringen, um ihn von hinten ergreifen und mit einem heftigen Schwung zu Boden werfen zu können. Der Ringmeister zeigte sich erfreut über meine Fortschritte, und ich begann mich zu fragen, ob ich womöglich einen besseren Ringkämpfer als einen Maler abgab. Nach der Übungsstunde saßen wir noch vor dem nahe gelegenen Wirtshaus bei einem Krug Bier, und Cors erzählte mir von jener Zeit, als Ossel und er gute Freunde und von dem Gefühl beseelt gewesen waren, daß die Welt, wenn sie es nur richtig anpackten, ihnen gehörte.

Wir verabschiedeten uns wie immer in freundschaftlicher Weise, und er kehrte in seine Schule zurück. Gerade als ich auch aufbrechen wollte, fiel mein Blick auf einen Mann, der vor dem Haus des Kaufmanns Melchior van Riebeeck wartete und den ich nur allzu gut kannte. Es war Maerten van der Meulen, der ungeduldig vor dem Haus auf und ab ging, bis schließlich die Tochter des Kaufmanns heraustrat. Ich versteckte mich hinter dem Stamm einer großen Linde und beobachtete, wie der Kunsthändler Louisa zu einer wartenden Mietkutsche führte. Ich konnte mir nicht erklären, was das Ganze zu bedeuten hatte. Ließ van der Meulen die junge Frau auch von anderen Malern porträtieren? Nein, sagte ich mir. Die Sonne war schon im Sinken begriffen, und die beste Zeit zum Malen war damit vorüber. Als die Kutsche sich in Bewegung setzte, lief ich, ohne lange darüber nachzudenken, hinterher.

Auf Amsterdams Straßen herrschte reger Verkehr, und die Brücken über die Grachten gestalteten das Vorankommen für Fuhrwerke besonders schwierig. Daher hatte ich keine Mühe, der Mietkutsche zu folgen, auch wenn der Weg durch die halbe Stadt führte. Er endete in der großen Anthonisbreestraat. Van der Meulen und Louisa steuerten, nachdem der Kunsthändler den Kutscher entlohnt hatte, eines der Vergnügungshäuser an, von denen es hier mehrere gab. Es war ein Musico; Musik, lauter Gesang und Gelächter drangen nach draußen.

Vor dem Eingang stand ein Aufpasser, ein großer Mann mit einem beeindruckend breiten Brustkasten; er musterte die Ankömmlinge mit prüfendem Blick. Sein Gesicht hellte sich auf, als er erkannte, wen er vor sich hatte. Leider konnte ich in meinem Versteck hinter einer hohen Regentonne auf der anderen Straßenseite nicht hören, was zwischen dem Kunsthändler und dem Aufpasser gesprochen wurde, jedenfalls betraten van der Meulen und seine Begleiterin das Musico nicht durch den Haupteingang, sondern verschwanden in einer schmalen, dunklen Gasse, die das Haus vom Nachbargebäude trennte.

Ich verließ mein Versteck und schlenderte über die Straße auf das Musico zu. Der Aufpasser sah mich ebenso prüfend an wie zuvor die beiden anderen. Sein grobporiges Gesicht und das verfilzte Haar unter der schiefsitzenden Mütze machten eher einen verwahrlosten Eindruck. Er hätte gut zu den drei Schlägern gepaßt, die mir einen Monat vorher nachgestiegen waren. Aber wahrscheinlich brauchte es solch abstoßende Gestalten, um ein Vergnügungshaus vor unliebsamem Gesindel zu bewahren.

»Da drin ist ja schon einiges los«, sagte ich mit einem verschwörerischen Grinsen. »Könnt Ihr den Laden empfehlen?«

»Euch nicht«, erklärte er naserümpfend. »Das Musico ist einer anderen Kundschaft vorbehalten.«

Ich verstand die Anspielung wohl. »Ihr denkt, ich hätte nicht genügend Geld in der Tasche, um meinen Wein zu bezahlen? Da täuscht Ihr Euch. Ich habe Geld, sogar etwas für Euch!«

Damit hielt ich ihm einen halben Gulden unter die Nase.

Er sah auf meine Hand mit den Münzen und dann, Verachtung im Blick, in mein Gesicht. »Geht besser zum Hafen. Da gibt's genügend Schenken, in denen Ihr billigen Wein bekommt. Hier seid Ihr nicht willkommen. Verschwindet!«

Das war deutlich. Ich steckte mein Geld wieder ein und zog von dannen wie ein geprügelter Hund, allerdings nur bis zur nächsten Ecke. Dort kauerte ich mich hinter einen Torbogen und beobachtete, wie das Musico sich zusehends mit Gästen füllte. In der Tat handelte es sich ausschließlich um betucht wirkende Männer, Kaufleute und höhere Beamte, vermutete ich. Der Aufpasser mit seinem geschulten Auge hatte auf den ersten Blick erkannt, daß ich nicht zu diesem Kreis gehörte. Aber ich war nicht gewillt, so einfach aufzugeben, denn das Geheimnis, das die schöne Louisa umgab, hatte mich in seinen Bann gezogen.

Als es dunkler wurde, schlich ich, die Schatten der Gebäude ausnutzend, in die Nähe der schmalen Gasse, in der Louisa und ihr Begleiter verschwunden waren. Zuvor hatte ich ein paar kleine Steine aufgesammelt, die ich jetzt quer über die Straße warf, so daß sie auf der anderen Seite gegen einen Treppenaufgang prallten. Das Geräusch weckte die Neugier des Aufpassers. Er überquerte die Straße, um nachzusehen, was dort los war – Zeit genug für mich, um in die schmale Gasse einzutauchen. Als der Aufpasser kopfschüttelnd an seinen Platz zurückkehrte, hatten mich die Schatten der Gasse längst verschluckt.

Zwischen den hohen Gebäuden war es reichlich finster. Ich mußte schon den Kopf in den Nacken legen, um einen hellen Streifen Himmel zu erkennen. Und es stank erbärmlich nach menschlichen Ausscheidungen und Auswurf. Durch den Mund atmend ging ich vorsichtig weiter, bis ich einen Seiteneingang des Musicos entdeckte.

Hatten van der Meulen und Louisa das Gebäude durch diese Tür betreten? Ich konnte es nur vermuten. Die Tür erwies sich als verschlossen, deshalb ging ich erst einmal weiter. Die Gasse endete vor einer hohen Mauer, ohne daß ich eine andere Tür oder einen abzweigenden Weg entdeckt hätte, also mußten der Kunsthändler und die Kaufmannstochter die weiter unten gelegene Seitentür des Musicos benutzt haben.

Ich schlich zu der Tür zurück und zog unter meiner Jacke das Messer hervor, das einem der drei Schläger gehört hatte.

Seit jenem Abend trug ich es bei mir, sobald ich aus dem Haus ging. Zwar machte ich, wie Robbert Cors mir wieder und wieder versicherte, beim Ringen gute Fortschritte, aber die scharfe Klinge gab mir doch zusätzliche Sicherheit. Ich war alles andere als ein erfahrener Einbrecher und machte mir keine große Hoffnung auf einen Erfolg, als ich das Türschloß mit dem Messer bearbeitete. Selbst wenn ich mehr gesehen hätte, als es in der düsteren Gasse möglich war, hätte ich auch nichts anderes tun können, als linkisch herumzustochern.

Um so erstaunter war ich, als die Tür schon nach kurzer Zeit aufsprang – erstaunt und erschrocken. Denn ich machte mir klar, daß ich soeben gegen die Gesetze verstieß, und malte mir aus, wie man mich an den Schandpfahl stellte oder – schlimmer noch – zur Besserung ins Rasphuis brachte, zum Gespött meiner früheren Arbeitskameraden und jener Insassen, die ich einige Wochen zuvor noch beaufsichtigt hatte.

Aber was nützte das Zaudern? Jetzt, da ich die Tür aufgebrochen hatte, konnte ich kaum noch zurück, zumal der Aufpasser mich beim Verlassen der Gasse bemerkt hätte. Also steckte ich das Messer weg, betrat das Haus und schob die Tür vorsichtig wieder zu. Sie quietschte leise, und ich konnte nur hoffen, daß niemand es hörte.

In dem fensterlosen Raum war es noch finsterer als draußen in der Gasse. Beim Eintreten hatte ich die Umrisse einiger Kisten und Fässer ausgemacht, woraus ich schloß, daß ich mich in einem Lagerraum befand. Stimmen und Musik drangen an mein Ohr, aber derart vermengt, daß ich nichts verstehen konnte. Mit ausgestreckten Armen tastete ich mich voran und verbiß mir einen Fluch, als ich aller Vorsicht zum Trotz mit der Stirn gegen einen niedrigen Balken stieß. Obwohl ich mich langsam bewegt hatte, schmerzte es heftig.

Endlich ertastete ich eine Tür und schob sie einen Spaltbreit auf. Dahinter lag ein Raum, menschenleer, mit einem Treppenaufgang. Das konnte ich erkennen, weil es hier ein Fenster zur

Anthonisbreestraat gab. Ich entdeckte eine weitere Tür und drückte mein linkes Ohr dagegen. Gesang aus mehreren Kehlen, nicht schön, aber kräftig, drang zu mir herüber, ein bekanntes Lied über die Leiden eines Seemanns, der zu lange von seiner schönen Braut entfernt ist. Hinter der Tür mußte sich der Hauptsaal des Musicos befinden, den ich besser mied, wenn ich nicht mit dem Aufpasser aneinandergeraten wollte.

Statt dessen stieg ich die Treppe hinauf, deren Holz bei mindestens jeder zweiten Stufe knarrte. Allerdings übertönte der laute Gesang das Knarren. Der obere Treppenabsatz mündete in einen langen Gang, der von mehreren Öllampen erhellt wurde. Die Wände zwischen den Türen, die zu beiden Seiten abzweigten, waren mit Gemälden geschmückt, und als ich endlich so stand, daß ich sie betrachten konnte, stockte mir der Atem: Es waren meine Arbeiten!

Zumindest ein Teil der Porträts stammte von mir. Es waren alle Bilder, die ich für Maerten van der Meulen angefertigt hatte. Auch die Arbeiten, die von anderer Hand stammten, stellten unbekleidete junge Frauen dar. Insgesamt mochten es ein Dutzend Bilder sein. Verblüfft starrte ich auf die obszöne Galerie, selten hat wohl ein Maler seinem Werk so ratlos gegenübergestanden.

Natürlich hatte ich mir Gedanken darüber gemacht, was van der Meulen mit meinen Bildern anstellte. Da er mir gutes Geld bezahlte, mußte er Abnehmer für die Porträts unbekleideter junger Damen haben. Ich hatte an einen kleinen Kreis von Liebhabern gedacht, doch jetzt mußte ich davon ausgehen, daß sein einziger Kunde in dieser Richtung der mir unbekannte Inhaber dieses Musicos war. Offenbar sollten die Bilder eine anregende Wirkung auf die Gäste haben. Die Grenze zwischen Musicos und Freudenhäusern war fließend; anscheinend war ich in einem Freudenhaus für die Herren der besseren Gesellschaft gelandet. Unten unterhielt man sich bei Musik und

Tanz, und irgendwann kamen die Herren nach oben, um sich mit jungen Frauen zu vergnügen.

Soweit war mir die Sache klar. Aber warum standen Frauen wie Louisa, die aus gutem Haus stammten, für Bilder Modell, deren Bekanntwerden sie in Verruf bringen und schlimmstenfalls ihre Einlieferung ins Spinhuis zur Folge haben konnte? Das Spinhuis war das Gegenstück zum Rasphuis, dort sollten vom Pfad der Tugend abgekommene Frauen durch harte Arbeit gebessert werden. Gewiß kein angenehmer Ort, schon gar nicht für eine Frau von Stand. Und warum hatte van der Meulen Louisa in dieses Haus gebracht? Wollte er sie mit ihrer Schande konfrontieren, sie dadurch vielleicht zu etwas bewegen?

Schritte und die Stimmen zweier Männer rissen mich aus meinen fruchtlosen Betrachtungen. Die beiden kamen die Treppe herauf. Schnell lief ich den Gang entlang, bis ich zu einer Einbuchtung gelangte, in der die lebensgroße Marmorstatue einer nackten Frau stand. Nein, es war keine Frau: Bogen und Köcher verrieten, daß es sich um die Göttin Diana handelte. Ob Frau oder Göttin, die Statue war mein einziges Versteck, und ich machte mich hinter ihr so klein wie möglich. Mit angehaltenem Atem kauerte ich da und hoffte, die Tochter des Jupiter und der Latona möge ihrem Ruf als Verderberin und Todesgöttin in diesem Fall nicht gerecht werden.

In einem der beiden Männer, die den Gang entlangkamen, erkannte ich Maerten van der Meulen, der andere, mit dem er sich angeregt unterhielt, war mir unbekannt. Er war hager und so groß, daß er trotz seiner leicht vornübergebeugten Körperhaltung hochgewachsen wirkte. Seine dunkle Kleidung mit der breiten weißen Halskrause zeugte von hohem Stand, das schmale, ja geradezu hohlwangige Gesicht hatte etwas Asketisches.

Er mochte ganz und gar nicht den Eindruck eines Mannes erwecken, der in einem Freudenhaus Befriedigung sucht, im Gegenteil. So wie ihn stellte ich mir einen religiösen Eiferer vor, der die Fleischeslust auf das entschiedenste verdammt. Seine blasse Haut wirkte dünn, fast durchsichtig, so als hätte jemand mit viel Mühe etwas Pergament über seine Gesichtsknochen gespannt. Seine Augen lagen tief in den Höhlen, was den Eindruck eines Totenschädels noch verstärkte. Auch seine Stimme war auffällig: heiser und doch durchdringend. Als er an mir vorüberging, machte ich mich unwillkürlich noch kleiner, fürchtete ich doch, sein Totenkopf könne herumrucken und mich erspähen.

Aber der Fremde war nicht auf der Suche nach einem Eindringling, sondern in ein Gespräch mit dem Kunsthändler verstrickt. Es ging um Malerei und Farben, und van der Meulen nannte Rembrandts Namen. Leider hörte ich zu wenig, um dem Erlauschten einen Sinn geben zu können. Ich war versucht, den beiden nachzugehen, aber das wäre zu gefährlich gewesen. Ich konnte von Glück sagen, daß sie mich nicht in meinem lächerlichen Versteck entdeckt hatten.

Außerdem hörte ich, kaum daß sie verschwunden waren, erneut Schritte und Stimmen auf der Treppe. Diesmal waren es ein Mann und eine Frau, die sich unterhielten.

Der Mann hatte einen enormen Leibesumfang. Offenbar hatte er eine ebenso enorme Menge Rotwein genossen, darauf deuteten seine schwere Zunge, sein schwankender Gang und die großen roten Flecken auf seiner Halskrause. Er war das zweifelhafte Musterbild eines vollgefressenen Pfeffersacks, dem der Reichtum aus Mund, Nase und Ohren quillt.

Die Frau an seiner Seite hatte ihre besten Jahre längst hinter sich, was sie aber nicht davon abgehalten hatte, sich mit Schmuck und bunten Haarbändern aufzutakeln. Ihr Mieder war so eng geschnürt, daß ihre Brüste aus dem tiefen Ausschnitt drängten. Nicht von ungefähr fühlte ich mich an die Dirnen erinnert, die, angelockt von den zahlreichen Besuchern in Lingelbachs Irrgarten, rund um die Rozengracht ihr Revier hatten. Die Frau mit der blechernen Stimme, die an der Seite des Fettwanstes auf mich zukam, mochte die Kuppelmutter dieses wenig ehrbaren Hauses sein.

Die beiden blieben im vorderen Bereich des Gangs stehen, und der Mann betrachtete mit leuchtenden Augen die Porträts.

»Und die stehen alle zur Verfügung?« fragte er mit sich vor Vorfreude überschlagender Stimme.

»Soweit sie heute abend im Haus sind, ja. Ihr seid der erste Kunde und habt somit die freie Auswahl.«

»Die freie Auswahl«, wiederholte er und schwankte langsam den Gang entlang, den Blick stur auf die Gemälde gerichtet. Als er auf meiner Höhe war und ins Schlingern geriet, fürchtete ich schon, er werde die Diana-Statue rammen und mich meines Verstecks berauben. Aber er fing sich im letzten Augenblick, stützte sich mit einer Hand an der Wand ab und rülpste laut. Scharfer, Übelkeit erregender Weingeruch machte sich breit. Der Dicke setzte die Besichtigung fort und zeigte schließlich auf das Bild einer ebenso blonden wie üppigen Frau. Sie war das dritte Modell gewesen, das van der Meulen mir zugeführt hatte. Er hatte sie mir unter dem Namen Claertje vorgestellt, aber das war wohl ebenso ein falscher Name gewesen wie Marjon.

»Die da will ich haben«, sagte er wie ein Kind, das eine Süßigkeit erspäht hat. »Ist sie da?«

Die Kupplerin lächelte. »Ihr habt Glück, Mijnheer. Darf ich Euch zu Eurer Wahl gratulieren? Kommt nur mit!«

Damit führte sie ihn in ein Zimmer zu meiner Linken. Ich blieb erschüttert zurück. Meine düstere Vermutung, welchem Zweck die Gemälde dienten und warum van der Meulen Louisa hergebracht hatte, war soeben bestätigt worden. Beinahe wünschte ich, ich hätte das Rätsel nicht gelöst. Ich verspürte den unbändigen Drang, dem Mann und der Kupplerin zu folgen und beiden eine tüchtige Abreibung zu verpassen, aber natürlich war ich selbst derjenige, dessen Dummheit mit ein paar Hieben bestraft gehörte.

Die Kuppelmutter trat aus dem Zimmer und ließ ein paar Münzen in eine perlenbestickte Geldkatze fallen, bevor sie zur Treppe ging und aus meinem Blickfeld verschwand. Mein Blick wanderte die Türen entlang, und ich stellte mir die Frauen in den dahinterliegenden Zimmern vor. Eine von ihnen war Louisa, daran gab es keinen Zweifel. Scham und ohnmächtige Wut packten mich.

Ich eilte zur Treppe, um dieses Haus zu verlassen. In meiner Erregung sah ich mich weniger vor, aber ich erreichte die düstere Gasse unbemerkt und schritt hinaus zur Anthonisbreestraat.

»He! Wer ist da? Dich kenne ich doch! Treibst du dich immer noch hier rum?«

Der Aufpasser!

Ich Narr hatte nicht daran gedacht, daß er mich bemerken würde, sobald ich die Gasse verließ. Unter anderen Umständen wäre ich wohl geistesgegenwärtig auf eine Ausrede verfallen, doch ich war noch so mit dem eben Erlebten beschäftigt, daß ich einfach in der Einmündung zur Gasse stehenblieb und den Aufpasser anstarrte.

Der setzte sich in Bewegung und kam mit schnellen Schritten auf mich zu. »Warte nur, Mann! Ich werde dir einbläuen, daß man hier nicht ungestraft rumschleicht!« Seine drohend vorgereckten Fäuste ließen keinen Zweifel daran, was er mit *einbläuen* meinte.

Als er nur noch ein, zwei Schritte von mir entfernt war, erwachte ich aus meiner Starre und erinnerte mich an das, was ich bei Robbert Cors gelernt hatte. Ich duckte mich, drehte mich in den Rücken des Aufpassers, packte ihn mit der Rechten am Oberarm und riß ihm mit der Linken einen Fuß nach hinten. Der schwere Kerl verlor das Gleichgewicht, stieß mit der Stirn gegen die Hauswand und rutschte an ihr zu Boden wie ein erlegter Bär.

Er blutete an der Stirn, aber das sah nicht besonders schlimm aus. Während er nach der Wunde tastete, blickte er mich überrascht an.

Zeit zu verschwinden, sagte ich mir und nahm die Beine in die Hand. Ich rannte die dämmrige Anthonisbreestraat hinunter und hörte hinter mir den Aufpasser um Hilfe rufen. Ohne mich noch einmal nach dem Musico umzudrehen, bog ich um die nächste Ecke, verließ die Anthonisbreestraat und tauchte in kleinere Straßen und Gassen ein, bis ich mir sicher sein konnte, daß jeder mögliche Verfolger aufgegeben hatte.

Erschöpft blieb ich stehen und schaute mich, nach Atem ringend, um. Das Gassengewirr, in dem ich mich befand, war mir gänzlich unbekannt. Es gab mehrere Schenken hier, allerdings keine so vornehm wie das Musico. Einfache Leute kreuzten meinen Weg, einige nicht weniger betrunken als der fette Pfeffersack, und doch waren sie mir lieber. Vielleicht nur deshalb, weil mich bei ihrem Anblick keine Schuldgefühle quälten.

Aus dem Dunkel einer Toreinfahrt löste sich eine Frauengestalt und kam auf mich zu. »Bist du ganz allein hier, mein Liebster? Ich leiste dir Gesellschaft, wenn du magst.«

Die kratzige Stimme gehörte einer sichtlich in die Jahre gekommenen Dirne. Tiefe Ringe lagen unter ihren Augen, und der Mund schien mehr oder weniger zahnlos. Auf ihrer Stirn prangte ein großer Furunkel. Sie hatte beschlossen, ihre zweifelhaften Reize großzügig darzubieten, und öffnete ihr Kleid. Darunter kamen Brüste zum Vorschein, die schwer und traurig nach unten hingen.

Angewidert wandte ich mich ab, ging auf die nächste Schenke zu, suchte mir einen freien Platz und bestellte einen starken Schnaps, um meine Wut zu betäuben. Und bei dem einen Schnaps blieb es nicht.

Als ich in die Rozengracht zurückkehrte, ging es bereits auf Mitternacht zu. Die Nachtwachen waren längst zu ihren Streifgängen ausgerückt, und ich achtete darauf, ihnen nicht zu begegnen, denn ich wäre, wie jeder Bürger zu dieser späten Stunde, verpflichtet gewesen, eine Laterne bei mir zu tragen, und hatte keine.

Ich hatte die Rozengracht schon erreicht, da wäre ich beinahe doch noch einer Patrouille in die Arme gelaufen. Zum Glück warnte mich die Laterne eines der beiden Nachtwächter. Ich kauerte mich hinter einen Baumstamm und beobachtete, wie die Männer dicht an mir vorübergingen. Sie sprachen über irgendwelche Aufregungen im Hause eines Malers. Deutlich sah ich die Klingen ihrer Spieße, die das Mondlicht einfingen.

Cornelia fing mich bereits an der Haustür ab, zu meinem Erstaunen nicht im Nachthemd, sondern vollständig bekleidet. Sie war gehörig in Rage.

»Wo habt Ihr Euch den ganzen Abend rumgetrieben?« fuhr sie mich an.

»Was geht's Euch an?« blaffte ich zurück und merkte jetzt erst, daß der Schnaps meine Zunge beschwert hatte.

»Ihr seid betrunken, Cornelis Suythof! Gibt es für Euch Männer kein anderes Vergnügen als sich mit allem vollaufen zu lassen, was den Verstand vernebelt?«

»Doch«, sagte ich mit einem plötzlichen Hang zur Gemeinheit. »Noch schöner ist es, abends heimzukommen und nicht von einem keifenden Weib empfangen zu werden.«

Zornesröte schoß ihr ins Gesicht. »Wie könnt Ihr es wagen, so mit mir zu sprechen, nachdem Ihr Eure Pflichten derart verletzt habt?«

»Welche Pflichten? Ich habe alle mir aufgetragenen Arbeit erledigt.«

»Aber niemand hat Euch erlaubt, so lange fortzubleiben. Ist Euch nie der Gedanke gekommen, daß Ihr hier gebraucht werdet?«

»Von wem? Von Euch?«

»Von meinem Vater!«

Cornelias Ton hieß mich trotz meines vernebelten Verstands

aufhorchen. Ich begriff, daß mit Rembrandt etwas nicht in Ordnung war. »Geht es ihm nicht gut?«

»So kann man es wohl ausdrücken. Auch er hat sich vollaufen lassen und wäre beinahe ertrunken. Zum Glück hat eine Streife der Nachtwache gehört, wie er in die Gracht fiel und ...«

»In die Gracht?« unterbrach ich sie entsetzt und versuchte, mir auszumalen, was sich ereignet hatte.

Sie nickte, und erst jetzt sah ich, wie blaß sie war. »In die Rozengracht ist er gestürzt, nicht weit von unserem Haus. Einer der Nachtwächter hat ihn im letzten Moment herausgezogen. Ein paar Sekunden länger, und mein Vater wäre elendig abgesoffen.«

»Das ist schlimm«, sagte ich. »Aber ich sehe nicht ein, wieso ich daran schuld sein soll.«

»Nein? Dann kommt mit mir!«

Ich folgte ihr ins Obergeschoß, in den Raum, der Rembrandt als Aufbewahrungsort für einen Teil seiner Sammlung und mir als Schlafstube diente. Cornelia hielt nur eine dünne Kerze in der Hand, aber selbst dieses schwache Licht reichte aus, um mich zurückweichen zu lassen, als sei ich gegen eine unsichtbare Wand geprallt. Staunend betrachtete ich das Bild der Verwüstung, das sich mir bot. Viele der Kuriositäten waren von ihren Tischen gefegt, zwei oder drei Büsten und Vasen zersprungen. Der ausgestopfte Bär lag ebenfalls am Boden und erinnerte mich an den Aufpasser vor dem Musico, an dem ich meine Fertigkeit im Ringen erprobt hatte. Das Ganze sah aus, als hätte hier ein Wahnsinniger gewütet.

Auch meine Staffelei war umgestürzt, und entsetzt bemerkte ich die zerrissene Leinwand. Von meiner Nachahmung des Todesbildes war nicht mehr übrig als unzählige kleine blaue Fetzen.

»Das war Euer Bild, nicht wahr?« fragte Cornelia.

»*War*, ganz recht. Was ist geschehen?«

»Als mein Vater gegen Abend heimkam, brachte er ein neues

Stück für seine Sammlung mit, eine türkische Kopfbedeckung, wie er sagte. Er ging mit seiner Trophäe nach oben. Kurze Zeit später hörten Rebekka und ich ihn hier wüten. Wir kamen natürlich sofort herauf. Er schrie laut herum und beschimpfte Euch für dieses Bild.« Sie deutete auf die traurigen Überbleibsel. »Er riß an der Leinwand herum wie ein Besessener. Danach verließ er das Haus, ohne daß wir ein vernünftiges Wort mit ihm reden konnten. Er muß sich in einer Schenke betrunken haben. Und auf dem Heimweg ist er dann in die Gracht gestürzt.«

»Er hat mich beschimpft? Warum? Was hat er gesagt?«

»Viel war nicht zu verstehen. Er sagte etwas von Treulosigkeit und Verrat und daß Ihr ein verfluchter Schnüffler seid. Was hat er damit gemeint, Cornelis? Dieses Bild, was hat es damit auf sich?«

Ich schüttelte den Kopf. »Das kann ich Euch nicht sagen, Cornelia, ich weiß es selbst nicht genau. Aber welches Geheimnis auch immer damit verbunden ist, es scheint mir besser, Ihr wißt nicht mehr als nötig davon.«

Sie versteifte sich und sah mich herausfordernd an. »Ich kann Eure Heimlichtuerei nicht dulden. Wegen Euch, wegen dieses Bildes, wäre mein Vater um ein Haar gestorben!«

»Wie geht es ihm jetzt?« fragte ich.

»Er hat Fieber, aber er schläft. Doktor van Zelden hat ihm ein Pulver gegeben, das ihm beim Einschlafen geholfen hat.«

»Van Zelden, wer ist das?«

»Ein wohlhabender Arzt vom Kloveniersburgwal, der sich seit ein paar Monaten um meinen Vater kümmert. Unentgeltlich, weil er die Werke meines Vaters schätzt. Er hat uns auch schon ein paar Radierungen und ein, zwei Ölgemälde abgekauft. Ich habe nach ihm geschickt, und er kam sofort.«

Ihr vorwurfsvoller Unterton galt mir, der ich nicht dagewesen war, als sie meine Hilfe so dringend benötigte.

»Darf ich Euren Vater sehen?« fragte ich. »Bitte!«

»Nur wenn Ihr leise seid und ihn nicht aufweckt.«

Ich versprach es, und wir gingen hinunter ins Erdgeschoß. Cornelia führte mich zu dem kleinen Zimmer, in dem üblicherweise sie schlief. Jetzt lag ihr Vater in dem schmalen Bett, und eine besorgt dreinblickende Rebekka saß daneben auf einem Stuhl. Das eingefallene Gesicht des alten Malers wirkte friedlich, aber das war eine Täuschung, die bloße Maske des Schlafes. Was Cornelia über seinen Zornesausbruch berichtet hatte, ließ auf einen zutiefst aufgewühlten Mann schließen. Nun wußte ich, daß er zu dem verschwundenen Bild in einer Beziehung stand. Welcher Art diese Beziehung war, das mußte ich noch herausfinden.

Wir ließen Rebekka mit dem Schlafenden allein, und ich setzte mich an den großen Tisch in der Wohnstube. Cornelia holte mir aus der Küche etwas zu essen, Käse und ein kaltes Stück Fleisch. Dazu gab es Milch, die etwas säuerlich schmeckte, aber das störte mich nicht; Schnaps hatte ich für diesen Abend genug in mich hineingeschüttet. Ich aß und hörte die Glocken Amsterdams Mitternacht schlagen.

Cornelia saß mir ruhig und erwartungsvoll gegenüber. Einmal mehr bewunderte ich ihre Haltung. Natürlich war sie erregt, sonst hätte sie mich bei meiner Rückkehr nicht so mit Vorwürfen überhäuft, aber sie hatte sich schnell wieder im Griff, schneller, als manch andere Frau es fertiggebracht hätte. Das Licht der einzigen Kerze, die auf dem Tisch brannte, verlieh Cornelias Locken einen rötlichen Schimmer. Sie hatte die Ausstrahlung einer erfahrenen Frau, die es gewohnt ist, den Stürmen des Lebens zu trotzen.

Und sie war eine schöne Frau, nicht nur ein hübsches Mädchen. Ihre großen, leuchtend blauen Augen konnten einen Mann so durchdringend ansehen, daß der Blick seine Seele berührte. Sie bewegte sich mit einer natürlichen Anmut, die mich geradezu magisch dazu anhielt, ihr bei ihren Verrichtungen zuzuschauen, und ihre trotz ihrer Jugend sehr weiblichen

Formen ließen ihren Anblick zu einer Augenweide werden. Schon so manches Mal hatte ich mir gewünscht, mein Gesicht in ihren blonden Locken zu vergraben, tief ihren Duft einzuatmen und eins zu werden mit ihr.

Ich ertappte mich bei dem ernsthaften Versuch, mir vorzustellen, wie sich ein Mann an ihrer Seite wohl fühlte. Im nächsten Augenblick schalt ich mich für meine Träumerei. Hatte ich nicht erst kürzlich beschlossen, Amsterdam so bald wie möglich den Rücken zu kehren und mich in der weiten Welt umzusehen? Ein mittelloser Maler auf großer Fahrt war wohl kaum der Mann, auf den Cornelia wartete.

Als ich satt war, schob ich den Teller beiseite, sah ihr lange in die Augen und sagte endlich: »Euer Vater hat mich zu Recht einen Schnüffler genannt. Ich bin in Euer Haus gekommen, um etwas über ein bestimmtes Bild herauszufinden. Ein Bild, das, so vermute ich, meinen Freund das Leben gekostet hat.«

Ihr fragender Blick verriet, daß meine Worte sie verwirrten. Also erzählte ich ihr die ganze lange Geschichte, beginnend mit der Einlieferung des Blaufärbers Melchers ins Rasphuis bis hin zu den seltsamen Entdeckungen, die ich just an diesem Abend in dem Musico in der Anthonisbreestraat gemacht hatte.

»Ihr seht, ich bin nicht unbedingt vom Glück verfolgt«, endete ich nicht ohne Bitterkeit. »Zumindest dann nicht, wenn es um die Verwendung meiner Werke geht. Die einen dienen einem sündigen Zweck, das andere läßt meinen Meister in die Raserei verfallen.«

»Das ist eine wilde Geschichte«, seufzte Cornelia.

»Wem sagt Ihr das? Ich bin Euch nicht böse, wenn Ihr mir nicht glaubt.«

»Aber ich glaube Euch.« Zum ersten Mal in dieser Nacht lächelte sie mich an. »Die Phantasie, das alles zu erfinden, traue ich Euch nicht zu, Cornelis.« Schlagartig wurde sie wieder ernst. »Euer Bericht wirft viele Fragen auf, und diejenige, die mich am meisten beschäftigt, lautet: Was hat mein Vater mit der Sache zu tun?«

»Auf jeden Fall kennt er das Todesbild, sonst hätte er heute abend nicht so gewütet. Man muß bedenken, daß mein Bild eine mehr schlechte als rechte Kopie war, allein aus der Erinnerung gemalt. Und doch muß Euer Vater es gleich erkannt haben. Ich hatte es übrigens mit einem Tuch verdeckt.«

»Kann sein, daß mein Vater das Tuch versehentlich heruntergerissen hat, als er nach einem Platz für die türkische Kopfbedeckung suchte. Was hattet Ihr übrigens mit dem Bild vor, Cornelis?«

Ich zuckte mit den Schultern. »Vielleicht genau das, was eingetreten ist. Könnt Ihr Euch vorstellen, daß Euer Vater das Original gemalt hat?«

»Unmöglich«, antwortete sie prompt. »Mein Vater benutzt kein Blau. Ihr werdet im ganzen Haus nicht genügend Blaupulver finden, um ein solches Bild zu malen, es sei denn, in Euren eigenen Beständen.«

Ich wollte vor Verzweiflung mit der Faust auf den Tisch schlagen, besann mich aber eines Besseren, als ich an den schlafenden Rembrandt nebenan dachte. »Die ganze Geschichte erinnert mich an Lingelbachs Irrgarten. Je weiter man in die Sache eindringt, desto tiefer verstrickt man sich und desto entfernter scheint der Ausweg.«

»Denkt daran, daß in einem Irrgarten der Ausweg oft sehr nahe ist, auch wenn man ihn im Augenblick nicht sieht.«

»Das will ich tun«, versprach ich.

»Werdet Ihr den Behörden melden, was Ihr herausgefunden habt?«

»Was habe ich denn zu melden? Daß ich Porträts unbekleideter Frauen gemalt und die Bilder an einem Ort der Unzucht wiedergefunden habe? Wo sonst hätte man sie aufhängen sollen? Was Louisa van Riebeeck betrifft, so hatte ich nicht den Eindruck, daß sie gewaltsam zu dem Musico gebracht worden ist.«

Cornelia ergriff meine Rechte und drückte sie mit beiden Händen. »Versprecht mir, daß Ihr mir in dieser Sache beisteht, Cornelis! Ich habe Angst um meinen Vater. Mir scheint, er hat sich da auf etwas eingelassen, das viel zu groß für uns alle ist.«

»Ich werde Euch und Euren Vater nicht verlassen, solange ich gebraucht werde. Aber ich fürchte, meine Zeit bei Euch ist nur noch knapp bemessen. Wenn Euer Vater erwacht, wird er mich augenblicklich des Hauses verweisen.«

»Das laßt nur meine Sorge sein.«

»Das will ich gern, auch wenn es mir nicht gefällt, Eure Sorgen zu vermehren.«

Ich wünschte Cornelia eine gute Nacht und ging nach oben. Dort sorgte ich für etwas Ordnung, so gut es zu dieser späten Stunde ging, und stellte auch meinen stummen Freund im Bärenfell wieder an seinen Platz. Fast war mir, als schenkte er mir einen dankbaren Blick.

Kaum hatte ich mich hingelegt, wurde mit leisem Knarren die Tür geöffnet. Überrascht öffnete ich die Augen. Im schwachen Mondlicht, das durchs Fenster hereinfiel, zeichneten sich die Konturen einer Frau im Nachthemd ab.

Cornelia.

Zögernd trat sie an mein Bett, eine ungeahnte Scheu im Blick. Sie war nicht länger die allen Anforderungen eines harten Lebens gewachsene Frau, sondern die junge Cornelia, die Trost und Hilfe suchte. Nur das? Nein, sagte ich mir, als unsere Blicke sich trafen.

»Bin ich dir willkommen, Cornelis?« fragte sie leise.

Statt zu antworten, rückte ich zur Seite, soweit das schmale Bett es erlaubte, und hob einladend die Decke an. Sie schlüpfte darunter und drängte sich an mich. Jetzt erst bemerkte ich, daß sie zitterte. Ich schloß sie in meine Arme, wärmte sie mit meinem Leib und küßte ihre sanft geschwungenen Lippen. Als Cornelia meinen Kuß mit Leidenschaft erwiderte, spürte ich ein lange vermißtes Gefühl in mir aufsteigen. Es war jenes uneingeschränkte Glücksempfinden, das man als kleines Kind in den Armen der Mutter hat und das einem immer seltener und schwächer vergönnt ist, je besser man die Welt und die Menschen kennenlernt.

KAPITEL 10

Louisas Geschichte

21. SEPTEMBER 1669

Vater will dich sprechen, Cornelis.«
Als Cornelia mir am nächsten Morgen diese Eröffnung machte, wirkte sie alles andere als fröhlich.

Ich saß gerade in der Küche beim Frühstück und fragte: »Fühlt er sich besser?«

»Gut genug jedenfalls, um sich über dich aufzuregen. Komm besser sofort mit, sonst ist er noch imstande und steigt aus dem Bett, um dich aufzuscheuchen. Dabei hat Doktor van Zelden ihm für heute strikte Bettruhe verordnet.«

Ich legte das Messer und den Schinken, von dem ich mir gerade eine dicke Scheibe hatte abschneiden wollen, zurück auf den Tisch und folgte Cornelia. Im Gang vor der Küche nahm ich sie in die Arme und drückte ihr einen Kuß auf die Stirn.

Sie lächelte mich an, ermahnte mich aber: »Tu das besser nicht in Vaters Anwesenheit! Er weiß noch nichts von seinem Glück.«

»Einverstanden, wir wollen ihn nicht unnötig aufregen.«

Rembrandt sah uns von seinem Krankenlager aus erwartungsvoll entgegen. Seinem ungnädigen Blick konnte ich entnehmen, daß gleich ein Donnerwetter auf mich niedergehen würde.

»Du kannst gehen, Cornelia«, sagte er knapp.

Seine Tochter machte keine Anstalten, den Raum zu verlassen.

»Ich möchte hierbleiben. Was ihr zu besprechen habt, geht auch mich etwas an.«

»Wie das? Suythof ist *mein* Schüler.«

»Aber ich führe in diesem Haus die Geschäfte.«

»Also gut, meinetwegen«, knurrte der alte Mann und richtete sich im Bett auf, als wollte er mich auf Augenhöhe fixieren. »Cornelis Suythof, Ihr werdet dieses Haus noch heute verlassen! Den Grund kennt Ihr genau, wir müssen also nicht darüber sprechen, schon gar nicht in Cornelias Gegenwart.«

»Gerade in meiner Gegenwart solltet ihr darüber sprechen«, widersprach Cornelia. »Was hat es mit dem blauen Bild auf sich, Vater? Wer hat es gemalt?«

Rembrandt rieb über seine grauen Bartstoppeln und überlegte. Es schien ihm nicht zu gefallen, daß seine Tochter eingeweiht war. Mehr noch, er wirkte erschrocken, auch wenn er das zu verbergen versuchte.

»Das Bild stammt von Suythof, das weißt du doch. Es stand auf seiner Staffelei.«

»Behandel mich nicht wie ein dummes Kind, Vater! Das Gemälde von Cornelis Suythof war eine aus dem Gedächtnis angefertigte Kopie. Ich will wissen, von wem das Original stammt. Von einem deiner früheren Schüler? Cornelis sagt, das Bild sei zwar in einem ungewöhnlichen Blau, sonst aber ganz nach deiner Art gemalt.«

»Das Bild, von dem du da sprichst, kenne ich nicht.«

Ich trat dicht an sein Bett heran und fragte: »Wenn Ihr das Original nicht kennt, weshalb habt Ihr Euch dann so über meine Kopie aufgeregt, daß Ihr sie zerstören mußtet?«

»Weil es ein so miserables Bild war! Eine Beleidigung für jeden anständigen Maler. Zudem in einem ganz und gar scheußlichen Blau gehalten. Wenn Ihr so etwas malt, Suythof, dann habt Ihr keinerlei Talent. Tut mir leid, aber ich kann Euch als Schüler nicht gebrauchen.«

»So, ich habe also kein Talent. Und das fällt Euch auf, nachdem ich einen Monat in Eurem Haus bin?«

»Ich habe schon vorher nicht sonderlich viel von Euch gehalten, aber es schien immerhin möglich, daß eine Spur Talent in Euch schlummert, und ich wollte Euch Gelegenheit geben, es zu entfalten.« Er seufzte und rollte ein wenig übertrieben mit den Augen. »Es war vergebens. Da ist nichts zu entfalten, das habe ich gestern beim Anblick Eures seltsamen blauen Bildes begriffen.«

Ich fühlte mich herausgefordert. »Der Kunsthändler Maerten van der Meulen hält immerhin genug von mir, um mir acht Gulden für ein Bild zu bezahlen.«

»Acht Gulden, mehr nicht?« spöttelte Rembrandt. »Für eine gute Arbeit kann ein angesehener Maler tausend Gulden verlangen, zweitausend oder noch mehr.«

»Es gibt aber auch Maler, die müssen Bankrott anmelden«, erwiderte ich in ebenso spöttischem Tonfall.

Cornelia zuckte zusammen wie von einem unsichtbaren Schlag getroffen, und schon bereute ich meine Worte. Ich hatte nicht bedacht, daß ich damit nicht nur ihren Vater, sondern auch sie verletzte.

»Ich werde mich nicht auf einen Streit über Eure Malerei einlassen, Suythof«, erklärte Rembrandt. »Wenn Ihr glaubt, Euer Geld mit den Porträts nackter Frauen verdienen zu können, bitte! Ich kann Euch jedenfalls nicht gebrauchen.«

»Dann erklärt mir bitte noch eines«, sagte ich, bemüht, die in mir aufsteigende Wut über seinen herablassenden Ton im Zaum zu halten. »Wieso habt Ihr mich als Schnüffler beschimpft?«

»Habe ich das?« Er schüttelte den Kopf, daß sein langes graues Haar von einer Seite zur anderen flog. »Daran kann ich mich nicht erinnern.«

»Lassen wir das«, ging Cornelia dazwischen. »Du solltest dich ausruhen, Vater. Doktor van Zelden will heute mittag nach dir sehen. Wenn du Cornelis nicht länger als Schüler haben möchtest, behalte ich ihn als meinen Gehilfen im Haus.«

»Als Gehilfen für was?«

»Für die in einem Kunsthandel jeden Tag anfallende Arbeit. Gemälde ausliefern oder zum Rahmen wegbringen, Einkäufe erledigen und so weiter. Früher hat Titus vieles übernommen.«

»Titus, ja ...« Rembrandt schloß die Augen und sank in die Kissen zurück. »Ich bin müde, ich will schlafen.«

Wir verließen die Schlafkammer, und ich entschuldigte mich bei Cornelia dafür, daß ich so hart mit ihrem Vater umgesprungen war. »Aber seine Art, über mein Talent zu sprechen, hat mich geärgert. Außerdem gibt es für mich keinen Zweifel daran, daß er etwas über das Todesbild weiß.«

»Das glaube ich auch, aber soll ich meinen eigenen Vater einen Lügner nennen?«

»Das verlange ich nicht von dir. Aber ich bitte dich, halt mich auf dem laufenden, wenn dir etwas Ungewöhnliches auffällt. Du darfst nicht denken, daß du damit deinen Vater verrätst. Im Gegenteil, ich befürchte, daß er in großer Gefahr schwebt. Das blaue Bild bringt nun einmal kein Glück. Vielleicht sollte ich froh sein, daß es verschwunden ist, und nicht weiter in der Geschichte herumstochern.«

»Du kannst gar nicht damit aufhören«, sagte Cornelia. »Sonst würdest du dir wie ein Verräter an deinem Freund Ossel vorkommen. Eines mußt du allerdings wissen: »Auch wenn du ab sofort nicht mehr der Schüler meines Vaters bist, sondern mein Angestellter, einen Lohn können wir dir nicht zahlen. So gut gehen unsere Geschäfte nicht.«

»Ich würde nie Geld von dir annehmen, Cornelia.«

»Kost und Logis hast du selbstverständlich frei.«

»Nein, ich werde dafür bezahlen.«

153

Sie sah mich keck an. »Und wenn ich auch kein Geld von dir annehme?«

»Dann bekommst du etwas anderes«, sagte ich und beugte mich zu ihr hinunter, um sie zu küssen.

Cornelia würde nicht wirklich einen Gehilfen für ihre Tagesgeschäfte brauchen, soviel war mir klar. Sie war immer ganz gut allein mit allem fertiggeworden, und so würde es auch bleiben. Ich sollte wohl auf ihren Vater achtgeben, und das wollte ich gern tun um ihretwillen. Mein Herz schlug schneller, sobald ich an sie dachte. Selbst mein Entschluß, Amsterdam und die Niederlande zu verlassen, geriet ins Wanken. Brauchte es wirklich die Ferne, um ein neues Leben zu beginnen? War ein Mensch, den man von ganzem Herzen liebte und der diese Liebe erwiderte, nicht bereits die Tür in ein neues Leben?

Das fragte ich mich, während ich daranging, Ordnung in das Durcheinander zu bringen, das Rembrandt im Obergeschoß angerichtet hatte. Ich fegte die Scherben zusammen und rührte etwas Leim an, um meinem Bärenfreund die Haare, die er bei seinem Sturz gelassen hatte, wieder an den Pelz zu kleben. Gerade als ich begann, die Fetzen meines zerstörten Bilder zusammenzuklauben, hörte ich von unten Stimmen, darunter eine heisere Männerstimme, die nicht in dieses Haus gehörte und die mir doch vage bekannt vorkam.

Neugierig ging ich zur Treppe, blieb aber oben stehen und beobachtete, wie Cornelia einen hageren, großgewachsenen Mann zur Tür begleitete. Nicht nur seine Stimme weckte Erinnerungen in mir, auch seine leicht nach vorn geneigte Körperhaltung und sein hohlwangiges Gesicht kannte ich.

»Wer war das?« fragte ich, kaum daß Cornelia den Besucher verabschiedet hatte.

»Antoon van Zelden, der Arzt, der Vater behandelt. Ich habe dir von ihm erzählt.« Cornelia strahlte mich an. »Er sagt, Vater muß sich nur noch etwas schonen, dann wird es ihm bald bessergehen. Und er hat eine Medizin dagelassen, ohne auch nur einen Stüber dafür zu verlangen.«

»Wahrhaft großmütig, euer Doktor van Zelden«, sagte ich geringschätzig.

Cornelia runzelte die Stirn. »Was hast du gegen ihn?«

»Ich kann mich schlecht an einen Menschen gewöhnen, der wie der leibhaftige Tod aussieht. Das ging mir schon gestern abend so.«

»Gestern abend? Was meinst du?«

»Van Zelden ist der Mann, den ich mit van der Meulen in dem Musico habe sprechen sehen.«

War es ein Zufall, daß der Arzt und der Kunsthändler einander in dem Musico begegnet waren? Ich glaubte das nicht, so wie ich mir allmählich ganz abgewöhnte, an den Zufall zu glauben. Alles, was mir in den vergangenen Wochen widerfahren war, stand in einem Zusammenhang. Es war wie ein zerrissenes Netz, dessen lose Fäden mühsam wieder miteinander verknotet werden mußten. Bislang hatte ich nur wenige Fäden zusammenführen können, und der größte Teil des Netzes bildete ein scheinbar unentwirrbares Durcheinander. Van Zelden war einer dieser losen Fäden. Eines aber schien mir sicher: Sein Interesse an Rembrandt ging über das eines Kunstfreundes und Arztes hinaus.

»Ihr seid unaufmerksam, Cornelis. Etwas spukt Euch doch im Kopf herum. Wenn Ihr Euch nicht zusammennehmt, kann ich Euch unmöglich etwas beibringen.«

So tadelte mich Robbert Cors am Nachmittag desselben Tages, nachdem ich neun- oder zehnmal vergebens versucht hatte, seinem Angriff auszuweichen.

»Entschuldigt, Meister Cors, aber heute hat es wohl keinen Sinn mit uns. Ich bin mit meinen Gedanken ganz woanders.«

»Bei Ossel Jeuken?«

»Auch. Es ist schwer zu sagen. In letzter Zeit haben sich einige

Merkwürdigkeiten ereignet. Ich muß mir erst noch über ein paar Dinge klarwerden.«

Cors ging in eine Ecke der Übungshalle, schöpfte mit einer Kelle Wasser aus einem kleinen Faß und trank einen kräftigen Schluck. »Wenn Ihr zu einem Schluß kommt, laßt es mich wissen, Cornelis. Mein Angebot, Euch nach Kräften zu unterstützen, bleibt bestehen.«

Ich dankte ihm und trank ebenfalls einen Schluck Wasser. Dann kleidete ich mich an und trat hinaus in die noch warme Septembersonne. Vor dem Wirtshaus saß ein Mann und winkte mir zu. Ich erkannte den alten Henk Rovers, den ich in der Zwischenzeit zwei- oder dreimal wiedergetroffen hatte. Er schien mich zu mögen und war immer bereit, ein paar Worte mit mir zu wechseln. Ich setzte mich zu ihm und bestellte uns einen Krug Weesper Bier.

»Gerade ist die rothaarige Schönheit von ihrem Zukünftigen nach Hause gebracht worden«, verkündete der alte Seemann nach dem ersten Schluck.

»Wie meint Ihr, Henk?«

»Erinnert Ihr Euch nicht mehr an unser Gespräch über die schöne Tochter des Kaufmanns van Riebeeck?«

»Doch, doch.«

»Eben fuhr eine prunkvolle Kutsche mit dem Familienwappen der de Gaals vor. Darin saßen der junge de Gaal und Louisa van Riebeeck. Er hat seine Braut ins Haus begleitet und ist wieder davongefahren. Am Sonnabend soll es bei den de Gaals ein großes Fest geben. Es heißt, der Alte will offiziell die Verlobung seines Sohnes mit van Riebeecks Tochter bekanntgeben.«

Ich prostete ihm zu und sagte: »Ihr seid ja gut im Bilde über das, was in den höheren Kreisen vor sich geht.«

»Höhere Kreise, pah! Wenn ich das schon höre. Die sind doch nichts Besseres, nur weil sie mehr Geld haben. Wenn's ans Kindermachen geht, spreizen Kaufmannstöchter ihre Beine

156

genauso wie die Mädchen am Hafen, und auch ein Constantijn de Gaal läßt dann seine Hose runter.«

»Wohl wahr, Henk, aber es wird eine ziemlich teure Hose sein, nach neuestem französischen Schnitt.«

Rovers lachte meckernd, während ich zum Haus der van Riebeecks hinübersah und überlegte. Bislang hatte Louisa sich mir gegenüber sehr abweisend verhalten. War ich ihr zu irgend etwas verpflichtet, nur weil ich van der Meulen versprochen hatte, mich nicht weiter nach den Modellen zu erkundigen? Wohl kaum, war ich doch in diese Sache hineingezogen worden, ohne darüber aufgeklärt worden zu sein, um was es wirklich ging. Vielmehr war ich der Auffassung, daß alle, die irgendwelche Geheimnisse vor mir hüteten, verpflichtet waren, mich aufzuklären.

Ich zog mein kleines Notizbuch und einen Bleistift aus der Jackentasche und schrieb folgendes auf eine leere Seite:

Gratulation zur bevorstehenden Verlobung. Vielleicht mögt Ihr vor dem wichtigen Ereignis noch etwas klären mit jemandem, der bis vor kurzem nicht einmal Euren Namen kannte? Falls ja, ich erwarte Euch am Möwenturm. CS

Der Möwenturm war ein alter Wachturm an der Prinsengracht, der sich, vom Haus der van Riebeecks aus gesehen, auf halbem Weg zur Noorderkerk erhob und seinen Namen den Möwen verdankte, die ihn gern nutzten, um in ihrem unermüdlichen Kreisen über den Grachten kleine Erholungspausen einzulegen.

Ich fragte mich, ob die Nachricht in einem unangemessenen Ton abgefaßt war, und zögerte. Es lag die versteckte Drohung darin, daß ich ihre Verlobung verhindern würde, wenn Louisa nicht mit mir sprach. Aber wie sonst sollte ich sie dazu bewegen, mich zu treffen? Ich beschloß, nichts an meinen Zeilen zu ändern, riß das Blatt aus dem Notizbuch, faltete es zusammen und reichte es meinem Tischnachbarn.

»Würdet Ihr mir den Gefallen tun und diese Nachricht Louisa

van Riebeeck überbringen? Besteht aber darauf, den Zettel nur ihr persönlich zu geben. Und sagt nicht, wer Euch schickt. Sagt einfach, es sei ein Mann, den Ihr nicht kennt.«

Das Gesicht meines Bekannten wurde lang und länger. »Das ist doch nicht Euer Ernst, Cornelis? Ihr erlaubt Euch einen Spaß mit mir, nicht?«

»Bei allen holländischen Schiffen im Hafen und draußen auf den Meeren, Henk, es ist mir bitterernst.«

Der eben noch verwunderte Ausdruck in dem wettergegerbten Gesicht verwandelte sich in ein Grinsen, das von einem Ohr zum anderen reichte. »Bisher habe ich Euch für eine stubenhockerische Landratte gehalten, die ihren Hintern allerhöchstens vom Bett ins Wirtshaus und zurück bewegen kann. Aber was Ihr da vorhabt, beeindruckt mich schwer, um es mal geradeheraus zu sagen. Dem vielleicht reichsten Junggesellen der Stadt kurz vor der Verlobung die Braut wegschnappen zu wollen, bei Neptun, das ist schon was! Nur, Euren Wagemut in Ehren, es wird zu nichts führen.«

Sollte er ruhig glauben, daß ich es auf ein Techtelmechtel mit der schönen Louisa abgesehen hatte. Mit gespielter Naivität fragte ich: »Warum nicht?«

»Ganz einfach. Gemessen an dem jungen de Gaal seid Ihr ärmer als der ärmste Bettler.«

Ich grinste verschwörerisch. »Vielleicht habe ich etwas zu bieten, das der reiche Pfeffersack nicht hat.«

»Oho! An Verzagtheit leidet Ihr nicht gerade, wie? Nun, Cornelis Suythof, Ihr seid ein stattliches Mannsbild, groß und mit Schultern, die für einen Stubenhocker erstaunlich breit sind. Euer glattes Gesicht, noch so schön jung, und Euer lockiges Haar mögen wohl ein dummes kleines Frauenherz leicht betören. Selbst auf einen dürren Kerl wie mich sind die Frauen reingefallen, als ich noch zur See fuhr. Constantijn de Gaal hat wohl ein paar Jährchen mehr auf dem Buckel und ist auch nicht ganz so stattlich wie Ihr, aber so dumm, ihn gegen

158

Euch armen Schlucker einzutauschen, kann die dümmste Frau nicht sein.«

»Ich muß ja nicht gleich der neue Bräutigam werden.«

»Aber auf ein Abenteuer mit Euch wird sich die junge Dame schon einlassen, meint Ihr? Also gut, wagen wir es. Drei Kannen Bier, daß Ihr als erfolgloser Tropf aus diesem Unternehmen hervorgehen werdet!«

»Die Wette halte ich.«

Eine Stunde später stand ich im Schatten des Möwenturms und machte mich gefaßt, dem alten Rovers drei Kannen Bier spendieren zu müssen. An der Gracht zogen die Treidler mit ihren Pferde- und Ochsengespannen entlang, die Lastkähne zu den Kaufmannshäusern oder zurück zum Hafen schleppten; übermütige Kinder scheuchten die rastenden Möwen auf, und am Turm trafen sich, wie es fast schon Tradition war, Verliebte. Wer nicht kam, war Louisa van Riebeeck. Unruhig lief ich am Wasser auf und ab und blickte immer wieder nach Süden, wo das Haus ihres Vaters lag.

Ich hatte lange gewartet, da blieb eine Dienstmagd, die ihre Haube tief ins Gesicht gezogen hatte und schwer an einem großen Korb trug, vor mir stehen und sagte: »Hier bin ich, Mijnheer Suythof. Warum laßt Ihr mich nicht in Frieden?«

Unter der weißen Haube versteckte sich tatsächlich Louisa! Rote Locken quollen unter der Kopfbedeckung hervor und umspielten das hübsche, aber ernst dreinblickende Gesicht.

»Kompliment«, sagte ich. »Hättet Ihr mich nicht angesprochen, ich hätte Euch nicht erkannt.«

»Weil Ihr nicht auf eine Magd gewartet habt. Eben deshalb habe ich diese Maske angelegt. Unsere Küchenmagd Beke war sehr erstaunt, als ich mir ihre Kleider auslieh.«

»Wird sie Euch nicht verraten?«

»Ich habe ihr einen Gulden gegeben. Das ist gutes Geld für sie.«

Ich nickte. »Wir sollten ein Stück gehen, dabei läßt es sich besser reden. Gebt mir ruhig Euren Korb.«

»Nicht nötig.«

»Doch, doch«, sagte ich, nahm ihr den Korb ab und stellte fest, daß er kein bißchen schwer war. Ich hob das Tuch an, das den Korb abdeckte – er enthielt nichts!

»Ich sagte doch, es ist nicht nötig«, seufzte Louisa und nahm den Korb wieder an sich.

»Ihr seid eine gute Schauspielerin.«

»Ich habe es lernen müssen«, sagte sie bitter.

Wir gingen im Schutz einiger Bäume an der Gracht entlang; meine Begleiterin hielt den Kopf die meiste Zeit über gesenkt, damit sie unter ihrer Haube nicht erkannt wurde.

»Verzeiht, daß ich Euch solche Ungelegenheiten bereite, Louisa, aber ohne Eure Hilfe finde ich mich in dem Dickicht aus Geheimnissen nicht mehr zurecht. Ich hoffe, Ihr werdet mir einige Fragen beantworten.«

»Fragt. Das Weitere werden wir sehen.«

»Nun gut. Seht es mir bitte nach, wenn Euch meine Fragen etwas zu, hm, unverblümt erscheinen, aber ein paar Dinge muß ich einfach wissen. Beginnen wir am besten damit, warum Ihr gestern abend mit Herrn van der Meulen in die Anthonisbreestraat gefahren seid.«

Sie blieb stehen, hob den Kopf und funkelte mich zornig an. »Ihr spioniert mir nach!«

»Das kann ich nicht leugnen. Ihr seid nun einmal eine Frau, die einem Mann nicht so leicht aus dem Kopf geht.«

Zum ersten Mal erblickte ich ein leichtes Lächeln auf ihren Lippen. »Das war gut pariert, Mijnheer Suythof. Ihr habt eine flinke Zunge, und auch Euer Kopf scheint nicht nur mit Stroh gefüllt zu sein. Wißt Ihr noch mehr geheime Dinge über mich?«

»Daß Ihr Euch mit Constantijn de Gaal verloben werdet, dürfte kaum ein Geheimnis sein.«

Ihr Lächeln verschwand. »Geht es darum? Wollt Ihr, daß ich Euer Schweigen erkaufe?«

»Nein, ich habe die Verlobung nur erwähnt, um Euch zu einem Treffen mit mir zu bewegen. Ich war mir nicht sicher, ob Ihr sonst dazu bereit gewesen wärt.«

»Da habt Ihr zu Recht gezweifelt. Was meinen zukünftigen Verlobten angeht, so muß ich Euch um absolute Verschwiegenheit ersuchen. Wenn die Familie de Gaal herausfindet, was Ihr wißt, wird es keine Hochzeit geben. Und das wäre schlimm.«

»So sehr liebt Ihr Euren Bräutigam?«

»Habe ich von Liebe gesprochen? Nein. Schlimm wäre es für meinen Vater und meine Mutter, für meine ganze Familie. Denn ohne das Geld der de Gaals wird das Handelshaus van Riebeeck das nächste Jahr nicht überstehen.«

»Ich habe von den Nöten Eures Vaters gehört. Aber es heißt auch, ein Kredit habe ihm aus dem Gröbsten herausgeholfen.«

»Kredite müssen zurückgezahlt werden, mit Zinsen.«

»Ah, dazu braucht Euer Vater das Geld der de Gaals. Und? Ist es Euch recht, verkauft zu werden?«

»Es ist nicht das erste Mal«, sagte sie leise und wich meinem Blick aus.

Nun wurde Gewißheit, was ich bislang bloß vermutet hatte, und ich konnte es nur zögernd in Worte fassen: »Ihr geht für Euren Vater in das Musico? Um für ihn Geld zu verdienen?«

Den Blick noch immer starr zu Boden gerichtet, sagte Louisa: »Es ist ein Teil der Zinsen. Nur unter dieser Bedingung hat mein Vater den Kredit überhaupt erhalten. So wie die anderen Väter, Ehemänner oder Brüder auch, deren Töchter, Frauen und Schwestern sich wie ich …«

»… im Musico anderen Männern für Geld hingeben«, brachte ich den Satz zu Ende.

»Wozu es aussprechen? Wir beide wissen es doch auch so. Wäre die Verbindung mit Constantijn de Gaal etwas früher zustande gekommen, dann hätte sich Vater das benötigte Kapital gleich von ihm und seinem Vater leihen können, aber nun ist es zu spät.«

»Wer hat Eurem Vater das Geld gegeben? Eine Bank?«

Louisa schüttelte den Kopf. »Die Banken hatten meinen Vater aufgegeben. Sie hofieren ihn erst wieder, seit seine Geschäfte bessergehen. Ich kenne keine Namen. Ich weiß nur, daß es sich um eine Gruppe von Kaufleuten handelt, die mit solchen Krediten gutes Geld verdient. Mit den Zinsen und mit Frauen wie mir.« Die letzten Worte sprach sie mit deutlicher Verachtung aus – Verachtung für sich selbst.

»Warum habt Ihr Euch überhaupt darauf eingelassen?«

»Was sollte ich denn tun? Zusehen, wie meine Familie auf die Straße gesetzt wird und meine kranke Mutter, die Medizin und Pflege braucht, in einem Armenhaus endet? Sollte ich mich weigern, wo mein eigener Vater mich gebeten hat, es zu tun?«

Darauf wußte ich keine Antwort, und ein Urteil stand mir ohnehin nicht zu. Ich brachte das Gespräch wieder auf das Musico und fragte, ob sich das Geschäft für die Kreditgeber lohne.

»Warum sollten sie es sonst tun?« meinte Louisa. »Die Gäste des Musicos zählen zu den reichsten Männern Amsterdams. Kaufleute und hohe Herren aus dem Magistrat. Es muß für sie ein besonderes Vergnügen sein, zu den Frauen und Töchtern von ihresgleichen ins Bett zu steigen. Wahrscheinlich sitzen sie hinterher beim Wein und einer Pfeife zusammen und ziehen über diejenigen her, deren Angehörige sie zuvor ...«

Sie brach mitten im Satz ab, und ein Zittern befiel ihren schlanken Körper.

Ich zog sie an mich, sie drückte ihr Gesicht gegen meine Schulter, und ich strich sanft über ihren Rücken, wie ein Bruder seine kleine Schwester tröstet. Wer uns sah, dachte wohl, eine Magd habe einen Dienstgang ausgenutzt, um sich heimlich mit ihrem Geliebten zu treffen. Wir verharrten eine ganze

Weile so, während eine neugierige Möwe über uns ihre Kreise zog.

Louisa weinte, als ließe sie zum ersten Mal in ihrem Leben ihren Tränen freien Lauf. Ich machte mir deshalb keine Vorwürfe, im Gegenteil: Ich hatte den Eindruck, daß es ihr guttat, sich die ganze Geschichte von der Seele zu reden.

Als sie sich beruhigt hatte und sich langsam von mir löste, sagte ich: »Es liegt mir fern, Euch zu quälen, Louisa, aber darf ich Euch noch etwas fragen? Fürchten die hohen Herren, die in dem Musico zu Euch kommen, nicht, von Euch verraten zu werden? Ihr gehört den besseren Kreisen an, so wie sie, und könntet sie leicht erkennen.«

»Die Gefahr besteht nicht. Wir müssen im Musico Samtmasken tragen, die unsere Augen verdecken.«

»Welche Rolle spielt Maerten van der Meulen in dieser Angelegenheit? Er läßt, wie wir beide wissen, die Gemälde anfertigen, die den Appetit der Gäste wecken sollen. Aber das ist offenbar nicht alles, wenn er selbst Euch in dieses Haus bringt.«

»Soweit ich weiß, ist er an den Einnahmen des Musicos beteiligt. Ob ihm das Etablissement ganz oder nur zum Teil gehört, weiß ich allerdings nicht.«

»Noch etwas. Sagt Euch der Name Antoon van Zelden etwas?«

»Aber natürlich. Er ist ein bekannter Arzt. Ein teurer Arzt, den sich nur die reichsten Familien Amsterdams leisten können. Constantijn erwähnte einmal, daß Doktor van Zelden der Hausarzt seiner Familie sei. Van Zelden soll ein Spezialist auf dem Gebiet der Konservierung von Organen sein und eine große Sammlung menschlicher und tierischer Organe sein eigen nennen. Warum fragt Ihr nach ihm?«

»Weil ich ihn gestern abend im Musico gesehen habe, an der Seite van der Meulens.«

»Davon weiß ich nichts. Vermutlich war van Zelden dort zu Gast.« Die Glocken der Noorderkerk schlugen zur fünften Stunde, und Louisa fuhr zusammen. »So spät schon? Ich muß gehen, sonst fällt meine Abwesenheit noch auf. Ich hoffe, ich konnte Euch weiterhelfen. Wenn ich auch nicht verstehe, weshalb Ihr das alles wissen müßt.«

»Ich brauche selbst noch Zeit, um das herauszufinden. Aber je mehr ich erfahre, desto klarer wird mein Bild.«

»Ihr solltet nicht übermütig werden, Mijnheer Suythof!«

»Wie meint Ihr das?«

»Ihr schnüffelt sehr mächtigen Leuten nach. Falls die Euch auf die Schliche kommen, geratet Ihr in Schwierigkeiten.«

»Danke für die Warnung, Louisa. Ich denke, Ihr habt recht. Wenn ich mich nicht vollkommen irre, schrecken diese Männer auch vor einem Mord nicht zurück.«

»Schade, daß wir uns nicht unter anderen Umständen kennengelernt haben, Cornelis Suythof.«

Sie lächelte mich noch einmal an, wandte sich ab und ging in Richtung Süden davon, gebeugt wie eine Magd, die schwer an ihrem Korb zu tragen hat. Ich fragte mich, ob diese Pose wirklich schauspielerische Begabung erforderte. Vom eigenen Vater verkauft zu werden war ein hartes Los. Die Haltung, mit der Louisa es ertrug und sich zum Wohle ihrer Familie aufopferte, nötigte mir mehr als Respekt ab. Ich empfand Bewunderung für diese Frau und eine tiefere Zuneigung, die ich mir jedoch sogleich untersagte. Schließlich war da noch Cornelia.

Ich ließ Louisa einen großen Vorsprung, bevor auch ich umkehrte und vor dem Wirtshaus einen Henk Rovers antraf, der vergnügt an seiner kurzen Pfeife zog.

»Na, Suythof, dann greift mal tief in Eure Taschen. Der erste der drei Bierkrüge ist jetzt und hier fällig!«

»Wieso?«

»Ich habe Eure Anordnung befolgt und Eure Nachricht der Kaufmannstochter persönlich übergeben. Und ich schwöre beim Seemansgrab meines Bruders Floris, der in einem Sturm vor Neu-Amsterdam über Bord gegangen ist, daß die Kleine

164

das Haus seitdem nicht verlassen hat. Ihr habt Eure Wette nach Strich und Faden verloren, gesteht es ein!«

»Euer Bruder wird sich noch in seinem nassen Grab umdrehen, wenn Ihr ihn so leichtsinnig zum Schwören mißbraucht, Henk«, erwiderte ich lachend. »Wollt Ihr mir erzählen, daß Ihr van Riebeecks Haus keine Sekunde aus den Augen gelassen habt?«

Er nickte heftig. »Darauf könntet Ihr wetten, wenn Ihr's heute nicht schon getan hättet.«

»Und niemand hat in der Zeit das Haus verlassen?«

»Niemand? Wie meint Ihr das? Es geht doch um die Tochter des Hauses.«

»Beantwortet bitte meine Frage!«

»Eine Magd ist mit einem schweren Korb weggegangen.«

»Und ist sie auch mit einem schweren Korb wiedergekommen?«

»Ja. Aber woher wißt Ihr ...«

»Wundert Ihr Euch nicht, daß der Korb sowohl auf dem Hin- als auch auf dem Rückweg schwer gewesen ist? Hätte die Magd etwas weggebracht, hätte der Korb doch auf dem Rückweg leicht sein müssen. Wäre sie aber zum Einholen fortgeschickt worden, hätte der Korb leer sein müssen, als sie ging.«

Rovers schob seine speckige Mütze in den Nacken, kratzte sich am Kopf und murmelte: »Ich verstehe immer nur Korb. Wollt Ihr Euch vorm Einlösen Eures Wetteinsatzes drücken?«

»Denkt doch einmal nach! Wenn ein schwerer Korb vielleicht gar kein schwerer Korb ist, dann ist eine Magd vielleicht auch keine Magd.«

»Wenn Ihr's sagt«, meinte der Seemann lahm. Offensichtlich hatte er Mühe, mir zu folgen.

Ich ließ ihm Zeit, und nach einer guten Weile klappte seine Kinnlade herunter.

»Jetzt begreife ich, worauf Ihr hinauswollt. Aber dann ... das würde ja heißen ... daß ...«

»Daß Ihr die Wette verloren habt, nicht ich, das heißt es. Hättet Ihr Euch die vermeintliche Magd etwas genauer angesehen, hättet Ihr ihre roten Locken bemerkt.«

Er schüttelte den Kopf und schlug mit der flachen Hand auf die Tischplatte. »Alle Wetter! Das hätte ich Euch nicht zugetraut, mein Freund. Und von der kleinen van Riebeeck hätte ich auch nicht gedacht, daß sie so kurz vor ihrer Verlobung mit … mit …«

»Mit einem dahergelaufenen Niemand anbändelt. Sprecht es nur aus, Henk!«

»War nicht so gemeint«, brummte er und beugte sich zu mir vor. »Wie ist es gewesen? Erzählt!«

»Hat Plutarch nicht gesagt, zur rechten Zeit zu schweigen sei ein Zeichen von Weisheit und oft um vieles besser als jede Rede?«

»Keine Ahnung, dem bin ich noch nicht begegnet. Aber ich merke schon, Ihr wollt die Einzelheiten für Euch behalten.«

»Grämt Euch nicht, Henk, dafür erlasse ich Euch Eure Schulden. Mehr noch, ich bestelle sofort einen Krug Bier auf meine Rechnung. Was sagt Ihr dazu?«

»Daß ich Durst habe.«

Während wir uns an dem Bier gütlich taten, fragte ich Rovers, ob es bei Louisas Rückkehr irgendwelche Unruhe gegeben habe.

»Nein, ihr Vater ist ihr wohl nicht draufgekommen. Aber Ihr könnt ihn selbst fragen, da verläßt er gerade das Haus.«

Zum ersten Mal erblickte ich Melchior van Riebeeck. Mit seinem grauen Spitzbart und dem fast weißen Haar, das unter dem schwarzen Hut hervorfiel, kam er mir vor wie frühzeitig gealtert. Und er war wohl größer, als er aussah, denn er ging nach vorn gebeugt wie unter einer schweren Last, was mich an Doktor van Zelden erinnerte.

Als seine Tochter mir von ihrem Schicksal berichtet hatte, war der Alte für mich ein Scheusal gewesen, ein Ungeheuer, das ich am liebsten gepackt und in die Gracht geschleudert hätte. Jetzt, da ich ihn mit eigenen Augen sah, konnte ich nicht anders, als Mitleid mit ihm zu empfinden. Ich spürte, daß er sein eigenes Handeln verabscheute und daß ihm doch keine Wahl geblieben war. Er hatte sich einfach nicht anders zu helfen gewußt.

Die wirklich Schuldigen waren andere: Männer wie Maerten van der Meulen, die anderer Menschen Not schamlos zu ihrem Vorteil ausnutzten. Ihnen wollte ich das Handwerk legen, wenn ich nur irgend konnte.

Kapitel 11

Die Farbe des Teufels

22. September 1669

Rembrandt ging es wieder besser. Gleich nach dem Frühstück suchte er sein Atelier auf, um an einem der Selbstbildnisse zu arbeiten, die ihn in letzter Zeit so beschäftigten. Bis er über mein Bild gestolpert war, hatte er mich bereitwillig an seiner Arbeit teilhaben lassen, hatte mich viele Kniffe bei der Farbmischung, der Verteilung von Licht und Schatten und der Absetzung des eigentlichen Motivs vom Hintergrund gelehrt. Jetzt aber war ich Luft für ihn. Also erledigte ich einfache Arbeiten im Haus und begleitete Cornelia, die einiges an Lebensmitteln einholen wollte. Dabei nahmen wir uns die Zeit, uns im warmen Schein der Mittagssonne an die Rozengracht zu setzen und dem Verkehr auf dem Wasser zuzusehen. Wir wechselten nur wenige Worte, aber ihre Hand lag in der meinen, und das war mir genug.

Für diesen Nachmittag hatte ich keine Übungsstunde mit Robbert Cors vereinbart, und Maerten van der Meulen hatte mir schon seit Tagen kein neues Modell vorbeigebracht; ich war mir noch nicht schlüssig, wie ich mich verhalten sollte, wenn er sich wieder bei mir blicken ließ. Ich nutzte die freie Zeit, um den Damrak aufzusuchen, wo ich schon von weitem Emanuel

Ochtervelts Tochter vor dem Laden ihres Vaters die Straße kehren sah. Einer plötzlichen Laune folgend erstand ich einen kleinen bunten Blumenstrauß und überreichte in Yola. Sie erwiderte mein Lächeln und sah dabei so reizend aus, daß ich kein Kartenleger oder Sterndeuter sein mußte, um dem alten Ochtervelt für die nächste Zukunft einen Schwiegersohn zu prophezeien.

»Ist Euer Vater im Laden?« fragte ich.

»Ja, Mijnheer Suythof. Er ist bei der Arbeit wie immer.«

»Und wie ist seine Laune?«

»Bestens. Das Journal des Herrn de Gaal verkauft sich sehr gut. Wir müssen bald nachdrucken, sagt mein Vater.«

»Wie ist er überhaupt an de Gaal gekommen? Ich will ihm nicht zu nahetreten, aber als Verleger hatte er sich doch bislang keinen großen Namen erworben.«

»Vater meint, das wird jetzt anders. Den Herrn Fredrik de Gaal hat er über den jungen Herrn de Gaal kennengelernt, der Kunde bei uns ist.«

»Wenn Euer Vater so guter Stimmung ist, werde ich ihm mal einen Besuch abstatten«, sagte ich und betrat den wie stets dämmrigen Laden.

Ochtervelt stand an einem Schreibpult, die knöcherne Nase dicht übers Papier gebeugt, und nahm mit einem Federkiel Eintragungen vor. Er war derart in seine Arbeit versunken, daß er mich gar nicht zu bemerken schien.

»Notiert Ihr gerade die Gewinne der letzten Tage, Mijnheer Ochtervelt?« begrüßte ich ihn. »Ihr seid so beschäftigt, daß Ihr niemanden mehr seht. Wie ich höre, verkauft sich das Journal des Herrn de Gaal prächtig.«

Der Buch- und Bilderhändler blickte verstört auf, lächelte aber, als er mich erkannte.

»Ach, Ihr seid's, Freund Suythof. Ja, seht nur, wie der Stapel geschmolzen ist. In jedem besseren Haushalt Amsterdams scheint man wissen zu wollen, wie es auf den Reisen eines der bedeutendsten Bürger dieser Stadt zugegangen ist. Habt Ihr das Buch auch schon gelesen?«

»Von vorn bis hinten.«

»Und? Wie hat es Euch gefallen?«

»Ich kenne nicht viele solcher Reiseberichte und will Euch auch gewiß nicht kränken, aber mir scheint, Euer Herr de Gaal hat das Aufregendste weggelassen.«

Ochtervelts Züge umwölkten sich. »Wie? Was meint Ihr?«

»Von den drei Reisen, die er ausführlich beschreibt, hat er nichts zu berichten, was man nicht auch schon von anderen Fahrten nach Ostindien gehört hätte; er erzählt von Stürmen auf hoher See, aufsässigen Matrosen, Streit mit Eingeborenen …«

»Das alles habt Ihr jedenfalls noch nicht ausgestanden!« fuhr ein gekränkter Ochtervelt mir in die Rede.

»Wollt Ihr mich wieder hinaus auf See schicken?« fragte ich spöttisch. »Ich will Fredrik de Gaal gar nicht absprechen, daß er Großartiges geleistet hat. Aber warum schreibt er kaum etwas über seine letzte Reise? Ich habe gehört, daß ein großer Teil der Mannschaft von dieser Fahrt nicht heimgekehrt ist.«

Ochtervelt schüttelte mißbilligend den Kopf. »Meint Ihr nicht, daß Herr de Gaal am besten beurteilen kann, welche seiner Erlebnisse erzählenswert sind und welche nicht? Aber ich weiß, Ihr habt Euren eigenen Kopf. Hebt Euer Exemplar trotzdem gut auf, es könnte einmal sehr wertvoll werden.« Fast hörte es sich an, als bedauerte er, mir das Buch kostenlos überlassen zu haben. »Was machen Eure Geschäfte, Suythof? Wie steht es mit der Malerei?«

»Nicht mehr ganz so trostlos wie bei meinem letzten Besuch. Ich muß mich dafür bedanken, daß Ihr mir Euren Zunftbruder van der Meulen geschickt habt. Inzwischen habe ich mehrere Bilder für ihn angefertigt.«

»Und was habt Ihr gemalt?«

Ich sah Ochtervelt forschend an. »Wißt Ihr das nicht?«

»Würde ich sonst fragen?« entgegnete er.

»Es waren Porträts. Die Modelle hat er mir gebracht.«

»Aha«, sagte Ochtervelt nur; die Mitteilung schien ihn wenig zu beeindrucken.

»Steht Ihr in enger Verbindung mit Herrn van der Meulen?« erkundigte ich mich.

»Nicht enger als mit anderen meiner Zunft. Hin und wieder besuchen wir einander und sehen, ob der eine ein Bild bei sich stehen hat, das der andere vielleicht besser verkaufen kann.«

»Was hat er denn für Kunden?«

»Ähnliche wie ich auch. Vielleicht ein paar mehr Kaufleute. Ansonsten Handwerker, Beamte und ein paar Ratsherren. Jeder schmückt seine Wände gern mit Bildern, der eine mit teuren, der andere mit billigen.«

»Wohl wahr«, seufzte ich und blickte hinüber zu der dunklen Ecke, in der ich irgendwo auf dem Boden meine fünf Ölbilder vermutete. »Und doch scheint es in Amsterdam zu viele Maler zu geben.«

»Weil sie wissen, daß sie hier Abnehmer für ihre Arbeiten finden.« Mit einem schiefen Grinsen fügte Ochtervelt hinzu: »Natürlich nur, wenn sie etwas können.«

»Und wenn sie die richtigen Motive wählen, nicht wahr?«

»Selbstverständlich.«

Ich ließ meinen Blick über die vielen Bilder in Ochtervelts Laden schweifen: Leinwände jeder Größe, Radierungen und Kupferstiche, gerahmte und ungerahmte Werke, Stilleben, Porträts und zahllose Seestücke.

»Wäre es nicht besser, jeder malt nur das, was ihn bewegt, was aus seinem Herzen kommt?« fragte ich. »Wäre nicht das die wahre Kunst?«

Ochtervelt wiegte abschätzend den Kopf. »Zumindest gäbe es dann nicht mehr so viele Maler in Amsterdam, denn einige würden schnell verhungern.«

»Seid Ihr da so sicher? Vielleicht würden die Bilder den Leuten gefallen.«

»Die Leute wissen meist sehr genau, was ihnen gefällt. Nämlich das, was auch ihr Nachbar an der Wand hängen hat. Nur wünscht sich ein jeder, daß es bei ihm noch ein bißchen prächtiger wirken möge. Lieber eine Seeschlacht als eine Flotte beim Heringsfang. Aber das habe ich Euch ja schon erklärt.«

»Unterschätzt Ihr nicht den Geschmack der Menschen, Mijnheer Ochtervelt?«

»Wohl kaum. Vergeßt nicht, daß ich schon etliche Jahre in diesem Geschäft bin. Wenn Ihr Bilder malt, die Euer ureigenes Empfinden widerspiegeln, nicht aber auf den Geschmack der Leute eingeht, ist das etwas Ungewohntes für die Leute. Was meint Ihr, was das bedeutet?«

»Es bedeutet, daß die Leute sich an die Bilder gewöhnen müßten.«

»Ganz recht. Dazu aber müßten sie sich auf die Bilder erst einmal einlassen, müßten sich anstrengen, um ihre Bedeutung zu erfassen. Nur kaufen sie keine Bilder, um sich anstrengen zu müssen. Sie wollen ihre kahlen Wände schmücken, wollen sich selbst, ihre Familie oder ihre großen Taten für Nachbarn und Nachwelt festhalten. Bilder sind dazu da, die Menschen zu beruhigen, ihnen ihr Amsterdam zu zeigen, das ihnen Wohlstand und Behaglichkeit gibt. Oder aber ihnen durch die Siege unserer tapferen Marine klarzumachen, daß ihr Land vor allen Anfeindungen geschützt ist. So können sie sich in aller Ruhe im Sessel zurücklehnen, ihre Pfeife rauchen und sich von den Anstrengungen des Tages erholen. Bilder, die sie womöglich beunruhigen, weil sie etwas Neues enthalten, wollen sie nicht haben. Solche Bilder könnt Ihr allenfalls für Euch selbst malen, Suythof, aber versucht nicht, damit Geld zu verdienen!«

Ich betrachtete wieder den Bücherstapel am Eingang. »Ist das der Grund, warum Fredrik de Gaal über seine letzte große Reise nicht viel geschrieben hat? Hätte es die Menschen zu sehr beunruhigt?«

Ochtervelt hob die Hände, als wollte er sich die Haare raufen. »Was habt Ihr nur immer mit de Gaals letzter Reise? Wenn Euch das keine Ruhe läßt, fragt ihn doch selbst!«

»Vielleicht sollte ich das tun«, sagte ich. »Aber noch einmal zu van der Meulen. Könnt Ihr mir sagen, ob er neben dem Kunsthandel noch an anderen Geschäften beteiligt ist?«

»Wir unterhalten uns nicht darüber, wie wir unser Geld anlegen. Aber jetzt, da Ihr es erwähnt, fällt mir etwas ein. Vor einem Jahr ungefähr hieß es, er habe Geld in ein Spielhaus oder Musico gesteckt. Aber vielleicht war das auch nur ein Gerücht. Warum fragt Ihr mich eigentlich so über van der Meulen aus?«

»Reine Neugier. Schließlich ist er der Mann, durch den ich mein Geld verdiene.«

»Und Geld braucht Ihr wohl, wenn Ihr jetzt Rembrandts Schüler seid.«

»Davon habt Ihr gehört?«

»Das hat so ziemlich jeder, der in Amsterdam sein Geld mit Bildern verdient. Hätte nämlich keiner vermutet, daß der Alte noch mal einen Schüler findet. Man sagt, er sei ziemlich unausstehlich geworden. War ja früher schon kein einfacher Mensch. Um ehrlich zu sein, es wurden sogar Wetten abgeschlossen, wie lange Ihr es an der Rozengracht aushaltet.«

»Noch bin ich da«, sagte ich und verschwieg, daß ich meinen Status als Schüler Rembrandts bereits verloren hatte. »Habt Ihr Arbeiten von Rembrandt hier stehen?«

»Zur Zeit nicht. Hin und wieder kommt etwas herein, wenn Haushalte aufgelöst werden. Aber ich zahle nicht viel für einen Rembrandt, falls Ihr diesbezüglich mit mir ins Geschäft kommen wollt. Seine Werke bringen kaum noch etwas ein.«

»Keine Sorge, darum geht es mir nicht. Rembrandts Tochter sorgt schon dafür, daß die Arbeiten ihres Vaters verkauft werden.«

Ochtervelt hob die Brauen an. »So? Wer kauft die denn heutzutage?«

173

»Zum Beispiel Doktor van Zelden, von dem Ihr vielleicht schon gehört habt.«

»Ich kenne ihn sogar recht gut. Er ist fast immer zugegen, wenn die de Gaals eine Gesellschaft geben.«

»So wie Ihr?«

Er warf sich in die Brust. »Ja, seit ich Fredrik de Gaals Verleger bin. Allerdings wußte ich nicht, daß van Zelden sich für Rembrandts Werke interessiert. Er soll ein vermögender Mann sein, auch wenn er es nicht zur Schau stellt. Vielleicht sollte ich einmal an der Rozengracht vorbeischauen und Rembrandts Tochter einen Handel vorschlagen. Was meint Ihr, Freund Suythof? Würdet Ihr ein gutes Wort für mich einlegen?«

»Das werde ich«, versprach ich und verbiß mir ein Lachen über den geschäftstüchtigen Kunsthändler. »Da wir gerade über Rembrandt sprechen – habt Ihr jemals Bilder von ihm gesehen, auf denen Blau eine wichtige Rolle spielte?«

Ochtervelt überlegte einen Augenblick. »Nein, wie kommt Ihr darauf?«

»Mir ist neulich ein blaues Bild untergekommen, das mich sehr an Meister Rembrandts Werke erinnerte. Vielleicht stammt es ja von einem seiner früheren Schüler.«

»Vermutlich. Aber wenn ich's recht bedenke, weiß ich keinen, der besonders mit der geheimnisvollen Farbe Blau arbeitet.«

»Geheimnisvoll?« wiederholte ich, hellhörig geworden. »Was meint Ihr damit?«

»Wißt Ihr nicht, daß man Blau auch als Götterfarbe bezeichnet? In der Geschichte der Malerei findet man neben Gold immer wieder Blau zur Darstellung des Göttlichen. Viele Kirchenmalereien sind diesbezüglich sehr aufschlußreich.«

»Wo findet man die heute noch?« seufzte ich. »Religiöse Bilder in den Kirchen sind schließlich verboten.«

»In der Tat, ein für die Malerei nicht gerade förderlicher Auswuchs unseres calvinistischen Glaubens.« Ochtervelt betrachtete die langen Reihen von Bildern in seinem Laden. »Als die

Maler noch im Dienst der Kirche arbeiten konnten, hat es nicht so viele Stilleben, Städteansichten und auf Leinwand gebannte Heringsboote gegeben.«

»Ich weiß, ich weiß, Heringsboote mögt Ihr nicht«, sagte ich ein wenig ungeduldig. »Aber mir ist noch immer nicht klar, wieso Ihr Blau als geheimnisvoll bezeichnet habt.«

»Weil es nicht nur die Farbe des Göttlichen ist und später auch die der Könige wurde. Mit Blau verband man auch das Dämonische, das Teuflische. Auf vielen alten Bildern könnt Ihr das sehen, und im Aberglauben spielt Blau als Unglücksfarbe eine große Rolle. Ist Euch nie aufgefallen, daß die Pest häufig als blauer Dunst dargestellt wird? Ein Traum von blauen Pflaumen oder die blau brennende Flamme einer Kerze sollen das baldige Erscheinen des Todes ankündigen. Kein Wunder, daß Blau auch die Farbe des Teufels und der Finsternis genannt wird.«

»Das ist doch Altweibergewäsch.«

»Sicher. Aber wo viel Gerede ist, steckt meistens auch ein Körnchen Wahrheit drin. Ein Maler sollte über die Farben, mit denen er arbeitet, Bescheid wissen. Also denkt über meine Worte nach, Suythof!«

Ich befolgte Ochtervelts Rat, sobald ich seinen Laden verlassen und meine Schritte nach Westen gelenkt hatte. Jenes Bild, das auf so rätselhafte Weise verschwunden war, schien mir wenig Göttliches oder auch nur Königliches an sich zu haben. Was Ochtervelt dagegen über die Farbe des Teufels und der Finsternis gesagt hatte, jagte mir einen Schauer über den Rücken, Altweibergewäsch hin oder her. Er brauchte nicht zu sehen, wie sehr seine Worte mich erschreckten. Nach allem, was sich ereignet hatte, war ich bereit zu glauben, daß der Teufel selbst dieses Bild gemalt und nun wieder zu sich in die Hölle geholt hatte.

Wolken hingen über Amsterdam, und eine von See her wehende Brise blies mir feinen Regen ins Gesicht. Ich senkte den Kopf, um mich davor zu schützen. So bemerkte ich erst spät, daß ich genau auf die Stelle zusteuerte, an der Ossel sein Leben verloren hatte. Der Pfahl, an den man ihn zur Hinrichtung gebunden hatte, reckte sich wie ein mahnender Finger in den grauen Himmel.

Einiges war seitdem geschehen, und dank Cornelia sah ich wieder eine Zukunft für mich. Mein heimlicher Schwur, wenn nur irgend möglich, Ossels Andenken reinzuwaschen, war das einzige Band zu meiner Vergangenheit. Ich widerstand der Versuchung, dieses Band zu zerreißen und mich nicht weiter um die Sache zu kümmern, weil ich auch weiterhin ohne Scham in den Spiegel blicken können wollte.

Ich straffte mich, trotzte dem Regen und ging erhobenen Hauptes zwischen Rathaus und Nieuwe Kerk hindurch, durchdrungen von dem Gefühl, das Richtige zu tun. An jenem Septembernachmittag glaubte ich noch, ich hätte die Wahl. In Wahrheit aber war das, was ich als meine Zukunft erachtete – Cornelia –, eng mit der Vergangenheit verknüpft. Das sollte ich nur zu bald erfahren.

Ich überquerte die Heren- und die Keizersgracht. Der Wind frischte auf, und eine plötzliche Bö hätte mich fast von der Brücke gefegt. Als ich mich am Geländer festklammerte, fiel mein Blick auf die Westerkerk, wo Rembrandts Sohn Titus begraben war. Seltsam, aber erst jetzt wurde mir bewußt, daß der Maler seinen Sohn mir gegenüber kein einziges Mal erwähnt hatte. Wie hatte meine Mutter einst zu mir gesagt: Ein trauernder Mensch bekämpft seine Trauer, indem er über den Verlorenen spricht; ein Mensch aber, dessen Herz gebrochen ist, bringt nicht einmal das fertig.

Ich beschleunigte meinen Schritt, da Wind und Regen immer ungemütlicher wurden. Ursprünglich hatte ich zur Rozengracht zurückkehren wollen, aber die Witterung trieb mich in den Schutz des nächstbesten Wirtshauses. Es war das Haus *Zum Schwarzen Hund,* vor dem ich oft mit Henk Rovers gesessen hatte. Jetzt waren die Bänke draußen verwaist und die meistens offenstehende Tür geschlossen. Ich mußte kräftig ziehen, um sie gegen die Gewalt des Windes zu öffnen, und schlüpfte schließlich, begleitet von einem Regenschwall, in den Schankraum. Nicht wenige hatten sich bereits vor dem schlechten Wetter in den *Schwarzen Hund* geflüchtet. Lautes Stimmengewirr übertönte das Rütteln des Windes an der Tür, und eine dicke Wolke von Tabaksqualm biß in meine Augen.

»Cornelis Suythof, setzt Euch doch zu mir!«

Das war die Stimme von Henk Rovers. Er hockte, seine Stummelpfeife im Mundwinkel und einen fast leeren Becher vor sich, mit anderen Gästen an einem runden Tisch in der Mitte des Raums und klopfte auf einen leeren Schemel zu seiner Linken. Bevor ich seiner Einladung folgte, bestellte ich einen Krug Bier und eine Pfeife. Da man dem Qualm ohnehin nicht entgehen konnte, hielt ich es für das beste, mich an seiner Verbreitung zu beteiligen.

Rovers blickte zu den Fenstern hinüber, gegen die immer heftiger der Regen klatschte. »Das gibt noch einen hübschen kleinen Sturm heute, glaubt nur einem alten Seemann.«

Der alte Seemann freute sich, als ich mein Bier mit ihm teilte und ihm auch etwas von dem Tabak abgab, den mir ein rothaariger Junge zusammen mit der Pfeife brachte.

»Ich danke dem großzügigsten Maler Amsterdams«, prostete er mir zu und tauchte sein Gesicht tief in den frisch gefüllten Becher. »Habt Ihr beim Fräulein van Riebeeck schon Fortschritte gemacht?«

»Ich werde einem der reichsten Männer Amsterdams doch nicht ernsthaft die Braut ausspannen«, erwiderte ich lachend. »Außerdem habe ich, was das angeht, ganz andere Möglichkeiten.«

Rovers zwinkerte mir zu. »Rembrandts kleine Tochter, was?«

Erstaunt blickte ich ihn an. »Woher wißt Ihr das?«

Rovers freute sich. »Ich habe mir nur so was gedacht, aber jetzt

177

weiß ich es. Und was Constantijn de Gaal betrifft, so solltet Ihr Euch nicht grämen. Der hat seine Gulden nicht selbst in den Geldsack geschissen. Ohne seinen Vater wäre er heute vielleicht nur einer von vielen Kaufleuten Amsterdams und säße gewiß nicht im Verwaltungsrat der Ostindischen Kompanie.«

»Ja, der alte de Gaal«, murmelte ich. »Ein seltsames Buch hat er geschrieben.«

»Wieso?« fragte Rovers, bevor er seine Nase erneut in den Becher tauchte.

»Der Buchhändler Emanuel Ochtervelt hat kürzlich das Reisejournal des alten de Gaal gedruckt und mir ein Exemplar geschenkt.«

»Ich habe es ja nicht so mit Büchern. Die kosten eine Menge Geld und nutzen einem gar nichts, wenn man nicht lesen kann.«

»Vielleicht hätte ich es auch nicht lesen sollen«, gab ich lachend zurück. »Ich bin nicht recht schlau daraus geworden. Da erzählte de Gaal in aller Breite von den ersten drei großen Reisen, die er für die Ostindische Kompanie unternommen hat, und von der vierten und letzten schreibt er so gut wie gar nichts.«

»Was wundert's Euch? Ich an seiner Stelle würde mich darüber auch lieber ausschweigen.«

»Aber warum? Was wißt Ihr darüber?«

»Man erzählt sich so allerhand über die Reise, nur nichts Gutes. War ein stolzes Schiff, die *Nieuw Amsterdam*, ein großer Ostindienfahrer mit hundertachtzig Seeleuten an Bord. Fünfundzwanzig Jahre ist es jetzt her, daß sie von Texel aus in See stach, um die Niederlassung in Bantam mit Pökelfleisch, Erbsen und Bohnen zu versorgen und von dort den teuren Pfeffer heimzubringen. Aber die Heimkehr verzögerte sich um drei Monate, und als die *Nieuw Amsterdam* doch endlich in heimischen Gewässern erschien, war sie in einem jämmerlichen Zustand. Sie sah aus wie nach einer Seeschlacht und ist nie wieder auf Fahrt gegangen. Von den hundertachtzig Seelen aber, die Amsterdam fast zwei Jahre zuvor verlassen hatten, war nur noch ein Drittel an Bord.«

»Was war geschehen?«

»Ich war nicht dabei, und dafür sei dem Herrn gedankt. Fragt unseren Freund Jan Pool dort am Nebentisch. Sein Bruder war unter denen, die auf Fredrik de Gaals letzter Fahrt ihr Leben gelassen haben.« Rovers zeigte auf einen vierschrötigen Mann, dessen rechte Gesichtshälfte schwarz war wie die Haut eines afrikanischen Wilden. »Erschreckt nicht bei seinem Anblick. Beim Kampf gegen türkische Piraten ist neben ihm ein Pulver-faß in die Luft geflogen. Das hat den guten Pool von den Bei-nen gerissen und ihm für den Rest seines Lebens das Antlitz verfärbt. Na ja, rot vor Wut ist er zum Glück nicht geworden.«

Rovers hatte sehr laut gesprochen und erntete nun allgemeines Gelächter. Der Mann mit der schwarzen Wange erhob sich und baute sich, die Fäuste in die Hüften gestemmt, vor dem Spötter auf.

»Soll ich dir deine lästerliche Zunge aus dem Maul reißen, Henk Rovers?« dröhnte er. »Dann dürftest du weder schwarz noch rot, aber ganz hübsch blaß aussehen!«

Rovers blickte ohne Furcht zu ihm auf. »Laß gut sein, Jan, war nur ein Spaß. Mein Freund Cornelis Suythof hier würde sich gern mit dir unterhalten und läßt dafür auch ein halbes Quart Bier springen.«

Pool musterte mich eingehend. »Eine Landratte, wie?«

»Nicht ganz«, sagte Rovers grinsend. »Er hat schon ein paar Schiffe gemalt.«

»Ein Maler!« stöhnte Pool und bedachte mich mit einem mitleidigen Blick. »Den armen Schluckern geht's ja oft noch schlechter als unsereinem. Kann er sich überhaupt ein halbes Quart Bier leisten?«

Ich fühlte mich bei meiner Ehre gepackt und verkündete mit fester Stimme: »Ich kann mir auch ein ganzes Quart leisten!«

»Abgemacht«, sagte Pool, nickte mir zu und setzte sich neben Rovers, dem er unverhohlen zuzwinkerte.

Da hatte ich mich von zwei alten Seebären hereinlegen lassen, aber ich grollte ihnen nicht. Sie sprachen dem Bier freudig zu, nur als ich das Gespräch auf die letzte Fahrt der *Nieuw Amsterdam* brachte, war es auf einen Schlag um Pools gute Laune geschehen.

»Dieser verfluchte Kahn«, brummte er. »Am besten wäre das Teufelsschiff vor seiner letzten Fahrt verbrannt!«

»Teufelsschiff?« fragte ich nach.

»Dieses Schiff war verflucht. Wie sonst ist es zu erklären, daß der größte Teil der Männer nicht zurückgekehrt ist, unter ihnen mein guter Bruder Jaap?«

»Es ist doch keine Seltenheit, daß Leute auf See bleiben. Erklärungen dafür gibt es zuhauf: Stürme, Krankheiten, Kämpfe mit Eingeborenen oder Piraten.«

Pool winkte ab. »Jaja, von all diesen Sachen war nach der Rückkehr der *Nieuw Amsterdam* auch die Rede. Das Schiff soll in einen schweren Sturm geraten, von seinem Verband getrennt und zu einem unbekannten Eiland verschlagen worden sein. Dort hätte die Mannschaft einige Zeit bleiben müssen, hieß es, um den Kahn wieder flottzumachen. Das Trinkwasser soll knapp gewesen sein, und angeblich haben die Angriffe von Eingeborenen viele Männer an Bord das Leben gekostet.«

»Und das glaubt Ihr nicht?« fragte ich weiter.

»Niemals. Ich war zufällig in der Stadt, als die *Nieuw Amsterdam* zurückkehrte. Um meinen Bruder zu begrüßen, bin ich auf einen der Leichter rauf, die raus nach Texel fuhren, um die Fracht zu übernehmen. Ich habe die Schäden an dem Schiff gesehen.«

»Und?«

»Das waren nicht nur Sturmschäden, nie und nimmer. Es waren Spuren eines Kampfes. Glaubt mir, Maler Suythof, ich weiß, wovon ich spreche!« Zur Bekräftigung seiner Worte

180

deutete er auf seine schwarze Wange, bevor er fortfuhr: »Niemand wollte etwas von einem Kampf wissen. Aber einige der Rückkehrer hatten Verletzungen, die nur aus einem Gefecht stammen konnten. Als ich ein paar Besatzungsmitglieder der *Nieuw Amsterdam* darauf ansprach, erzählten sie etwas von Meuterern, die sie hätten unschädlich machen müssen. Ich glaube, das kommt der verfluchten Wahrheit noch am nächsten.«

Ich füllte seinen fast leeren Becher auf und erkundigte mich, was seiner Meinung nach die Wahrheit sei.

»Wenn ich das nur wüßte! Ich habe nie erfahren, woran mein Bruder Jaap wirklich gestorben ist. Die Männer, die mir von der Meuterei erzählten, waren noch die ehrlichsten. Niemand an Bord wollte über das reden, was sie hinter sich hatten. Es war, als hätten sie alle vor irgend etwas Angst.«

Was das Schwarzgesicht da erzählte, klang mir doch allzusehr nach Seemannsgarn.

»Und niemand hat weiter nachgeforscht?« fragte ich zweifelnd.

»Die Ostindische Kompanie hat die Angehörigen der toten Seeleute mit hohen Geldsummen entschädigt, viel höher als üblich. Auch Kaat hat einen hübschen Batzen erhalten.«

»Wer ist Kaat?«

»Die Frau meines Bruders, vielmehr seine Witwe. Jaap hat seine Frau und zwei damals sehr kleine Kinder hinterlassen. Kaat hat von der Kompanie nicht nur gutes Geld, sondern auch einen neuen Mann bekommen.«

Ich fragte mich, wieviel Bier der Schwarzgesichtige an diesem Tag schon geschluckt haben mochte, und offenbar sah er mir meine Skepsis an.

»Was grinst Ihr so?« raunzte er. »Haltet Ihr Jan Pool für einen Lügner?«

»Natürlich seid Ihr kein Lügner, aber vielleicht übertreibt Ihr ein wenig, hm? Ich habe noch nie gehört, daß die Kompanie die

Witwe eines Seemanns mit einem neuen Mann entschädigt hätte.«

Henk Rovers kratzte sich hinterm Ohr und kicherte: »Das ist allerdings ungewöhnlich. Die Kompanie zahlt ihren Leuten für den Verlust eines Auges oder der linken Hand vierhundert Gulden, für den Verlust des rechten Arms immerhin achthundert Gulden, und für beide Augen, beide Hände oder beide Beine gibt's sogar zwölfhundert Gulden; das lohnt sich fast. Aber daß im Todesfall gleich der ganze Mann ersetzt wird, von einer solchen Klausel habe ich auch noch nie gehört.«

»So war es aber«, grummelte Pool. »Natürlich stand das nicht in den Klauseln. Trotzdem ist ein Maat von der *Nieuw Amsterdam*, den der Teufel nicht geholt hat, Kaats neuer Mann geworden. Claes Steegh heißt er; heute fährt er nicht mehr zur See, sondern gehört zu den Geldzählern bei der Kompanie. Das alles war überhaupt recht seltsam. Von den Überlebenden sind viele, wenn nicht sogar alle, schnell aufgestiegen. Entweder befehligen sie jetzt eigene Schiffe, oder sie sind bessere Angestellte, in der Kompanie oder einem der Amsterdamer Handelshäuser. Wirklich merkwürdig. Die einen fahren zur Hölle, und die anderen machen ihr Glück. Glaubt mir oder laßt es bleiben, aber ich sage Euch, Herr Maler, da hat der Teufel seine schweflige Hand im Spiel!«

Ich schnitt eine Grimasse, weil mir der Leibhaftige an diesem Tag entschieden zu oft begegnete. Nicht genug mit Emanuel Ochtervelts Rede über die Farbe des Teufels, nun tischte mir der schwarzgesichtige Seemann auch noch seine Schauermärchen auf!

»Ihr glaubt mir immer noch nicht«, klagte Pool. »Fragt doch die andern, die die *Nieuw Amsterdam* damals haben einlaufen sehen. In jeder Schenke am Hafen werdet Ihr noch Leute finden, die dabeigewesen sind. Fragt sie nur nach dem Teufelsschiff und seiner unheilvollen Fracht!«

»Wie soll ich Euch glauben, wenn Ihr mir mit immer neuen

Absonderlichkeiten kommt? Ihr schwatzt vom Teufel, vom Teufelsschiff und seiner unheilvollen Fracht. Was, bitte sehr, ist an einer Ladung ostindischen Pfeffers so unheilvoll?«

Pool atmete tief durch, als müsse er alle Kraft zusammennehmen, um mit mir ungläubigem Thomas geduldig zu sein. »Pfeffer war die Fracht, die von der *Nieuw Amsterdam* heimgebracht werden sollte. Angeblich hatte das Schiff auch Pfeffer geladen, als es vor Bantam den Anker lichtete. Aber ich glaube nicht, daß es den Pfeffer noch an Bord hatte, als es vor Texel erschien.«

»Warum nicht? Nun tut nicht so geheimnisvoll, Jan Pool!«

Das eben noch umwölkte Gesicht hellte sich auf, und er grinste mich spöttisch an. »Für einen, der mir nicht glaubt, wollt Ihr es ganz schön genau wissen.«

»Vielleicht möchte ich von Euch überzeugt werden«, gab ich, ebenfalls grinsend, zurück.

»Nun, möglicherweise überzeugt Euch der Umstand, daß die Fracht der *Nieuw Amsterdam* bei Nacht gelöscht wurde.«

»Ist das so ungewöhnlich?«

»Sehr sogar. Zumal das Schiff schon am Vormittag auf Texel zulief. Die Kompanie hat alle Gaffer verscheucht. Erst in der Nacht durften die Besatzungen der Leichter mit dem Entladen beginnen. Und die Kompanie hat das nur ausgewählte Leute machen lassen, die später allesamt nach Übersee geschickt wurden. Niemand weiß genau, was das Teufelsschiff geladen hatte.«

»Somit könnte es sich auch um ostindischen Pfeffer gehandelt haben«, schlußfolgerte ich.

»Könnte, ja.« Pool blickte mich unter zusammengezogenen Brauen verschwörerisch an. »Aber wozu dann der Umstand mitten in der Nacht?«

KAPITEL 12

Um Mitternacht am Möwenturm

Erst gegen Abend ließ das Unwetter nach, und ich wagte es, den *Schwarzen Hund* zu verlassen und zurück zur Rozengracht zu gehen. Unterwegs hätte ich fast einen alten Fuhrmann umgerannt, so sehr war ich in Gedanken versunken über das, was Henk Rovers und Jan Pool mir über die letzte Fahrt der *Nieuw Amsterdam* erzählt hatten. Mochten die Ereignisse auch im Lauf der Jahre durch wiederholtes Erzählen verändert und um manch übertriebene Einzelheit angereichert worden sein, im Kern mußte der Geschichte etwas Wahres anhaften. War es diese Wahrheit, die Fredrik de Gaal in seinem Buch verschwiegen hatte?

Das Wiedersehen mit Cornelia, die mich mit besorgter Miene empfing, drängte die Geschichte vom Teufelsschiff in den Hintergrund.

»Du warst lange weg, Cornelis. Ich hatte schon Angst, der Sturm könnte dich in eine Gracht geweht haben.«

»Um das zu vermeiden, habe ich im *Schwarzen Hund* Unterschlupf gesucht«, sagte ich und drückte ihr einen Kuß auf die Wange.

Sie lächelte wissend. »Und um dir die Zeit zu vertreiben, hast du wohl mit Freunden ein paar Kannen Bier geleert.« Damit erwiderte sie meinen Kuß und führte mich in die Küche, wo ein

184

einfaches Mahl aus Fisch und Käse auf mich wartete. Cornelia und ihr Vater hatten bereits gegessen, aber sie leistete mir Gesellschaft und erzählte mir von ihrem Tag.

»Ach ja, ein Bote war hier und hat das für dich abgegeben«, sagte sie zwischendurch und zog aus einer Tasche ihres Kleides einen Brief hervor.

»Was steht drin?« fragte ich.

Cornelia funkelte mich mit gespielter Empörung an. »Ich lese keine fremden Briefe – schon gar nicht, wenn sie versiegelt sind.«

Ich nahm den Brief und betrachtete neugierig das mir unbekannte dunkle Siegel, das einen Kauffahrer mit aufgeblähten Segeln zeigte. Auf dem Brief stand in sehr feiner Schrift »C. Suythof«, mehr nicht.

»Wer hat den Brief gebracht?«

»Ein Bote, ein kleiner Junge.«

»Und wer hat ihn geschickt?«

»Der Junge war so schnell wieder weg, daß ich ihn nicht danach fragen konnte. Aber ich nehme an, die Frau, die den Brief an dich geschrieben hat, wird auch den Jungen beauftragt haben.«

»Woher willst du denn wissen, daß der Brief von einer Frau stammt?«

Sie deutete auf den Schriftzug. »Ihr Männer schreibt nicht so zierlich. Soll ich dich allein lassen, damit du ihn in Ruhe lesen kannst?«

»Unsinn, ich habe doch keine Geheimnisse vor dir«, brummte ich, erbrach das Siegel und faltete den Brief auseinander.

Die Nachricht war enttäuschend kurz: *Seid unbedingt um Mitternacht am Möwenturm! Ich habe Euch etwas Wichtiges mitzuteilen. L.*

Das war eine seltsame Einladung, die mir unter anderen Umständen verdächtig erschienen wäre. Aber ich hatte keinen Grund, Louisa zu mißtrauen, und ich zweifelte keine Sekunde daran, daß der Brief von ihrer Hand stammte. Es mußte etwas

Einschneidendes vorgefallen sein, daß sie mich hat, zu so später Stunde am Möwenturm zu erscheinen.

»Ist es wichtig?« fragte Cornelia.

»Möglich, ja. Jedenfalls muß ich heute nacht noch einmal weg. Jemand möchte mich treffen.«

»Die Verfasserin des Briefes, nehme ich an.«

Ich nickte. »Sei mir nicht böse, Cornelia, wenn ich zum jetzigen Zeitpunkt nicht mehr sagen möchte. Aber ich habe versprochen zu schweigen.«

»Und das nennst du dann keine Geheimnisse haben«, erwiderte sie kühl. In ihrer Stimme schwang kein Vorwurf, sondern – viel schlimmer – Enttäuschung mit.

»Ich bitte dich, vertrau mir«, beschwor ich sie. Dann beendete ich mein Mahl, verabschiedete mich von Cornelia und ging nach oben. Dort bemerkte ich, daß die Tür zu Rembrandts Atelier einen Spaltbreit offenstand, und lugte hindurch. Rembrandt war unverändert mit seinem Selbstporträt beschäftigt, betrachtete es prüfend, sah in einen kleinen Spiegel und wandte sich erneut dem fast fertigen Bild zu, um mit einem feinen Pinsel ein paar kleine Änderungen vorzunehmen. Er war so in seine Arbeit versunken, daß ich nicht befürchten mußte, entdeckt zu werden.

Zum wiederholten Mal fragte ich mich, was ihn in letzter Zeit dazu trieb, sich so hingebungsvoll mit seinen Selbstbildnissen zu beschäftigen. War es sein fortgeschrittenes Alter, spürte er die Nähe des Todes? Auf der Leinwand sah er älter aus als in Wirklichkeit, und doch blickte er den Betrachter voller Elan an, kampfeslustig beinahe, um die Lippen jenes hintersinnige Lächeln, das ich nicht zu deuten wußte. Der gemalte Rembrandt schien zu triumphieren, so als wollte er einen großen Sieg feiern, weit über den Tod hinaus. Einmal mehr bewunderte ich des Meisters einzigartige Gabe, Menschen lebensecht darzustellen. Zugleich aber packte mich beim Anblick des Bildes ein unerklärliches Unbehagen.

Ich ging in mein Zimmer, entbot dem ausgestopften Bären einen Gruß und griff nach meiner Palette, um die Farben anzumischen. Eigentlich war es jetzt, da das ohnehin trübe Tageslicht sich schon verabschiedete, viel zu spät zum Malen, aber irgendwie mußte ich die Zeit bis Mitternacht überbrücken. Ich dachte an meinen schmalen Geldbeutel und den Rat von Emanuel Ochtervelt, mich auf die Seefahrt zu konzentrieren, und Stück für Stück nahm das Bild eines vom Sturm geschüttelten Ostindienfahrers Gestalt an. Unwillkürlich wanderten meine Gedanken dabei immer wieder zu der ominösen *Nieuw Amsterdam*.

Leichter Regen sprühte mir ins Gesicht, als ich eine halbe Stunde vor Mitternacht das Haus verließ. Alle anderen waren zu Bett gegangen, auch in Cornelias Kammer war es dunkel. Gern hätte ich ihr noch einmal versichert, daß mein Schweigen nicht gegen sie gerichtet war, doch dafür war es zu spät.

Ich zog die Tür zu und trat hinaus in die wolkenverhangene Nacht. In kaum einem Fenster schimmerte noch Licht, nur meine Laterne warf einen gelblichen Lichtflecken auf das nasse Pflaster. Ich hatte gehört, daß der Stadtrat Amsterdam in Bälde mit Straßenlaternen ausrüsten wollte; eine sinnvollere Maßnahme zum Wohl der Bürger konnte ich mir kaum vorstellen. Dieser Auffassung war ich um so entschiedener, als ich trotz meiner Laterne in eine Pfütze trat und mein linker Fuß von einer Sekunde auf die andere völlig durchnäßt war.

Kurz nachdem ich die Prinsengracht erreicht und die Westerkerk passiert hatte, hörte ich irgendwo in der Ferne die Rufe der Nachtwache. Ich konnte die einzelnen Worte nicht verstehen, hatte aber ein ruhiges Gewissen. Mit der Laterne in der Hand genügte ich meiner Bürgerpflicht, und die Wache konnte mir nichts am Zeug flicken.

Inzwischen trommelte der Regen heftiger auf mich ein, und zweifelnd blickte ich zu den dicken Wolken hinauf, die sich über Amsterdams Dächern festgekrallt hatten und das Licht von Mond und Sternen fast vollständig verschluckten. Zum Glück hatte ich es nicht mehr weit. Ich meinte schon, die schemenhaften Umrisse des Möwenturms auszumachen, und beschleunigte meinen Schritt. Gespannt auf das, was Louisa mir mitzuteilen hatte, hielt ich auf den alten Wachturm zu.

In dieser nächtlichen Stunde kreiste keine einzige Möwe über ihm, und nicht ein verliebtes Paar traf sich in seinem Schatten. Amsterdams Bürger schliefen in ihren warmen Betten. Ich hatte den Eindruck, daß außer der Nachtwache nur ein gewisser Cornelis Suythof durch den Regen irrte auf der Suche nach – ja, wonach eigentlich? Wenn ich mich ernsthaft fragte, was an Louisa mich so in den Bann schlug, mußte ich zugeben, daß es auch die schöne Frau war und nicht nur mein Mitgefühl mit dem von seinem Vater so grob mißbrauchten Mädchen. Schnell wischte ich den Gedanken beiseite, denn sonst hätte ich mir eingestehen müssen, daß Cornelia mich wenige Stunden zuvor nicht zu Unrecht enttäuscht angesehen hatte.

Vor mir ragte der Möwenturm in den dunklen Himmel, aber Louisa konnte ich nirgends entdecken. Die Kirchenglocken schlugen zur zwölften Stunde. Ich umrundete den Turm, drückte mich schließlich so eng wie möglich an das alte Gemäuer und wartete einfach ab. Vielleicht war Louisa aufgehalten worden.

Nach nur zwei oder drei Minuten bemerkte ich eine Gestalt, die mit vorsichtigem Schritt auf den Turm zuhielt. Da sie entgegen der Vorschrift keine Laterne bei sich trug, konnte ich zunächst nur die Umrisse erkennen. Aber mit jedem Schritt wurden die Konturen deutlicher. Bald sah ich, daß es eine Frau im Dienstbotengewand war, die Haube tief ins Gesicht gezogen. Louisa hatte also ein zweites Mal auf die bewährte Verkleidung zurückgegriffen.

Ich trat aus dem Schatten des Turms, um ihr entgegenzugehen. Ich wollte sie begrüßen, doch die Worte blieben mir im Halse stecken. Die Gestalt vor mir erwies sich als viel zu groß und wuchtig, um Louisa van Riebeeck zu sein.

»Was ist los, Pinselschwinger? Hast wohl was Hübscheres erwartet?«

Die Stimme kam mir bekannt vor, und ich war mir sicher, daß ich sie schon einmal gehört hatte.

Als der Mann, der sich als Louisa ausgegeben hatte, aufblickte und ich die große Narbe auf seiner rechten Wange sah, dachte ich mit unguten Gefühlen an jenen Sonntagabend im August zurück, als die drei Schläger über mich hergefallen waren. Vor mir stand, gekleidet wie eine Frau, ihr Anführer. Und seinem hämischen Grinsen nach zu urteilen, schien er sich nicht wenig über das Wiedersehen zu freuen.

»Diesmal wirst du nicht soviel Glück haben, Farbkleckser! Um diese Uhrzeit und bei dem Wetter wird dir keiner beistehen.«

Er streifte die Haube ab und trat langsam auf mich zu. Der unrasierte Mann in dem Kleid wirkte grotesk, wie eine Spottfigur aus Lingelbachs Irrgarten, und ich mußte, meiner ausweglosen Lage zum Trotz, lachen.

»Freu dich nur, solang du es noch kannst!« knurrte mein Gegenüber. »Wenn ich dir gleich sämtliche Knochen breche, wirst du nur noch vor Schmerz schreien!«

Hastig stellte ich die Laterne ab und zog das Messer hervor, das ich damals einem der Schläger abgenommen hatte. Aber der Mann mit der Narbe war schneller und schlug mit einem schweren Knüppel zu, der aus dem Nichts in seine Hand gesprungen zu sein schien. Der Schlag traf meinen rechten Unterarm, und ein rasender Schmerz fuhr hinauf bis zu meiner Schulter. Ich heulte auf wie ein getretener Hund, und meine für Sekunden gelähmte Hand ließ das Messer fallen.

Als der andere den Knüppel zum erneuten Schlag hob, wußte ich, daß ich handeln mußte. Jetzt würde sich zeigen, ob Robbert Cors in mir einen würdigen Schüler gefunden hatte. Ich vollzog eine Körperdrehung, die ich in der Ringkampfschule einen halben Nachmittag lang eingeübt hatte. Gleichzeitig führte ich, den Schmerz in meinem Arm nicht beachtend, diesen so gegen den rechten Arm des Angreifers, daß dessen Hieb abgeblockt wurde. Ich sah die Verwirrung in seinen Augen und nutzte die Gelegenheit, um mit beiden Händen nach dem Knüppel zu greifen und ihn an mich zu bringen.

Mit einem schnellen Schritt löste ich mich von meinem Gegner und hob den Knüppel, um den Mann mit seiner eigenen Waffe zu schlagen. Da hörte ich ein Geräusch hinter mir. Ein heftiger Schlag traf mich im Nacken und warf mich zu Boden. Noch im Fallen schalt ich mich einen Narren, daß ich nicht an weitere Gegner gedacht hatte. Der Mann mit der Narbe war schließlich schon bei unserer ersten Begegnung nicht allein gewesen.

Als ich aufsah, stand über mir der Schläger mit der Säufernase und grinste auf mich herab. In der Hand hielt er einen Knüppel, ähnlich dem, den ich gerade seinem Kumpan abgenommen hatte. Auch der dritte Mann, der Kahlkopf, trat jetzt in mein Gesichtsfeld. Er richtete eine Radschloßpistole mit sehr langem Lauf auf mich, die er mit beiden Händen umklammerte.

Zu meiner Verwirrung und dem Ärger über meinen Leichtsinn gesellte sich schreckliche Angst. Der Narbige hatte recht: Diesmal würde mir niemand zu Hilfe kommen. Ich befand mich in der Gewalt dieser drei Männer, über deren Absichten ich nichts wußte. Nur eines war mir klar: Ihnen ging es um mehr als bloße Rache für die Schmach, die sie bei unserer ersten Begegnung erlitten hatten. Der ganze Aufwand mit dem Brief sprach dafür. Sie handelten mit Sicherheit in fremdem Auftrag. Sie waren gefährlich, aber nicht sonderlich klug, schon gar nicht schlau genug, um eine solche Falle zu stellen.

Der Mann mit der Narbe nahm seinen Knüppel auf und trat mir in die Seite, was ein heftiges Stechen auslöste. »Willst du dich nicht noch etwas wehren, Malerchen? Es wäre mir 'ne echte Freude, dir etwas Respekt zu lernen.«

»Zu lehren«, erwiderte ich.

Er legte den Kopf schief. »Wie?«

»Wenn man anderen etwas beibringt, heißt es lehren, nicht lernen. Wenn du das begriffen hast, dann hast du jetzt was gelernt.«

Er brauchte eine Weile, um zu merken, daß ich ihn verspottete. Dann aber trat Zornesröte in sein Gesicht, die selbst in dieser dunklen Nacht nicht zu übersehen war.

Ich wußte nicht genau, weshalb ich ihn herausforderte. Die Wut über meinen Leichtsinn hatte sich in Trotz verwandelt. Ich wollte diesen Kerlen zeigen, daß ich keine Angst vor ihnen hatte, auch wenn es in Wahrheit anders war.

Das Narbengesicht ließ ein wütendes Knurren hören und holte zu einem weiteren Tritt gegen mich aus. Ich erinnerte mich an Robbert Cors' Lektionen, packte seinen in der Luft schwebenden Fuß und drehte ihn mit aller Kraft um. Das Knurren verwandelte sich in ein Heulen, das einer Mischung aus Überraschung, Wut und Schmerz entstammte. Dann verlor der Mann das Gleichgewicht und stürzte neben mir zu Boden.

Ich wollte die allgemeine Verwirrung zur Flucht nutzen, machte mir aber im letzten Moment klar, daß es ein Fehler wäre, mich hier und jetzt zu erheben. Es hätte zu lange gedauert, und ich wäre für den Mann mit der Pistole ein recht deutliches Ziel gewesen. Also blieb ich am Boden und rollte mich aus dem Lichtkreis der Laterne fort, bis ich gegen etwas Hartes stieß – einen Baumstamm.

Als ich aufsprang, sah ich einen Blitz auf mich zukommen, gefolgt vom dazugehörigen Donner. Der Kahlkopf hatte die Radschloßpistole abgefeuert, und dicht neben mir fuhr die Kugel splitternd in den Baumstamm.

Der Schreck darüber, dem Tod nur knapp entkommen zu sein, ließ mich für kurze Zeit erstarren. Mein Herz raste, und Übelkeit wollte mich übermannen. Als aber der Kerl mit der Säufernase auf mich zukam, den Knüppel zum Schlag erhoben, erlangte ich wieder Gewalt über meinen Körper und rannte davon.

Der Verfolger war dicht hinter mir, und ich lief wie noch nie in meinem Leben. Zu spät erkannte ich, daß ich in der Dunkelheit die Orientierung verloren hatte und geradewegs auf die Prinsengracht zuhielt. Wenn ich stehenblieb oder auch nur meine Richtung änderte, würde die Rotnase mich unweigerlich zu fassen kriegen. Also sprang ich und landete, wie erhofft, auf einem der kleinen Kähne, die hier vertäut waren.

Das Boot schwankte heftig unter meinem Aufprall. Ich ruderte wild mit den Armen, um das Gleichgewicht zu halten. Für ein paar lange Sekunden sah es so aus, als wollte mir das auch gelingen, dann aber kippte der Kahn zur Seite, und ich stürzte kopfüber in die kalte Prinsengracht.

Ich schluckte Wasser und dankte zugleich meinem Vater, der mich früh das Schwimmen gelehrt hatte. Mit ein paar schnellen Stößen kam ich nach oben und stellte fest, daß ich mich dicht am Ufer befand. Der Kahn hatte sich beruhigt und lag im Wasser, als wäre nichts geschehen. Als mein Blick höher wanderte und ein Paar zerschlissener Stiefel erfaßte, zuckte ich zusammen. Auch mein Verfolger war in den Kahn gesprungen und holte gerade mit seinem Knüppel zum Schlag aus.

Ich wollte erneut untertauchen, aber der Rotnasige war schneller. Der Knüppel prallte gegen meinen Kopf. Das letzte, was ich wahrnahm, war das schreckliche Gefühl, mein Schädel würde in tausend Teile zerspringen. Danach war um mich herum nichts als Nacht.

KAPITEL 13

Ein nächtlicher Alptraum

Ich lief durch einen düsteren Wald mit großen, seltsam verwachsenen Bäumen, die ihre krummen Äste wie Fangarme nach mir ausstreckten. Der Versuch, mich diesen gierigen Armen zu entziehen, gelang nur zum Teil. Ein paar Äste peitschten in mein Gesicht, gegen meinen Oberkörper, meine Beine. Ich geriet ins Stolpern und schlug schließlich der Länge nach auf den harten Waldboden. Erneut griffen die Äste nach mir und zerrten an mir, als wollten sie mich in Stücke reißen. Als ich mich ihren Griffen endlich entwinden konnte, erhob ich mich taumelnd.

Mein verzweifelter Blick in die Runde blieb an einem ungewöhnlichen Licht haften. War es wirklich ein Licht? Es war dunkel, aber doch durchdringend – es war blau! Zwischen den finsteren, monströsen Bäumen schien dieses leuchtende Blau einen Tunnel zu bilden, den einzigen Ausweg, wie mir schien. Ich hielt auf das blaue Leuchten zu, und die eben noch so feindseligen Bäume ließen mich gewähren, als hätten sie Respekt vor der leuchtenden Farbe. Erst zu spät, als ich nämlich bereits in den blauen Tunnel eintauchte, kam mir der Gedanke, daß die Angriffe der Bäume möglicherweise nur dem einen Zweck gedient hatten, mich mitten in das unheimliche Licht hineinzutreiben.

Das Blau umhüllte mich, nahm mich gefangen, wollte mich verschlingen. Ich fror und schwitzte im selben Augenblick, mir war, als würde mein Körper schmelzen, meine Seele sich auflösen und mein Verstand sich in dem allumfassenden Blau verlieren.

Ich bäumte mich verzweifelt auf bei dem Versuch, dem blauen Licht zu entkommen. Aber wohin sollte ich fliehen? Der Wald war verschwunden. Um mich her war nichts als Blau.

Doch dann hörte ich ein Lachen, wie aus weiter Ferne, und erblickte inmitten des blauen Meeres ein Gesicht, das sich im Ausdruck triumphaler Erheiterung verzerrte. Es war ein altes Gesicht, runzlig und verlebt, und die Augen sahen mich nicht wirklich an. Sie blickten durch mich hindurch auf die ganze Welt und lachten sie aus. Dieses Lachen erschien mir wie eine Gotteslästerung, und schaudernd wandte ich mich ab. Da endlich verblaßte das blaue Licht, ließen Kälte und Hitze nach und gaben mich der Finsternis preis, aus der ich gekommen war.

Als ich den kalten Boden unter mir fühlte, erkannte ich meinen Irrtum: Es war nicht dieselbe Finsternis. Vor meinem Alptraum hatte mich die Finsternis der Ohnmacht umfangen gehalten. Ich erinnerte mich der drei Schläger und des Knüppels, der mein Bewußtsein ausgelöscht hatte.

Gleich darauf spürte ich auch schon den hämmernden Schmerz im Kopf, besonders stark an der linken Seite, wo mich der Hieb des Rotnasigen getroffen hatte. Ich wollte die schmerzende Stelle ertasten, um das Ausmaß meiner Verletzung zu ertasten, aber das konnte ich nicht. Die Hände waren mir mit Stricken auf den Rücken gefesselt, und auch meine Unterschenkel waren fest zusammengeschnürt. So lag ich wie ein Überseepaket, das im Hafen auf seine Verschiffung wartet, auf kaltem Estrich in einem fensterlosen Raum und dachte über meinen seltsamen Traum nach.

Nicht der dunkle Wald mit seinen gierigen Bäumen und auch nicht das blaue Licht erschreckten mich am meisten, sondern das lachende Gesicht, die Fratze eines rätselhaften, gewiß schrecklichen Triumphes. Ich rief mir das Traumgesicht noch einmal in Erinnerung und erkannte darin unschwer Meister Rembrandt. Es war gewiß kein Zufall, daß die geheimnisvollen Mechanismen, die unseren Schlaf mit Traumbildern erfüllen, Rembrandt mit dem unheimlichen Blau in Verbindung gebracht hatten. Im Traum liegt oft eine tiefe Wahrheit verborgen, und ich war sicher, daß es sich auch mit diesem Traum so verhielt. Er hatte mir etwas zeigen wollen, dessen Bedeutung ich noch immer nicht erfaßte. Schwer seufzend dachte ich, daß ich darüber vielleicht froh sein sollte.

Meine Gedanken wandten sich meinem Verlies zu. Vor mir erahnte ich die Tür, wo sich am Boden der sehr schwache Abglanz eines Lichtscheins zeigte. Draußen, wo immer das sein mochte, brannte irgendwo eine Lampe oder eine Kerze; jedenfalls schien mir das schwache Glimmen kein Tageslicht zu sein. Das bedeutete, daß ich nicht ganz allein war. Wo künstliches Licht schien, mußte es auch Menschen geben. Jemanden, der mich vielleicht von meinen Fesseln befreien konnte.

Im nächsten Augenblick schon schalt ich mich einen Narren. Wer mich an diesen unbekannten Ort verfrachtet und mich derart zusammengeschnürt hatte, durfte kaum darauf bedacht sein, mich aus der mißlichen Lage zu erlösen.

Meine Sinne schienen sich zu schärfen, je länger ich wach war. Jetzt hörte ich auch etwas: Stimmen. Eine Unterhaltung? Nein, dazu waren die Laute zu rhythmisch. Gesang, es war Gesang, begleitet von Instrumenten. Ich kannte das Lied sogar. Es handelte von der Liebe eines wackeren Musketiers zu einer Kaufmannstochter und wurde seit einiger Zeit in Amsterdams Lokalen mit Vorliebe angestimmt. Da kam mir eine Vermutung, wo ich mich befinden mochte. Und ich hatte einen Anhaltspunkt dafür, was mit mir geschehen war und wem ich die Falle am Möwenturm zu verdanken hatte.

Zwar war ich an Händen und Füßen gefesselt, aber angekettet hatte man mich nicht. Ich rollte mich über den Boden, um das Verlies weiter zu erkunden. Es war ein eher kleiner Raum, vollkommen leer. Nein, nicht vollkommen: Das Quieken des pelzigen Wesens, gegen das ich an einer Wand stieß, sagte mir, daß ich in meinem Gefängnis nicht allein war.

Ich rollte mich zu der Tür und trat mit den gefesselten Füßen gegen das Holz, heftig und laut, wieder und wieder. Gleichzeitig schrie ich, so laut ich konnte. Was für Laute ich ausstieß, vermochte ich hinterher nicht mehr zu sagen, ich wollte um jeden Preis Aufmerksamkeit erregen. Zwar war mir bewußt, daß es mit hoher Wahrscheinlichkeit die Aufmerksamkeit der Leute sein würde, die mich hierhergebracht hatten, aber das hielt mich nicht auf. Mein Kopf schmerzte, mir war speiübel, und ich verspürte einen Durst, als könnte ich ein ganzes Faß Bier in einem Zug leeren. Also lärmte ich, was das Zeug hielt.

Bereits nach einigen Minuten wurde der Lichtschein unter der Tür heller. Ich verstummte augenblicklich und hörte gleich darauf Schritte näher kommen. Als das metallische Geräusch eines Riegels ertönte, der zurückgeschoben wurde, rollte ich mich hastig ein Stück von der Tür weg. Jetzt schlug mein Herz doch schneller, während ich gebannt auf die sich langsam öffnende Tür starrte.

Der eintretende Mann hielt in einer Hand eine Laterne, in der anderen einen Dolch. Das einzig Gute, was sich von ihm sagen ließ, war, daß er nicht zu den drei Schlägern gehörte, die zweimal über mich hergefallen waren. Allerdings hätte er seinem Aussehen nach gut und gern einer von ihnen sein können. Die langen, verfilzten Haare fielen ihm wirr auf die Schultern, und auch der struppige Vollbart schrie geradezu nach dem scharfen Messer eines Barbiers. Die Augen unter der wulstigen Stirn sahen mich feindselig an.

»Was willst du?« blaffte er mich an. »Warum machst du solchen Lärm?«

»Weil ich Schmerzen habe und durstig bin«, antwortete ich in möglichst menschlichem Ton. »Außerdem wäre ich dankbar, wenn mir jemand die Fesseln abnehmen könnte. Die schneiden nämlich ganz schön ins Fleisch.«

Die hinter dem Vollbart kaum auszumachenden Lippen öffneten sich zu einem meckernden Lachen, das zwei äußerst lückenhafte Reihen schwärzlicher Zähne offenbarte. »Auch noch Ansprüche? Du kannst froh sein, daß man dich nicht gleich totgeschlagen hat!«

»Mein Kopf fühlt sich an, als hätte nicht viel gefehlt.«

»An ein bißchen Kopfschmerz ist noch keiner krepiert.«

»Aber es sind schon Menschen verdurstet, habe ich mir sagen lassen. Kann ich etwas Wasser haben?«

Der Mann wirkte ratlos. »Das ... das kann ich nicht entscheiden.«

»Wer dann?«

Eine Pause entstand, und dank der offenen Tür hörte ich die Musik und den Gesang deutlicher. Es waren die Stimmen einer ganzen Anzahl von Menschen; sie sangen jetzt von einem Seemann, der auf langen Reisen sein Glück macht.

»Das kann ich nicht sagen«, murmelte der Bärtige schließlich. Trotz meiner wenig heldenhaften Lage blickte ich dem Kerl fest in die Augen und sagte: »Dann schaff mir van der Meulen her! Ich will mit jemandem sprechen, der hier etwas zu sagen hat.«

Der Mann erschrak. »Woher ... weißt du ...«

»Bis eben habe ich es nur geahnt, aber jetzt weiß ich es. Wir sind hier an der Anthonisbreestraat, oder nicht?«

Ich erhielt keine Antwort. Der Mann wandte sich wortlos um, verließ den Kerker und schob den Riegel wieder vor die Tür. Dann entfernten sich seine schlurfenden Schritte.

Vermutlich war der Gesang in dem Musico laut und grölend,

aber bei mir kam er nur als leiser Singsang an. Er erinnerte mich an die Schlaflieder meiner Kindheit. Ich dachte an meine Mutter, ihr rundes Gesicht mit den blonden Locken und ihre warme Hand, die meine Stirn streichelte, wenn ich nicht einschlafen konnte. Trotz meiner mißlichen Lage überkam mich ein wohliges Gefühl, und ich flüchtete mich in den beruhigenden Dämmerzustand verschwommener Kindheitserinnerungen, in einen Halbschlaf, der mich sogar den pochenden Schmerz in meinem Kopf vergessen ließ.

Vielleicht lag ich nur wenige Minuten so da, vielleicht auch einige Stunden. Richtig wach wurde ich erst wieder, als ich erneut das Schaben des Riegels hörte. Sofort meldeten sich die Kopfschmerzen wieder und auch der quälende Durst. Meine Kehle fühlte sich staubtrocken an, und meine Zunge lag im Mund wie ein ledriger Fremdkörper.

Wieder trat der Bärtige mit der Laterne ein, gefolgt von einem zweiten Mann, dessen schmales Gesicht bei meinem Anblick einen mißmutigen Ausdruck annahm. Maerten van der Meulen machte zwei Schritte auf mich zu, so daß er direkt über mir stand, und schüttelte den Kopf.

»Ihr habt Euch selbst ins Unglück gestürzt, Suythof. Ich habe Euch ein gutes Auskommen geboten, eines, für das sich viele mittellose Maler in Amsterdam dankbar gezeigt hätten. Aber was tut Ihr? Spioniert mir hinterher, stört meine Geschäfte! Schade ist das, wirklich schade. Ich hatte große Pläne mit Euch, aber jetzt muß ein anderer an Eure Stelle treten.« Seufzend zuckte er mit den Schultern. »Was soll's auch, an Bewerbern wird kein Mangel sein.«

»Bewerber wofür?« fragte ich, und meine Stimme klang wegen meines trockenen Mundes krächzend. »Darum, für Euch die blauen Todesbilder zu malen?«

Ein unwilliges Zucken lief über die Züge des Kunsthändlers. Er wandte sich an seinen Begleiter. »Gib mir die Laterne, Bas, und geh. Ich will allein mit ihm reden.«

Wortlos gehorchte der Mann.

Van der Meulen wartete, bis seine Schritte verklungen waren, und dann wandte er sich wieder mir zu. »Was wißt Ihr über das, was Ihr Todesbilder nennt?«

Zu meiner Erleichterung spürte ich eine gewisse Unsicherheit in seiner Stimme. Offenbar stellte das, was ich wußte oder auch nur seiner Vermutung nach wissen konnte, eine Bedrohung für ihn dar. Er wollte herausfinden, wie weit ich tatsächlich in seine dunklen Geheimnisse eingedrungen war, und wenn es mir gelang, sein Interesse auszunutzen, konnte ich das Blatt vielleicht noch wenden.

»Ich weiß so einiges«, erklärte ich vage. »Vermutlich mehr, als Euch lieb ist.«

»Oder Ihr spielt Euch nur auf mit Eurem angeblichen Wissen.«

»Wäre ich dann hier?«

»Da sprecht Ihr etwas an, das mich ohnehin beschäftigt: Ein toter Cornelis Suythof wäre die beste Lösung, der könnte nämlich nichts mehr ausplaudern.«

Ich bemühte mich, gleichgültig zu erscheinen. Nur so konnte es mir gelingen, van der Meulen dahin zu bringen, wo ich ihn haben wollte.

»Natürlich steht es in Eurer Macht, mich jederzeit zu töten«, sagte ich ruhig. »Fast wäre es einem Eurer Schläger am Möwenturm ja schon geglückt. Mich hättet Ihr dann für immer zum Schweigen gebracht, wohl wahr. Aber ich kann Euch dann auch nicht sagen, wer noch von Euren Untaten weiß.«

Er hielt die Laterne nahe an mein Gesicht, als wolle er mich mit ihrer Hitze versengen. »Von wem sprecht Ihr, Suythof? Wen habt Ihr eingeweiht?«

»Nicht so schnell! Ich habe auch noch ein paar Fragen.«

»Ach ja?«

»Ja. Zum Beispiel die, wie es Euch gelungen ist, mir die Falle am Möwenturm zu stellen.«

»Kein Kunststück, nachdem ich von Eurem Treffen mit Louisa van Riebeeck erfahren hatte.«

»Aber wie habt Ihr davon erfahren?«

Er grinste abfällig. »Ihr solltet mich nicht für dumm halten. Glaubt Ihr denn, ich lasse Leute, die mir gefährlich werden könnten, unbeobachtet?«

Ein erschreckender Gedanke durchfuhr mich, und ich fragte: »Habt Ihr Louisa auch in eine Falle gelockt?«

»Das wird nicht nötig sein. Ich habe ihrem Vater kürzlich ein hübsches Gemälde zukommen lassen. Der Künstler hat hauptsächlich ein bestimmtes Blau verwendet, wenn Ihr wißt, was ich meine.«

Voller Entsetzen dachte ich an die Familie des Blaufärbers Gysbert Melchers und an das Schicksal, das Gesa Timmers ereilt hatte. Angst erfaßte mich.

»Das könnt Ihr nicht tun!« stammelte ich und ließ alle mühsam vorgetäuschte Selbstsicherheit fahren.

»Ihr irrt, Suythof, wie Ihr schon daran erkennen könnt, daß ich es längst getan habe. Das Bild wird seine Wirkung in Bälde entfalten.«

Ich suchte verzweifelt nach Worten, um ihn umzustimmen. Ihn irgendwie davon zu überzeugen, daß Louisa ihm nicht gefährlich werden konnte.

Aber er schnitt mir mit einer herrischen Handbewegung das Wort ab.

»Bemüht Euch nicht weiter, Suythof, ich habe jetzt ohnehin keine Zeit für Euch. Wichtige Geschäfte. Wir werden diese Unterhaltung später fortsetzen. Bevor ich gehe – braucht Ihr noch etwas?«

Das einzige, was ich in meiner Niedergeschlagenheit hervorbrachte, war: »Wasser.«

Wieder verging unbestimmte Zeit, bevor die Tür zu meinem Verlies abermals geöffnet wurde und der bärtige Wächter,

Bas, zum dritten Mal eintrat. Er stellte die Laterne neben der Tür ab und kam, einen großen Zinnbecher in der Hand, auf mich zu.

»Du willst Wasser?«

»Ja«, krächzte ich, während ich zu ihm aufsah.

»Hier.«

Auffordernd streckte er mir den Becher entgegen.

»Meine Hände sind gefesselt«, erinnerte ich ihn. »Könnte ich damit den Becher an die Lippen führen, würde ich mit der Nummer in Lingelbachs Irrgarten sicher gutes Geld verdienen.«

»Soll ich dir zu trinken geben wie einem kleinen Kind?« grunzte er unwillig.

»Du kannst mir auch die Fesseln lösen.«

Seine Augen verengten sich zu mißtrauischen Schlitzen.

»Fürchtest du dich vor mir, Bas? Meine Füße sind dann immer noch gefesselt. Und du hast einen Dolch, wenn ich mich recht erinnere.«

»Na gut«, brummte er schließlich. »Aber wenn du auch nur eine verdächtige Bewegung machst, jage ich dir den Dolch zwischen die Rippen.«

Er löste die Stricke von meinen Händen, und dankbar rieb ich die schmerzenden Gelenke. Bas hockte sich neben mich, die Waffe stoßbereit in der rechten Hand. Es war ein Nierendolch mit schmaler, langer Klinge, die im Schein der Laterne bedrohlich funkelte.

»Hättest bestimmt was Besseres zu tun, als mich in diesem dunklen Loch zu bewachen, was?« fragte ich, während ich meine schmerzende Rechte nach dem Zinnbecher ausstreckte, den Bas auf den Boden gestellt hatte.

Seine Antwort bestand in einem kehligen Brummen. Er war offensichtlich nicht gewillt, sich auf eine Unterhaltung mit mir einzulassen.

»Ich an deiner Stelle könnte mir jedenfalls etwas Besseres vorstellen«, fuhr ich mit einem Grinsen fort. »Etwas mit warmen Schenkeln und großen, festen Brüsten.«

Während ich sprach, führte ich langsam den Becher zum Mund, trank aber nicht, auch wenn es mir schwerfiel. Dann schüttete ich mit einer schnellen Bewegung das Wasser, nach dem mich so sehr gelüstete, in das Gesicht meines Bewachers. Bas erstarrte für einen Augenblick, lange genug, daß ich mich auf ihn stürzen und nach seinem rechten Arm greifen konnte. Wir wälzten uns auf dem harten Boden hin und her, und die Fesseln an meinen Füßen machten es mir gewiß nicht leicht, mich gegen den kräftigen Kerl zu behaupten.

Er kam auf mir zu liegen, und fauliger Atem schlug mir entgegen. Seine linke Hand griff in mein Gesicht, er wollte mir mit ausgestreckten Fingern die Augen ausstechen. In meiner Not biß ich kräftig zu und erwischte seinen Zeigefinger. Er heulte auf und zog die Hand zurück, an der ein Blutfaden entlanglief.

Ich wollte seine Verwirrung nutzen und ihm den Dolch entwinden. Bas bemerkte meine Absicht und ließ sich nach hinten fallen, um sich von mir zu lösen. Tatsächlich entglitt er meinem Griff. Ich befürchtete schon, er werde nun den Dolch gegen mich einsetzen, aber dann sah ich ihn reglos in einer Ecke des Raumes liegen.

So schnell es meine Fesseln erlaubten, kroch ich zu ihm hin, darauf gefaßt, jeden Augenblick die schlanke Klinge aufblitzen zu sehen. Doch Bas sollte seinen Dolch nie wieder gegen einen anderen führen. Die Waffe steckte fast bis zum Heft in seiner Brust, und ein dunkelroter Fleck breitete sich links auf seinem schmutzigen Hemd aus. Bei dem Versuch, sich aus meinem Griff zu befreien, hatte er sich selbst gerichtet. Ich empfand kein Mitleid mit ihm. Hätte van der Meulen es befohlen, hätte der Mann namens Bas wohl keine Sekunde gezögert, mich zu töten.

Ich versuchte, meine Fußfesseln zu lösen, aber die Knoten

saßen zu fest oder meine Finger zitterten zu sehr, vielleicht beides. Also zog ich den Dolch aus der Brust des Toten und wischte die blutige Klinge an dessen Hose ab. Mit Hilfe der Waffe konnte ich die Fesseln endlich durchtrennen. Mein erster Versuch aufzustehen schlug allerdings kläglich fehl. Mühsam stützte ich mich an der Wand ab und kam im zweiten Anlauf schließlich zum Stehen. Ich stampfte mit den Füßen auf. Es schmerzte, aber nun begann das Blut wieder richtig zu zirkulieren.

Jetzt erst dachte ich an meine Kopfwunde und tastete nach ihr. Die Berührung erzeugte einen stechenden Schmerz, und an meinen Fingern blieb verkrustetes Blut kleben. Ich hatte nicht die Zeit, mich weiter darum zu kümmern. Hastig schob ich den Nierendolch in den Schaft meines rechten Stiefels, bevor ich nach der Laterne griff und mein Gefängnis verließ. Etwas huschte quiekend an meinen Füßen entlang. Die Ratte schien mich nur ungern gehen zu lassen.

Bemüht, möglichst leise aufzutreten, schritt ich einen Gang entlang, der zu einem Treppenaufgang führte. Das bestätigte meine Vermutung, daß ich im Keller des Gebäudes gefangen gewesen war. Ich stieg die enge Treppe hinauf und wunderte mich erst jetzt, daß ich keinen Lärm mehr hörte, keinen Gesang, keine Fideln. Vermutlich war die Nacht so weit fortgeschritten, daß das Musico geschlossen hatte. Oder war bereits der nächste Tag angebrochen?

Oben führte mich ein kleiner Gang in jenes Treppenhaus, das ich bereits von meinem ersten Besuch hier kannte. Ich schlug den Weg zur der Seitentür ein, durch den ich das Gebäude an jenem Abend betreten hatte. Zu meiner großen Erleichterung begegnete mir niemand.

Die Tür war verschlossen. Schon einmal hatte ich das Schloß mit Hilfe eines Messers öffnen können, also versuchte ich jetzt mein Glück mit der Dolchklinge und hatte schon nach wenigen Minuten Erfolg. Draußen war alles ruhig, und es war dunkel. Ich nahm an, daß es früher Morgen war. Es regnete nicht mehr, aber ein scharfer Wind pfiff über die Dächer.

Ich trat in die Seitengasse und schloß die Tür hinter mir. Leise schlich ich zu der Stelle, wo die Gasse in die Anthonisbreestraat mündete, und lugte um die Ecke. Kein Aufpasser bewachte den Eingang zum Musico.

Wohin sollte ich mich wenden? Ich widerstand dem Drang, den Überfall auf mich den Behörden anzuzeigen. Letztlich hätte mein Wort – das eines unbekannten und nahezu mittellosen Malers – gegen das des angesehenen Kunsthändlers und Bürgers Maerten van der Meulen gestanden. Außerdem wäre ich Gefahr gelaufen, daß man mich für den Tod des Wächters zur Verantwortung gezogen hätte. Schließlich konnte ich nicht beweisen, daß er durch eigene Schuld umgekommen war.

In die Rozengracht konnte ich jetzt nicht zurückkehren, auch wenn alles in mir nach einem warmen Bad, einem weichen Bett und einer Karaffe Wasser verlangte. Denn mir ging nicht aus dem Kopf, was van der Meulen über Louisas Vater und das blaue Gemälde gesagt hatte. So schnell mein geschwächter Zustand es erlaubte, lief ich zur Prinsengracht, zum Haus des Kaufmanns Melchior van Riebeeck.

KAPITEL 14

Feuer!

Ich mußte fast die halbe Stadt durchqueren, um von der Anthonisbreestraat zur Prinsengracht zu gelangen, und das fiel mir schwer. Immer wieder blieb ich stehen, stützte mich an einer Hauswand ab und schnappte nach Luft, während ich gegen den wüsten Kopfschmerz ankämpfte, der durch jeden meiner Schritte neue Nahrung erhielt.

Kurz vor dem Damrak schüttelte ich eine lästige Kupplerin ab, die sich an mich krallte, um mir eine ihrer Huren anzudienen. Auf einer Brücke, die den Singel überspannte, wäre ich beinahe mit einem lärmenden Trunkenbold in Streit geraten. Doch ich lief immer weiter, beseelt von der Hoffnung, Louisa vor dem Schlimmsten bewahren zu können. Als ich aber die Herengracht überquerte, ahnte ich bereits mein Versagen.

Ein rötlicher Schein erhellte die Nacht, genau dort an der Prinsengracht, wo das Haus der van Riebeecks stand.

Zugleich vernahm ich die warnenden Signale der Trompeter, die des Nachts auf den Türmen der Stadt Wache standen, und ich hörte die Klappern der Gassenwächter. In das laute, monotone Geklapper mischten sich die Rufe der Wächter: »Feuer! Feuer!«

Ich versuchte mir einzureden, daß ich mich täuschen müsse, und lief weiter. An der Keizersgracht stieß ich auf eine Gruppe

205

Männer, die eine Feuerspritze über die Brücke schoben, und fragte sie nach ihrem Ziel.

»Wir müssen zur Prinsengracht, ein Kaufmannshaus steht in Flammen«, antwortete einer der Männer, während er sich keuchend gegen die schwere Spritze stemmte.

»Wessen Haus?« fragte ich.

»Das des Herrn van Riebeeck.«

»Schwatzt nicht herum!« schimpfte ein anderer Mann aus der Gruppe. »Wir müssen uns beeilen.« Er sah mich an. »Und Ihr da könntet uns helfen.«

Aber ich half ihnen nicht, sondern drängte mich an ihnen vorbei und eilte weiter in Richtung Prinsengracht. Zu dem Schmerz in meinem Kopf gesellte sich ein heftiges Seitenstechen, doch ich achtete nicht darauf.

Ich traf auf immer mehr Menschen, die in Richtung des Flammenscheins liefen, sei es aus purer Neugier, sei es, weil sie den Brand bekämpfen wollten. Die Stadt Amsterdam hatte strenge Regeln aufgestellt, wonach für die Nachbarschaften der einzelnen Stadtbezirke genau festgelegt war, wer im Falle eines Brandes welche Pflichten zu erfüllen hatte. Wer diesen Pflichten nicht nachkam, wurde mit harten Geldbußen bestraft, es sei denn, er konnte glaubhaft machen, daß er krank oder anderweitig ernsthaft verhindert war.

Sowie ich das brennende Haus erblickte, wußte ich, daß die eifrigen Löschbemühungen vergebens waren. Zu hoch schlugen bereits die Flammen, leckten sich an der so prächtigen Fassade entlang und fraßen das Gebäude zugleich von innen auf.

Zwischen dem Haus und der Gracht hatten sich mehrere Löschketten gebildet. Lederne Brandeimer, in der Gracht aufgefüllt, wurden eilig von Hand zu Hand gereicht, bis der vorderste Mann das Naß ins Feuer goß. Der erste Mann wurde fast im Minutentakt ausgewechselt, damit er nicht vor Hitze ohnmächtig wurde.

Eine Feuerspritze hatte bereits ihre Arbeit aufgenommen, ihr

Wasserstrahl war auf den oberen Bereich des Hauses gerichtet, an den die Männer mit den Brandeimern nicht herankamen. Unermüdlich arbeiteten die Männer an der Pumpe, mit nackten Oberkörpern, die im Feuerschein glänzten wie die Leiber von Teufeln, die ums Fegefeuer tanzen. Zwei weitere Spritzen, darunter die, die ich kurz zuvor überholt hatte, befanden sich im Anmarsch.

Ein Brandmeister, zu erkennen an seinem langen Brandstab, wies eine andere Gruppe Männer an, die umliegenden Gebäude zum Schutz gegen ein Übergreifen der Flammen mit großen Feuertüchern zu verhängen, die man zuvor mit Wasser begossen hatte. Ich lief auf den Brandmeister zu und fragte ihn nach den Bewohnern des Hauses.

»Seid Ihr mit ihnen bekannt?« fragte er zweifelnd, was ich ihm angesichts meines abgerissenen Zustands nicht verübeln konnte.

»Das bin ich«, sagte ich schnell. »Konnten die van Riebeecks den Flammen entkommen?«

Er schüttelte den Kopf. »Bis jetzt nicht. Nur ein paar Dienstboten sind herausgekommen.«

Der Gedanke an eine vom Feuer eingeschlossene Louisa machte mich halb wahnsinnig. Ich stellte die Laterne ab, griff mir eine der Feuerdecken, die man gerade mit Wasser übergossen hatte, wickelte mich hastig darin ein und lief auf das Haus zu. Hinter mir hörte ich die überraschten, wütenden Rufe des Brandmeisters, doch ich achtete nicht weiter darauf, sondern heftete meinen Blick fest auf das brennende Haus, das mir wie ein flammenspeiendes Ungeheuer erschien. Ein Ungeheuer, das Louisa in seinen feurigen Klauen gefangenhielt.

Funken umstoben mich, und einige fraßen sich schmerzhaft in meine Wangen, machten mir bewußt, daß mein eigenes Leben ebenso in Gefahr war wie das Louisas. Gewöhnte ich mich allmählich an die Todesgefahr? Beseelte mich gar so etwas wie Heldenmut? Weder noch. Es war die nackte Angst um Louisa, die mich in die Flammen trieb.

Ich nahm die paar Stufen zum Eingang, zog das Feuertuch noch enger um mich und sprang in das brennende Haus. Dicht hinter mir stürzte ein Türbalken zu Boden. Die Hitze wollte mir die Luft zum Atmen rauben, die Helligkeit blendete mich, und beißender Rauch setzte sich in meinen Lungen fest. Hustend schrie ich Louisas Namen hinaus, während ich durch die Flammenhölle stolperte wie ein blinder Narr, der unversehens in die Apokalypse des Johannes geraten ist.

Tatsächlich konnte ich kaum etwas sehen. Um mich herum waren nur Flammen und Rauch. Wieder rief ich nach Louisa, obwohl in mir kaum noch Hoffnung war. Und ich vernahm eine Antwort, jedenfalls glaubte ich das. Es war die Stimme einer Frau, vielleicht die Louisas. Ich konnte nicht sagen, ob es eine Antwort auf mein Rufen war oder nur ein gequälter Schrei.

Ich wischte mit einem Zipfel des Feuertuches über meine tränenden Augen und schaute mich um. Inmitten der züngelnden Flammen erblickte ich etwas, das aussah wie zwei menschliche Wesen, die einen grotesken Tanz aufführten. Nein, keinen Tanz, es war ein Kampf auf Leben und Tod. Ich erkannte Louisa, die sich vergebens bemühte, dem Flammenmeer zu entrinnen, doch ein Mann, dem der Wahnsinn ins verzerrte Gesicht geschrieben stand, hielt sie fest und zog sie mit sich ins Feuer. Dieser Mann war kein anderer als ihr eigener Vater. Das Todesbild hatte also sein Opfer gefunden.

Mit zwei Sätzen war ich bei ihnen und entriß Louisa dem Griff ihres Vaters. Der sah mich haßerfüllt an und streckte seine brennenden Arme nun nach mir aus wie ein geradewegs der Hölle entsprungener Dämon. In diesem Augenblick brach mit lautem Krachen ein Teil der Decke herunter und begrub ihn unter brennenden Trümmern.

Ich warf das Feuertuch über Louisa und riß sie zu Boden, um die Flammen zu ersticken, die ihren Körper auffressen wollten. Dort wälzte ich sie hin und her, bis ich sicher war, daß Louisas Kleider nicht mehr brannten. Ein lautes, splitterndes

Geräusch, das mit einem Erbeben des Fußbodens einherging, trieb mich zur Eile an. Das stolze Kaufmannshaus war im Begriff einzustürzen.

Die immer noch in das Feuertuch gehüllte Louisa über meine Schulter gelegt, strebte ich hustend dem Ausgang entgegen, der vor lauter Rauch kaum noch zu erkennen war. Die Flammen leckten nach mir mit brandheißen Zungen, und ich schloß die Augen, um mich zu schützen. So wankte ich weiter und hielt erst inne, als ich kühle Flüssigkeit auf der Haut spürte. Die Männer einer Löschgruppe hatten ihre Brandeimer über Louisa und mir ausgeleert. Erschöpft sank ich zu Boden, gab aber acht, daß Louisa dabei nicht verletzt wurde.

Der Brandmeister trat auf mich und richtete seinen Stab auf das Bündel neben mir. »Was habt Ihr da aus dem Haus geholt? Wißt Ihr nicht, daß auf Plünderungen schwere Strafen stehen?«

»Das ... ist Louisa van Riebeeck«, sagte ich matt, am Ende meiner Kräfte. »Helft ihr bitte ...«

»Die Kaufmannstochter?« Schnell kniete der Brandmeister nieder und schlug das Feuertuch auseinander. »Sie ist es wirklich!«

Das Feuer hatte ihr arg zugesetzt. Ihr schönes rotes Haar war verbrannt, und auch ihr Körper wies viele böse Brandwunden auf. Sie rührte sich nicht, ihre Augen waren geschlossen.

»Wie geht es ihr?« fragte ich. »Hat sie das Bewußtsein verloren?«

Der Brandmeister untersuchte Louisa eingehend, bevor er antwortete: »Nein, das nicht. Schlimmer ... leider, sie ist tot.«

Ich betrachtete das zerschundene Geschöpf, das eben noch die schöne Louisa van Riebeeck gewesen war, und Tränen rannen über meine Wangen. Tränen, die nicht dem Rauch geschuldet waren, der von dem brennenden Haus in den Nachthimmel stieg.

Von dem heftigen Wind angetrieben, der vom Meer herkam, tanzten tausend Funken durch den Nachthimmel. Sie erinnerten an Glühwürmchen in warmen Sommernächten, doch dies war kein heiteres Schauspiel, sondern eine tödliche Tragödie. Mit Mühe hielten die Männer das Feuer von den umliegenden Häusern fern; im Laufschritt trugen sie immer neue Feuertücher herbei, die mit dem Wasser der Prinsengracht getränkt wurden. Brandeimer um Brandeimer wurde das Wasser in die Flammenhölle geschüttet, die kaum noch als Kaufmannshaus zu erkennen war. Hinzu kamen die Löschstrahlen der Spritzen, die im hohen Bogen auf den Brand niederfielen. Das Haus war verloren, und zum Schutz der umliegenden Anwesen befahlen die Brandmeister, die brennende Ruine einzureißen. Männer mit langen Feuerhaken liefen vor, rissen die brennenden Balken und Latten und schließlich auch Giebel und Mauern nieder. Damit der Funkenflug keine neue Nahrung erhielt, sprangen sofort weitere Helfer herbei, die den brennenden Schutt unter Kalk, Sand und Steinen begruben.

All das beobachtete ich und blieb doch seltsam unbeteiligt. Mein vergeblicher Rettungsversuch hatte mir die letzten Kräfte geraubt. Vielleicht war es auch das Erschrecken über Louisas Tod, das mir jeden Antrieb nahm. An den Stamm einer Linde gelehnt, hockte ich einfach nur da und sah zu, wie das Haus immer weiter zerstört wurde. Irgendwann kam ein Arzt, der zu den Brandhelfern gehörte, zu mir, um meine Wunden mit einer kühlenden Salbe zu bestreichen. Auch das nahm ich nur am Rande wahr, und später konnte ich mich weder an den Namen des Mannes noch an sein Gesicht erinnern.

Als der Morgen dämmerte, begann es wieder zu regnen, und das war für die Männer, die so wacker gegen das Feuer ankämpften, ein wahres Glück. Immer heftiger prasselte der Regen herab, schützte die Häuser der Prinsengracht vor einem Überspringen des Feuers und half, die Flammen am Brandherd zu löschen.

Der Regen weckte meine Lebensgeister. Hier gab es für mich nichts mehr zu tun. Ich erhob mich und blickte mich nach Louisas Leichnam um. Aber sie war nicht mehr da, und fast war ich froh darüber, daß eine pietätvolle Seele daran gedacht hatte, sie fortzuschaffen. So mußte sie nicht im Tod mit ansehen, wie das Haus, für das ihr Vater sie verkauft hatte, sich in einen Haufen qualmender, stinkender Trümmer verwandelte.

Langsamen Schrittes schlug ich den Weg zur Rozengracht ein. Amsterdam erwachte zu morgendlichem Leben. Haustüren wurden geöffnet, und immer mehr Menschen machten sich auf den Weg zur Arbeit. Angesichts meiner versengten Kleider und meiner rußgeschwärzten Haut war es kein Wunder, daß ich von vielen auf das nächtliche Feuer angesprochen wurde. Keiner der Neugierigen erhielt eine Antwort von mir. Ich war zu erschöpft, vor allem aber wollte ich nicht an Louisa denken.

An Rembrandts Haustür begegnete ich Rebekka Willems, die soeben das erste Tageslicht einlassen wollte. Ihr altes Gesicht sah noch faltiger aus als sonst, und ihre Augen wirkten noch schmaler, so als hätte sie in der Nacht genausowenig Schlaf gefunden wie ich. Sie starrte mich an, als sei ich ein Gespenst.

»Ihr?« stieß sie hervor.

»Guten Morgen, Rebekka«, sagte ich leise und versuchte gar nicht erst, ein Lächeln auf meine Züge zu zwingen. »Auch Ihr seht aus, als hättet Ihr eine lange Nacht hinter Euch.«

»Kein Wunder, die Sorge hat weder Cornelia noch mich ein Auge zutun lassen.«

»So sehr wart Ihr um mich besorgt?«

»Um Euch?« Die alte Haushälterin musterte mich zweifelnd. »Nein, nicht um Euch, um Meister Rembrandt.«

»Was ist mit ihm? Ist er wieder betrunken in die Gracht gefallen?«

»Wenn wir das nur wüßten«, seufzte Rebekka. »Die arme Cornelia grämt sich um ihren Vater noch zu Tode.«

Ungeduldig packte ich die Haushälterin bei ihren knochigen Schultern. »Nun sagt schon, was ist mit Rembrandt?«

»Er ist verschwunden. Etwa eine Stunde nach Mitternacht war es wohl, als er schreiend aus dem Haus lief. Seitdem hat ihn keiner mehr gesehen.«

»Der alte Narr war bestimmt wieder betrunken«, schimpfte ich, eigentlich wütend auf mich selbst, weil ich nicht dagewesen war, als Cornelia mich brauchte.

»Nein, das war er nicht. Und doch ... er war verwirrter als nach zwei Krügen Wein. Anders ist es wohl nicht zu erklären, daß er ...«

»Was?« schnappte ich, als sie den Satz nicht zu Ende brachte.

Rebekka schüttelte den Kopf und zog mich ins Haus. »Kommt erst mal herein, Mijnheer Suythof. Drinnen läßt es sich besser reden. Auch wird Cornelia froh sein, daß wenigstens Ihr wieder da seid.«

Ich folgte ihr in das Haus, das offenbar eine ebenso unruhige Nacht hinter sich hatte wie ich. Als ich endlich Cornelia gegenüberstand, sah ich auf einen Blick, daß es ihr keinen Deut besserging als mir.

KAPITEL 15

Rembrandts Geheimnis

23. SEPTEMBER 1669

Wir trafen Cornelia in der Küche. Trotz der frühen Stunde war sie schon vollständig angekleidet. Nein, nicht schon, sondern noch. Auch sie hatte, wie ich an den tiefen Ringen unter ihren Augen erkannte, in der Nacht keinen Schlaf gefunden. Die Sorge um ihren Vater verdüsterte ihre Züge, die sich auch bei meinem Erscheinen kaum aufhellten. Ich unterdrückte den Drang, auf sie zuzugehen und sie tröstend in die Arme zu schließen. Etwas in ihrem Blick mir gegenüber hielt mich davon ab. In der Nacht hätte ich für sie dasein müssen, jetzt war es zu spät.

»Du siehst schlimm aus, Cornelis«, stellte sie mit leiser Stimme fest. »Was ist dir widerfahren?«

»So einiges, und nichts davon war angenehm. Aber laß uns später davon reden. Sag mir lieber, was mit deinem Vater ist.«

»Das weiß niemand. Er ist spurlos verschwunden, seit er in der Nacht fortlief.«

»Warum ist er fortgelaufen? Hat er nichts gesagt?«

»Gesagt? Er hat es in einem fort hinausgeschrien. Er wollte zu Titus.«

»Zur Westerkerk also. Und, seid ihr ihm gefolgt?«

»Natürlich haben Rebekka und ich bei der Westerkerk nach ihm gesucht, aber dort war er nicht. Ich hatte es auch nicht wirklich erwartet.«

Statt mir die ganze Geschichte zu erzählen, preßte Cornelia die Lippen zusammen und setzte sich an den Tisch. Sie rang um Fassung.

Rebekka strich mütterlich tröstend über Cornelias Haar und sagte: »Der Herr glaubte, er hätte Titus auf der Straße gesehen.«

»Auf der Straße?« wiederholte ich, weil sich mir der Sinn dieser Mitteilung nicht erschließen wollte.

»Ja, hier vor dem Haus«, fuhr die Haushälterin fort. »Deshalb ist er schreiend durchs Haus gelaufen und hinaus in die Nacht gestürzt, ehe wir noch recht begreifen konnten, was geschah. Als wir uns notdürftig etwas übergestreift hatten und ihm nach draußen folgten, war er schon verschwunden.«

Verwirrt kratzte ich mich am Kopf, hörte aber sofort damit auf, als ich meine Wunde spürte. »Was hat er damit gemeint, Titus auf der Straße? Soll der Leichnam seines Sohnes dort gelegen haben?«

»Nicht gelegen, sondern gestanden«, antwortete Cornelia. »So haben wir es jedenfalls Vaters Geschrei entnommen. Titus soll auf der Straße gestanden und ihm zugewinkt haben.«

Mein zweifelnder Blick pendelte zwischen der jungen und der alten Frau. »Und er hatte sicher nichts getrunken?«

»Einen Becher Bier zum Abendessen, sonst nichts«, sagte Cornelia.

Jetzt griff auch ich mir einen Stuhl und setzte mich an den Tisch. Ich hatte wahrhaftig eine haarsträubende Nacht hinter mir, aber nun sah ich, daß Cornelia es in den letzten Stunden auch nicht leichter gehabt hatte.

Der Alptraum, in dem mir Rembrandts lachendes Gesicht erschienen war, kam mir in den Sinn. Als ich hörte, was in der Nacht mit dem alten Maler geschehen war, erschien mir der

Traum in einem neuen Licht. Hatten die Traumbilder mich darauf hinweisen wollen, daß in dieser Nacht etwas Ungewöhnliches mit Rembrandt geschah? Der Meister war von einem Geheimnis umgeben, aber sosehr ich mich auch anstrengte, ich schien unfähig, es zu lüften.

Es hämmerte in meinem Kopf, ich hatte Mühe, noch einen klaren Gedanken zu fassen. Eine kaum zu bekämpfende Müdigkeit ergriff von mir Besitz, aber ich riß mich zusammen und sagte: »Du mußt sein Verschwinden den Behörden melden für den Fall, daß er irgendwo aufgefunden wird.«

»Das ist bereits geschehen«, erwiderte Cornelia. »Du glaubst, er hat den Verstand verloren, nicht?«

»Das zu glauben wäre angesichts der Umstände wohl das Naheliegendste. Aber, frei gesprochen, ich weiß nicht, was ich glauben soll. In letzter Zeit ist zu viel Verwirrendes geschehen, als daß ich deinen Vater so einfach verurteilen möchte.«

Cornelia beugte sich vor und legte eine Hand auf meinen rußigen linken Unterarm. »Was ist geschehen, Cornelis?« Mein müder, gequälter Blick zeigte ihr wohl, daß jetzt nicht der rechte Augenblick war, die Unterhaltung fortzusetzen. »Du gehörst ins Bett, Cornelis. Aber vorher mußt du gesäubert werden von dem Ruß, dem Dreck und dem – angetrockneten Blut.«

Sie half mir, mich zu waschen, und fand eine kühlende Salbe, die sie auf meine Brandwunden strich. Ich nahm das alles wie durch einen dichten Schleier wahr, unwirklich, verschwommen. Aber es erfüllte mich mit großer Dankbarkeit, daß Cornelia an meiner Seite war. Und zugleich schämte ich mich dafür, sie in der Nacht so schmählich im Stich gelassen zu haben. Sie führte mich in mein Zimmer. Kaum hatte ich mich hingelegt, fielen mir auch schon die Augen zu.

Als ich erwachte, warf mein ausgestopfter Bärenfreund schon einen langen Schatten durch das Zimmer. Sobald ich mich aufsetzte, spürte ich den Kopfschmerz wieder, doch schien er nicht mehr ganz so stark zu sein. Der lange Schlaf hatte mir gutgetan. Ich verspürte einen gehörigen Hunger und beschloß, mich in die Küche zu begeben. Auch wollte ich wissen, ob der vermißte Rembrandt sich wieder eingefunden hatte. Ich ging zu der Wasserschüssel in der Ecke, erfrischte mein Gesicht und die Unterarme, kleidete mich an und trat hinaus auf den Gang.

Aber statt hinunter in die Küche zog es mich auf einmal in Rembrandts Atelier. Vorsichtig schob ich die Tür auf und ließ meinen Blick durch den Raum schweifen. Nein, der Meister war nicht hier. Ich trat ein und blieb vor der Staffelei stehen, um das Selbstbildnis zu betrachten, das mich bis in meine Träume verfolgte.

Einmal mehr zog Rembrandts Kunst mich in ihren Bann. Schon seine Meisterschaft im Darstellen von Details war einzigartig, jedes Barthaar, jede kleine Falte wirkte lebensecht. Aber mehr noch beeindruckte mich, wie er es verstand, die vielen Details zu einem stimmigen Ganzen zu komponieren. Wie bei einem guten Musikstück, wo die einzelnen Töne aufeinander aufbauen und zusammenklingen, waren auch die Einzelheiten auf Rembrandts Bildern genau aufeinander abgestimmt. Das Selbstporträt auf der Staffelei hob das Gesicht leuchtend hervor, die Kleidung dagegen verschwamm mit dem dunklen Hintergrund.

Ich erwiderte Rembrandts Blick, als stünde ich einem lebenden Menschen gegenüber. Was verbarg sich hinter diesem wissenden Blick, dem überheblichen Lächeln? Von dem Bild würde ich keine Antwort erhalten. Ich riß mich von der Staffelei los, um in die Küche zu gehen und meinen knurrenden Magen zu besänftigen. Als ich mich umdrehte, erblickte ich Cornelia, die in der offenen Tür stand und mich anstarrte.

»Was tust du hier, Cornelis?«

»Ich versuche herauszufinden, welches Geheimnis dein Vater hütet.«

»Geheimnis? Wie meinst du das?«

»Bevor ich antworte, möchte ich wissen, ob dein Vater inzwischen zurückgekehrt ist.«

»Nein, wir haben noch nichts von ihm gehört. Rebekka ist vor einer halben Stunde weggegangen, um ein paar Besorgungen zu machen. Ich habe sie gebeten, sich in der Nachbarschaft umzuhören.«

»Eine gute Idee«, sagte ich, um sie zu beruhigen. In Wahrheit bezweifelte ich, daß Rebekka dem Verschwundenen auf diese Weise auf die Spur kommen würde.

Wir gingen hinunter in die Küche, wo Cornelia mir ein einfaches Mahl aus Fisch und Gemüse auftischte. Während ich aß, erzählte ich ihr alles: von meiner Entführung durch van der Meulen und meiner Flucht, von dem Feuer in der Prinsengracht und Louisas schrecklichem Tod, von meinem Alptraum und meiner Vermutung, daß Rembrandt in der Geschichte mit den blauen Todesbildern eine wichtige Rolle spielte.

Alles erzählte ich ihr bis auf das eine, nach dem sie selbst fragte: »Was hat Louisa van Riebeeck dir bedeutet, Cornelis? Ihr Tod geht dir offenbar sehr nahe.«

»Ich habe mich das selbst gefragt, wieder und wieder«, antwortete ich ehrlich. »Louisa war eine schöne und kluge Frau, und gewiß hat sie mich sehr beeindruckt.«

»Du sprichst von ihr mit einer Zärtlichkeit, mit der mancher Mann nicht von seiner Ehefrau spricht.«

»Louisas Schicksal hat mich tief berührt.«

»Nur ihr Schicksal?«

Cornelia saß mir aufrecht gegenüber, strich ihre blonden Locken aus der Stirn und sah mich abwartend an. Ich wußte, daß meine Antwort für sie von großer Bedeutung war. Ich wollte sie nicht enttäuschen, aber noch weniger wollte ich sie belügen. Das hatte sie nicht verdient.

»Es war nicht nur ihr Schicksal«, bekannte ich also. »Sie konnte einen Mann betören, ohne es zu beabsichtigen.«

»Und wie hättest du dich entschieden, wäre sie letzte Nacht nicht umgekommen?«

»Ich kann es nicht beschwören, aber ich hoffe, für dich.«

»Warum hoffst du das? Um mich nicht zu enttäuschen?«

»Nein, um meinetwillen. Louisa gehörte zu den Frauen, die einem Mann schnell den Kopf verdrehen können. Du aber kannst einem Mann auf Dauer ein glückliches und erfülltes Leben bescheren.«

Lange ruhte ihr Blick auf mir, und ich kam mir vor wie ein schäbiger Verräter. Nicht wegen meiner offenen Worte. Aber daß ich überhaupt zwischen ihr und Louisa geschwankt und es ihr nicht früher gesagt hatte, empfand ich als einen Verrat, der Bestrafung verdient hatte.

»Und wie geht es jetzt mit uns weiter?« fragte Cornelia schließlich.

»Das …« – ich schluckte – »… mußt du entscheiden.«

Sie nickte. »Ich werde darüber nachdenken.«

Das war nicht die Antwort, die ich ersehnt, aber auch nicht die, die ich befürchtet hatte, und ich schwor mir, Cornelia nicht noch einmal zu enttäuschen.

KAPITEL 16

Unter Verdacht

Ich beschloß, mich zum Rathaus aufzumachen, um Anzeige gegen meinen Entführer zu erstatten. Meine Hoffnung, von der Meulen etwas nachweisen zu können, war gering, aber Cornelia ermunterte mich, es zumindest zu versuchen. Ich wollte mich an den Amtsinspektor Katoen wenden, der mir, wie ich hoffen durfte, glauben würde, daß ich Bas in Notwehr getötet hatte.

Ich war gerade hinaus in die Diele getreten, da wurde die Haustür geöffnet, und Rebekka kehrte zurück. In Begleitung zweier Männer, von denen einer, schlank und mit dunklem Kinnbart, mir wohlbekannt war.

Jeremias Katoen lüpfte zum Gruß seinen Hut mit dem blauen Federbusch, blickte mich aber ernst an. Auch der zweite Mann, jung an Jahren, hochgewachsen und mit strohblonden Locken unter dem schlichten dunklen Hut, blickte düster drein. Katoen stellte ihn als seinen Gehilfen vor und nannte den Namen Dekkert.

Ich wiederum machte Cornelia und Katoen miteinander bekannt und sagte: »Sie ersparen mir einen Weg, Mijnheer Katoen. Gerade wollte ich Sie aufsuchen, um eine Anzeige zu erstatten.«

»Das Erstatten von Anzeigen scheint heute sehr beliebt zu

219

sein«, erwiderte Katoen, ohne eine Miene zu verziehen. »Gegen Euch liegt bereits eine vor.«

»Gegen mich?« fragte ich ungläubig. »Wessen beschuldigt man mich?«

»Ihr sollt heute nacht in das Haus des Kaufmanns Melchior van Riebeeck an der Prinsengracht eingedrungen sein, den Hausherrn bedroht und das Haus in Brand gesetzt haben.«

Der Amtsinspektor verkündete das so ungerührt, als habe er es hier mit einer Bagatelle zu tun, einem gestohlenen Apfel oder einer eingeschlagenen Fensterscheibe. Mir aber wurde ganz schwindlig. Ich lehnte mich mit dem Rücken gegen die Wand und spürte, wie mir der Schweiß auf die Stirn trat. Die schrecklichen Geschehnisse der letzten Nacht standen mir deutlich vor Augen. Ich sah mich, nur durch die nasse Feuerdecke geschützt, in das brennende Haus stürmen und verzweifelt nach Louisa suchen. Noch einmal durchlebte ich den erschütternden Augenblick, als der Brandmeister Louisas Tod feststellte. Und mir, der ich im Keller unter dem Musico gefangen gewesen war, warf man vor, den Brand gelegt zu haben?

Empört fragte ich: »Wer ... wer beschuldigt mich?«

»Das Fräulein Beke Molenberg, das im Hause van Riebeeck als Küchenmagd angestellt war und dem Feuer glücklich entkommen ist.«

Der Name Beke brachte etwas in mir zum Klingen. Ich dachte kurz nach und erinnerte mich schließlich. Zu unserem Treffen war Louise als Magd verkleidet erschienen und hatte mir erzählt, daß sie das Gewand von der Küchenmagd Beke ausgeliehen hätte. Für das fürstliche Entgelt von einem Gulden, wenn ich mich recht entsann.

»Bestreitet Ihr, in der vergangenen Nacht an der Prinsengracht gewesen zu sein?« fragte Katoen.

»Nein, ich war da«, sagte ich abwesend, immer noch mit dem Versuch beschäftigt, einen Sinn hinter dem unerhörten Vorwurf zu entdecken.

»Das zu bestreiten hätte Euch auch nichts genützt. Die Brandwunde da an Eurer rechten Wange spricht für sich. Außerdem haben wir neben Beke Molenbergs Aussage noch die Angaben zweier Brandhelfer, die Euch aus dem *Schwarzen Hund* kennen und Euch an der Unglücksstätte gesehen haben.«

»Unglücksstätte ist wohl kaum der richtige Ausdruck«, meldete Dekkert sich zu Wort. »Die ganze Familie ist in dem Feuer umgekommen, Melchior van Riebeeck, seine Frau und seine Tochter, außerdem die Magd Jule Blomsaed. Da ist es wohl eher angebracht, vom Ort der Mordtat zu sprechen.«

»Ihr habt natürlich recht, Dekkert«, sagte Katoen und wandte sich wieder an mich. »Cornelis Suythof, gebt Ihr zu, das Feuer gelegt zu haben?«

»Nein! Ich habe mit dem Feuer nichts zu tun!«

Ein gequälter Ausdruck trat auf Katoens Gesicht. »Aber gerade eben habt Ihr zugegeben, an der Prinsengracht gewesen zu sein. Außerdem habt Ihr Brandverletzungen. Warum windet Ihr Euch jetzt, wo es Euch doch nichts nützen kann?«

»Ich war bei dem brennenden Haus, ja, aber ich habe das Feuer nicht gelegt! Im Gegenteil, ich bin zur Prinsengracht gelaufen, um das Schlimmste zu verhüten.«

Katoen schüttelte den Kopf. »Das begreife ich nicht.«

»Ich will es Euch gern erklären, aber das ist eine lange Geschichte. Setzen wir uns, dann berichte ich Euch, was mir in der letzten Nacht widerfahren ist.«

Wir gingen in die Wohnstube und nahmen am großen Tisch Platz. Cornelia brachte uns Bier, und ich begann mit meiner Erzählung, die, wie ich an ihren Gesichtern sah, Katoen und Dekkert äußerst befremdlich erschien. Trotzdem sprach ich weiter, blieb mir doch nichts anderes übrig.

»Das alles hört sich höchst sonderbar an«, sagte Katoen, als ich geendet hatte.

»Nicht nur sonderbar, sondern geradezu absurd«, fügte Dekkert hinzu. »Ich glaube kein Wort von der ganzen Geschichte.«

»So weit würde ich nicht gehen«, erwiderte Katoen. »Ich kenne Mijnheer Suythof ein paar Wochen länger und weiß, daß er die Neigung hat, sich in absonderliche und gefährliche Situationen zu bringen.«

Dekkert blickte seinen Vorgesetzten überrascht an. »Aber wir haben die Aussage der Küchenmagd, daß er den Brand gelegt hat!«

»Das wiegt in der Tat schwer«, stimmte Katoen zu.

»Außerdem leuchtet mir nicht ein, weshalb Mijnheer Suythof sich auf diese mitternächtliche Verabredung am Möwenturm eingelassen hat – weshalb er sich überhaupt mit Louisa van Riebeeck getroffen hat.«

»Weil ihr Schicksal mich berührt hat. Sie war mir, wie soll ich sagen, nicht gleichgültig.«

Zum ersten Mal seit seinem Erscheinen schmunzelte Katoen. »Das soll zwischen Mann und Frau hin und wieder vorkommen.«

»Das ist eine Erklärung, aber kein Beweis«, beharrte Dekkert. »Suythof hat nichts vorgebracht, was die Aussage von Beke Molenberg widerlegen würde.«

»Die Herren können mich gern zu dem Musico in der Anthonisbreestraat begleiten«, schlug ich vor. »Die Kerkerzelle wird sicher noch dasein und ebenso das Bild, das ich von Louisa van Riebeeck gemalt habe, als ich sie noch unter dem Namen Marjon kannte. Vielleicht treffen wir sogar den sauberen Herrn van der Meulen an.«

»Ein guter Vorschlag«, sagte Katoen und erhob sich. »Brechen wir also gleich auf!«

Eine knappe halbe Stunde später standen wir vor dem Musico, das, wie ich erst jetzt auf dem Schild über dem Eingang las, den Namen *Zum glücklichen Hans* trug. Das Haus hatte bereits geöffnet, Flötenmusik drang nach draußen. Vor dem Eingang wachte der vierschrötige Aufpasser, dem ich schon bei meinem ersten Besuch begegnet war. Ich wies meine Begleiter darauf hin, und Katoen wandte sich an den Mann.

»Kennt Ihr diesen Herrn?« fragte der Amtsinspektor und deutete auf mich.

»Nein, wieso auch?«

»Er sagt, Ihr hättet ihn am Montagabend abgewiesen.«

»Wird wohl so sein, wenn er's sagt. Soll ich mir jedes Gesicht merken?«

»Das nicht, aber in diesem Fall hätte es uns geholfen, besonders ihm«, erwiderte Katoen und wollte an dem Aufpasser vorbeigehen.

Der fuhr seinen Arm aus und hielt ihn auf. »Nichts da, mein Freund. Wenn ich Euren Kameraden abgewiesen habe, seid auch Ihr nicht willkommen!«

»Wie unfreundlich«, seufzte Katoen und zog ein zusammengefaltetes Papier aus der Tasche. »»Seid Ihr des Lesens mächtig?«

»N-nein.«

»Wie dumm. Dann könntet Ihr diesem Dokument entnehmen, daß ich als Beauftragter des Amsterdamer Amtsrichters ermächtigt bin, jedes Haus in Amsterdam jederzeit zu betreten.«

»Ah, das wußte ich nicht«, sagte der Aufpasser kleinlaut und zog eilig den Arm zurück. »Na, dann hinein mit Euch!«

Dekkert und ich folgten Katoen.

Im Eingang sagte Dekkert leise zu Katoen: »Ich wußte gar nicht, daß wir ein solches Dokument haben.«

»Haben wir auch nicht.«

»Aber das Schreiben?«

»Ein Brief an meine Schwester in Schoonhoven, den ich noch aufgeben muß.«

Wir betraten den Schankraum, wo sich noch nicht viele Gäste eingefunden hatten. An einem Tisch in der Mitte saß der Flötenspieler, dessen fröhliche Melodie wir schon auf der Straße vernommen hatten. Der Schankwirt, ein knochiger Geselle mit gerötetem Gesicht, wollte uns Bier verkaufen, aber Katoen wies ihn ab, stellte sich mit knappen Worten vor und erkundigte sich nach dem Verantwortlichen.

»Ver-ant-wort-lich?« wiederholte der Wirt langsam. »Wie meint Ihr das?«

Dekkert trat vor und fragte: »Wer schmeißt diesen Laden?«

»Ach so, Ihr sprecht von Kaat Laurens. Sagt doch gleich, was Ihr wollt.«

Katoen seufzte ungeduldig. »Wo finden wir diese Frau Laurens?«

Der Wirt zeigte mit dem Daumen über seine Schulter. »Sie ist da hinten und beschäftigt sich mit Papierkram. Unser französischer Wein geht zur Neige, wir müssen Nachschub ordern.«

Der Amtsinspektor verlangte, zu ihr geführt zu werden, und der Wirt kam dem schulterzuckend nach. Er geleitete uns in ein kleines Kontor, wo eine üppige Frau an einem Tisch saß und ihre Bücher durchging. Erst auf den zweiten Blick erkannte ich in ihr die Kuppelmutter, die ich bei meinem ersten Besuch im *Glücklichen Hans* gesehen hatte. An diesem Morgen trug sie ein züchtigeres Kleid und war nicht so aufgeputzt wie damals.

Nachdem Katoen sich vorgestellt hatte, legte die Frau ihre Stirn in fragende Falten. »Worum geht es, Herr Amtsinspektor? Habe ich etwas verbrochen?«

»Das wollen wir herausfinden.« Er deutete auf mich. »Herr Cornelis Suythof hier behauptet, in der vergangenen Nacht in Eurem Haus gefangengehalten worden zu sein, und zwar in einem Kellerverlies. Kennt Ihr ihn?«

Der Gesichtsausdruck der Frau wechselte zwischen Befremden und Amüsiertheit, während sie mich betrachtete. »Mag sein, daß er schon mal hier gewesen ist. Mein Haus ist zum Glück gut besucht, ich kann mich unmöglich an jeden Gast erinnern. Falls er letzte Nacht tatsächlich hier war, dann aber nicht in einem Verlies. Ich vermute eher, daß er einen Krug Wein zuviel getrunken hat.«

Sie ließ keine Spur von Unsicherheit erkennen. Wußte sie wirklich nichts von meiner Gefangenschaft? Oder war sie einfach nur abgebrüht?

»Ihr nennt es Euer Haus, Mevrouw Laurens«, ergriff ich das Wort. »Gehört der *Glückliche Hans* Euch?«

»Das will ich meinen.«

»Gibt es noch einen Teilhaber?«

»Nein. Wie kommt Ihr darauf?«

»Es heißt, der Kunsthändler Maerten van der Meulen sei an Eurem Geschäft beteiligt.«

»Da habt Ihr etwas Falsches gehört. Ich kann Euch das vom Notar beglaubigte Dokument zeigen, das mich allein als Inhaberin dieses Hauses ausweist.«

»Aber ich habe van der Meulen in der Nacht vom Montag hier gesehen.«

»Herr van der Meulen ist häufig mein Gast.«

»Gilt das auch für Doktor Antoon van Zelden?«

»Habt Ihr den auch hier gesehen?«

»Ja, und zwar an der Seite van der Meulens.«

Kaat Laurens reckte angriffslustig ihr breites Kinn vor. »Was fragt Ihr mich all diese Dinge, wenn Ihr sie schon wißt?«

Katoen riß das Gespräch wieder an sich und hakte nach: »Sie stehen also zu van der Meulen in keiner anderen Beziehung? Er ist nur hin und wieder Gast in diesem Haus, mehr nicht?«

Von einem Augenblick auf den anderen lächelte sie zuckersüß. »Treffender hätte ich es nicht ausdrücken können, Herr Amtsinspektor. Ich verstehe wirklich nicht, was an Herrn van der Meulen so wichtig sein soll.«

»Er ist dafür verantwortlich, daß Herr Suythof gefangengehalten wurde«, erläuterte Katoen und fügte nach einem kurzen Seitenblick auf mich hinzu: »Jedenfalls behauptet Herr Suythof das.«

»Ja, manchmal ist es schlimm«, seufzte Kaat Laurens und nickte verstehend. »In meinem Beruf erlebt man so einiges. Manche

Männer saufen sich im wahrsten Sinne des Wortes um den Verstand.«

Wut stieg in mir hoch, aber eine beschwichtigende Handbewegung des Amtsinspektors hielt mich zurück.

»Ich schlage vor, wir schauen uns mal im Keller um«, sagte er in einem Ton, der höflich war und doch keinen Widerspruch duldete.

»Wenn's sein muß.« Kaat Laurens stemmte sich aus dem Stuhl hoch und führte uns nach unten.

Wir sahen uns im flackernden Schein einer Öllampe um, aber ich konnte mich nicht erinnern, in welchem Raum ich gelegen hatte. Ich war in der Nacht viel zu verstört gewesen, um mir die genaue Lage meines Verlieses einzuprägen.

»Dann gehen wir in jeden Raum einmal hinein«, ordnete Katoen an.

In einer Hand die Lampe, öffnete Kaat Laurens die erste Tür. Der Raum stand voller Kisten und war viel zu groß. Auch der zweite und der dritte Raum kamen nicht in Betracht. Der vierte Kellerverschlag aber weckte unliebsame Erinnerungen in mir. Ich trat durch die schmale Tür und blickte mich suchend um.

»Was ist?« fragte der Amtsinspektor. »Erkennt Ihr den Raum wieder?«

»In der Nacht standen hier keine Kisten und Fässer, aber es ist derselbe Raum, da bin ich mir sicher!«

Kaat Laurens schüttelte den Kopf. »Unmöglich. Dies ist seit Jahr und Tag ein Lagerraum und ganz bestimmt kein Gefängnis.«

»Hm.« Katoen sah sich gründlich um. »Hier sieht es tatsächlich aus wie in einem normalen Lagerraum, und doch behauptet Herr Suythof steif und fest, daß er in der letzten Nacht nur unter Gewaltanwendung von hier entkommen konnte. Dabei soll der Wächter, ein gewisser Bas, in sein eigenes Messer gestürzt sein. Wenn Herr Suythof nicht irrt, ist der Mann tot. Wißt Ihr etwas darüber, Mevrouw?«

Kühl hielt Kaat Laurens seinem bohrenden Blick stand. »Es ist drei Wochen her, daß hier im Keller eine Leiche gefunden wurde.«

»Eine Leiche?« ereiferte sich Dekkert. »Wer war es?«

»Fragt lieber, was es war« erwiderte die Frau mit einem hintersinnigen Lächeln.

»Nun, was?« drängte Dekkert.

Aus ihrem Lächeln wurde ein breites Grinsen. »Eine Ratte, erschlagen von einem umgestürzten Weinfaß.«

Ich kam mir vor wie bei einem Katz-und-Maus-Spiel, nur daß ich nicht wußte, wer die Katze und wer die Maus war. Was ich dem Amtsinspektor über meine Gefangenschaft erzählt hatte, war in seinen Augen nicht stichhaltiger als das, was Kaat Laurens ihm auftischte. Im Gegenteil, vermutlich glaubte er ihr eher als mir, denn ich wurde des Mordes beschuldigt und hatte damit in seinen Augen allen Grund zu lügen. In einem Anfall von Verzweiflung kniete ich nieder und suchte jedes freie Stück des schmutzigen Bodens mit Augen und Händen ab.

»Was tut Ihr da?« fragte Dekkert.

»Ich forsche nach Spuren. Vielleicht finden sich noch Reste der durchtrennten Fesseln oder …«

»Oder?« hakte Dekkert nach.

»Oder das Blut von diesem Bas.«

»Höchstens das Blut einer toten Ratte«, warf Kaat Laurens ein.

»Oder Flecken von ausgelaufenem Rotwein.«

Ihre Gelassenheit war unerschütterlich, und tatsächlich entdeckte ich keinerlei Hinweise auf meine Gefangenschaft.

Als wir den Raum verließen, raunte Katoen mir zu: »Das sieht nicht gut für Euch aus, Suythof.«

»Laßt uns nach oben gehen«, schlug ich vor. »Ich werde Euch das Bild zeigen, das ich von Louisa van Riebeeck gemalt habe. Dann müßt Ihr mir glauben!«

Von neuem Mut beseelt, lief ich, den anderen voran, die Treppe hinauf und in den Gang, wo ich mich in jener Nacht versteckt hatte. Nach ein paar Schritten blieb ich stehen und betrachtete die Gemälde an den Wänden: Städteansichten mit Kirchtürmen und Windmühlen vor wolkenverhangenem Himmel, das Bild einer Magd beim Gänsehüten, Stilleben mit Früchten und Blumen und alle möglichen Schiffe, sei es in einem exotischen Hafen oder auf sturmgepeitschter See – ganz so, als hätte Emanuel Ochtervelt die Bilder ausgesucht.

»Schön, nicht wahr?« hörte ich hinter mir Kaat Laurens' ölige Stimme. »Glaubt bloß nicht, meine Gäste seien nur auf Bier, Wein und billige Vergnügungen aus. Hier verkehren überwiegend gebildete Herren, die sich gern an einem guten Gemälde erfreuen.«

Ungläubig setzte ich einen Fuß vor den anderen. Nicht ein einziges Bildnis einer nackten Frau hing noch hier. Lediglich die Marmorstatue der Göttin Diana, die mich vor der Entdeckung bewahrt hatte, stand an ihrem Platz. Am Ende des Gangs drehte ich mich um und sah mich Jeremias Katoen gegenüber.

»Nun, Suythof, wo sind die Gemälde, von denen Ihr gesprochen habt?«

»Sie hingen hier, überall.«

»Das behauptet Ihr. Aber eine Behauptung ist kein Beweis.«

»Man hat die Bilder weggeschafft und das Verlies unkenntlich gemacht. Das ist doch verständlich; nach meiner Flucht mußten die Entführer mit einem Besuch der Behörden rechnen.«

»Mag sein, mag auch nicht sein.«

»So glaubt mir doch! Van der Meulen hat Louisa van Riebeeck zu mir gebracht, und ich habe sie gemalt. Fragt Cornelia van Rijn!«

»Selbst wenn Ihr Louisa van Riebeeck im – hm – Evaskostüm gemalt habt, ist Eure Unschuld nicht erwiesen. Eher noch Eure Schuld, belegt es doch, daß Ihr in einer sehr engen Verbindung zu der jungen Frau gestanden habt. Einer Verbindung, die ihrem Vater angesichts Eures Standes kaum recht gewesen sein

dürfte. Das wiederum könnte für Euch ein Bewegggrund gewesen sein, das Haus der van Riebeecks anzuzünden.«

»Aber wäre ich dann in die Flammen gelaufen, um Louisa zu
retten?«

»Ihr habt ihrem Vater nach dem Leben getrachtet, nicht ihr. Zu
spät habt Ihr erkannt, daß Ihr in Eurer Verblendung auch die
Geliebte dem Tod überantwortet habt.«

»Aber ... so war es nicht!«

»So stellt es sich nach dem jetzigen Stand der Dinge dar. Und
deshalb muß ich Euch, Cornelis Suythof, kraft der mir vom
Amtsrichter der Stadt Amsterdam übertragenen Befugnisse in
Haft nehmen!«

KAPITEL 17

In der Dunkelzelle (2)

Niedergeschlagen ließ ich mich von Katoen und Dekkert durch das abendliche Amsterdam führen. In meinem Kopf überschlugen sich die Gedanken, aber keiner von ihnen war greifbar, dauerhaft. Steckte Kaat Laurens mit Maerten van der Meulen unter einer Decke? Oder wußte sie wirklich nicht, was vor sich ging, und ließ sich von van der Meulen für ihre Dienste einfach gut bezahlen? Oder aber durfte ich meiner eigenen Erinnerung nicht trauen – war ich schlichtweg verrückt? Von solch fruchtlosem Grübeln gequält, nahm ich erst spät wahr, wohin die beiden Untersuchungsbeamten mich führten. Nicht ins Rathaus ging es zur weiteren Vernehmung, wie ich angenommen hatte. Nein, wir näherten uns dem Rasphuis. Als die hohen, mir so vertrauten Mauern der Zuchtanstalt vor uns auftauchten, blieb ich stehen.

»Nun geht schon!« drängte Dekkert. »Wir haben wirklich noch anderes zu tun, als uns den lieben langen Tag mit Euch abzugeben.«

»Warum bringt Ihr mich zum Rasphuis?«

Dekkert bedachte mich mit einem gequälten Lächeln. »Dort werden männliche Personen, die gegen die Gesetze verstoßen haben, gemeinhin aufbewahrt. Gerade Ihr solltet das wissen.«

»Habt Ihr etwas anderes erwartet?« fragte Katoen.

»Ich dachte, es geht ins Rathaus zur Vernehmung.«

»Dafür ist es heute zu spät«, erwiderte der Amtsinspektor.

»Ich werde Euch morgen aufsuchen. Vielleicht fällt Euch in der Nacht noch etwas ein.«

»Was sollte das sein?« erwiderte ich betreten.

»Etwas, das Euch bislang unwichtig erschien, das aber zu Eurer Entlastung beitragen könnte. Oder aber die Nacht im Rasphuis bewegt Euch zum Einlenken, und Ihr legt ein Geständnis ab. Damit würdet Ihr uns allen viel Mühsal ersparen.«

»Nur aus diesem Grund soll ich etwas gestehen, das ich nicht getan habe?«

»Ihr sollt nur gestehen, was die Wahrheit ist.«

»Die Wahrheit habe ich Euch bereits gesagt.«

»Wie Ihr meint. Jetzt laßt uns erst einmal weitergehen!«

»Könntet Ihr mir vorher noch etwas versprechen, Mijnheer Katoen?«

»Was?«

»Würdet Ihr Cornelia van Rijn unterrichten? Und könntet Ihr Euch um Rembrandt kümmern? Wenn ich im Rasphuis einsitze, kann ich schlecht nach ihm suchen.«

»Ich werde tun, was in meiner Macht steht. Aber versprecht Euch nicht zuviel davon. Es ist nichts Ungewöhnliches, daß ein alter, verwirrter, dem Trunk ergebener Mann verschwindet. Vielleicht liegt er ohne jede Erinnerung in einer dunklen Ecke am Hafen. Vielleicht ist er auch schon tot.«

»Ihr versteht es wirklich, einem Hoffnung zu machen«, seufzte ich. »Gleichwohl danke ich Euch für Euren Einsatz in dieser Sache.«

An der Pforte zum Rasphuis nahm uns Arne Peeters in Empfang und führte uns zu den Diensträumen des Hausvaters. Rombertus Blankaart wandte sich mißmutig an den Amtsinspektor.

»Muß das sein, Mijnheer Katoen? Hättet Ihr Suythof denn nicht woanders unterbringen können? Ihn hier zu haben an dem Ort, wo er vor kurzem noch selbst Aufseher war, ist nicht gut für das Haus. Schon daß Ossel Jeuken hier eingeliefert wurde, hat zu einigem Gerede geführt. Wenn jetzt auch noch Suythof hier einsitzt, kann ich für nichts garantieren.«

»Wofür genau könnt Ihr nicht garantieren?« fragte Katoen.

»Für die Einhaltung von Zucht und Ordnung. Was sollen die Insassen denken, wenn hier dauernd jene Männer, von denen sie beaufsichtigt werden und in denen sie ein Vorbild erblicken sollen, als Mörder eingeliefert werden?«

»Seid Ihr wirklich um das Seelenheil Eurer Schutzbefohlenen besorgt, Mijnheer Blankaart? Oder ist es mehr das Ansehen des Rasphuis – und damit Euer eigenes – in der Öffentlichkeit, das Euch Kopfschmerzen bereitet?«

Ein Zucken lief über das schmale Gesicht des Hausvaters. Wie ich Blankaart kannte, hatte Katoen seinen wunden Punkt berührt.

»Was hat das mit meinem Ansehen zu tun?« bellte Blankaart. »Ich kann wohl kaum dafür, wenn Männer wie Jeuken und Suythof moralisch verkommen sind. Meine Aufgabe ist es, für das Wohl der Insassen hier zu sorgen. Und deshalb muß ich Euch auffordern, Suythof anderswo unterzubringen.«

»Ich habe das nicht zu entscheiden«, erwiderte Katoen kühl.

»Wer dann?«

»Der Amtsrichter. Aber den könnt Ihr heute nicht mehr erreichen. Ich glaube, er ist zu einem Empfang der Ostindischen Kompanie geladen. Wendet Euch morgen an ihn. Heute aber wäre ich Euch dankbar, wenn Ihr meinen Gefangenen in sichere Verwahrung nehmen könntet.«

»Wenn es denn sein muß«, knurrte der Hausvater wie ein geprügelter Hund.

Die sichere Verwahrung, um die Katoen gebeten hatte, erwies sich als einer der schlimmsten Orte in diesen Mauern: die Dunkelzelle. Arne Peeters und der Aufseher Herman Brink führten mich in den Keller, dessen kalte und feuchte Luft sich mit dem eigenartigen Geruch des Rotholzes vermischte. Mir verschlug es beinahe den Atem, doch lag das wohl weniger an der schlechten Luft als an meiner trostlosen Lage. Im Gang vor der Zelle wurden meine Knie weich, und Schwindel packte mich. Ich mußte mich gegen die kalte Mauer lehnen, wollte ich nicht zu Boden sinken wie ein kraftloser Greis.

Brink faßte meinen linken Arm und stützte mich. In seinem Gesicht lag durchaus ein Anflug von Besorgnis. Peeters dagegen musterte mich ohne jedes Mitleid. Im Gegenteil, las ich da nicht so etwas wie Genugtuung in seinem Blick?

»Reiß dich zusammen, Suythof!« bellte er. »Wenn du früher Gefangene zur Dunkelzelle geführt hast, ist es dir nicht so zu Herzen gegangen.«

»Es ist eben ein Unterschied, ob man der Gefangene ist oder der Aufseher«, sagte ich leise und atmete ein paarmal tief durch, um den Schwächeanfall niederzuringen.

»Du mußt es wissen«, erwiderte Peeters grinsend. »Nimm dich trotzdem zusammen oder gerade deshalb! Ich will keinen Ärger hier haben, schon gar nicht durch einen ehemaligen Kameraden.«

»Du sprichst, als sei das deine Zuchtanstalt.«

»Ossel Jeukens Stellung ist noch nicht wieder besetzt. Der Hausvater hat durchblicken lassen, daß ich gute Aussichten auf den Posten habe. Unter diesen Umständen wirst du verstehen, daß ich mir keinen Ärger erlauben kann. Also mach mir keine Schande, Suythof, nicht noch mehr, als du es bereits getan hast!«

Das war eine deutliche Warnung. Ich war viel zu erschöpft, um etwas darauf zu erwidern. Wie ein Ochse, der zur Schlachtbank geführt wird, ließ ich mich in die Dunkelzelle bringen, wo ich auf den kalten Steinboden sackte. Hier hatte mein Freund Ossel gesessen, bevor man ihn zur Richtstätte vor dem Rathaus brachte. Das war mein wenig tröstlicher Gedanke, als die Tür sich mit einem harten Klang schloß und fast vollkommene Finsternis mich einhüllte.

Die eintönige Zeit in der Dunkelhaft gehört in jeder Beziehung zu den düstersten Erfahrungen in meinem Leben, und ich will nicht zu viele Worte daran verschwenden. Mein Selbstmitleid wechselte sich mit der Sorge um Rembrandt ab. Nein, eigentlich war es die Sorge um Cornelia.

Ihr Vater war mir als Künstler ein Vorbild, Cornelia aber bedeutete mir in menschlicher Hinsicht weit mehr. Ich hoffte inständig, sie möge ihren Vater inzwischen gefunden haben. Und ich machte mir Vorwürfe, daß meine Verhaftung ihre ohnehin schon großen Sorgen noch vermehrte. Auf der anderen Seite hoffte ich natürlich auch, daß sie sich um mich sorgte, hieße das doch, daß in ihr noch Liebe für mich war. Doch meine Selbstvorwürfe überwogen. Hätte ich mich nicht auf das nächtliche Treffen mit Louisa eingelassen, wäre ich nicht in diese furchtbare Lage geraten und hätte Cornelia zur Seite stehen können. Und was tat ich? Hockte in der dunklen, klammen Zelle, nutzlos wie ein Sack Rüben, den man abgestellt und vergessen hatte. Es war üblich, daß die Insassen der Dunkelzelle nicht gerade verwöhnt wurden, daß ich aber an diesem Abend weder einen Becher Wasser noch ein Stück Brot erhielt, fiel schon auf. Ich gab Arne Peeters die Schuld daran. Er wollte mir wohl zeigen, daß ich auf Gedeih und Verderb seinem Wohlwollen ausgeliefert war. Nun hatte ich ohnehin keinen Hunger, aber ein Schluck Wasser hätte meiner ausgetrockneten Kehle gutgetan. Ich schlief sehr schlecht, voller qualvoller Träume, wachte immer wieder auf und wußte in der eintönigen Finsternis doch nicht, wann die Nacht vorüber war. Irgendwann hörte ich Schritte, und die Zellentür wurde geöffnet. Es war Arne Peeters mit Wasser und Brot, und ich schloß daraus, daß der neue Tag angebrochen war. Meine Fragen nach neuen Untersuchungsergebnissen des Amtsinspektors und nach dem Schicksal Rembrandts ließ er unbeantwortet.

»Du weißt, daß mit Insassen der Dunkelzelle nur das Nötigste besprochen werden darf«, erinnerte mich Peeters. Er verzog keine Miene, und doch glaubte ich, daß es ihm Freude bereitete, mich im unklaren zu lassen – selbst darüber, ob er überhaupt etwas wußte.

Erneut Dunkelheit, dann wieder Schritte und das metallische Klirren des Schlüssels, der im Schloß der Zellentür gedreht wurde. Ein kurzes Quietschen des Eisenriegels, und die Tür stand offen. Das vom Gang hereinfallende Licht ließ die Person vor mir anfangs nur als Umriß erscheinen, bis sich endlich die schlanke Gestalt des Amtsinspektors herausschälte.

»Guten Tag, Mijnheer Suythof, wie geht es Euch?«

Er lächelte bei diesen Worten, aber ohne jene verhaltene Bosheit, die ich bei Arne Peeters zu spüren glaubte. Der stand zwei Schritte hinter Katoen, den rostfleckigen Zellenschlüssel in der Rechten.

»Wollt Ihr mich verhöhnen, Mijnheer Katoen?« entgegnete ich. »Mir könnte es allenfalls bessergehen, wenn Ihr gute Nachrichten hättet.«

»Da muß ich Euch enttäuschen«, antwortete er prompt. »Ich war im Haus des Kunsthändlers Maerten van der Meulen, aber ohne Erfolg.«

»Was heißt das, ohne Erfolg? Ich nehme an, er hat abgestritten, in meine Entführung verwickelt zu sein.«

»Ich habe ihn gar nicht gesprochen. Es hieß, er sei gestern morgen auf unbestimmte Zeit verreist.«

»Aha. Und wohin?«

»Das konnte mir niemand sagen.«

»Konnte man nicht, oder wollte man nicht?«

Der Amtsinspektor hob die Schultern an und ließ sie mit einem Seufzer wieder fallen. »Wie soll ich das wissen?«

»Er versteckt sich!« platzte es aus mir heraus. »Van der Meulen ist aus Angst vor Euren Nachforschungen geflohen. Wahrscheinlich wartet er irgendwo ab, bis ich für einen Mord hingerichtet worden bin, den ich nicht begangen habe. Dann kann ich keine Anschuldigungen mehr gegen ihn erheben.«

»Schon möglich. Aber genausogut kann es eine andere Erklärung für seine Reise geben.«

»Ausgerechnet zum jetzigen Zeitpunkt?«

»Ein Zufall vielleicht.«

»Glaubt Ihr wirklich, daß ein so bedeutender Geschäftsmann auf Reisen geht, ohne seinen Angestellten oder auch Angehörigen mitzuteilen, wann er wo zu erreichen sein wird?«

»Diese Art der Abreise ist in der Tat höchst seltsam und hat auch mich nachdenklich gemacht. Andererseits verstößt sie nicht gegen die Gesetze und gibt mir keinerlei Handhabe, etwas gegen van der Meulen zu unternehmen. Wie auch, wenn er verschwunden ist?«

Ich überlegte fieberhaft und fragte schließlich: »Was sagt Doktor van Zelden? Konnte er Euch einen Hinweis geben? Das heißt, falls Ihr ihn sprechen konntet.«

»Das konnte ich. Er gibt zu, hin und wieder das Musico in der Anthonisbreestraat zu besuchen und dort auch schon auf van der Meulen getroffen zu sein. Allerdings wußte er weder etwas über die Reise des Kunsthändlers, noch konnte er mir über eine mögliche Geschäftsverbindung zwischen van der Meulen und Kaat Laurens Auskunft geben. Er sagt, ihm sei van der Meulen im *Glücklichen Hans* immer als ganz normaler Gast erschienen. Der Doktor hatte allerdings nicht viel Zeit für mich. Er wurde dringend zu den de Gaals gerufen. Constantijn de Gaal soll einen Zusammenbruch erlitten haben, als er hörte, was mit Louisa van Riebeeck geschehen ist. Offenbar hat er seine Zukünftige aufrichtig geliebt.«

»Nach allem, was man über Melchior van Riebeecks finanzielle Verhältnisse hört, wird de Gaal Louisa kaum aus diesem Grund einen Antrag gemacht haben.«

»Wie auch immer, das alles bringt uns nicht weiter«, sagte der Amtsinspektor. »Solange ich nichts habe, das Euch entlastet, müßt Ihr im Rasphuis bleiben. Tut mir leid für Euch, Suythof.«

Das glaubte ich ihm sogar.

»Was ist mit Rembrandt van Rijn?« fragte ich. »Ist er wieder aufgetaucht?«

»Bis jetzt nicht«, antwortete Katoen und wirkte ein wenig schuldbewußt. »Ich hatte allerdings auch noch keine rechte Zeit, mich darum zu kümmern. Als ich gestern abend in seinem Haus war, um seine Tochter über Euer Schicksal zu unterrichten, zeigte sie sich sehr niedergeschlagen. Sie hat mich angefleht, Euch besuchen zu dürfen.«

»Und?«

»Ihr wißt doch selbst am besten, welche Regeln hier herrschen. Außerdem – wollt Ihr wirklich, daß sie Euch so sieht?«

»Nein, natürlich nicht«, gestand ich ein. »Ich bin Euch zu Dank verpflichtet, Mijnheer Katoen.«

»Weshalb? Ich habe nichts für Euch erreicht.«

»Ihr habt es versucht. Mehr kann ein Mann in meiner Lage wohl nicht verlangen.«

»Wo Ihr von Eurer Lage sprecht: Habt Ihr noch einmal darüber nachgedacht?«

»Worüber?«

»Ob Ihr ein Geständnis ablegen wollt.«

»Aber ich bin unschuldig. Glaubt Ihr mir nicht, Katoen?«

»Was ich glaube, ist nicht von Bedeutung. Nur, was sich beweisen läßt, zählt. Wenn Ihr mir noch etwas zu sagen habt, meldet Euch bei den Aufsehern.«

Er verabschiedete sich, und Arne Peeters schloß die Zellentür. Das letzte, was ich sah, bevor mich erneut die Dunkelheit umhüllte, war sein vogelähnliches Gesicht, auf dem ich einen zufriedenen Ausdruck wahrzunehmen glaubte.

Wieder war ich allein mit meinen Grübeleien. Die Untätigkeit, zu der ich verdammt war, wollte mich schier zerfressen. Sie wog – jedenfalls im Augenblick – schwerer als das schlimme Schicksal, das mir drohte, sollte man mich tatsächlich der

Brandstiftung und des Mordes an der Familie van Riebeeck für schuldig befinden.

Es war dunkel, und doch sah ich Cornelia vor mir, so klar wie im hellsten Licht. Ich sah die Sorgenfalten in ihrem jungen Gesicht und die Tränen, die in ihren blauen Augen glitzerten. Vielleicht war es mein Eingesperrtsein in dieser düsteren Zelle, das mir endgültig zu der Erkenntnis verhalf, daß es für mich keine andere Frau gab und geben würde als Cornelia. Eine Erkenntnis, die mir, wie es aussah, zu spät kam.

Wieviel Zeit war vergangen, als ich erneut Schritte vernahm? Ein paar Stunden? Ich wußte es nicht. Die düstere Eintönigkeit hatte mir jedes Gefühl für den Ablauf der Zeit genommen. Diesmal erblickte ich, sobald meine Augen sich an das Licht gewöhnt hatten, Arne Peeters.

»Schon wieder Besuch für dich, Suythof. Du bist der begehrteste Gefangene, den wir jemals in der Dunkelzelle hatten.«

Er machte einem anderen Mann Platz, dessen Erscheinung von einigem Reichtum zeugte. Die dunkle Kleidung glänzte samten, das blaue Wams war mit goldener Stickerei verziert, und der weiße Kragen bestand aus feinen Spitzen. Er war in den Vierzigern, von mittlerem Wuchs, und zeigte trotz seines offensichtlichen Wohlstands keine Anzeichen jener Korpulenz, die bei den Amsterdamer Pfeffersäcken so häufig anzutreffen war. In Haar und Bart schimmerten erste graue Fäden, aber sein scharf geschnittenes Gesicht mit der leicht gebogenen Nase wirkte jugendlich und im höchsten Maße aufmerksam. Seine dunklen, fast schwarzen Augen musterten mich eingehend. Es war ein feindseliger, haßerfüllter Blick, der mich unter anderen Umständen wohl hätte erschauern lassen. Dort in der Dunkelzelle aber hielt ich ihm mit der Gleichgültigkeit desjenigen stand, der nichts mehr zu verlieren hat.

»So seht Ihr also aus, beinahe zu harmlos«, stellte er fest, und Verachtung schwang in seiner rauhen Stimme mit.

»Nicht so harmlos, daß man mir keinen Mord zutraute«, erwiderte ich. »Ihr scheint mich zu kennen, aber das beruht nicht auf Gegenseitigkeit.«

»Ihr habt sicher schon von mir gehört. Ich bin Constantijn de Gaal.«

Jetzt verstand ich seinen Blick. Er meinte, den Mörder der Frau vor sich zu haben, die er hatte heiraten wollen. Ich an seiner Stelle hätte nicht weniger Haß empfunden. Einem so einflußreichen Mann, Angehöriger des Siebzehners, hatte man es natürlich nicht verwehrt, dem Insassen der Dunkelzelle einen Besuch abzustatten.

»Es ist nicht so, wie es scheint«, hob ich an. »Ich habe das Haus der van Riebeecks nicht angezündet. Ich war dort, um Louisa zu retten. Sie hat mir viel bedeutet.«

»Letzteres glaube ich gern. Allerdings hat es Euch nicht davon abgehalten, Louisa zu töten. Was Ihr nicht besitzen konntet, sollte auch kein anderer haben. Ist es so?«

»Ganz und gar nicht, Ihr irrt. Ich …«

»Schweigt!« fuhr er dazwischen. »Seid Ihr nicht Manns genug, zu Eurer Tat zu stehen? Groß und stark seid Ihr und doch ein jämmerlicher Geselle, der sich windet wie ein Wurm!«

Er trat mit geballten Fäusten auf mich zu, wohl in der Absicht, mir einen Schlag ins Gesicht zu versetzen, doch im letzten Augenblick drängte Arne Peeters sich dazwischen.

»Verzeiht, Mijnheer de Gaal, aber nur die Aufseher dürfen die Gefangenen züchtigen. Ihr habt alles Recht der Welt, Suythof zu zürnen, aber Handgreiflichkeiten darf ich nicht gestatten.«

Es hätte nur noch gefehlt, daß er »leider« gesagt hätte.

Ich sah de Gaals von Haß und Trauer erfüllten Blick. Er mußte Louisa wirklich geliebt haben.

»Warum seid Ihr hergekommen, wenn Ihr mich nicht anhören wollt?« fragte ich.

»Ich wollte mir keine billigen Ausflüchte anhören, sondern Euch etwas wissen lassen: Mit Eurer Tat habt Ihr Euch einen Feind auf Lebenszeit geschaffen. Betet also, daß Ihr Eure gerechte Strafe bald erhaltet und Euer armseliges Leben auf dem Richtblock aushaucht. Denn solltet Ihr wider Erwarten das Rasphuis als freier Mann verlassen, werde ich Euch ungleich Schlimmeres zufügen. Darauf habt Ihr mein Ehrenwort!«

Damit wandte Constantijn de Gaal sich ab und trat hinaus auf den Gang. Hier unten war es ohnehin kühl, aber jetzt fühlte ich mich von Eiseskälte umgeben. Einen der mächtigsten Männer Amsterdams zum Feind zu haben kam einem Todesurteil gleich.

KAPITEL 18

Im Wasserhaus

Über einen Mangel an Aufmerksamkeit konnte ich mich in meinem Kerker nicht beklagen. Üblicherweise sah ein Insasse der Dunkelzelle nur einmal am Tag einen Aufseher, der ihm Wasser und Brot brachte. Ich aber erhielt nicht lange, nachdem Constantijn de Gaal mich verlassen hatte, schon den nächsten Besuch. Es war der Hausvater, der in Begleitung von Arne Peeters erschien.

Rombertus Blankaarts verkniffener Mund und seine zuckenden Augenlider verrieten, daß er sich in seiner Haut nicht ganz wohl fühlte. Aber er versuchte zumindest, sich den Anschein von Selbstsicherheit zu geben, und baute sich, klein, wie er war, möglichst wuchtig vor mir auf.

»Ich kann es nicht länger dulden, daß Ihr einfach so dasitzt, Suythof«, sagte er vorwurfsvoll.

»Was sollte ich in dieser kleinen Zelle anderes tun?« fragte ich, von seiner Eröffnung verwirrt.

»Ihr könntet Eure Tat gestehen. Das würde die Unannehmlichkeiten für uns alle verkürzen. Seht Ihr denn nicht, daß Ihr Schande über das Rasphuis bringt?«

»Glaubt mir, oder glaubt mir nicht, Mijnheer Blankaart, aber das ist im Augenblick mein geringstes Problem.«

Blankaart blickte mich geradezu verzweifelt an, was mich noch mehr verwirrte. Natürlich hatte der Tod der Familie van Riebeeck in Amsterdam gehöriges Aufsehen erregt. Viel mehr als die von Ossel verübte Tat. Gleichwohl war mir unbegreiflich, warum es dem Hausvater derart zu schaffen machte, daß ich im Rasphuis einsaß, zumal ich nicht länger in seinen Diensten stand.

»Ich fordere Euch noch einmal auf, gesteht Eure Tat, Suythof. Glaubt mir, Ihr erspart Euch dadurch einiges Übel.«

»Soll ich etwas gestehen, das ich nicht getan habe?«

In einer Geste der Hilflosigkeit breitete Blankaart die Arme aus. Er wirkte so betrübt, als sei er und nicht ich wegen Mordverdachts eingesperrt.

»Dann bleibt mir nichts anderes übrig«, sagte er mit einem tiefen Seufzer und wandte sich an der Aufseher. »Peeters, holt den Gefangenen aus der Zelle!«

Peeters trat auf mich zu, und seine Miene zeugte von einer Zufriedenheit, die ich mir ebensowenig erklären konnte wie Blankaarts Betrübnis. »Du hast es gehört, Suythof, komm mit!«

Wenn ich Blankaarts Auftreten richtig deutete, stand mir etwas Schreckliches bevor. Trotzdem folgte ich Peeters' Aufforderung fast mit Erleichterung, konnte ich so doch der düsteren, klammen Zelle entfliehen.

Wir verließen den Kerker und gingen durch den Raspsaal, wo die Insassen beim Sägen und Schleppen des Rotholzes schwitzten. Sie warfen mir verstohlene Blicke zu, und in einigen Gesichtern las ich Spott und Befriedigung darüber, daß einer ihrer Aufseher sich jetzt in einer schlimmeren Lage befand als sie selbst. Auch die Aufseher musterten mich, und es war unverkennbar, daß sie mich wegen meiner vermeintlichen Mordtat verabscheuten.

Zu meiner Verwunderung traten wir in den großen Innenhof, wo die Insassen die wenigen Stunden Tageslicht sahen, die ihnen pro Woche zustanden. Obwohl Wolken über Amsterdam hingen und leichter Regen fiel, genoß ich das Licht und die frische Luft, die ich tief einatmete. Wir gingen auf ein abseits stehendes Gebäude zu, das meines Wissens schon seit vielen Jahren nicht mehr benutzt worden war. Ein Bach, wohl eine Ableitung aus einer der Grachten, floß an dem Gebäude vorbei. Beim Anblick dieses Hauses ahnte ich, was Blankaarts düstere Worte zu bedeuten hatten, und Angst wollte mir die Kehle zuschnüren.

Das Gebäude, Wasserhaus oder auch überflutete Zelle genannt, hatte in früheren Jahren dazu gedient, arbeitsunlustigen Insassen Beine zu machen. Zwei Pumpen gehörten zum Wasserhaus. Eine befand sich außen und diente dazu, Wasser aus dem Bach nach innen zu pumpen. Dort hatte man die arbeitsunwilligen Gefangenen angekettet. Ihre einzige Möglichkeit, dem Ertrinken zu entgehen, bestand darin, das Wasser mittels einer zweiten Pumpe im Innern des Gebäudes wieder hinauszubefördern. Das harte Pumpen gewöhnte die Männer ans Arbeiten. Jedenfalls war es so gehandhabt worden, bis eines Tages ein Insasse das Ertrinken dem Arbeiten vorgezogen hatte. Sein Tod hatte für gehöriges Aufsehen gesorgt, und seitdem war das Wasserhaus nicht mehr benutzt worden. Ich kannte es nur aus Erzählungen und hatte es nie von innen gesehen. Das sollte sich jetzt ändern.

Peeters bemerkte mein Zögern und stieß mich ins Innere. Kalte, abgestandene Luft umfing mich, fast schlimmer noch als in der Dunkelzelle. Es ging eine Treppe hinunter, vorbei an den schmutzbedeckten Röhren der Pumpen, bis ich mich in der Zisterne mit der inneren Pumpe befand. Hier wartete bereits Herman Brink und half seinem Kameraden Peeters dabei, mich an das Pumpengestell zu ketten.

Blankaart sagte in beinahe väterlichem Ton: »Ihr wißt, wo Ihr Euch befindet, Suythof, oder?«

Ich würgte den Kloß in meinem Hals hinunter und nickte.

»Dann wißt Ihr auch, was Ihr zu tun habt. Pumpt das Wasser nach draußen, wenn Euch Euer Leben lieb ist. Oder aber ...«

»Was?« krächzte ich.

»Ihr gesteht. Dann hören wir sofort auf, Wasser hereinzupumpen.« Er wandte sich an Peeters. »Stehen ausreichend Männer für diese Aufgabe bereit?«

»Pieter Boors ist gerade dabei, die kräftigsten Insassen auszuwählen. Sie müßten bald hiersein.«

»Wie gesagt, Suythof, es liegt an Euch«, verkündete der Hausvater und wandte sich zum Gehen.

Mit einem häßlichen metallischen Klacken schloß Brink die Ketten zusammen, und ich war auf Gedeih und Verderb an die alte, rostige Pumpe gefesselt, die schon die Todesangst so manchen Mannes gespürt haben mußte. Erst hier und jetzt wurde mir bewußt, daß mit den Gebräuchen, die man im Rasphuis pflegte, so einiges im argen lag. Eigentlich sollten die Insassen moralisch gebessert werden, aber mit dem Verhängen solcher Strafen oder dem Einsperren in der Dunkelzelle war das wohl kaum zu erreichen.

Der Hausvater und die beiden Aufseher verließen den Raum. Ich mußte mich zusammenreißen, um sie nicht um Gnade anzuflehen. Es hätte doch nichts genützt, und den Triumph, einen vor Angst wimmernden Cornelis Suythof zu erleben, gönnte ich Arne Peeters nicht.

Es vergingen einige Minuten, in denen ich Schritte und Stimmen hörte, aber alles nur sehr gedämpft. Die schwere Eisentür, die zur wasserdichten Abschottung der Zisterne diente, schwächte alle Geräusche ab. Fast war es eine Erlösung, als ich endlich das Rauschen vernahm. Sogleich schoß ein Wasserstrahl durch eine Wandöffnung herein. Zunächst schien es harmlos, wie das schmutzige Naß an meinen Stiefeln leckte. Doch der Pegel stieg schnell, und schon bald hatte ich nasse Unterschenkel.

Ich begann zu pumpen. Nicht zu hastig, befahl ich mir, sondern gleichmäßig. Meine Muskeln arbeiteten hart, während ich mich abmühte, das Wasser ebenso schnell aus der Zisterne hinauszubefördern, wie die Männer an der Pumpe draußen es hereindrückten. Aus den Augenwinkeln beobachtete ich, wie das Wasser an der Zisternenwand höherstieg. Es war hell in der Zisterne, denn sie war oben offen. Darüber wölbte sich nur das Dach des Wasserhauses. Als ich während des Pumpens einmal nach oben schaute, bemerkte ich drei Männer, die über dem Rand der Zisterne zu mir herunterspähten.

Rombertus Blankaart stand dort und beobachtete mit offensichtlich gemischten Gefühlen, wie ich mich anstrengte und wie das Wasser doch unaufhörlich stieg. Längst hatte es meine Knie erreicht, und es kletterte weiter an mir hoch wie ein gefräßiges Tier, das mich mit Haut und Haaren verschlingen wollte.

Neben Blankaart stand Arne Peeters und grinste breit. Früher hatte ich ihn für einen harmlosen Burschen gehalten, aber jetzt, da er sich Hoffnung auf Ossels Stellung machte und dessen Amt de facto bereits ausübte, zeigte sich sein wahres – gemeines – Gesicht. Für die Insassen des Rasphuis blieb nur zu hoffen, daß noch ein anderer für den Posten des Zuchtmeisters gefunden wurde. Aber den Männern, die hier zur Besserung einsaßen, konnte ich wenig Anteilnahme widmen. Zu sehr war ich damit beschäftigt, gegen das steigende Wasser anzukämpfen. Meine Arme schmerzten, und ich pumpte unwillkürlich schneller, hastiger. Doch das Wasser stieg weiter, bald reichte es mir bis an die Brust.

Der dritte Mann, der zu mir herunterschaute, war Constantijn de Gaal. Er beobachtete mich am gebanntesten, nicht mit der Schadenfreude eines Arne Peeters, sondern mit tiefempfundener Befriedigung. Jetzt verstand ich, weshalb Rombertus Blankaart das seit vielen Jahren verschlossene Wasserhaus wieder in Betrieb genommen hatte. Nicht sein eigener Entschluß hatte ihn dazu gebracht, sondern de Gaals Einfluß und vielleicht auch das Geld des reichen Kaufmanns.

Ich pumpte, das Wasser schon auf Schulterhöhe, und sah, wie Blankaart aufgeregt auf de Gaal einredete. Fürchtete der Hausvater einen weiteren Todesfall im Wasserhaus? Vielleicht war es aber genau das, was de Gaal im Sinn hatte. Er wollte mich nicht nur leiden sehen, nein, mein Tod sollte den Tod Louisas sühnen. Er schüttelte streng den Kopf, ohne seinen haßerfüllten Blick auch nur für einen Moment von mir zu wenden. Blankaart gab schließlich klein bei und verfolgte mit angewiderter Miene, wie ich mich quälte.

Mit versiegenden Kräften setzte ich meine Anstrengungen fort, drauf und dran, ein Geständnis hinauszuschreien. Es würde mich gewiß auf den Richtblock befördern, aber zumindest für den Augenblick hätte ich mein Leben gerettet, mir den nahen, qualvollen Tod des Ertrinkens erspart. Aber dann sah ich in die schwarzen Augen von Constantijn de Gaal, und das verhalf mir erstaunlicherweise zu neuer Kraft. Ich wollte ihn nicht in seinem Irrglauben bestärken, um keinen Preis. Also arbeitete ich weiter, das Kinn vorgereckt, während das Wasser schon meinen Hals umschloß.

Ich pumpte und keuchte und hätte wohl auch geschwitzt, wäre ich nicht schon vom kalten Wasser eingeschlossen gewesen. Gleich würde das Naß mich vollends verschlingen, aber ich rief nicht nach Blankaart. Ich preßte die Lippen zusammen, um das Wasser am Eindringen zu hindern, und pumpte, pumpte, pumpte.

Ich blickte nicht mehr nach oben zu den drei Männern, ich sah nicht einmal mehr die Wand der Zisterne. Vor mir tauchte Cornelias Bild auf. Sie lächelte mich an und gab mir die Kraft, den unausweichlich gewordenen Tod mannhaft zu ertragen. Das Schicksal hatte kein gemeinsames Leben für uns vorgesehen. Doch ich war dankbar, sie wenigstens gekannt zu haben. Meine Kräfte versagten, und meine vor Anstrengung zitternden Arme stellten das Pumpen ein. Mit einer seltsamen Ruhe wartete ich auf den Tod, der nur noch Sekunden entfernt sein konnte.

Aber das Wasser sank. Wirklich, jetzt, da ich jegliche Gegenwehr eingestellt hatte, ließ es von mir ab und zog sich zurück.

Ungläubig sah ich zu, wie es meinen Leib Stück um Stück freigab.

Sollte ich erneut anfangen zu pumpen, um das Zurückgehen des Wassers zu beschleunigen? War es das, worauf der rachsüchtige Kaufmann de Gaal lauerte? Spielte er mit mir, um die Befriedigung, die ihm mein Leiden bot, zu verlängern?

Mir war es gleich. Ich hatte schlicht und einfach keine Kraft mehr, mich dem zu widersetzen, was meine Peiniger sich für mich ausgedacht hatten. Ich brachte es nicht einmal mehr fertig, zu ihnen hinaufzusehen. Auf das Gerüst der Wasserpumpe gestützt, stand ich einfach nur da und wartete ab, was geschehen würde.

Das Wasser sank, bis es nur noch den Boden bedeckte und endlich mit einem gurgelnden Geräusch in einem Abfluß versickerte, der aus mir unbekannten Gründen geöffnet worden war.

Die Eisentür schwang auf, und Peeters und Brink traten ein, um mich von den Ketten zu befreien.

Die Aufseher schleppten mich die Treppe hinauf und trugen mich mehr, als daß sie mich führten, in einen der anderen Räume im Wasserhaus. Ich legte mich auf eine harte Holzpritsche, die mir im Augenblick verlockender erschien als jedes weiche Bett, schloß die Augen und atmete tief und gleichmäßig, mehrmals unterbrochen von Hustenanfällen. In den letzten Sekunden bevor der Wasserpegel zu sinken begann, hatte ich einiges an Wasser geschluckt, und das spuckte ich jetzt wieder aus. Man hatte eine Wolldecke über mich gelegt, aber noch klebte die nasse Kleidung an mir.

Sobald ich die Augen öffnete, drehte sich alles um mich herum, und ich sah die Gesichter der Umstehenden nur verschwommen. Also schloß ich die Augen wieder und wartete ab, bis es mir besserging. Erst nach geraumer Zeit erkannte ich die Männer, die abwartend an der Pritsche standen: Blankaart,

Peeters, Constantijn de Gaal und, zu meiner Überraschung, Jeremias Katoen.

»Ihr könnt einem wirklich Angst einjagen, Suythof«, sagte letzterer, während er mich mit einer Mischung aus Spott und Besorgtheit ansah. »Kaum läßt man Euch für ein paar Stunden allein, versucht Ihr, sämtliche Grachten Amsterdams leerzusaufen.«

»Das habe ich nicht ganz freiwillig getan. Ihr seid übrigens nicht unschuldig daran, daß ich in diese Lage geraten bin.«

Blankaart räusperte sich. »Ihr solltet dem Herrn Amtsinspektor keine Vorwürfe machen, Suythof. Immerhin habt Ihr ihm Eure Rettung zu verdanken.«

»Wie das?« fragte ich und spuckte einen Rest Wasser im hohen Bogen zwischen die Männer, so daß der Hausvater entsetzt zurückwich. Ich wandte mich an den Amtsinspektor: »Habt Ihr Euch etwa dazu durchgerungen, mich für unschuldig zu halten?«

»Ihr habt es erfaßt«, antwortete Katoen. »Während der letzten Stunden hat sich die Beweislage entscheidend geändert.«

»Und das habe ich Euch zu verdanken? Erzählt mehr!«

»Nicht nur mir, sondern auch dem Fräulein Molenberg.«

»Molenberg?« wiederholte ich und überlegte, wo ich den Namen einordnen sollte.

»Beke Molenberg«, ergänzte Katoen.

»Ah, die Küchenmagd.«

»Genau. Ich habe sie noch einmal ins Gebet genommen, sehr eindringlich. Am Ende ist sie in Tränen ausgebrochen und hat ihre Lüge gestanden. Nicht Ihr habt das Haus angezündet, sondern Melchior van Riebeeck selbst. In einem Anfall von Wahnsinn, wie die Magd sich ausdrückte. Ich habe mich sofort auf den Weg hierhergemacht – gerade noch rechtzeitig.«

Constantijn de Gaal, der eben noch von meiner Rettung enttäuscht schien, nahm die unerwartete Wendung mit versteinerter Miene zur Kenntnis.

248

»Was hat das Fräulein Molenberg denn genau gesagt?« fragte ich weiter. »Warum hat sie gelogen?«

»Ein Fremder hat sie dazu gebracht. Er hat ihr die hübsche Summe von einhundert Gulden dafür gegeben.«

»Das ist in der Tat viel, ein kleines Vermögen für ein Mädchen wie sie«, sagte ich erstaunt. »Soviel dürfte sie sonst in einem Jahr nicht verdienen. So ist also jeder Mensch käuflich.«

»Das war es nicht allein. Der Unbekannte hat ihr auch gedroht, sie werde dasselbe Schicksal erleiden wie ihre Herrschaft, wenn sie nicht die Lüge von Eurer Täterschaft verbreite. Offenbar ist jemandem sehr daran gelegen, Euch aus dem Weg zu schaffen.«

»Und daran, die wahren Täter zu schützen«, fügte ich hinzu. »Ich meine diejenigen, die für Melchior van Riebeecks Wahnsinn verantwortlich sind. Konnte die Magd diesen Unbekannten beschreiben?«

»Nur sehr allgemein.«

»Laßt mich raten. Er war gut gekleidet und hatte einen dunklen Bart.«

»So ungefähr. Wie kommt Ihr darauf?«

»Genauso wurde ein anderer – oder vielleicht derselbe – Unbekannter beschrieben. Ich meine den Mann, der das Todesbild gesucht hat.«

Katoen grinste. »Nicht übel, Suythof. Auch ich habe da schon einen Zusammenhang vermutet.«

»Nur sind die Preise, die der Fremde zahlt, inzwischen erheblich gestiegen. Wahrscheinlich sollte ich stolz darauf sein, daß ich ihm soviel mehr wert bin als das Bild.« Ich vergegenwärtigte mir noch einmal die Beschreibung des Mannes und fragte: »Habt Ihr Beke Molenberg nach Maerten van der Meulen gefragt?«

»Natürlich. Sie kennt den Kunsthändler, er war einige Male bei den van Riebeecks zu Gast. Gewiß ist er nicht der Mann mit den hundert Gulden.«

»Aber vielleicht hat er die Summe gestiftet.«

»Vielleicht, ganz recht« sagte Katoen ausweichend, offenbar nicht gewillt, einen angesehenen Bürger Amsterdams einfach so einem schweren Verdacht auszusetzen.

»Ihr sprecht von dem Kunsthändler van der Meulen?« Endlich löste sich de Gaal aus seiner Erstarrung. »Was hat der mit der Sache zu tun?«

Katoen legte zu meiner Erleichterung keine Spur von Unterwürfigkeit an den Tag. »Ich befinde mich noch mitten in der Untersuchung des Falles, Mijnheer de Gaal, und bitte daher um Verständnis, daß ich mich nicht öffentlich über den Stand der Ermittlungen äußern kann. Außerdem will ich keinen falschen Verdacht säen. Das führt nur zu gefährlichen Eskapaden, wie mir die Ereignisse in diesem Haus gezeigt haben.«

De Gaal versteifte sich. »Seid Ihr Euch im klaren darüber, zu wem Ihr sprecht, Mijnheer? Ich verfüge über einigen Einfluß, auch im Magistrat.«

»Ich weiß. Und weiter? Wollt Ihr die Angelegenheit vor dem Magistrat erörtern und dabei erläutern, daß auf Eure Veranlassung hin beinahe ein Unschuldiger getötet worden wäre?« Katoen wandte sich dem Hausvater zu. »Das dürfte auch Euch nicht recht sein, Mijnheer Blankaart. Oder steht es in Eurer Macht, das Wasserhaus wieder in Betrieb zu nehmen?«

»Nun, äh, Herr de Gaal meinte, es spreche nichts dagegen.«

»Ich frage noch einmal: Soll die ganze Angelegenheit offiziell erörtert werden? Ich gebe zu bedenken, daß Herr Suythof aufgrund des heutigen Vorfalls durchaus rechtliche Ansprüche gegen die beiden Herren geltend machen könnte.«

Der Gedanke war mir noch gar nicht gekommen, aber ich nickte eifrig, um Katoens Worten Gewicht zu verleihen.

Blankaart warf de Gaal einen flehenden Blick zu, und der Kaufmann sagte leise: »Ihr habt wohl recht, Herr Amtsinspektor, lassen wir die Sache am besten auf sich beruhen. Falls Ihr Euch einverstanden erklärt, Mijnheer Suythof. Ich habe Euch wohl unrecht getan.«

»Heißt das, Ihr nehmt von Eurem Racheschwur Abstand?«
fragte ich.

»Das muß ich wohl, wenn Ihr Louisas Tod nicht zu verantworten habt.«

»Dann soll der Vorfall vergessen sein«, sagte ich und sank ermattet zurück auf die Pritsche.

Eine halbe Stunde später saß ich neben Katoen in einer Kutsche, die uns zur Rozengracht brachte. Ich trug irgendwelche Lumpen, die man im Rasphuis aufgetrieben hatte, aber das war nicht weiter schlimm. Die Sachen waren trocken. Und ich war frei!

Noch konnte ich an die wiedergewonnene Freiheit kaum glauben, und zugleich erschien mir die Folter im Wasserhaus, die doch erst so kurze Zeit zurücklag, wie ein böser Traum. Der schuldbewußte Rombertus Blankaart hatte mich mit einer Freundlichkeit verabschiedet, die ich nie für möglich gehalten hätte. Dennoch war ich fest entschlossen, keinen Fuß mehr ins Rasphuis zu setzen – jedenfalls nicht freiwillig.

Als die Kutsche vor Rembrandts Haus hielt, fühlte ich mich wie jemand, der nach einer langen Reise heimkehrt. Alles hier wirkte vertraut und zugleich seltsam fremd. Dabei war es erst einen Tag her, daß Katoen mich hier aufgesucht hatte und wir gemeinsam zu dem Musico in der Anthonisbreestraat gegangen waren.

»Geht zu Eurer Cornelia und ruht Euch aus«, sagte er mit einem Augenzwinkern, als er mir die Kutschtür öffnete. »Ihr habt es redlich verdient.«

»Wollt Ihr nicht mit hereinkommen?«

Er schüttelte den Kopf. »Ihr solltet jetzt ungestört sein, oder nicht? Außerdem will ich noch einmal mit Beke Molenberg sprechen, vielleicht fällt ihr doch noch etwas ein.«

Nach zweimaligem Klingeln wurde die Haustür geöffnet, und Cornelia stand vor mir. Im Wasserhaus hatte ich jede

Hoffnung, ihr noch einmal zu begegnen, fahren lassen. Mein Herz raste, und doch tat ich keinen Schritt auf sie zu. Ich wußte, daß ich kein Recht dazu hatte.

Ihr sorgenzerfurchtes Gesicht verriet, daß sie noch keinerlei Nachricht über den Verbleib ihres Vaters hatte. Als sie mich sah, hellte sich ihre Miene auf.

»Cornelis!« sagte sie nur, trat lächelnd auf mich zu und schloß mich in ihre Arme.

Für einen Augenblick war es zwischen uns wieder so wie in der ersten Nacht, die wir miteinander verbracht hatten.

KAPITEL 19

Grabräuber

26. SEPTEMBER 1669

Mitternacht konnte nicht mehr als eine Stunde entfernt sein, als ich mit meinen beiden Begleitern zur Westerkerk kam. Dank einer dicken Wolkenschicht war diese Nacht finsterer als so manche andere. Für unser Vorhaben war das nur nützlich. Ebenso wie der Umstand, daß sich außer uns hier weit und breit kein Mensch aufzuhalten schien.

Ich löschte die Laterne, die wir vorschriftsmäßig bei uns getragen hatten, und trat auf das gewaltige Bauwerk zu, auf das so mancher Baumeister ein Loblied sang. Aber nicht die Schönheit der ohnehin von Nacht und Wolken weitgehend verhüllten Architektur schlug mich in ihren Bann, sondern das, was ich hier zu finden hoffte – oder aber, was ich hier nicht finden würde.

Meine Begleiter waren ein paar Schritte hinter mir stehengeblieben und tuschelten miteinander. Ich wandte mich zu ihnen um und fragte im Flüsterton: »Was ist mit euch beiden? Worauf wartet ihr?«

»Was wir hier tun, ist nicht recht«, sagte Henk Rovers zaghaft. »Wir … begehen einen Frevel an Gott dem Herrn, wenn wir in sein Haus eindringen.«

253

Mißbilligend sah ich den alten Seemann an. »Ich wußte nicht, daß Ihr derart gottesfürchtig seid, Mann.«

»Auf See lernt ein jeder die Gottesfurcht, wenn er es mit Stürmen, Piraten und Seeungeheuern zu tun bekommt.«

»Da hat der alte Henk recht«, pflichtete Jan Pool ihm bei.

»Soso, Seeungeheuer«, sagte ich. »War es vielleicht ein Fehler, daß ich euch im voraus bezahlt habe? Mir scheint, ihr habt das Geld umgehend in Bier und Schnaps umgesetzt.«

Henk Rovers setzte eine bedauernde Miene auf. »Wir haben halt immer großen Durst.«

»Wenn der Durst größer ist als der Verstand, kann nichts Gutes dabei herauskommen«, tadelte ich ihn. »Ihr habt das Geld genommen, also haltet euch auch an die Abmachung.«

»Pah«, erwiderte Rovers abschätzig. »Zehn Stüber pro Nase sind wahrlich kein Vermögen.«

Ich reckte meine rechte Faust vor und erwiderte, nur halb im Scherz: »Aber besser als zehn Nasenstüber, oder?«

»Ich komm ja schon«, brummte der alte Seebär und setzte, gefolgt von seinem Kameraden, widerwillig einen Fuß vor den anderen.

Ich ging auf das angesichts der großen Kirche erstaunlich schmale Portal zu, bis ein leiser Pfiff mich zurückhielt. Jan Pool hatte ihn ausgestoßen.

»Nicht durch das Hauptportal«, sagte er, als er neben mir stand und den schweren Sack, den er über der Schulter trug, für einen Augenblick absetzte. »Wir nehmen einen der Seiteneingänge. Das ist sicherer und einfacher.«

»Wie Ihr meint«, fügte ich mich. »Darin seid Ihr der Fachmann.«

Wir umrundeten die Westerkerk, bis Pool vor einer Seitentür stehenblieb und erneut den Sack absetzte.

»Hier versuchen wir's«, entschied er, während Rovers sich ängstlich nach allen Seiten umblickte, als könne die düstere Nacht jederzeit einen unliebsamen Besucher ausspucken.

Pool zog ein abgegriffenes Klappmesser aus der Jackentasche, öffnete es und machte sich am Schloß der Tür zu schaffen. Die Minuten vergingen, und allmählich wurde auch ich unruhig. Ich trat dicht neben Pool und flüsterte: »Warum geht es nicht voran?«

Er sah mich über die Schulter an, wobei die schwarze Verfärbung seiner rechten Gesichtshälfte seinen ohnehin düsteren Blick noch bedrohlicher erscheinen ließ. »Ich hab nicht behauptet, daß es schnell geht. Wenn Ihr mich bei der Arbeit stört, dauert's auf jeden Fall länger.«

»Ich meinte ja nur«, murmelte ich. »Immerhin habt Ihr behauptet, Erfahrung in solchen Dingen zu besitzen.«

»Das stimmt auch. Aber nicht alle Schlösser sind gleich.«

»Schon recht«, sagte ich nur und trat einen Schritt zurück, um ihn in seinem Tun nicht zu behindern.

War es die richtige Entscheidung gewesen, die beiden trinkfreudigen Seebären für diese heikle Aufgabe anzuheuern? Zweifel stiegen in mir auf, aber dafür war es zu spät. Außerdem hatte die Zeitnot, in der ich mich befand, mir kaum eine Wahl gelassen.

Seit ich zwei Tage zuvor in die Rozengracht zurückgekehrt war, hatte sich nichts Entscheidendes getan, Rembrandt war und blieb verschwunden. Ich hatte keinen Anhaltspunkt, wo er sich aufhalten mochte. Aber ein Gedanke war mir gekommen und hatte sich immer weiter verfestigt: War Rembrandt gar nicht so verwirrt, wie der erste Anschein es vermuten ließ? Er wollte seinen toten Sohn Titus auf der Straße gesehen haben. Das klang natürlich verrückt. Aber hatte er womöglich recht? Davon wollte ich mich in dieser Nacht überzeugen, beseelt von der vagen Hoffnung, endlich auf eine Spur zu kommen. Wenn Rembrandt nicht bald gefunden wurde, würde Cornelia vor Sorge noch verrückt werden. Also war ich am Nachmittag in den *Schwarzen Hund* gegangen, um Rovers und Pool für mein nächtliches Unternehmen zu gewinnen.

»Geschafft!« hörte ich den schwarzgesichtigen Seemann befriedigt ausrufen, fast ein wenig zu laut, und auch das langgezogene Quietschen der aufschwingenden Tür wollte mir nicht gefallen.

Der alte Henk hatte mich mit seiner Unruhe angesteckt. Auch ich blickte in die Nacht wie ein flüchtiger Dieb. Die Dunkelheit beschützte nicht nur uns vor der Entdeckung, sie konnte auch leicht andere vor uns verbergen.

»Schnell jetzt, hinein!« trieb ich daher meine Begleiter an, und wir betraten eilig die Westerkerk.

Ich ging als letzter hinein und schloß die Tür hinter mir so leise wie möglich. In der Kirche brannten einige Kerzen, deren Schimmer wir bereits durch die Fenster gesehen hatten. Aber sie entrissen der Finsternis nur einzelne Flecken, weshalb ich meine Laterne wieder entzündete, bevor ich mich in dem Seitenschiff umsah, in dem wir standen. Zwar war ich bereits am Nachmittag in der Kirche gewesen, bevor ich in den *Schwarzen Hund* ging, doch da hatte ich sie durchs Hauptportal betreten. Deshalb und wegen des schlechten Lichts brauchte ich einige Zeit, um mich zurechtzufinden. Dann aber führte ich Rovers und Pool zielsicher zu jener Stelle, wo sich nahe einer Säule die gesuchte Grabstelle befand.

»Hier ist es«, sagte ich und deutete auf den Boden. »Fangt an, aber seid so leise wie möglich!«

Pool öffnete den Sack, den er hergeschleppt hatte, und wir nahmen jeder eine der schweren Hacken zur Hand. Schweigend standen wir um das Grab und bearbeiteten den harten Estrich mit unseren Werkzeugen. Jeder Schlag hallte in dem nächtlichen Kirchengewölbe überlaut wider, und ich hoffte inständig, das laute Echo möge nur meiner durch innere Anspannung gesteigerten Einbildungskraft entspringen.

Erst schien es, als wolle der Boden nicht nachgeben, doch dann brach Stück um Stück heraus, und schließlich tat sich ein ansehnliches Loch vor uns auf.

Plötzlich stellte Rovers seine Arbeit ein. »Da ist etwas Hölzernes. Seht Ihr es nicht?«

Der Alte hatte noch gute Augen, wie ich feststellte, als ich niederkniete und mich über das Loch beugte. Ja, es war Holz – das Holz des Sarges, nach dem ich suchte.

Wir verbreiterten das Loch, holten die festen Stricke aus Pools Sack und führten sie unter dem Sarg hindurch. Mit ihrer Hilfe gelang es uns, den Sarg Stück für Stück nach oben zu ziehen, bis er endlich neben uns stand.

Mit geweiteten Augen starrte Rovers erst den Sarg und dann mich an. »Wollt Ihr das wirklich tun, Freund Suythof?«

»Deshalb sind wir hier. Glaubt Ihr, ich mache mir all die Arbeit für nichts und wieder nichts? Also gebt mir schon das Brecheisen!«

Pool griff in den Sack und zog das unterarmlange Eisen hervor, mit dessen Hilfe ich nach zwei erfolglosen Versuchen den Deckel anhob. Ein übler, modriger Geruch schlug uns entgegen.

Rovers tat einen großen Schritt zurück, während Pool reglos dastand und auf den Sarg starrte. Ich aber zögerte jetzt, ihn ganz zu öffnen. Titus van Rijn war seit einem Jahr tot. War der Leichnam bereits vollends verwest? Was für ein Anblick erwartete uns?

Schließlich gab ich mir einen Ruck und zog den Deckel vom Sarg. Darin lag nur noch ein Knochengerüst, aber gewiß nicht das eines Menschen, schon gar nicht das eines ausgewachsenen Mannes. Dazu war es zu klein und zu seltsam geformt. Der längliche Totenschädel war der eines Tieres.

»Was ist das?« flüsterte Rovers so leise, daß er kaum zu verstehen war.

»Ein Hund«, meinte Pool. »Oder ein Wolf. Irgend etwas in der Art.«

»Aber bei allen Wassergeistern, wer beerdigt ein Tier in einer Kirche, die unserem Herrgott geweiht ist?«

»Das«, sagte ich gedehnt, »wüßte ich auch gern.«

Ich wußte selbst nicht, ob ich über den seltsamen Fund mehr erschrocken oder erleichtert war. Ich wußte nicht einmal, was genau er zu bedeuten hatte. War Titus noch am Leben? Dann hätte Rembrandt ihn tatsächlich auf der Straße sehen können. Aber Rembrandt selbst, Cornelia, die Haushälterin und andere hatten doch erlebt, wie Titus der Pest erlegen war. Wie konnte ein unzweifelhaft Toter ins Leben zurückkehren, und wie kam der Kadaver eines Hundes oder Wolfes in den Sarg?

Unsere nächtliche Grabschändung warf mehr Fragen auf, als sie beantwortete. Nur eines schien mir gewiß: Rembrandt und sein – toter oder lebender – Sohn waren in etwas verstrickt, wovon ein guter Bürger lieber nichts wußte, wollte er einen friedlichen Schlaf haben.

Je länger ich das Tierskelett anstarrte, desto unwohler wurde mir. Ein Schauer lief mir über den Rücken. Sollte ich Cornelia wirklich erzählen, was ich hier vorgefunden hatte? Eigentlich hatte ich sie in irgendeiner Weise beruhigen und trösten wollen, aber was würde sie fühlen, wenn sie hörte, daß anstelle ihres Bruders dieses Ding da in der Westerkerk begraben lag?

»Bringen wir den Sarg zurück an Ort und Stelle«, sagte ich, während ich den Deckel wieder an seinen angestammten Platz setzte. »Unser Besuch hat seinen Zweck erfüllt.«

»Bei Tageslicht wird trotzdem jeder sehen, daß sich hier jemand zu schaffen gemacht hat«, gab Pool zu bedenken.

»Tun wir unser Bestes«, erwiderte ich und stemmte mich gegen den Sarg, um ihn zurück ins Grab zu schieben.

Als wir unsere Arbeit vollendet und den Boden nach besten Kräften wieder geglättet hatten, legte Jan Pool das Werkzeug zurück in den Sack. Eine der Hacken entglitt ihm und fiel mit lautem Gepolter zu Boden.

»Leise doch, Jan!« zischte Henk Rovers.

»Ja doch, ja doch«, knurrte Pool und sammelte die Hacke wieder ein.

Er schulterte den Sack, und wir wollten uns zum Gehen wenden, da trat eine fremde Gestalt in den Lichtschein unserer Laterne: ein kleiner, dicklicher Mann, dessen vor Schreck geweitete Augen mich an Henk Rovers erinnerten.

»W-wer seid ihr?« brachte der aufgeregte Bursche nur mühsam hervor.

»Arbeiter«, sagte ich schnell. »Wir hatten zugesagt, die Grabarbeiten noch vor dem morgigen Tag fertigzustellen. Und wer seid Ihr?«

»Ich? Ich bin der Kirchenmeister Adrian Weert und soll heute die Mitternachtsglocke läuten, weil ...« Er unterbrach sich, wich einen Schritt zurück und musterte uns der Reihe nach. »Ich kenne euch nicht, und ich weiß auch nichts von dringenden Grabarbeiten. Das müßte ich aber, denn ich bin ...« Wieder verstummte er vorzeitig.

Schließlich machte er kehrt und lief unter lautem Geschrei davon: »Hilfe! Diebe! Kirchenschänder! Grabräuber!«

»Laßt den Sack hier, und nichts wie weg!« rief ich Jan Pool zu, und wir hasteten zu dem Seitenportal, durch das wir die Westerkerk betreten hatten.

Es regnete heftig, doch das war unsere geringste Sorge. Wir liefen von der Kirche fort, vernahmen aber schon bald wieder das Geschrei des Kirchenmeisters. Offenbar versuchte er, die Nachtwachen herbeizurufen. Und schon tauchte vor uns eine der Streifen auf, die Amsterdams Straßen des Nachts sicherten. Von hinten näherte sich der aufgeregte Adrian Weert: »Das sind sie! Nehmt sie doch fest! Das sind die Grabräuber!«

Wir befanden uns zwischen der Keizers- und der Prinsengracht, was die Fluchtmöglichkeiten erheblich einschränkte. Trotzdem schlugen wir uns rasch in die Büsche zu unserer Linken und hofften, die beiden Nachtwachen würden es nicht darauf ankommen lassen, es mit drei Gegnern aufnehmen zu müssen.

Aber das brauchten sie auch nicht. Kaum hatten wir die Straße verlassen, hörten wir schon das durchdringende Klappern ihrer Rasseln, das die anderen Streifen in diesem Viertel alarmierte. Eine zweite Wache tauchte vor uns auf, eine dritte neben uns, und bald waren wir von vierzehn oder sechzehn Männern umzingelt. Die Klingen ihrer Degen und Spieße, allesamt auf uns gerichtet, ließen uns keine Wahl. Wir ergaben uns. Meine größte Sorge war, den Rest der Nacht im Rasphuis verbringen zu müssen, aber die Nachtwachen brachten uns zum Rathaus, wo sie uns alle drei in eine enge Zelle sperrten.

Als die Tür hinter uns zufiel, brummte Henk Rovers: »Zehn Nasenstüber wären mir jetzt lieber.«

KAPITEL 20

Die Todeswetten

27. SEPTEMBER 1669

Gefällt es Euch in Gefängniszellen derart, daß Ihr gar nicht mehr herauswollt, Mijnheer Suythof? Ich hätte gedacht, was Ihr vor drei Tagen im Wasserhaus erlebt habt, hätte Euch ein für allemal kuriert.«

Das sagte, halb spöttisch und halb vorwurfsvoll, Jeremias Katoen, viele Stunden nachdem die Nachtwachen uns im Rathaus eingesperrt hatten. Rovers, Pool und ich hatten eine unbequeme Nacht hinter uns, bislang nicht mehr als einen kleinen Krug Wasser erhalten und uns gegenseitig mit Vorwürfen überschüttet, bis wir heiser waren. Als dann die Zellentür erneut geöffnet wurde, hatten wir gedacht, etwas Eßbares zu erhalten. Aber statt eines Aufsehers mit Essen war der Amtsinspektor erschienen.

»Erst wollte ich es nicht glauben, als Dekkert mir heute morgen von dem Vorfall in der Westerkerk erzählte«, fuhr Katoen kopfschüttelnd fort. »Ich dachte wirklich, er erlaubt sich einen Scherz mit mir. Aber nein, hier sitzt Ihr wie der ärmste Sünder! Ich beginne allmählich, an Eurem Verstand zu zweifeln.«

»Das kann ich gut verstehen«, sagte ich. »Was mir in letzter

261

Zeit widerfährt, läßt auch mich darüber nachdenken, ob ich noch klaren Sinnes bin.«

»Was Euch widerfährt? Oho, jetzt erzählt Ihr mir womöglich, daß Ihr gar nicht in die Westerkerk eingebrochen, sondern dahin verschleppt worden seid. Von Herrn van der Meulen vielleicht?«

»Nein, in diese Sache ist er nicht verwickelt. Aber wo Ihr ihn erwähnt: Hat er sich inzwischen eingefunden?«

»Nein«, antwortete der Amtsinspektor knapp. »Und jetzt erzählt mir endlich, was Ihr in der Kirche wolltet!«

»Hier in der Zelle? Gibt es keinen erfreulicheren Ort, an dem wir beide uns ungestört unterhalten können?«

»Wollt Ihr Eure Komplizen allein hier zurücklassen?«

»Ich dachte, Ihr könntet sie jetzt gehen lassen, Mijnheer Katoen. Ihr kennt doch ihre Namen und habt die Möglichkeit, sie jederzeit heranzuziehen.«

»Das werde ich auch tun«, sagte der Amtsinpektor streng und warf den beiden einen düsteren Blick zu. »Auf euch kommt noch eine saftige Strafe zu. Aber jetzt verschwindet meinetwegen!«

Das ließen sie sich nicht zweimal sagen und waren schneller fort, als man Amsterdam sagen konnte.

Katoen fixierte wieder mich »Und nun zu Euch, Suythof. Folgt mir in mein Dienstzimmer und erklärt mir, was Euch bewogen hat, vom vermeintlichen Brandstifter und Mörder zum in flagranti ertappten Grabräuber zu werden.«

»Ich habe nichts geraubt.«

»Dann nenne ich Euch eben einen Grabschänder. Dagegen könnt Ihr kaum etwas sagen. Kommt!«

Ich folgte ihm in sein Zimmer, wo er mir einen unbequemen Stuhl zuwies. Durch die Fenster sah ich hinaus auf das morgendliche Amsterdam. Der Himmel war noch immer bewölkt, aber es blies ein starker Wind vom Meer her über die Stadt und trieb die Wolken weiter, bevor sie ihre Regenfracht über uns

262

abladen konnten. Ein Lastkahn wurde vorbeigetreidelt, und ein paar Möwen auf Futtersuche zogen ihre Kreise über dem Wasser der Amstel.

Katoen trat zu einem Schrank, dem er zwei kleine Becher und eine Karaffe entnahm, füllte beide Becher mit der Flüssigkeit aus der Karaffe und reichte mir einen.

»Trinkt das in einem Zug, es wird Eure Lebensgeister wekken!«

Ich befolgte die Anweisung, und etwas, das süßlich schmeckte und stark brannte, rann meine Kehle herunter.

»Was ist das?« fragte ich hustend und betrachtete zweifelnd den Boden meines Bechers, wo der karge Rest der Flüssigkeit bläulich schimmerte.

»Heidelbeerschnaps. Ein Onkel aus Utrecht schickt ihn mir regelmäßig.«

»Und Ihr trinkt ihn regelmäßig?«

Er grinste. »Nein, nur zu besonderen Anlässen wie Eurer wiederholten Festnahme.«

»Danke«, sagte ich und stellte den Becher auf einem mit Papieren übersäten Tisch ab. »Ich werde Euch weiterempfehlen. Die Behandlung hier ist entschieden fürsorglicher als die im Rasphuis.«

Katoen wischte die Becher mit einem Lappen aus, bevor er sie zusammen mit der Karaffe zurückstellte. Dann setzte er sich mir gegenüber und stützte die Ellbogen auf die Tischplatte und das Kinn auf seine verschränkten Hände.

»Wenn Ihr Euch hier so wohl fühlt, mögt Ihr mir sicher berichten, was Euch um Mitternacht in die Westerkerk verschlagen hat. Ich muß gestehen, daß ich überaus gespannt bin, was für eine Geschichte Ihr mir diesmal auftischt.«

Ich erzählte ihm die ganze Wahrheit und schloß: »Aber wahrscheinlich werdet Ihr mir wieder nicht glauben. Und wenn ich an unseren Besuch im Musico zurückdenke, muß ich befürchten, daß in dem Sarg von Rembrandts Sohn inzwischen tatsächlich ein menschliches Skelett liegt, wenn auch nicht unbedingt das von Titus van Rijn.«

»Das läßt sich aufklären. Aber so unglaublich ist die Sache mit dem Tierskelett gar nicht, Suythof. Leider haben wir in jüngster Zeit immer mehr Ärger mit Grabräubern, die sich der Toten bemächtigen. So ist es nicht verwunderlich, daß der Kirchenmeister Euch für einen dieser Leichendiebe gehalten hat. Die Umstände ließen kaum eine andere Schlußfolgerung zu. Warum habt Ihr nicht offiziell einen Antrag auf Graböffnung gestellt? Das Grab von Rembrandts Sohn ist, soweit ich weiß, ohnehin nur ein vorläufiges, bis die Familiengrabstelle der van Loos in der Westerkerk hinreichend vergrößert worden ist.«

»Die Formalitäten hätten viel zu lange gedauert. Cornelia ist außer sich vor Sorge um ihren Vater. Ich wollte mich vergewissern, ob seine Behauptung, Titus gesehen zu haben, einer Wahnvorstellung entspringt oder nicht.«

»Das wißt Ihr immer noch nicht.«

»Nein, aber der Tierkadaver in Titus' Grab beweist, daß irgend etwas an der Sache faul ist.«

»Nicht zwangsläufig. Auch Titus van Rijns Leichnam kann den Grabräubern zur Beute geworden sein.«

»Und was hat der Hund in dem Sarg verloren?«

»Vielleicht haben die Leichendiebe sich einfach einen üblen Scherz erlaubt.« Katoen tippte mit dem Zeigefinger an seine Stirn. »Wer nachts in Kirchen und auf Kirchhöfen herumschleicht und Leichen aus den Gräbern stiehlt, kann hier nicht so ganz richtig sein.«

»Aber was geschieht mit den Leichnamen?«

»Die Anatomie«, seufzte der Amtsinspektor. »Das Sezieren von Leichen zu angeblich oder tatsächlich wissenschaftlichen Zwecken greift immer mehr um sich. Die Ärzte öffnen die Toten, holen einzelne Organe heraus und konservieren sie, wie andere Leute sich Bilder an die Wände hängen.«

»Ihr haltet nicht viel von der Anatomie?«

»Was soll ich von einem Vorgang halten, der vorgeblich dem Fortschritt von Wissenschaft und Heilkunst nützen soll, bei dem aber das gemeine Volk als Publikum zugelassen wird, teilweise sogar gegen Eintritt? Da gibt es Ärzte, die sich für ihre Erfolge feiern lassen und ihre Beliebtheit ausnutzen, um sich in wichtige öffentliche Ämter wählen zu lassen. Liegt denen die Heilkunst am Herzen oder eher ihr Ansehen und ihr Geldbeutel?«

»Spielt Ihr auf den Doktor Nicolaes Tulp an?« Der hatte es bis zum Ratsherrn und Bürgermeister von Amsterdam gebracht, und ich erinnerte mich, daß Rembrandt selbst eine seiner Anatomieveranstaltungen gemalt hatte.

»Er ist nur ein Beispiel, allerdings ein hervorstechendes.«

»Also meint Ihr, daß Doktor Tulp seinen öffentlichen Aufgaben nicht gerecht geworden ist?«

»Das habe ich nicht gesagt. Es behagt mir nur nicht, wenn die Toten für die Zwecke der Lebenden mißbraucht werden. Vielleicht hängt das mit meinem Beruf zusammen, in dem ich es öfter als andere mit Toten zu tun habe.«

Ich dachte eine Weile über das nach, was Katoen mir erzählt hatte. Besonders die Sache mit dem Konservieren von Organen beschäftigte mich.

»Doktor Antoon van Zelden wird für seine Kunst im Konservieren von Organen gerühmt«, bemerkte ich. »Wißt Ihr, ob auch er gestohlene Leichen für seine Zwecke benutzt?«

Der Amtsinspektor beugte sich vor und runzelte die Stirn. »Mit Doktor van Zelden habt Ihr es wohl. Weshalb eigentlich?«

»Er verkehrt in Rembrandts Haus, ist der Arzt der Familie de Gaal, und ich habe ihn mit van der Meulen in dem Musico gesehen. Genügt das?«

»Nicht, um ihm etwas anzuhängen.«

»Ihr weicht meiner Frage aus, Mijnheer Katoen.«

265

»Van der Meulen, van Zelden, de Gaal. Seid Ihr erpicht darauf, Euch mit den angesehensten Bürgern der Stadt anzulegen?«

»Ich bin gar nicht erpicht auf Schwierigkeiten, aber ich stecke so tief in der Sache drin, daß es für mich kein Zurück mehr gibt. Nicht nur meinetwegen, sondern auch …«

»Wegen Cornelia van Rijn, richtig?«

»Ja. Und Ihr, Herr Amtsinspektor, wollt Ihr Schwierigkeiten mit den hohen Herren aus dem Weg gehen?«

»Wo es möglich ist, ja.«

»Auch unter Vernachlässigung oder gar Verletzung Eurer Amtspflichten?«

»Selbstverständlich nicht.«

»Dann sagt mir doch, was ich über Doktor van Zelden wissen möchte!«

»Also gut, Ihr gebt ja doch keine Ruhe. Aber Ihr müßt mir versprechen, daß Ihr das alles streng vertraulich behandelt.«

»Das versteht sich.«

»Tatsächlich haben wir van Zelden im Verdacht, eine Bande von Grabräubern für sich arbeiten zu lassen. Allerdings war ihm bislang nichts nachzuweisen.«

»Wo Ihr schon einmal bei der Wahrheit seid, wollt Ihr mir nicht alles sagen? Ich mag weder besonders gescheit noch ein begnadeter Maler sein, sonst wäre ich wohl kaum in all das hineingeraten. Aber ein Schwachkopf bin ich auch nicht. Es liegt auf der Hand, daß Ihr Euch meiner auf besondere Weise annehmt, Mijnheer Katoen. Wann immer ich in Schwierigkeiten stecke, taucht Ihr auf, um mich vor dem Schlimmsten zu bewahren. Soll ich das für einen Zufall halten? Wohl kaum. Also sagt mir bitte, womit ich soviel Aufmerksamkeit verdient habe!«

Der Amtsinspektor lächelte. »Ihr seid der Freund von Ossel Jeuken und Rembrandts Schüler.«

»Letzteres war ich, bis ich mich mit dem Meister überworfen habe.«

»Aber Ihr lebt noch in seinem Haus.«

»Ja, und?«

Katoen erhob sich und griff nach seinem Hut. »Seid Ihr hungrig, Suythof? Gut, dann lade ich Euch zum Frühstück ein. Und auf dem Weg dahin werde ich Euch etwas zeigen.«

Auf dem Gang trafen wir Dekkert, mit dem der Amtsinspektor ein paar Worte wechselte – zu leise, als daß ich etwas hätte verstehen können.

Wir gingen über den bereits sehr belebten Dam auf ein großes, frei stehendes Gebäude zu, das in kunstvollem Stil erbaut war und von einem ebenso kunstvoll gestalteten Turm überragt wurde. Hier herrschte im Vergleich zum Dam und dem nahen Fischmarkt noch Ruhe, doch das würde sich zur Mittagsstunde schlagartig ändern. Zahlreiche Herren in Kaufmannstracht würden in das Gebäude eilen und, wenn das Haus um zwei Uhr nachmittags seine Tore schloß, zufrieden lächelnd oder auch mit besorgter Miene wieder heraustreten.

»Ihr wißt, wo wir uns befinden?«

»Wollt Ihr scherzen? Welcher Bürger Amsterdams wüßte nicht, daß dies die Kaufmannsbörse ist, wo die Kaufleute mit Waren aus der ganzen Welt handeln und damit letztlich die Vermehrung ihres Reichtums oder aber ihren Ruin beschleunigen.«

Ein bitteres Lächeln huschte über Katoens Gesicht. »Das habt Ihr trefflich beschrieben, Suythof. Hier hat wahrhaftig schon mancher sein ganzes Hab und Gut verloren, weil er mit Waren handelte, die er noch gar nicht zu Gesicht bekommen hatte und auch niemals zu Gesicht bekommen sollte.«

»So sind die Regeln des Handels nun mal. Des einen Gewinn ist des anderen Verlust.«

»Für ehrliche Geschäfte sind das keine guten Regeln. Ich hoffe, dieses Börsenunwesen wird sich nicht lange halten.«

»Woher diese heftige Abneigung?«

»Das werde ich Euch beim Frühstück erklären.«

Katoen führte mich in eine Garküche nahe dem Fischmarkt und entschied sich für einen abgelegenen Tisch in der hintersten Ecke. Er wartete, bis der Wirt Brot, Butter, Salzheringe und einen Krug Delfter Bier serviert hatte, und dann hob er an zu sprechen.

»Erinnert Ihr Euch an das sogenannte Tulpenfieber, Suythof? Sicher nicht aus eigener Erfahrung, dafür sind wir beide zu jung. Aber Ihr habt vielleicht davon gehört.«

Das hatte ich. »Es muß etwa dreißig Jahren her sein; viele Kaufleute verloren ihr Vermögen an der Börse, weil sie sich beim Geschäft mit Tulpenzwiebeln verspekuliert hatten.«

Katoen nickte. »Es war das Jahr 1637, als das wacklige Gerüst aus Käufen und Weiterverkäufen in sich zusammenbrach. Nicht nur die großen Kaufleute haben Verluste gemacht. Das Tulpenfieber hatte weite Teile des Volkes ergriffen und brachte manch einfachen Mann um sein mühsam zusammengespartes Geld.«

»Warum sprecht Ihr davon?« fragte ich, bevor ich herzhaft in ein Stück Brot mit Hering biß.

»Weil es zeigt, welch vernichtende Kraft das Geschäft an der Kaufmannsbörse entwickeln kann. Die Spekulation mit den Tulpenzwiebeln mag im großen und ganzen nicht gegen die Gesetze verstoßen haben, aber sie hat sich doch an der Grenze dessen bewegt, wie Menschen miteinander umgehen sollten.«

»Ihr seid ein Moralist«, stellte ich mit spöttelndem Unterton fest.

»Wäre ich das nicht, könnte ich meinem Amt nicht gerecht werden. Aber ich habe nur von der Kaufmannsbörse gesprochen, um zum Eigentlichen überzuleiten. Der große Erfolg der Börsengeschäfte hängt damit zusammen, daß die Menschen hierzulande aus unerklärlichen Gründen ganz närrisch werden, wenn es um das Spekulieren mit Waren oder auch nur ums

Wetten geht. Für die lächerlichsten Dinge setzen sie ihr ganzes Vermögen aufs Spiel. Ich erinnere mich an einen Mann, der aufgrund einer Wette die Zuidersee von der Insel Texel bis hin nach Wieringen durchsegelt hat – in einem Backtrog! Und an dem angesehenen Gastwirt in Bleiswijck, der sein Haus verlor, weil er um das Aussehen einer Säule gewettet hatte – einer Säule in Rom!«

»Das sind nun aber wirklich Einzelfälle.«

Katoen blickte mich sehr ernst an. »Ihr irrt, es sind die Auswüchse eines Wahns, der mehr und mehr um sich greift. Die Todeswetten belegen es, leider.«

»Die – was?«

»Die Todeswetten«, wiederholte Katoen düster. »Ihr wolltet wissen, weshalb ich mich Eurer so annehme. Es geht, Ihr werdet es Euch wohl denken, um das blaue Bild, das verschwunden ist. Das Todesbild, wie Ihr es genannt habt. Wir vermuten, daß es mit einer Reihe von unseligen Wetten im Zusammenhang steht, verbotenen Wetten, die nicht offen an der Kaufmannsbörse abgeschlossen werden, aber dennoch die Kreise der ehrbaren Kaufleute berühren.«

»Erklärt Euch näher!« verlangte ich und vergaß vor Anspannung weiterzuessen.

»In den vergangenen Monaten ist es innerhalb der Kaufmannschaft und angesehener Zünfte zu unerklärlichen Todesfällen gekommen. Nehmt die Wahnsinnstat des Blaufärbermeisters Guysbert Melchers als Beispiel. Wir erhielten einen Hinweis, daß an der Schwarzbörse, wie wir es nennen, Wetten abgeschlossen wurden. Wetten, bei denen es um den Tod angesehener Bürger geht, und zwar nicht solcher, die auf dem Krankenlager oder gar dem Sterbebett liegen, sondern jener, die sich bester Gesundheit erfreuen. Uns war rätselhaft, wie man auf so etwas wetten kann, wird doch der Tod eines Menschen in der Regel vom Schicksal bestimmt. Daher taten wir die Berichte über Todeswetten erst als bloße Gerüchte ab. Als sich aber die

Fälle Melchers und Jeuken ereigneten und Ihr mir von dem Todesbild erzähltet, ergab das Ganze plötzlich einen Sinn.«

»So glaubt Ihr also auch, daß dieses seltsame Bild die Sinne von Ossel Jeuken und von Gysbert Melchers verwirrt und sie zu ihren Taten getrieben hat?«

»Ich halte es zumindest für möglich, wenn ich es mir auch nicht erklären kann. Noch nicht. Aber ich muß eine Erklärung finden, und deshalb habe ich, wie Ihr richtig bemerktet, ein besonderes Auge auf Euch geworfen. Ihr scheint auf eine Weise in diese Sache verstrickt zu sein, die Euch selbst nicht ganz klar ist.«

»Befürchtet Ihr weitere Mordtaten in naher Zukunft?«

»Ich weiß nichts Genaues. Natürlich liegt mir daran, den grausamen Tod weiterer Bürger zu verhindern, aber meine eigentlich Aufgabe liegt woanders: Ich will die Niederlande vor dem Zerfall bewahren!«

»Was soll das heißen?«

Katoen blickte mich durchdringend an. »Ihr haltet Euch an das Versprechen, Stillschweigen zu bewahren?«

»Ich halte mich stets an meine Versprechen.«

»Die Niederlande stehen weniger unerschütterlich da, als Ihr glauben mögt. Was Wilhelm von Oranien einst geleistet hat, ist kein abgeschlossenes Werk. Mächtige äußere Feinde – England etwa oder Frankreich – warten nur darauf, daß wir ein Anzeichen von Schwäche zeigen, und schon werden sie wieder über uns herfallen. In jüngster Zeit hat es viele französische Spione gegeben. Wir müssen darauf gefaßt sein, daß Ludwig XIV. einen Krieg gegen uns vorbereitet. Stellt Euch nur vor, in dieser Lage käme ans Licht, daß hochangesehene Herren, darunter vielleicht einige der reichsten Kaufleute, ihresgleichen zu Tode bringen, um sich durch die darauf abgeschlossenen Wetten zu bereichern. Wer würde dann noch dem anderen trauen? Sämtlicher Handel bräche zusammen, unser Land wäre von einem Tag auf den anderen gelähmt!«

»Ist deshalb nichts über die anderen Todesfälle an die Öffentlichkeit gelangt?«

Der Amtsinspektor nickte. »Wir haben uns um größtmögliche Geheimhaltung bemüht, aber was im Haus von Gysbert Melchers geschehen ist, war einfach zu aufsehenerregend, um nicht ans Licht zu kommen. Noch weiß die Öffentlichkeit nicht um die Zusammenhänge, aber das kann sich jeden Tag ändern. Jetzt, nach dem Tod der van Riebeecks, bedrängen die Zeitungen bereits den Magistrat mit Fragen.«

Vor mir lagen immer noch Brot und Hering, aber ich hatte keinen Hunger mehr. Eine ganze Weile saß ich, in brütendes Schweigen versunken, einfach nur da. Was mir ohnehin höchst mysteriös erschienen war, erhielt durch Katoens Eröffnungen eine ganz andere Dimension. Für einen schrecklichen Augenblick sah ich ganz Amsterdam im Wahnsinn versinken.

»Wie kann ich Euch helfen?« fragte ich schließlich.

»Setzt Eure Nachforschungen fort. Ihr habt Möglichkeiten, die mir in meinem Amt versagt sind. Ich werde Euch decken, so gut ich kann. Aber ich bitte Euch, sprecht Eure Schritte in Zukunft mit mir ab!«

»Dann haben wir wegen des Vorfalls in der Westerkerk keine üblen Folgen zu erwarten?«

»Nein. Das konnte ich nur Euren Freunden gegenüber schlecht eingestehen. Außerdem schadet es den Burschen nicht, ein bißchen mehr Respekt vor dem Gesetz zu haben.«

Ich wollte zur Rozengracht zurückkehren, und Katoen bestand darauf, mich ein Stück zu begleiten. Unterwegs fragte ich ihn, ob er noch etwas aus Beke Molenberg herausbekommen habe, doch er verneinte.

»Hier geht's lang«, sagte er und drängte mich zur Westerkerk, als ich am Schauplatz meines nächtlichen Debakels so schnell wie möglich vorbeigehen wollte. »Dekkert wartet auf uns.«

Mir war nicht wohl, als ich dem Amtsinspektor in die Kirche

folgte. Dort wurde mir klar, warum er mich hatte begleiten wollen und was er zuvor mit Dekkert besprochen hatte. Dieser stand mit dem Kirchenmeister Weert und zwei Arbeitern an Titus' Grab. Es war ein zweites Mal geöffnet worden, und wiederum stand der Sarg daneben.

»Ihr kommt gerade recht, Mijnheer Katoen«, rief Dekkert. »Wir sind soweit. Sollen wir den Sarg öffnen?«

»Nur aus dem Grund sind wir hier«, antwortete Katoen.

Dekkert gab den beiden Arbeitern ein Zeichen, und sie nahmen den Deckel ab, was nach meiner Vorarbeit diesmal keine Mühe mehr machte. Katoen und ich traten vor und starrten in den Sarg.

»Diesmal muß ich Euch wohl glauben, Suythof«, sagte der Amtsinspektor und verzog das Gesicht beim Anblick des Tierskeletts.

KAPITEL 21

Zwischen Leben und Tod

Das Haus war groß und machte einen düsteren Eindruck.
Pflanzen rankten sich an den Mauern hoch und wucherten ungehemmt, ganz mit der Aufgabe beschäftigt, das Gebäude irgendwann gänzlich zu bedecken. Die anderen Häuser am Kloveniersburgwal befanden sich in einem weitaus gepflegteren Zustand, was kein Wunder war, gehörten sie doch wohlhabenden Kaufleuten und Ärzten. Auch Doktor Antoon van Zelden war, nach allem, was ich gehört hatte, ein gutsituierter Mann; das Aussehen seines Domizils schien ihn allerdings nicht zu kümmern.

»Sein Haus derart verkommen zu lassen ist doch eine vollkommen unniederländische Eigenart«, sagte ich zu Cornelia, die mich hierherbegleitet hatte. »Bist du sicher, daß dieser Kasten Doktor van Zelden gehört?«

»Vollkommen sicher. Ich war einmal mit meinem Vater hier, als er van Zelden wegen einer Auftragsarbeit aufgesucht hat. Allerdings habe ich damals vor dem Haus gewartet.«

Seit meinem zweiten Besuch in der Westerkerk waren erst wenige Stunden vergangen. Ich hatte Cornelia nichts von den Todeswetten gesagt und von dem Gespräch mit Katoen nur preisgegeben, daß der Amtsinspektor die Sache mit dem Todesbild nicht länger als Hirngespinst abtat. Schweren Herzens hatte ich Cornelia von dem Tierskelett erzählt, das im Sarg ihres Bruders lag. Wider Erwarten hatte sie das sehr gefaßt aufgenommen. Das erklärte ich mir so, daß sie wohl an einem Punkt angelangt war, an dem sie nichts mehr aufregen konnte. Ich bewunderte ihre Stärke, die angesichts ihrer Jugend um so erstaunlicher war.

Wir hatten uns zu einem Besuch bei Doktor van Zelden entschlossen, weil wir hofften, er als Rembrandts Arzt wußte vielleicht etwas, das uns bei der Suche nach dem Verschwundenen weiterhelfen konnte. Außerdem war der Arzt mir verdächtig, seit ich ihn an der Seite van der Meulens in Kaat Laurens' Musico gesehen hatte, und ich hatte mir vorgenommen, mich in seinem Haus nach Möglichkeit etwas umzusehen.

Ein rundliches Hausmädchen, dessen rote Wangen leuchteten wie die zwei Hälften eines Apfels, öffnete uns und erklärte sogleich: »Der Doktor hat keine Sprechstunde mehr. Kommt bitte morgen wieder, zwischen zehn und zwölf.«

Sie wollte die Tür schon wieder schließen, da sagte ich schnell: »Wir sind nicht krank. Dies ist Cornelia van Rijn, die Tochter des Malers Rembrandt van Rijn. Wir sind wegen ihres Vaters gekommen. Seid so gut und meldet uns dem Herrn van Zelden.«

Zögernd ließ sie uns eintreten und führte uns in einen Warteraum, der ebenso von van Zeldens medizinischen Neigungen wie auch von seiner Kunstleidenschaft zeugte. Zwei der vier Gemälde an den Wänden zeigten Anatomiestudien. Noch mehr faszinierten mich aber die zahlreichen Gläser, die an der Wand entlang auf Tischen aufgereiht standen. Darin schwammen, eingebettet in eine durchsichtige Flüssigkeit, menschliche Organe und Körperteile, darunter ein Ohr und eine Hand. Cornelia wandte sich schaudernd ab, ich aber dachte an Katoens Worte und fragte mich, ob van Zelden wirklich Leichenräuber beschäftigte.

Das Dienstmädchen kehrte zurück und brachte uns in einen

Salon, der größer und prachtvoller war als der Warteraum, zu dessen Ausstattung aber ebenso einige Gemälde sowie eine Anzahl Gläser mit konservierten Organen gehörten. Ein Ölbild zog uns sofort in seinen Bann. Es war ein Porträt von Titus van Rijn. In Rembrandts Haus hingen genügend Bilder des toten Sohnes, um mir sein Antlitz fast so vertraut erscheinen zu lassen wie mein eigenes.

Cornelia streckte eine Hand aus, als wollte sie das Gesicht sanft berühren. »Wie gut er Titus getroffen hat! Das ist jeder Zoll mein Bruder. Vater hat ihn über alles geliebt. Es wundert mich, daß er dieses Bild verkauft hat.«

»Es hat mich einige Überredungskunst gekostet«, sagte eine heisere Stimme hinter uns. »Ich mußte Eurem Vater versprechen, daß er jederzeit herkommen darf, um das Bild zu betrachten.«

Doktor van Zelden, der lautlos eingetreten war, verneigte sich zur Begrüßung, was angesichts seines großen, ohnehin leicht gebeugten Körpers wirkte, als könnte er jeden Augenblick das Gleichgewicht verlieren und vornüberfallen.

»Gibt es Neuigkeiten von Eurem Vater?« fragte er. »Ich mache mir große Sorgen um ihn.«

»Das tue ich auch«, antwortete Cornelia. »Und genau deshalb bin ich hier. Habt Ihr einen Augenblick Zeit für mich, Doktor van Zelden?«

»Für Euch immer. Nehmt doch Platz. Darf ich Euch eine Schokolade bringen lassen?«

Ich räusperte mich.

»Ja?« fragte der Arzt.

»Ich habe Fräulein van Rijn hierherbegleitet. Aber ich denke, was sie mit Euch zu besprechen hat, ist nicht für meine Ohren bestimmt, Mijnheer van Zelden. Wenn Ihr erlaubt, sehe ich mir solange noch einmal die Exponate in Eurem Warteraum an.«

»Nur zu! Ihr kennt ja den Weg.«

Schon in der Tür, wandte ich mich noch einmal zu ihm um.

»Das Konservieren menschlicher Organe und Glieder scheint eine große Leidenschaft von Euch zu sein.«

»Das kann ich angesichts der vielen Gläser hier wohl schlecht leugnen.« Er lachte kurz und trocken, wurde aber augenblicklich wieder ernst. »Allerdings ist dies nicht der ungewöhnliche Zierat im Haus eines Arztes, sondern dient wissenschaftlichen Zwecken. Alles, was Ihr hier konserviert seht, ist mir bei meinen Forschungen ebenso wie bei meinen Vorlesungen sehr von Nutzen. Ich selbst habe eine besondere alkoholische Lösung entwickelt, mit der die Technik des Konservierens erheblich verbessert werden konnte.«

»Erstaunlich«, rief ich und gab mich beeindruckt. »Wie kommt Ihr nur an all die Toten?«

»Unfälle und Epidemien sind in unserer Stadt leider keine Seltenheit. An Leichnamen besteht kein Mangel.«

Ich nickte einsichtig und ging zurück in den Warteraum, wo ich das Hausmädchen antraf, wie es mit einem weichen Tuch die hohen Gläser vom Staub befreite.

»Euer Herr ist mit seinen Konservierungen wohl sehr eigen«, bemerkte ich beiläufig.

»O ja, Mijnheer. Ich muß gut achtgeben, daß ich nichts kaputtmache. Und in sein Heiligtum läßt er mich erst gar nicht hinein.«

»Sein Heiligtum? Was meint Ihr damit?«

Sie kicherte und senkte den Blick. »So habe ich es für mich genannt. Es sind die Räume im hinteren Teil des Hauses, wo der Herr seinen Forschungen nachgeht. Dort arbeitet er auch an seinen Konservierungen. Ich habe die Räume noch nie betreten dürfen, obwohl ich schon seit zwei Jahren hier in Dienst bin. Ich weiß gar nicht, wie er dort für Sauberkeit sorgt.«

»Wahrscheinlich würde Eure Anwesenheit dort ihn zu sehr ablenken.«

»Schon möglich«, sagte das Mädchen und stellte ein sauberes Glas sorgsam zurück an seinen Platz. »Auch als Ihr geläutet habt, war der Herr in seinem Heiligtum. Deshalb war ich mir ja so unsicher, ob ich ihn überhaupt stören durfte.«

Dankbar für ihre Offenherzigkeit fragte ich behutsam weiter: »Aber Ihr würdet dieses Heiligtum gern einmal sehen, oder? Mir gegenüber könnt Ihr es ruhig zugeben, ich werde Euch nicht verraten. Habt Ihr nie heimlich versucht, Euch dort umzusehen?«

»Nein, Mijnheer, wo denkt Ihr hin? Natürlich gerate ich manchmal in Versuchung, wenn ich hinten im Gang saubermache, aber nie im Leben würde ich diese Räume ohne Erlaubnis betreten.«

»Sehr pflichtbewußt«, lobte ich die rotwangige Person, und dann verabschiedete ich mich unter dem Vorwand, in den Salon zurückkehren zu wollen.

In Wahrheit aber bog ich von dem langen, gewundenen Gang nicht zum Salon ab, sondern begab mich in den hinteren Teil des Hauses, wo ich hinter einer großen Tür das sogenannte Heiligtum Doktor van Zeldens vermutete. Ich machte mir wenig Hoffnung, die Tür unverschlossen vorzufinden. Gleichwohl versuchte ich mein Glück – und zu meinem Erstaunen ließ sie sich ohne weiteres öffnen. Von innen steckte ein Schlüssel. Offenbar hatte unser Erscheinen den Arzt derart überrascht, daß er schlichtweg vergessen hatte, die Tür abzuschließen.

Rasch trat ich ein und zog die Tür hinter mir zu. Durch die vorgezogenen Vorhänge drang nur gedämpftes Licht in den großen Raum, der ein Studierzimmer zu sein schien. Hier hingen keine Gemälde an den Wänden, sondern Skizzen des menschlichen Körpers und seiner inneren Organe. Schwere Folianten in lateinischer Sprache lagen auf einem Tisch, und in einer Ecke hing ein vollständiges menschliches Skelett von der Decke herab. Unwillkürlich dachte ich an das, was ich in Titus van Rijns Sarg gesehen hatte, und es lief mir kalt den Rücken hinunter.

Im nächsten Raum widmete van Zelden sich offenkundig dem Konservieren. Eine Vielzahl von Organen schwamm in der durchsichtigen Lösung, die der Arzt nach eigenen Worten selbst entwickelt hatte, und in einem Schrank standen Dutzende leerer Gläser unterschiedlichster Größe.

Von hier aus führte eine Tür in einen weiteren Raum, wie ich annahm, doch diese Tür fand ich verschlossen vor.

Ich sah mich in dem zweiten Raum gründlich um, konnte aber keinen Schlüssel entdecken. Also ging ich wieder in das Studierzimmer, suchte dort und fand endlich einen Schlüssel unter einem der Folianten verborgen. Ich eilte zurück, probierte den Schlüssel aus, und er paßte!

Mein Herz pochte beim Durchschreiten der Tür, die van Zelden so sorgsam verschlossen hatte. Und was ich dort sah, ließ mich in der Tat zurückweichen. Ich wandte den Blick ab und mußte mich zusammennehmen, um ihn wieder auf das zu richten, was van Zelden hier vor aller Augen verbarg.

In eine Ecke des Zimmers waren gläserne Wände eingelassen, gleichsam ein riesenhaftes Konservierungsglas, das vom Boden bis zur Decke reichte. Die Konservierungsflüssigkeit darin war nicht farblos wie jene in den kleineren Gläsern. Sie schimmerte blau, und doch konnte ich durch sie hindurchsehen auf das, was in ihr schwamm: ein unbekleideter Mensch, ein junger Mann, der mich aus glasigen Augen ansah. Sein schmales Gesicht war mir nur zu gut bekannt. Natürlich war er tot, sein Blick leer, und doch glaubte ich, darin ein Flehen wahrzunehmen, die Bitte, den toten Leib aus dieser widernatürlichen Aufbewahrung zu befreien und zur letzten Ruhe zu betten.

Am liebsten hätte ich einen Stuhl ergriffen und die großen Glasscheiben eingeschlagen. Aber ich ließ es sein, denn noch sollte der Arzt nicht wissen, daß ich sein Geheimnis entdeckt hatte.

Eilig ging ich aus dem Zimmer, froh, die Tür hinter mir schließen zu können. Ich legte den Schlüssel zurück an seinen Platz und verließ die Räume, die mir eher wie ein »Unheiligtum« denn wie ein »Heiligtum« erschienen.

Ich wischte mir den Schweiß von der Stirn, setzte eine gefaßte Miene auf und ging in den Salon, wo Cornelia sich gerade erhob, um sich von Doktor van Zelden zu verabschieden.

»Hat der Doktor dir helfen können?« fragte ich, als wäre nichts geschehen.

»Nicht, was den Verbleib meines Vaters angeht. Aber es hat mir gutgetan, einmal in Ruhe mit ihm zu sprechen. Doktor van Zelden ist ein sehr verständnisvoller Mann und hat mir seine Hilfe angeboten, wann immer ich sie benötige.«

Ich wandte mich dem Arzt zu. »Das ist überaus freundlich von Euch, Doktor van Zelden.«

»Nicht der Rede wert.« Er sah Cornelia an. »Besucht mich ruhig wieder, wenn Ihr etwas auf dem Herzen habt.« Sein Blick wanderte weiter zu mir. »Das gilt auch für Euch, Mijnheer Suythof.«

Sein Blick und sein Tonfall gefielen mir nicht. Fast schien mir, daß er von meinem Vordringen in seine Geheimgemächer wußte. Aber das war unmöglich. Besorgt fragte ich mich, ob ich in der Eile Spuren hinterlassen hatte. Falls van Zelden etwas entdeckte, konnte ich nur hoffen, daß sein Verdacht auf das rotwangige Geschöpf fiel, das Cornelia und mich zur Haustür begleitete.

Ich führte Cornelia in die nächste Wirtsstube und bestellte einen kräftigen Rotwein. Wir tranken beide einen Schluck, bevor ich ihr von meiner unglaublichen Entdeckung erzählte.

Ihre blauen Augen starrten mich ungläubig an. »Ein Mensch in einem Konservierungsglas?«

»Ja. Er treibt in der Flüssigkeit wie ein verendeter Riesenfisch.«

»Was bezweckt van Zelden damit?«

»Die Frage beschäftigt mich auch, besonders da der Tote ...«

Ich schluckte und brachte es nicht über mich weiterzusprechen.

»Was ist mit dem Toten?«

»Es ist – dein Bruder.«

Cornelia wurde blaß und starrte mich für eine volle Minute oder länger ungläubig an. Dann brachte sie mit zitternder Stimme hervor: »Titus? Das kann nicht sein!«

»Er ist es, kein Zweifel. Und das paßt ja auch zu meinem Fund in der Westerkerk. Vielleicht war der Tierkadaver im Sarg kein Scherz von Leichenräubern. Möglicherweise hat Titus sich bei seiner Beisetzung gar nicht in dem Sarg befunden. Ich konnte an seinem Körper keinerlei Verwesungsspuren entdecken. Ich nehme an, man hat seinen Leichnam vor der Bestattung durch den Tierkadaver ersetzt. So lag etwas Schweres in dem Sarg, und der Betrug fiel nicht auf.«

»Aber ... was kann van Zelden mit Titus wollen?«

»Da bin ich überfragt.«

Cornelia sprang auf und griff nach ihrem Mantel.

»Wo willst du hin?« fragte ich.

»Zu deinem Amtsinspektor Katoen. Wir müssen ihn sofort zu van Zeldens Haus bringen, damit der entsetzlichen Schändung von Titus' Leichnam ein Ende bereitet wird!«

Mit sanftem Druck zwang ich Cornelia zurück auf die hölzerne Sitzbank. »Das ist kein guter Gedanke. Vielleicht weiß van Zelden doch etwas über den Verbleib deines Vaters. Freiwillig wird er es uns allerdings kaum sagen. Ich werde zu Katoen gehen und dafür sorgen, daß er ein sorgsames Auge auf van Zelden wirft. Vielleicht führt der Arzt uns zu deinem Vater.«

Zweifelnd und doch voller Hoffnung sah Cornelia mich an. Und dann brach alles, was sie so lange zurückgehalten hatte, aus ihr heraus. Sie weinte an meiner Schulter, und ich strich sanft über ihr Haar. Es tat schrecklich weh, sie so verzweifelt zu sehen, und mein einziger Trost bestand darin, daß ich es war, bei dem sie sich ausweinte.

Ich achtete nicht auf die neugierigen Blicke der anderen Gäste und wartete geduldig ab, bis es Cornelia ein wenig besserging.

Sie trocknete ihre Tränen mit meinem Taschentuch und fragte: »Glaubst du, daß mein Vater Titus' Leichnam auf der Straße gesehen hat?«

»Ich weiß es nicht«, sagte ich. »Aber wenn es so ist, dann muß van Zelden über die unheilige Macht verfügen, Tote wieder zum Leben zu erwecken.«

KAPITEL 22

Ein unerwartetes Wiedersehen

28. SEPTEMBER 1669

Gleich am nächsten Morgen suchte ich Katoen im Rathaus auf und berichtete ihm von dem konservierten Leichnam, der eigentlich in der Westerkerk hätte ruhen sollen. Der Amtsinspektor hörte sich die ungeheuerliche Geschichte mit ernster Miene an und stimmte am Ende mit mir darin überein, daß es besser war, vorerst nichts gegen van Zelden zu unternehmen; er sollte lediglich unter strenger Beobachtung gehalten werden.

Ich verabschiedete mich von Katoen und begab mich zum Damrak, um Ochtervelt einen Besuch abzustatten. Da seine hübsche Tochter nicht im Laden war, überreichte ich den kleinen Strauß Tulpen, den ich für sie erstanden hatte, dem Alten.

Der sah erst die Blumen und dann mich an, als zweifelte er an meinem Verstand. »Was soll das, Suythof? Wollt Ihr um meine Hand anhalten?«

»Ich kann mich gerade noch bezähmen«, gab ich grinsend zurück. »Gebt den Strauß Eurer Tochter, wenn sie zurückkehrt, und sagt ihr, er sei von einem unbekannten Verehrer.«

»Warum?« fragte er stirnrunzelnd.

»Weil Frauen ein Faible für unbekannte Verehrer haben. Die Blumen werden Yola beflügeln und noch heiterer und hübscher wirken lassen, als sie ohnehin schon ist. Und wer weiß, dann werdet Ihr bald tatsächlich einen zukünftigen Schwiegersohn begrüßen.«

»Hoffentlich nicht so einen, wie Ihr es seid«, brummte Ochtervelt und legte den Strauß achtlos auf einen Stapel Bücher.

»Was habt Ihr gegen mich einzuwenden?«

»Man hört in letzter Zeit so einiges Ungute über Euch. Ins Rasphuis hat man Euch gesperrt, weil man Euch verdächtigt hat, das Haus der van Riebeecks angesteckt zu haben. Der junge Herr de Gaal war vor einigen Tagen hier, um mir die Korrekturen für die zweite Auflage zu bringen, die ich bald vom Buch seines Vaters drucken werde. Er hat sich fürchterlich über Euch aufgeregt und Euch die Pest an den Hals gewünscht.«

»Das kann ich mir vorstellen. Ich bin ihm im Rasphuis begegnet.«

Ochtervelt starrte mich an wie einen Vogel, den er eigentlich ausgestorben wähnte. »Und was ist jetzt mit Euch?«

»Ich lebe noch und laufe frei herum. Vielleicht beweist Euch das, daß ich unschuldig bin.«

»Unschuldig, pah! Wer auf dieser Welt ist schon unschuldig?«

»Das ist eine ganz andere Frage«, sagte ich und blickte versonnen zum Fenster. »Sagt einmal, warum ist das Geschäft des Herrn van der Meulen eigentlich geschlossen?«

»Fragt das doch ihn und nicht mich.«

»Das ist nicht so einfach. Er soll Amsterdam mit unbekanntem Ziel verlassen haben. Wißt Ihr vielleicht etwas darüber?«

Ochtervelt schüttelte den Kopf. »Hin und wieder tätige ich ein Geschäft mit van der Meulen, das ist auch schon alles. Manchmal sehe ich ihn viele Wochen lang nicht. Was kümmert mich da, wann und wohin er verreist? Und was geht's Euch an?«

»Ich muß ihn dringend etwas fragen«, sagte ich ausweichend,

283

aber nicht unzutreffend. »Wie lange führt er sein Geschäft eigentlich schon hier am Damrak?«

Ochtervelt überlegte kurz. »Noch nicht sehr lange, vier oder fünf Jahre vielleicht.«

»Und vorher?«

»Da hatte er noch keine so erlauchte Kundschaft; sein Geschäft lag in einer eher anrüchigen Gegend am Rande des Jordaan.«

»Könnt Ihr mir die Lage genauer beschreiben?«

Wieder legte er seine Stirn in Falten, und dann lieferte er mir eine ordentliche Wegbeschreibung, wenn er sich auch nicht an den Straßennamen erinnern konnte. »Aber heute ist da nicht mehr viel los. Einige Lagerhäuser werden in der Gegend noch genutzt, alles andere ist abbruchreif. Wird Zeit, daß der Magistrat da mal etwas unternimmt.«

Ich bedankte mich und trat wieder hinaus auf den Damrak, wo ein frischer Wind herbstlich leuchtende Blätter über das Pflaster trieb. Mit den Gedanken bei Cornelia, die sich etwas von ihrem Schrecken erholt hatte und in der Rozengracht von der treuen Rebekka umsorgt wurde, begab ich mich in die von Ochtervelt beschriebene Gegend. Der Wind wurde schärfer, fast schneidend, und ich zog den Kopf zwischen die Schultern, so gut es nur ging.

Die Gegend war tatsächlich trostlos. Van der Meulen mußte sich sehr angestrengt haben, um den Sprung von hier zum Damrak zu schaffen. Ich traute ihm alles zu, selbstverständlich auch, daß er seinen Aufstieg mit ungesetzlichen Mitteln bewältigt hatte.

Ich irrte schon eine halbe Stunde zwischen baufälligen Häusern und Lagerschuppen umher, ohne das gesuchte Gebäude gefunden zu haben, als ein alter Mann mit einem schweren Sack über der Schulter meinen Weg kreuzte.

»Auf ein Wort, Mijnheer«, hielt ich ihn an. »Ich suche das Haus, das früher dem Kunsthändler Maerten van der Meulen gehört hat. Es muß irgendwo hier sein.«

Der Alte setzte seine Last ab, rieb sich das weißstoppelige Kinn und schüttelte den Kopf. »Ein Kunsthändler in dieser Gegend? Da müßt Ihr Euch irren, Mijnheer.« Während er sprach, streckte er wie zufällig seine offene Hand in meine Richtung, als wolle er prüfen, ob es regnete.

Rasch griff ich in meine Geldbörse und drückte zwei Stüber in die knochige Hand. Der Alte betrachtete die Münzen kurz und ließ sie in einer seiner Jackentaschen verschwinden. Er fuhr sich durch das weißlich graue Haar, wobei er seine speckige Mütze zur Seite schob, und kratzte sich am Hinterkopf.

»Jetzt, wo ich länger überlege, fällt mir doch etwas ein. Ein Kunsthändler, sagtet Ihr?«

Ich nickte geduldig. »Vor vier oder fünf Jahren soll er hier weggezogen sein.«

»Hm, ja, jetzt weiß ich, was Ihr meint. Das Haus, das Ihr sucht, liegt ganz in der Nähe. Dort drüben, die Gasse zur Linken, seht Ihr die? Da müßt Ihr hinein. Die Gasse ist nur kurz. Das letzte Haus auf der rechten Seite ist das, welches Ihr sucht.«

Er nahm seinen Sack wieder auf und setzte seinen Weg fort. Falls er nicht geflunkert hatte, um schnell ein paar Stüber zu verdienen, war ich meinem Ziel sehr nahe. Aber würde ich dort wirklich einen Hinweis darauf finden, wo van der Meulen abgeblieben war? Der Kunsthändler schien einiges in seinem Leben geändert zu haben, als er von hier fortzog. Es war anzunehmen, daß ihn mit seinem alten Haus nichts mehr verband.

Trotzdem ging ich in die Gasse, die der alte Mann mir gezeigt hatte. Einen anderen Anhaltspunkt gab es nicht, und ich hatte nichts zu verlieren – jedenfalls glaubte ich das.

Das letzte Haus auf der rechten Seite war, wie mehr oder weniger alle Häuser in der Gasse, nur noch eine Ruine. Mir war unerklärlich, wie die Stadt Amsterdam zulassen konnte, daß ganze Straßenzüge derart verkamen.

Das ehemalige Haus des Kunsthändlers war unbewohnt, was

mich nicht verwunderte. Die meisten Fenster in den oberen Stockwerken hatten kaputte Scheiben, diejenigen im Erdgeschoß waren irgendwann einmal mit Brettern vernagelt worden, desgleichen die Eingangstür. Beim Versuch, ein paar Bretter von der Tür wegzureißen, jagte ich mir einen großen Splitter in den Ballen der rechten Hand. Vorsichtig zog ich ihn mit Daumen und Zeigefinger der Linken wieder heraus. Zwei oder drei Tropfen Blut fielen zu Boden. Fluchend sah ich mich nach einer besseren Möglichkeit um, in das leere Haus zu gelangen.

Links neben dem Gebäude gab es einen schmalen Weg, der um das Haus herumzuführen schien. Ich folgte ihm, fand aber nur weitere mit Brettern vernagelte Fenster. Der Weg wurde immer schmaler, und die rückwärtige Hauswand berührte fast die Wand des gegenüberliegenden Gebäudes, das sich in keinem besseren Zustand befand. Weil die Häuser so eng zusammenstanden, war es hier ziemlich düster. So war es kein Wunder, daß ich in ein Loch trat, stolperte und stürzte. Bei dem Versuch, den Sturz abzufangen, schürfte ich mir die Hände auf, daß sie heftig brannten. Allmählich verwünschte ich meinen Einfall, in dieser Ruine nach Spuren des verschwundenen Kunsthändlers zu suchen.

Gerade erhob ich mich ächzend, da hörte ich eine leise Stimme: »Paßt auf, wo Ihr hintretet, Suythof! Das hier ist nicht der Damrak, wie Ihr wahrscheinlich schon bemerkt habt.«

Ich kniff die Augen zusammen und starrte nach vorn. Dort stand, wie aus dem Nichts erschienen, ein Mann, dessen zusammengesunkene Gestalt mir ebenso bekannt vorkam wie seine knarrende Stimme. Aber konnte das denn sein? Ungläubig trat ich auf ihn zu, vorsichtig, um nicht erneut zu stürzen. Je näher ich kam, desto deutlicher schälten sich die Konturen des anderen aus dem Dämmerlicht.

Zwei oder drei Schritte vor ihm blieb ich stehen und fragte fassungslos: »Ihr? Aber was tut Ihr hier?«

»Die Frage müßte ich wohl eher an Euch richten«, erwiderte Rembrandt van Rijn. »Ich denke nicht, daß Ihr hier etwas zu suchen habt.«

»Doch, Euch!«

Vor mir stand mein vormaliger Meister und sah mich so ungerührt an, als sei er nicht seit fast einer Woche spurlos verschwunden, sondern nur mal eben zum Einholen fortgegangen. Er wirkte schmaler, als ich ihn in Erinnerung hatte, das Gesicht noch eingefallener und von noch mehr Falten gezeichnet. Er trug keine Mütze, und die dünnen grauen Haarsträhnen fielen ungeordnet auf seine Schultern.

»Weshalb sucht Ihr mich?« fragte er doch tatsächlich.

»Weil Eure Tochter vor Sorge um Euch krank ist.«

»Das kann nicht sein. Cornelia weiß, wo ich bin.«

»So? Seit wann?«

»Die ganze Zeit über.«

»Das ist mir neu. Gestern hat sie sich Euretwegen noch die Augen ausgeweint.«

»Ihr lügt!« zischte Rembrandt, und seine Gelassenheit schlug von einer Sekunde zur anderen in Zorn um. »Ihr seid schon immer ein verlogener, unzuverlässiger Kerl gewesen. Ich hätte Euch niemals in mein Haus nehmen dürfen.«

»Ich habe keinen Grund, Euch anzulügen. Ihr seid es, der irre redet. Wer soll denn Cornelia über Euren Verbleib unterrichtet haben?«

»Wer schon? Titus natürlich. Er hat mich auch hergebracht.«

»Euer Sohn Titus?«

Jetzt lächelte Rembrandt unvermittelt und nickte eifrig. »Titus ist gar nicht an der Pest gestorben, stellt Euch das vor! Mein Sohn lebt! Er hat mich hierhergebracht und versprochen, Cornelia Bescheid zu geben.«

Ich dachte an das Tierskelett in Titus' Sarg und an den konservierten Leichnam im Haus Doktor van Zeldens.

War Rembrandt verrückt? War ich es?

Fiel allmählich ganz Amsterdam dem Wahnsinn anheim?

»Ihr glaubt mir nicht«, stellte der Alte nach einem forschenden Blick in mein Gesicht fest.

»So ist es. Ihr habt Euren Sohn sterben sehen. Wir könnt Ihr da behaupten, daß er lebt?«

»Er muß leben. Er ist doch hier! Soll ich Euch zu ihm führen, Suythof?«

»Damit würdet Ihr mir einen großen Gefallen tun.«

»Gut, dann folgt mir!«

Er drehte sich um und ging ein paar Stufen hinab, die ich bis dahin gar nicht wahrgenommen hatte. Sie führten zu einem Kellereingang, vermutlich dem einzigen Zugang zu dem Haus, der nicht mit Brettern vernagelt war. Für sein Alter bewegte Rembrandt sich erstaunlich behende, schnell verschwand er in der dunklen Türöffnung. Ich beschleunigte meine Schritte, tauchte in das düstere, muffig riechende Haus ein – und sah mich statt Rembrandt drei anderen Männern gegenüber. Auch sie waren alte Bekannte von mir, wenn ich sie auch nicht mit Namen kannte. Eines Abends im August hatten sie mich nahe der Rozengracht überfallen, und es war gerade sechs Nächte her, daß sie mir am Möwenturm eine Falle gestellt hatten. Nun war ich ihnen also ein weiteres Mal in die Fänge geraten.

Hinter den dreien tauchte Rembrandt aus der Finsternis auf und kicherte. »Damit habt Ihr nicht gerechnet, wie? Jetzt werdet Ihr mich nicht länger verfolgen, Suythof, nur weil Ihr eifersüchtig auf Titus seid.«

Seine Worte ergaben für mich keinen Sinn, und ich hatte auch keine Zeit, lange darüber nachzudenken. Die drei finsteren Kerle kamen näher, und diesmal war jegliche Gegenwehr aussichtslos. Jeder von ihnen hielt eine Pistole in der Hand und schien bereit, mir beim geringsten Widerstand ein Loch in den Bauch zu schießen.

Der Mann mit der Narbe, ihr Anführer, grinste schief. »Na, Malerchen, hast dich wohl etwas zu weit vorgewagt, was?« Er deutete mit dem Lauf der Pistole auf den schmalen Kellereingang. »Da bist du reingekommen, aber einen Ausgang gibt es für dich nicht. Wenn du Ärger machst, kriegst du eine Kugel in den Kopf.«

»So ähnlich hatte ich mir das gedacht«, erwiderte ich, bemüht, mir wenigstens den Anschein von Gelassenheit zu geben.

Innerlich war ich ebenso verzweifelt wie verwirrt. Verzweifelt, weil ich diesen Männern erneut in die Falle gegangen war – noch einmal würden sie mich kaum entkommen lassen. Verwirrt, weil Rembrandt van Rijn nur ein paar Schritte vor mir stand und sich an meinem jämmerlichen Schicksal zu ergötzen schien.

Rembrandt und die drei Bewaffneten führten mich durch ein unterirdisches Labyrinth, dessen Ausmaße mich in Erstaunen versetzte. Ich konnte mir das nur so erklären, daß mehrere aneinander angrenzende Häuser durch diese Gänge miteinander verbunden waren. Einer der Männer schritt mit einer Laterne voran und zeigte uns anderen den Weg.

An einer Abzweigung blieben wir stehen, und der Narbengesichtige sagte zu Rembrandt: »Ihr geht am besten wieder an Eure Arbeit, Meister. Wir kümmern uns schon um Suythof.«

»Wie Ihr meint«, erwiderte Rembrandt und verschwand in einem Seitengang, an dessen Ende eine Lampe ein schwaches Licht verbreitete.

Ich wurde in ein unterirdisches Verlies gebracht, das meinem Kerker unter dem Musico nicht unähnlich war. Nur schien dieser Raum um einiges größer, und ein paar Kisten waren an einer Wand aufgestapelt. Ein Fenster gab es nicht, und die Laterne nahmen die Bewaffneten mit sich.

Krachend fiel die schwere Tür zu. Zum dritten Mal innerhalb einer Woche war ich in einem finsteren Loch gefangen.

KAPITEL 23

Der Fluch von Delft

Tja, Suythof, da sitzt Ihr nun in einer ebenso armseligen Lage wie schon vor ein paar Tagen. Seid ehrlich, haben sich, wenn Ihr das kümmerliche Ergebnis betrachtet, diese ganzen Aufregungen gelohnt?«

Nach ein paar Stunden, die ich, auf einer der Holzkisten hokkend, in völliger Dunkelheit verbracht hatte, war die Tür geöffnet worden. Jemand war eingetreten, und der Lichtschein einer Laterne blendete mich. Obwohl ich den Besucher anfangs nur schemenhaft hatte erkennen können, wußte ich anhand der Stimme doch, wer er war.

»Ihr seid also gar nicht so weit verreist«, sagte ich, und allmählich gewöhnten sich meine Augen an den blendenden Lichtschein. »Vermutlich wart Ihr nie aus Amsterdam fort.«

Van der Meulen trat einen Schritt auf mich zu und lächelte. »Ihr seid ja ein richtiger Schlaukopf. Auch, daß Ihr mich hier aufgestöbert habt, spricht für Euren Spürsinn. Kompliment! Eigentlich schade, daß Ihr uns immer nur Schwierigkeiten bereitet. Einen Mann wie Euch könnten wir in unseren Reihen gut gebrauchen.«

Ich ermahnte mich zur Vorsicht. Schon einmal, als ich Maerten van der Meulen noch für einen harmlosen Kunsthändler hielt, hatte ich erfahren, daß er es nur zu gut verstand, einem Honig ums Maul zu schmieren. Aber ich beschloß, zum Schein auf seine Schmeicheleien einzugehen. Es schien mir der einzige Weg zu sein, um meine Freiheit wiederzuerlangen und herauszufinden, was sich hier abspielte.

»Ihr sprecht von *Euren Reihen*. Woher soll ich wissen, um was es da geht und ob Eure Sache auch die meine ist?«

»Das ist sie wohl kaum«, seufzte van der Meulen. »Oder seid Ihr ein religiöser Mensch?«

»Wenn ich in die Kirche gehe, dann eher aus Pflichtbewußtsein denn aus innerem Bedürfnis.«

»Versteht Ihr überhaupt viel von Eurem calvinistischen Glauben?«

Ich wurde hellhörig. »Von *meinem* calvinistischen Glauben?«

»Beantwortet meine Frage, Suythof!«

»Ich weiß das, was man als Kind lernt und als Erwachsener behält, mehr nicht.«

»Vom katholischen Glauben wißt Ihr wahrscheinlich noch weniger.«

»Ist das verwunderlich? Der ist bei uns nicht gerade verbreitet.«

Ein grimmiger Zug trat auf van der Meulens Gesicht. »Seit die Calvinisten vor fast hundert Jahren die Macht an sich gerissen haben, dürfen wir unseren Glauben nicht mehr in der Öffentlichkeit ausüben. Dabei ist er der wahre Glaube! Im verborgenen müssen wir uns treffen, in kleinen Kirchen, die Kaufleute unseres Glaubens in ihren Häusern einrichten, oder an Orten wie diesem, unter der Erde. Es ist eine Schande. Aber das wird sich bald ändern!«

»Bald? Wie das? Und wann?«

»Ich sollte Euch nicht zuviel erzählen, Suythof. Schließlich seid Ihr kein Katholik und schon gar kein Gérardist.«

»Gérardist?«

»Der Name unserer Vereinigung geht auf Balthazar Gérard zurück, jenen tapferen Mann, der im Jahr 1584 sein Leben gewagt hat, um der Herrschaft Wilhelm von Oraniens und damit der Macht des Calvinismus ein Ende zu setzen. Ihr habt sicher von ihm gehört.«

»Er hat Prinz Wilhelm in Delft erschossen. Dafür ist er hingerichtet worden, nicht wahr?«

»Ja. Er konnte zwar Wilhelm töten, nicht aber die Macht des Calvinismus über die Niederlande brechen. Wir und unsere Verbündeten sind angetreten, das zu ändern. Auf der Richtstätte, als der Henker schon seinen Leib aufschlitzte, hat Balthazar Gérard gesagt: *Ich verfluche euch alle, ihr seelenlosen Calvinisten! Euch, eure Kinder und Kindeskinder. Noch in hundert Jahren soll mein Fluch über euch kommen und über alle, die in euren gottverlassenen Niederlanden leben!*«

Allmählich begriff ich, was van der Meulen mir mitteilen wollte. Leise, mehr zu mir selbst, sagte ich: »Die Gérardisten wollen helfen, den Fluch von Delft zu erfüllen.«

»Wie ich schon sagte, Suythof, Ihr seid ein Schlaukopf.«

Für den Moment war van der Meulen nicht bereit, mir weitere Auskünfte zu geben. Aber er ließ mir Wasser, Brot, ein Stück Käse und etwas Wein bringen. Sogar eine Kerze ließen die Wachen in meinem Kerker zurück.

Ungeachtet meiner unerfreulichen Lage verspürte ich Hunger. Die Sache sah übel aus, war aber nicht hoffnungslos. Wenn ich ausblieb, konnte Jeremias Katoen über Emanuel Ochtervelt den Weg hierherfinden. Außerdem mußte ich bei Kräften bleiben. Also machte ich mich über das Essen her und nutzte die Zeit, um über die Erklärungen des Kunsthändlers nachzudenken.

Langsam fügten sich die Bruchstücke zu einem Bild zusammen. Aber es war wie mit so manchem Werk von Rembrandt: Es lag mehr im Dunkel als im Licht.

Erneut vergingen etliche Stunden, dann erschienen meine drei Bewacher, um mich abzuholen.

»Wohin?« fragte ich.

»Das wirst du schon sehen«, erwiderte das Narbengesicht und schob mich unsanft vor sich her durch das Gewirr nur spärlich beleuchteter Gänge. An einer Abzweigung wartete van der Meulen auf uns.

»Wie groß ist Eure unterirdische Anlage?« fragte ich. »Wer hat sie geschaffen?«

»Sie stammt aus der Zeit der Kriege, die Wilhelm von Oranien geführt hat. Damals war dieses Gebiet noch weitgehend unbebaut. Die unterirdischen Gänge sind angelegt worden, um hier für den Fall einer Belagerung Amsterdams Vorräte und Munition zu lagern und diese, sollte die Stadt eingenommen werden, vor dem Feind zu verstecken. Wir haben das Ganze weiter ausgebaut. Aber nun kommt, die Messe beginnt gleich.«

»Eine Messe?«

»Wollt Ihr mehr über unseren Glauben erfahren? Dann begleitet mich in unsere geheime Kirche!«

Er hatte mich wirklich neugierig gemacht, und ich wäre ihm auch gefolgt, ohne von drei bewaffneten Männern dazu angetrieben zu werden. Bald stieß der Gang, durch den van der Meulen mich führte, mit anderen zusammen und verbreitete sich zu einer großen unterirdischen Halle, die von mehreren Lampen und Kerzen erhellt wurde. Aus allen Richtungen kamen Menschen: Männer, Frauen und Kinder.

»Am Sonntag finden sich weitaus mehr hier ein«, erläuterte van der Meulen. »Aber wir halten jeden Abend einen Gottesdienst ab. Und jeder aus unserer Gemeinschaft, der Zeit hat, kommt.«

»Aber fällt es nicht auf, wenn so viele Leute zusammenströmen?«

Er schüttelte den Kopf. »Es gibt mehr als den einen Eingang, durch den Ihr gekommen seid.«

Dann zeigte er mir den angrenzenden Raum, den ich unschwer als die geheime Kirche erkannte, von der er gesprochen hatte.

Die Wände waren mit Bildern und Wandteppichen voller religiöser Darstellungen geschmückt – ein krasser Gegensatz zu den schmucklosen Gotteshäusern der Calvinisten. Große Kerzen beleuchteten den Raum mitsamt den zwei Reihen hölzerner Bänke, die sich mehr und mehr füllten. Van der Meulen nahm neben mir auf einer der hinteren Bänke Platz, die Bewaffneten blieben am Eingang zurück und hielten ihre Pistolen pietätvoll unter der Kleidung verborgen.

Ein Priester trat an den Altar, und gebannt lauschte ich seinem lateinischen Singsang, wenn ich auch kaum ein Wort verstand. Es war das Unwirkliche der Szenerie, was mich gefangennahm. Die Predigt, die Gebete und Gesänge in diesem unterirdischen Raum kamen mir vor wie aus einem Fiebertraum, und doch waren sie echt, befand ich mich mittendrin.

Hätte van der Meulen mir die Geschichte der Gérardisten an einem anderen Ort erzählt, in irgendeiner Wirtsstube oder einem Kaffeehaus, ich hätte ihn wohl nur ungläubig angesehen, hätte vielleicht sogar darüber gelacht. Hier unten aber, in dieser abgeschiedenen Welt, nahm das Aberwitzige greifbare, bedrohliche Züge an. Vermutlich bezweckte van der Meulen genau das, indem er mich zu dem Gottesdienst mitnahm. Er wollte mich beeindrucken, und das gelang ihm zweifellos.

Nach der Messe traten viele der Gérardisten auf van der Meulen zu und sprachen ihn in respektvoller Weise an. Er war gewiß kein unbedeutendes Mitglied ihrer Gemeinschaft. Währenddessen tat er so, als sei ich gar nicht vorhanden. Daß ich die Gespräche mit anhören konnte, schien ihm nicht das geringste auszumachen. Also sah er in mir keine Gefahr. Wohl deshalb, weil er nicht vorhatte, mich wieder gehen zu lassen, es sei denn als einen der Seinen.

Ein älterer Mann und eine junge Frau kamen auf uns zu, und mir stockte der Atem. Vor uns standen Emanuel Ochtervelt und seine Tochter Yola. Beide lächelten mich an.

»Ihr … hier?« faßte ich vor Überraschung nur stockend in Worte, was doch offensichtlich war.

»Nicht das erste Mal, Freund Suythof«, antwortete Ochtervelt. »Es sollte mich freuen, wenn wir Euch jetzt öfter hier treffen.«

»Mich auch«, flötete Yola und zwinkerte mir zu. »Und falls Ihr meinen unbekannten Verehrer trefft, Mijnheer Suythof, so grüßt ihn herzlich von mir und sagt ihm, seine Tulpen hätten mich sehr gefreut.«

Van der Meulen wandte sich an mich. »Wir unterhalten uns morgen weiter. Ich habe noch etwas mit Herrn Ochtervelt zu besprechen. Gute Nacht, Suythof.«

Die Wachen brachten mich zurück in meine Zelle, wo nicht nur ein üppiges Abendessen auf mich wartete, sondern auch ein paar Decken und ein Kissen. Diesmal aber war mir ganz und gar nicht nach Essen zumute, hatte doch die Begegnung mit den Ochtervelts meine Hoffnung auf eine Rettung durch Jeremias Katoen zerstört.

Mehr noch: Ochtervelt mußte van der Meulen von meinem Kommen unterrichtet haben. Wohl nur, um mich an weiteren Nachforschungen zu hindern, hatte er mir überhaupt von dem alten Haus am Rande des Jordaan erzählt.

KAPITEL 24

Die Teufelsinsel

29. September 1669

Hier unten gab es weder Tag noch Nacht. Als aber meine Zellentür aufging und ich, nach einem unruhigen Schlaf, von einem der Wächter mit einem spöttischen »Guten Morgen« begrüßt wurde, wußte ich, daß in der Welt draußen der neue Tag angebrochen war. Der Mann brachte mir Milch, Brot und Käse und kehrte kurz darauf mit einem Eimer Wasser zurück, den ich zum Waschen benutzen sollte.

Es war die ungewöhnlichste Morgentoilette, die ich jemals abhielt. Kaum war ich damit fertig, tauchten schon wieder das Narbengesicht und der Kahlkopf in meiner Zelle auf.

»Komm mit, du wirst erwartet«, erklärte das Narbengesicht.

Ich folgte den beiden in der Annahme, sie wollten mich zu van der Meulen bringen, und hoffte, endlich Näheres über die Verschwörung zu erfahren. Die Männer führten mich in einen Raum, der sich am ehesten als unterirdischer Salon beschreiben läßt. Es gab hier bequeme Stühle, einen großen Tisch und sogar ein paar Gemälde an den Wänden. Eines davon zeigte ein alttestamentarisches Motiv, und ich erkannte sofort Rembrandts Handschrift. Man hätte sich in dem Raum geradezu behaglich fühlen können, hätte ihm nicht das Tageslicht gefehlt und wäre es dort nicht so klamm und kalt gewesen wie überall in dem unterirdischen Labyrinth.

Während ich noch Rembrandts Gemälde betrachtete, hörte ich hinter mir jemanden eintreten. Es war ein weißhaariger Mann, der seinem Aussehen nach stark auf die Siebzig zuging. Trotzdem hielt er sich sehr gerade, und jede seiner Bewegungen verriet ungebrochene Tatkraft. Obwohl ich ihm nie zuvor begegnet war, wußte ich augenblicklich, wen ich vor mir hatte.

»Guten Morgen, Mijnheer de Gaal«, begrüßte ich ihn.

Er blieb zwei Schritte vor mir stehen und musterte mich mit seinen dunklen Augen. »Sind wir einander schon einmal begegnet?«

»Meines Wissens nicht.«

»Woher kennt Ihr mich dann?«

»Im Rasphuis habe ich Euren Sohn kennengelernt unter Umständen, die nicht weniger unerfreulich waren als die jetzigen. Er ähnelt Euch sehr.«

»Zumindest äußerlich«, sagte Fredrik de Gaal mit düsterem Unterton. »Van der Meulen hatte recht. Ihr seid nicht auf den Kopf gefallen. Und, ganz wie er meint, ein Mann, den wir gut gebrauchen können.«

»Seid Ihr gekommen, um mir ein Angebot zu unterbreiten?«

»Sagen wir, ich will mich mit Euch unterhalten. Setzen wir uns. Ich gehe davon aus, daß Ihr Fragen habt, und mir geht es ebenso.«

»Ja, ich habe viele Fragen«, sagte ich und nahm ihm gegenüber Platz.

»So laßt hören.«

Seine schmalen Lippen verzogen sich zu einem Lächeln, aber ich ließ mich davon nicht einwickeln. Das scharfgeschnittene Gesicht mit der gebogenen Nase, das dem seines Sohnes so ähnelte, hatte etwas Raubtierhaftes an sich. Ich beschloß, vor diesem Mann besonders auf der Hut zu sein. Zu oft war ich schon in eine Falle getappt.

»Van der Meulen hat mir gestern von den Gérardisten erzählt«, begann ich. »Wie viele Mitglieder zählt Eure Gruppe?«

Mein Gegenüber machte eine abwehrende Handbewegung.

»Fangt nicht gleich mit derart heiklen Dingen an, sonst komme ich noch auf den Gedanken, daß Ihr mich aushorchen wollt. Diese Zahl kennt selbst unter den Angehörigen unserer Gemeinschaft kaum jemand. Gebt Euch damit zufrieden, daß wir mehr als genügend Köpfe zählen, um unser Ziel zu erreichen.«

»Das Wiedererstarken des Katholizismus in den Niederlanden.«

»Ganz recht.«

»Oder gar die Durchsetzung des Katholizismus als vorherrschenden Glauben?«

»Auch das.«

»Vielleicht die Etablierung des Katholizismus als alleinigen Glauben?«

»Wir werden sehen, wie sich die Dinge entwickeln.«

»Wieso hat man von den Gérardisten noch nie gehört?«

»Weil wir im verborgenen wirken, wie Ihr seht. Die meisten unserer katholischen Glaubensbrüder haben sich zu kleinen Gemeinden zusammengeschlossen, die ihre Gottesdienste in sogenannten Geheimkirchen abhalten. Daran ist aber nichts wirklich geheim. Der Staat weiß von den Kirchen, und er weiß, wer in den Niederlanden dem wahren Glauben anhängt.«

»Ihr sprecht vom katholischen Glauben.«

»Selbstverständlich. So kann der Staat die Katholiken in diesem Land überwachen und die zugleich freie Entfaltung unseres Glaubens verhindern. Denn wie sollen die Katholiken für ihren Glauben werben, wenn sie ihn nicht offen praktizieren dürfen? Wir dagegen gehen einen anderen Weg. Zum Schein haben wir den calvinistischen Glauben angenommen, leben nach den calvinistischen Regeln, gehen in die Kirchen dieser Gottesfrevler. In unseren Herzen aber sind wir katholisch geblieben. Deshalb finden wir uns hier unten in unserer wahren

Kirche zusammen. Und wir arbeiten daran, den wahren und einzigen Glauben wieder an den ihm gebührenden Platz zu rücken.«

»Indem Ihr andere Menschen tötet? Entspricht das den Regeln Eures Glaubens?«

»Wir befinden uns in einem Krieg, den wir nicht begonnen haben. Ein Krieg hat nun mal seine eigenen Gesetze.«

»Das rechtfertigt wohl kaum den Tod unschuldiger Frauen und Kinder«, sagte ich bitter, wobei ich an Louisa und ihre Mutter dachte, an die Familie des Blaufärbers Melchers und an Gesa Timmers, mochte sie auch noch so verkommen gewesen sein.

Der Blick des Alten wurde stechend. »Ihr zweifelt also an unserem Tun?«

»Bis jetzt konnte ich nur feststellen, daß viele unschuldige Menschen sterben mußten. Wie Ihr dadurch Euer Ziel erreichen wollt, ist mir unklar. Die Gérardisten mögen zahlreich sein, aber wie wollen sie ein ganzes Land bekämpfen?«

»Wenn es soweit ist, werden wir Hilfe von außen erhalten.«

Ich dachte an Jeremias Katoens Worte und fragte: »Von den Franzosen?«

Für einen Augenblick verdunkelte sich de Gaals Gesicht. Ich hatte es getroffen!

Gleich darauf setzte er eine unbeteiligte Miene auf. »Wie kommt Ihr ausgerechnet auf die Franzosen?«

»Die Engländer messen sich auch mit unserer jungen Nation, aber man kann von ihnen nicht gerade behaupten, daß sie sich für den Katholizismus stark machen. Beim französischen König ist das schon etwas anderes.«

»Dann mag Euch Eure eigene Antwort in dieser Sache einstweilen genügen«, wich er aus.

»Soll ich mir die Frage wie Ihr dieses Land in Aufruhr versetzen wollt, auch gleich selbst beantworten?«

»Versucht es!«

Auch hier konnte ich auf das zurückgreifen, was ich von Katoen erfahren hatte: »Ihr schließt an der Schwarzbörse Wetten auf den Tod angesehener Bürger ab, mit den Todesbildern sorgt Ihr dafür, daß Eure Wetten aufgehen. Daß Ihr dadurch Eure Kriegskasse füllt, ist wohl ein angenehmer Nebeneffekt. Ihr wartet, bis es genügend aufsehenerregende Todesfälle gegeben hat, und dann hängt Ihr die Sache an die große Glocke. Auf einen Schlag wird damit das Vertrauen der Öffentlichkeit in den Zusammenhalt der niederländischen Kaufmannschaft zerstört werden. Und während unsere Wirtschaft zusammenbricht und der Bruder dem Bruder nicht mehr traut, werden König Ludwigs Truppen die Grenzen überschreiten und unser Land besetzen. Habe ich es in etwa getroffen?«

In den dunklen Augen blitzte es anerkennend. »Ihr seid tatsächlich ein schlauer Bursche.«

»Was mich nur wundert: Wieso macht Ihr selbst vor den van Riebeecks nicht halt? Ihr habt Louisa getötet, obwohl sie die Verlobte Eures Sohnes war. Ich hatte den Eindruck daß er Louisa aufrichtig geliebt hat. Wie konnte er das zulassen?«

»Das hat er nicht. Mein Sohn mag ein guter Kaufmann sein, aber in Glaubensfragen ist er mir nicht gefolgt. Er ist ein aufrechter Calvinist und weiß nichts von unserer Gemeinschaft. Louisa mußte sterben, weil wir ihr nicht mehr trauen konnten. Und ihr Tod hat Constantijn davor bewahrt, die Tochter eines bis zur Halskrause verschuldeten Mannes zu heiraten.«

Also hatte Constantijn de Gaal mich im Rasphuis tatsächlich nicht nur zum Sündenbock stempeln wollen; er hatte in mir wirklich den Mörder Louisas gesehen und mich aus tiefempfundenem Rachedurst ins Wasserhaus gebracht.

»Und die Sache mit den Porträts, die ich für van der Meulen malen sollte?« fragte ich weiter. »Was hat es damit auf sich?«

»Seid Ihr darauf wirklich noch nicht gekommen, Mijnheer Schlaukopf? Es ist doch ganz einfach. Die Töchter hochangesehener Bürger, strenger Calvinisten, geben sich in öffentlichen

Häusern für Geld anderen Männern hin. Das wird auf Dauer nicht verborgen bleiben, oder? Irgendein aufgeblasener Narr wird mit seinen amourösen Abenteuern zu prahlen beginnen, andere werden folgen. Auch das wird helfen, das Vertrauen in die calvinistische Moral zu erschüttern.«

»Ich wüßte gern mehr über die Todesbilder. Was hat es mit ihnen auf sich, daß sie eine so schreckliche Wirkung entfalten?«

»Ihr wollt aber auch alles wissen, wie?«

Einer Eingebung folgend, fuhr ich fort: »Hängt das mit der letzten Fahrt der *Nieuw Amsterdam* zusammen, Eurer letzten großen Reise für die Ostindische Kompanie?«

Von einem Moment zum anderen verschwand der überlegene Ausdruck aus de Gaals Gesicht. Der alte Mann wirkte fast bestürzt, als er fragte: »Was wißt Ihr darüber?«

»Leider nicht alles. Aber so einiges konnte ich doch in Erfahrung bringen, und da drängt sich mir die Frage auf, welche Fracht das Schiff wirklich heimbrachte. Pfeffer aus Bantam doch wohl kaum. Außerdem habe ich Euer Buch gelesen und dabei festgestellt, daß Ihr Euch über Eure vierte Reise weitgehend ausschweigt.«

Ein Schleier senkte sich über de Gaals Augen, als befinde er sich nicht länger in diesem unterirdischen Raum, sondern wieder, fünfundzwanzig Jahre zurück, auf der *Nieuw Amsterdam*.

Für eine oder zwei Minuten herrschte Schweigen, dann sagte Fredrik de Gaal: »Wenn Ihr schon soviel wißt oder zumindest erahnt, Suythof, sollt Ihr ruhig die ganze Geschichte hören. Das wird Euch helfen, mich und meine Glaubensbrüder besser zu verstehen. Unsere Reise nach Bantam verlief ganz nach Plan, beinahe zu glatt. Keine ernsten Stürme, keine Seeräuber, keine schweren Krankheiten. Unser Schiffsverband löschte seine Fracht und nahm den Pfeffer an Bord, für den hier soviel bezahlt wird. Auch die Rückreise ließ sich gut an. Eines Nachts aber zog ein Sturm auf, so heftig, daß keine Kursänderung, kein

Ausweichmanöver mehr half. Die *Nieuw Amsterdam*, das Flaggschiff unserer kleinen Flotte, auf dem auch ich mich befand, steckte mittendrin. Wir sahen die anderen Schiffe nicht mehr, und selbst wenn, wir hätten uns nicht um sie kümmern können. Unser eigenes Schiff und unsere Haut zu retten beanspruchte all unsere Kräfte. Erst gegen Morgen ließ der Sturm nach. Da befand sich die *Nieuw Amsterdam* in einem jämmerlichen Zustand, und von den übrigen Schiffen war weit und breit nichts zu sehen. Als wir auf mehrere Kanonenschüsse keine Antwort erhielten, war uns klar, daß wir auf uns allein gestellt waren. Gegen Mittag sichteten wir eine Insel, die auf keiner unserer Karten verzeichnet war. Uns erschien das als ein Wink Gottes, der uns an einen Ort geführt hatte, wo wir die schlimmsten Schäden ausbessern konnten.«

Erstaunt stellte ich fest, daß die Schilderung bislang dem entsprach, was man gemeinhin über diese Fahrt wußte.

»Wir ankerten vor der Insel und schickten ein paar Mann mit einem Boot aus, um das Eiland zu erkunden«, setzte der alte Kaufmann seinen Bericht fort. »Die Männer sollten nach Möglichkeit auch frisches Wasser mitbringen und etwas Wild erlegen, aber sie kehrten nicht zurück. Als sie zwei Tage überfällig waren, stellte ich eine weitere Expedition zusammen, über die ich selbst das Kommando übernahm. Das Schiff ließ ich in der Obhut von Kapitän Sweelinck zurück, der die Ausbesserungsarbeiten leitete. Wir folgten den Spuren des ersten Trupps ins Landesinnere, und schließlich fanden wir die Männer. Es war ein grausiges Bild. Kein einziger war mehr am Leben. Und wie es aussah, hatten sie sich gegenseitig umgebracht, niedergemetzelt mit aller Brutalität, zu der ein Mensch nur imstande ist. Kein Leichnam, der nicht mehrere schwere Wunden aufwies. Wir konnten uns das nicht erklären. Gab es auf der Insel einen unbekannten Feind, so grausam, daß die Furcht vor ihm einen in den Wahnsinn trieb? Wir begruben die Toten und schlugen unser Nachtlager auf. Um nicht von etwas Fremdem, Bösem überrascht zu werden, teilte ich Doppelwachen ein. Irgendwann vernahm ich ein Stöhnen und Keuchen, und ich sah die beiden Wachen miteinander ringen. Einer versuchte den anderen zu erwürgen. Ich weckte die übrigen Leute, und wir trennten die Streithähne. Der eine machte einen ganz vernünftigen Eindruck und erzählte, sein Kamerad, der nicht ansprechbar war, hätte ihn ohne Vorwarnung angegriffen. Erst schien uns das unbegreiflich, aber dann fanden wir die Früchte bei dem Mann.«

»Welche Früchte?« fragte ich.

»Früchte von einem Strauch, der überall auf der Insel wächst. Seine Frucht war so groß wie ein Apfel, aber von einem leuchtenden Blau. Offenbar hatten die Männer des ersten Trupps allesamt davon gekostet, und das hatte sie in den Wahnsinn getrieben. Der verwirrte Wachtposten nahm am nächsten Tag allmählich wieder Vernunft an, konnte sich aber an nichts erinnern. Wir erforschten den Rest der Insel, fanden Wasser und Wild, aber keine Eingeborenen. Das Eiland gehörte uns.«

De Gaal schloß für einen Augenblick die Augen; es schien, als genieße er die Erinnerung, was mir unverständlich war.

»Was geschah weiter?« drängte ich.

»Die leuchtende Farbe dieser Frucht, dieses einzigartige Blau, brachte mich auf einen Gedanken. Wenn die Frucht auch giftig war, so mochte die Pflanze doch geeignet sein, einen Farbstoff von ungewöhnlicher Leuchtkraft aus ihr zu gewinnen. Ein Blau, das selbst den aus Indigo gewonnenen Ton verblassen läßt. Wir ernteten ein paar der Pflanzen und begannen unsere Versuche. Es war in dieser Zeit, als der Herr mir erschien.«

»Der Herr?«

Er legte den Kopf in den Nacken und blickte nach oben. »Gott, der Herr, sprach zu mir. Anders ist es wohl kaum zu erklären, daß ich von einem Augenblick auf den anderen alles über die ungewöhnliche Pflanze wußte. Man kann einen Farbstoff aus ihr gewinnen, aber der beeinflußt den menschlichen Verstand. Und Gott befahl mir, mit der Kraft dieses Blaus den rechten Glauben wieder in die Niederlande zu bringen.« De Gaal senkte den Kopf wieder und sah mich an. »Ihr seht also, ich handle im göttlichen Auftrag.«

Ich sah nur, daß er vollkommen verrückt war, aber das behielt ich für mich. Ich nickte bloß beflissen und erkundigte mich nach dem Fortgang seiner Geschichte.

»Ich holte weitere Männer vom Schiff, die uns bei der Arbeit helfen sollten. Als ich dann noch mehr Seeleute anforderte, weigerte Kapitän Sweelinck sich, meinem Befehl nachzukommen, obwohl ich als Oberkaufmann das Sagen hatte. Er meinte, er benötige alle verbliebenen Männer zur Instandsetzung des Schiffes; er verstand nicht, daß ich im göttlichen Auftrag handelte. Die Männer aber, die bereits bei mir waren, dachten wie ich. Gottes Geist muß sie allesamt beseelt haben. Es blieb mir nichts anderes übrig, als die *Nieuw Amsterdam* mit Hilfe dieser Getreuen zu kapern. Wir wagten das Unterfangen in einer mondlosen Nacht und waren erfolgreich, wenn wir auch einen harten, blutigen Kampf zu bestehen hatten, bei dem Sweelinck und viele Seeleute zu Tode kamen.«

Daher also die Spuren eines Kampfes auf der *Nieuw Amsterdam*, von denen Jan Pool gesprochen hatte.

»Ihr habt also statt des Pfeffers eine Ladung des unbekannten Farbstoffes nach Amsterdam gebracht«, folgerte ich. »Um das vor der Öffentlichkeit geheimzuhalten, habt Ihr die Ladung bei Nacht gelöscht. Wie aber habt Ihr das vor den Direktoren der Ostindischen Kompanie gerechtfertigt?«

»Einige konnte ich mit Geld auf meine Seite ziehen. Sie halfen mir, den Vorgang zu verschleiern und die Geschäftsbücher entsprechend zu ändern. Es war leichter, als Ihr glauben mögt.«

»Und seit damals verfolgt Ihr Euren Plan, seit fünfundzwanzig Jahren?«

304

»Schon die Römer wußten: *Sero molunt deorum molae* – Gottes Mühlen mahlen langsam. Erst mußten wir ein weitgespanntes Netz herstellen, bevor wir mit unserer eigentlichen Arbeit beginnen konnten.«

»Und dabei hilft Euch nun Meister Rembrandt?«

De Gaal wirkte für einen Augenblick irritiert. »Stimmt, der liegt Euch besonders am Herzen. Möchtet Ihr mit ihm sprechen?«

»Wenn es möglich ist, gern.«

»Ich werde veranlassen, daß man Euch zu ihm bringt. Denkt inzwischen über das nach, was ich Euch erzählt habe.«

Das tat ich, während die Wachen mich zu Rembrandt brachten. Eines aber war mir ohne weiteres Grübeln klar. Nicht Gott hatte zu Fredrik de Gaal gesprochen, sondern Satan. Und ich nannte jenes ferne Eiland, auf dem so viele brave Seeleute ihr Leben gelassen hatten und wo das über Amsterdam und den ganzen Niederlanden schwebende Verhängnis seinen Anfang genommen hatte, eine Teufelsinsel.

KAPITEL 25

Das Lächeln des Meisters

Zu meinem Erstaunen erblickte ich irgendwann Tageslicht,
wirkliches Tageslicht! Erst schwach nur, als wir nach
dem Erklimmen einer gewundenen Treppe durch einen langen
Gang gingen, dann heller, nachdem wir eine zweite Treppe
hochgestiegen waren. Hier gab es Fenster, durch die ich hinaus
auf das Jordaanviertel sehen konnte. Das verwirrte mich, hatte
ich doch geglaubt, auch Rembrandt halte sich in dem unterirdischen Labyrinth auf.
»Wo sind wir?« fragte ich die Wachen.
»In 'nem Haus«, knurrte der Kahlkopf nur.
Nach zwei weiteren Treppen wußte ich, daß wir uns sehr weit
oben »in 'nem Haus« befanden und daß es nicht das verlassene
Haus war, durch das ich die unterirdische Welt der Gérardisten
betreten hatte. In diesem Gebäude waren die Fensterscheiben
heil, aber es konnte, der Lage der Hausdächer und Kirchtürme
nach zu schließen, nicht sehr weit von jenem anderen entfernt
stehen. Ich staunte immer mehr über das eigene, abgeschlosse-
ne Reich, das die Gérardisten sich hier am Rande Amsterdams
geschaffen hatten.
Als wir unter dem Dach des Hauses angelangt waren, klopfte
das Narbengesicht an eine Tür, so höflich, wie ich es niemals
von ihm erwartet hätte.

306

»Herein!« krächzte eine wohlbekannte Stimme, und wir traten ein.

Plötzlich begriff ich, weshalb wir uns über und keinesfalls unter der Erde befanden. Meister Rembrandt van Rijn brauchte Licht, denn er war mitten in der Arbeit. Nicht nur das, er schien sogar mehrere Bilder gleichzeitig fertigzustellen, wie ich an der Reihe von Staffeleien erkannte, die nebeneinander aufgestellt waren.

»Besuch für Euch«, sagte der Narbige.

Rembrandts ungnädiger Blick fiel auf mich. »Besuch stört mich jetzt nur, der da besonders. Schafft ihn fort und laßt mich allein!«

»Das geht nicht. Ihr müßt Euch schon mit ihm unterhalten. Wir warten draußen.«

Damit ließen die Wachen uns allein. Sie schlossen sogar die Tür hinter sich. Aber warum auch nicht? Für mich gab es von hier kein Entkommen, es sei denn, ich wollte aus dem Fenster springen und mit zerschmetterten Knochen unten auf der Straße landen.

Ich betrachtete die Staffeleien genauer und stutzte; es schien jedes Gemälde zweifach zu geben. Eines von fremder Hand und weicher an Farbtönen, das andere mit demselben oder einem sehr ähnlichen Motiv von Rembrandt, gehalten in jenem Blau, von dessen unglaublicher Herkunft ich soeben erfahren hatte. Bei sämtlichen Gemälden handelte es sich um Einzel- oder Gruppenporträts. In der Farbgebung ähnelten sie dem Bild, das Gysbert Melchers und Ossel Jeuken in den Wahnsinn getrieben hatte. Die Kleidung der dargestellten Personen und die Hintergründe waren in unterschiedlichen Schattierungen besagten Blaus gehalten, so durchdringend, daß man bei längerer Betrachtung nur noch die Farbe Blau zu sehen glaubte.

Endlich begriff ich: Hier malte Rembrandt nach fremden Vorlagen die blauen Todesbilder. Die Personen auf den Gemälden waren Todgeweihte, Menschen, auf deren Ableben man schon bald an der Schwarzbörse wetten würde.

Rembrandt betrachtete mich nicht weiter und widmete sich wieder seiner Arbeit an dem Porträt eines rundgesichtigen Kaufmanns, ganz so, als befände er sich in seinem Atelier an der Rozengracht. Schon seit einiger Zeit mußte er, hier oder an einem anderen Ort, die blauen Bilder malen. Deshalb war er so häufig außer Haus gewesen, angeblich an Titus' Grab.

Wie die Gérardisten ihn nun vollkommen in ihre Gewalt gebracht hatten, darüber konnte ich nur spekulieren. Hatten die Nachforschungen, die einerseits von den Behörden, andererseits von mir angestellt wurden, sie beunruhigt, so daß sie es für besser gehalten hatten, Rembrandt in Gewahrsam zu nehmen? Oder benötigten sie einfach mehr von den blauen Bildern und hatten beschlossen, den Maler nur noch für sich arbeiten zu lassen? Ebenso unklar war mir, weshalb sie ausgerechnet den Meister für diese Arbeit auserwählt hatten. Wenn sie so zahlreich waren, wie van der Meulen angedeutet hatte, mußte es in ihren Reihen genügend Maler geben. Kam es nicht nur auf den geheimnisvollen blauen Farbstoff an, sondern auch auf die Ausführung? Das schien mir die einzige Erklärung zu sein.

Langsam schritt ich die Galerie der Arbeiten ab, an deren Ende ein blaues Bild stand, für das es keine Vorlage gab und das mich am meisten erschreckte. Es zeigte Titus und Cornelia, wie sie Hand in Hand an einem Bach entlangspazierten und einander in inniger Zuneigung anblickten. Der tote – angeblich noch lebende – Titus und die zu Hause aus Sorge um ihren Vater fast vergehende Cornelia. Keine der möglichen Erklärungen, die mir dazu einfielen, wollte mir gefallen, brachten die blauen Bilder doch nichts anderes als Wahnsinn und Tod.

Aufgeregt wandte ich mich an Rembrandt. »Wieso habt Ihr hier Euren Sohn und Eure Tochter gemalt?«

Der Alte, der gerade den Pinsel zur Leinwand hatte führen wollen, hielt inne, wandte das Gesicht ruckartig in meine Richtung und betrachtete mich, als hätte er meine Anwesenheit vergessen.

»So habe ich die beiden immer bei mir«, erklärte er. »Van der Meulen hat mich zu diesem Bild angeregt, und ich bin ihm dankbar dafür. Wenn ich wieder in der Rozengracht bin, werde ich es meinen Kindern zeigen. Sie werden sich sehr darüber freuen.«

»Titus wird sich über gar nichts mehr freuen«, entgegnete ich eindringlich. »Euer Sohn ist tot. Habt Ihr das vergessen?«

Rembrandt lächelte schwach, als übe er sich in Nachsicht mit mir. »Ihr irrt, aber das nehme ich Euch nicht übel. Auch ich habe Titus für tot gehalten, nachdem wir ihn in der Westerkerk beigesetzt hatten. Aber er war nicht tot. Er hatte nur eine seltsame Form der Pest, die ihn wie tot aussehen ließ. Doktor van Zelden hat sich seiner angenommen, und dank seiner Bemühungen ist Titus auf dem Weg der Besserung. Ein paar Mal schon habe ich mit meinem Sohn gesprochen. Noch ist er schwach auf den Beinen und verträgt nur Dunkelheit, aber bald schon wird er zu uns zurückkehren können. Van Zelden hat es mir versprochen, und ich werde ihm dafür ewig dankbar sein.«

Mochten mir auch noch einige Einzelheiten unklar sein, so durchschaute ich doch allmählich das makabre Spiel, in das Antoon van Zelden und seine Mitverschwörer Rembrandt, der offenkundig nicht mehr ganz bei Sinnen war, verwickelt hatten. Ob Rembrandts geistiger Zustand seinem Alter zuzuschreiben war, der Bestürzung über Titus' Verlust oder gar dem blauen Farbstoff, mit dem er beim Malen unweigerlich in Berührung kam, konnte ich nicht sagen. Vielleicht war es auch eine Mischung aus alledem. Jedenfalls hatten die Gérardisten es meisterhaft verstanden, die Verwirrung des Malers für ihre Zwecke auszunutzen.

Auch fragte ich mich, warum Rembrandt trotz seines häufigen Umgangs mit der Teufelsfarbe nicht dem völligen Wahnsinn anheimgefallen war, wie es Gysbert Melchers, Melchior van Riebeeck und meinem Freund Ossel ergangen war. Aber auf diese Frage würde ich vorerst kaum eine Antwort erhalten.

»Ihr helft den Gérardisten, weil Ihr Doktor van Zelden so dankbar seid? Damit Titus zu Euch zurückkehrt?«

Rembrandt kratzte mit dem Ende des Pinsels seinen Hinterkopf. »Die Gérardisten? Wovon sprecht Ihr?«

Er wußte also nicht einmal, auf was er sich eingelassen hatte. Vielleicht konnte ich da ansetzen, um dem bösen Spuk ein Ende zu bereiten.

Ich trat auf ihn zu. »Eure Werke, diese blauen Bilder, bringen anderen den Tod. Wißt Ihr das nicht?«

Eine abwehrende Geste deutete an, daß ihn dieser Umstand nicht beunruhigte. »Ein paar schlechte Menschen sterben, na und? Wir alle müssen einmal sterben.« Er wies mit der Pinselspitze auf das Blau, die vorherrschende Farbe auf seiner Palette. »Seht her, Suythof, ist dieses Blau nicht einzigartig? Bisher habe ich mir aus Blau nicht viel gemacht, aber dieses Blau ist anders. Es leuchtet von innen heraus und strahlt geradewegs in die Seelen der Menschen, bringt das Wahrhaftige in ihnen zum Vorschein, mag es das Gute oder das Böse sein. Wenn Ihr diese Farbe betrachtet, versteht Ihr, weshalb Blau die Farbe der Könige genannt wird, die göttliche Farbe.«

»Man nennt es auch die Teufelsfarbe, und das verstehe ich jetzt um so besser.«

»Ich begreife nicht, was Ihr damit sagen wollt, Suythof.«

Ich packte ihn an den Armen, um ihn aufzurütteln, ihn irgendwie aus seiner Verblendung zu befreien. »Man hat Euch belogen, Meister Rembrandt! In dem Farbstoff, mit dem Ihr hier arbeitet, steckt nichts Göttliches. Er ist ganz allein das Werk Satans und verführt die Menschen dazu, Böses zu tun, ihren Liebsten und sich selbst zu schaden. So wie Ihr selbst Euch und Eurer Tochter Cornelia schadet!«

Rembrandt löste sich von mir, trat zwei Schritte zurück und

starrte mich befremdet an. »Was schwatzt Ihr da für dummes Zeug? Niemals würde ich Cornelia schaden!«

»Ihr tut es doch schon. Ihr versteckt Euch hier, während Cornelia daheim in der Rozengracht hockt und vor lauter Sorge um Euch ganz krank ist.«

»Blödsinn!« knurrte er. »Cornelia weiß, wo ich bin und warum ich hier bin.«

»Das ist eine Lüge, die man Euch aufgetischt hat, um Euch zu beruhigen.«

Ich bemerkte ein unsicheres Flackern in seinen Augen. War es mir gelungen, die Mauer aus Verblendung, die ihn umgab, zu durchbrechen?

»Sucht Cornelia auf und fragt sie selbst«, schlug ich vor. »Ich begleite Euch gern zu ihr.«

»Das geht nicht«, antwortete er zögernd. »Ich habe van Zelden und van der Meulen versprochen, mich nicht von hier fortzubewegen, solange ich meine Arbeit nicht vollendet habe.«

»An dieses Versprechen seid Ihr nicht gebunden. Man hat es mit Lügen erkauft. Und man würde weder Euch noch mich freiwillig gehen lassen. Seht Ihr das nicht ein?«

»Wenn wir nicht von hier fortdürfen, welchen Sinn hätte es dann, die Rozengracht aufsuchen zu wollen?« entgegnete er mit einer Logik, die mich angesichts seines Geisteszustands verblüffte.

»Wir müssen fliehen, Meister Rembrandt. Ihr seid länger hier als ich und wißt bestimmt Dinge über diesen Ort, die uns beim Schmieden eines Fluchtplans helfen können. Wenn wir uns zusammentun, kann es uns gelingen!«

»Fliehen? Nein. Wenn ich Doktor van Zelden enttäusche, wird Titus womöglich nie richtig gesund. Ich darf meinen Sohn nicht im Stich lassen, nicht noch einmal!«

»Wie meint Ihr das?«

»Ich hätte Titus beinahe an der Pest zugrunde gehen lassen; ich gab ihn auf, weil kein Leben mehr in ihm zu sein schien. Nur dank Doktor van Zelden ist er zu mir zurückgekehrt. Noch einmal wird Titus nicht vergebens auf die Hilfe seines Vaters hoffen!«

Abermals faßte ich ihn an den Armen und mußte mich bemühen, nicht zu laut zu werden, damit die Wachen vor der Tür nicht aufmerksam wurden.

»Ihr dürft nicht hierbleiben, Meister, und Ihr dürft nicht länger an diesen Bildern arbeiten! Sie bringen den Menschen den Tod!«

Ein seltsamer Ausdruck schlich sich in seine Züge; ich kannte ihn von seinen späten Selbstbildnissen. Es war dieses eigenartige Lächeln, das der Welt mitzuteilen schien, daß sie Rembrandt van Rijn gewaltig unterschätzt habe und daß er es allen, die ihn verspottet und ihm den Rücken zugekehrt hatten, noch zeigen werde.

Das Lächeln machte mir angst, denn es zeigte eine andere – dunkle – Seite des Malers Rembrandt. Wie auf seinen Bildern, dachte ich, wo hell und dunkel so nahe beieinander liegen. Sein Verstand mochte umnebelt sein. Entweder deshalb oder aber nichtsdestotrotz schien er zu begreifen, daß seine Bilder andere Menschen ins Unglück stürzten, in den Tod.

Doch das machte ihm nichts aus, im Gegenteil, es schien ihn zu erfreuen. Es war seine Rache an der Welt und den Menschen, und erst in diesem fürchterlichen Augenblick verstand ich, was seine im Alter neu erwachte Leidenschaft für das Selbstporträt bedeutete.

»Was hat man Euch nur angetan?« entfuhr es mir aus tiefster Seele, und noch einmal packte ich ihn bei den Schultern und schüttelte ihn heftig. »Wacht endlich auf, Rembrandt! Ihr müßt von hier fort, so schnell es geht!«

»Nein!« wiederholte er und versuchte ein zweites Mal, sich von mir loszureißen.

Diesmal gab ich nicht nach. Bei der Rangelei verloren wir beide das Gleichgewicht und stürzten zu Boden, wobei wir einige der Staffeleien anstießen, so daß sie lärmend mitsamt den Bildern umkippten.

Die Tür schwang auf, und herein kamen nicht nur die beiden Wachen, sondern auch Fredrik de Gaal und Maerten van der Meulen. Die Wachen zogen ihre Pistolen und richteten sie auf mich, während van der Meulen zu Rembrandt ging und ihm auf die Beine half.

»Habt Ihr Euch weh getan, Meister Rembrandt?« fragte er mit einer Besorgnis, die entweder echt oder hervorragend gespielt war. Vermutlich fürchtete er, der Alte könnte nicht in der Lage sein, die Arbeit an den Todesbildern fortzusetzen.

Rembrandt blickte an sich hinab, als wolle er sich vom Vorhandensein sämtlicher Glieder überzeugen. »Es geht schon, glaube ich. Aber schafft bitte diesen Suythof fort! Er stürzt mich nur in Verwirrung und regt mich mit seinen Reden auf.«

»Das wird sofort geschehen, Meister«, versprach van der Meulen und gab den Wachen einen Wink.

Ich verstand die Bewegung, die der Narbengesichtige mit seiner Pistole machte, und erhob mich. Mein linker Arm, auf den ich gestürzt war, schmerzte leicht, aber das war nicht weiter von Bedeutung. Zwei Pistolen im Rücken, verließ ich den Raum und warf einen letzten Blick auf Rembrandt, der mich schon vergessen zu haben schien und bekümmert auf die zu Boden gefallenen Bilder starrte.

KAPITEL 26

Blau

In die dunklen Mündungen der beiden Pistolen blickend, wartete ich unruhig auf dem Gang und ärgerte mich über mich selbst. Statt vorsichtig zu sein, war ich schon wieder in eine Falle gestolpert wie ein Blinder, hatte die Gefahren unterschätzt.

Fredrik de Gaal hatte mich nur mit Rembrandt sprechen lassen, um mehr über meine wahren Absichten zu erfahren. Die Schnelligkeit, mit der de Gaal und van der Meulen im Atelier erschienen waren, bewies es. Indem ich Rembrandt zur gemeinsamen Flucht gedrängt hatte, war es für sie unglaubhaft geworden, daß sie mich auf ihre Seite ziehen konnten. Als de Gaal und van der Meulen das Atelier verließen, bestätigte sich mein Verdacht.

Der weißhaarige Kaufmann sah mich spöttisch an. »So großartig ist es um Eure Schlauheit dann doch nicht bestellt, Mijnheer Suythof. Und mit Eurer Anteilnahme für unsere große Aufgabe ist es auch nicht weit her. Schade, aber nicht zu ändern. Van der Meulen, bringt ihn zurück!«

De Gaal sprang mit dem Kunsthändler um wie mit Untergebenen. Ich täuschte mich wohl nicht, wenn ich in dem Kaufmann den Kopf der Gérardisten erblickte.

Van der Meulen und die Wächter führten mich zurück in die

unterirdischen Gänge, ohne mir auch nur die geringste Möglichkeit zu einem Fluchtversuch zu lassen.

»Warum malt ausgerechnet Rembrandt die Todesbilder?« fragte ich van der Meulen. »Haben die Gérardisten keine Maler in ihren Reihen? Wäre es nicht einfacher gewesen, einen von ihnen damit zu beauftragen, als so ein Theater aufzuführen, um Rembrandts habhaft zu werden?«

»Wir haben es mit einigen jungen Malern aus unseren Reihen versucht, aber die Ergebnisse waren wenig ermunternd. Einer von ihnen hat sich kurz vor Fertigstellung seiner ersten Arbeit die Adern aufgeschnitten, ein anderer ist unter lautem Geschrei aus dem Haus gerannt und unter ein Fuhrwerk geraten, wo er zu Tode kam. Ein dritter hat seine junge Frau fast erwürgt und sich selbst in der nächsten Gracht ertränkt. Da haben wir es aufgegeben und nach einer anderen Möglichkeit gesucht. Alle drei hatten dem Einfluß des Blaupulvers nicht über längere Zeit widerstehen können. Fredrik de Gaal selbst ist auf den Gedanken gekommen, die Aufgabe Rembrandt van Rijn zu übertragen, dank einer göttlichen Eingebung.«

»Dank einer Eingebung?« fragte ich ungläubig.

»Hat de Gaal Euch nicht von der geheimnisvollen Insel im Ostindischen Meer erzählt? Dort hat Gott zum ersten Mal zu ihm gesprochen. Seitdem steht der Herr im Himmel ihm stets zur Seite, wenn eine wichtige Frage zu klären ist.«

»Und Gott hat ihn zu Rembrandt geführt?«

»So war es, und es geschah in meinem Geschäft am Damrak, als de Gaal sich ein Gemälde von Rembrandt ansah, das ich kurz zuvor günstig auf einer Auktion erstanden hatte. Er zuckte zusammen, während er das Bild betrachtete, und war für Minuten nicht ansprechbar. Danach zeigte er sich überzeugt davon, daß Rembrandt der richtige Mann für uns sei. Und er hat recht behalten!«

»Nur dumm, daß Rembrandt kein Gérardist ist.«

»In der Tat, dann wäre es einfacher gewesen. Aber wie Ihr

gesehen habt, ist es uns auch so gelungen, uns seiner Dienste zu versichern.«

Ich hätte noch so viele Fragen gehabt, aber wir erreichten mein unterirdisches Verlies, und van der Meulen zeigte sich nicht geneigt, die Unterhaltung fortzusetzen. Allein in der von einer Kerze spärlich erhellten Zelle, hockte ich mich auf eine der Kisten und überließ mich meinen Gedanken.

Ich konnte mir Fredrik de Gaal beim besten Willen nicht als Gesandten Gottes vorstellen, sondern nur als den des Teufels. Hatte etwas Böses – Satan – ihm zu der Eingebung verholfen, die Todesbilder von Rembrandt malen zu lassen? Oder hatte er ganz einfach gedacht, ein alter, erfahrener Maler könne der Wirkungskraft der Teufelsfarbe, die von jener fernen Insel stammte, länger widerstehen?

Ermattet legte ich mich hin, streckte die Beine aus und starrte hinauf zu der Decke aus unbehauenem Stein. Mein Kopf schmerzte. Jede Antwort, die ich erhielt, warf eine neue Frage auf, manche auch mehr als eine. Mit einem Mal begann ich zu bereuen, daß ich mir in den Kopf gesetzt hatte, Ossels Tod aufzuklären. Wer war ich, mir so etwas anzumaßen? Und wohin hatte es mich geführt?

Dann aber regte sich mein Gewissen. Des toten Ossel wegen, dem ich ein Versprechen gegeben hatte. Und auch wegen Cornelia. Wäre ich nicht der Spur des blauen Bildes nachgegangen, hätte ich wohl niemals wieder einen Fuß in Rembrandts Haus gesetzt – und wäre Cornelia nicht begegnet.

Cornelia!

Würde ich sie jemals wiedersehen? In meiner Lage hätte ich keinen Stüber darauf verwettet. Sollte ich es mir überhaupt wünschen, nach dem, was ich ihr über Louisa offenbart hatte? Gewiß, in den vergangenen Tagen hatte ich ihr Trost gespendet, aber ich war mir nicht sicher, ob sie mir schon wieder das alte Vertrauen und dieselbe Zuneigung entgegenbrachte wie zuvor. Ich hatte sie nicht danach zu fragen gewagt, hätte es doch so ausgesehen, als wollte ich ihre Sorge um den Vater ausnutzen, um sie für mich zu gewinnen. Vielleicht hatte ich mich auch einfach vor der Antwort gefürchtet.

Noch etwas beunruhigte mich sehr: das blaue Bild, das Rembrandt von seinen Kindern gemalt hatte. Die blauen Bilder brachten den Tod, und ich fragte mich, was die Verschwörer mit Cornelia vorhatten.

In dem Versuch, die trüben Gedanken abzuschütteln, setzte ich mich auf. Ich mußte mich mit irgend etwas beschäftigen, und mein Blick fiel auf die hölzernen Kisten. Zum ersten Mal fragte ich mich, was darin verstaut sein mochte. Vielleicht etwas, das mir helfen konnte, mich aus meiner mißlichen Lage zu befreien?

Von neu erwachter Tatkraft beseelt, sprang ich auf und näherte mich den Kisten, die allesamt vernagelt waren. Ich hob zwei, drei von ihnen an, und alle erwiesen sich als reichlich schwer. Vielleicht, so hoffte ich, fand ich darin Waffen, mit deren Hilfe ich mir den Weg aus dem unterirdischen Kerker freikämpfen konnte.

Aber zunächst benötigte ich ein Werkzeug, um eine der Kisten zu öffnen. Ich sah mich gründlich überall um, blickte in jede Spalte zwischen den Kistenstapeln, konnte jedoch nichts entdecken, was auch nur entfernt als Werkzeug in Frage gekommen wäre. Mein Blick glitt über die schroffen Wände aus Lehm und unbehauenen Steinen. Einer der Steine, flach und nicht ganz so lang wie ein Unterarm, ragte aus einer Ecke hervor. Ich sah ihn mir genauer an und kam zu dem Schluß, daß er aufgrund seiner äußerst flachen Ränder ein brauchbares Werkzeug abgab; ich mußte ihn nur noch aus der Wand herauslösen. Mit bloßen Händen kratzte ich den Lehm rund um den Stein heraus, bis er mir genug Fläche bot, um ihn anzupacken. Ich faßte ihn mit beiden Händen und versuchte, ihn aus der Wand herauszureißen. Das Ergebnis waren ein heftiger Schmerz in meiner linken Hand und Blut, das von der Hand zu Boden tropfte. Die scharfe Kante des Steins hatte meiner Handfläche einen fingerlangen Riß zugefügt. Der Stein selbst saß so fest in der Wand wie zuvor.

Ich wusch die verletzte Hand mit Wasser aus dem Eimer und wollte sie mit meinem Taschentuch verbinden. Beim Anblick des Taschentuchs kam mir eine andere Idee. Ich wickelte das Tuch um das aus der Wand ragende Stück des Steins und versuchte mein Glück erneut, wobei ich wegen des starken Schmerzes in der linken Hand die Zähne zusammenbeißen mußte. Der Stein bewegte sich, wackelte und fiel endlich vor mir zu Boden. Mit seiner scharfen Kante war er vielleicht auch eine gute Waffe, aber im Augenblick vertraute ich darauf, daß er mir als Werkzeug nützlich sein würde.

Nach einigen Versuchen gelang es mir mit Hilfe der flachen Steinkante, den ersten Nagel aus einer der Kisten zu ziehen. Weitere Nägel folgten, bis ich die Kiste endlich öffnen konnte. Der Inhalt war zum Schutz gegen Feuchtigkeit in Öltuch eingeschlagen. Ich entfernte das Tuch, betrachtete erstaunt, was in der Kiste lag, und zog ein Exemplar hervor, um es mir genauer anzuschauen. Und dann brach ich in lautes Gelächter aus.

In der Kiste stapelten sich dünne, in Leder gebundene Bücher mit katholischen Gebeten und Gesängen. Die Gérardisten schienen wirklich an alles zu denken, um den Sturz des Calvinismus und das Wiedererstarken des Katholizismus zum Erfolg zu führen.

Zur geistigen Erbauung mochten die Bücher hilfreich sein, aber nicht, um mich hier herauszubringen. Wie hatte ich nur so töricht sein können, in den Kisten Waffen zu vermuten? Ich lachte und lachte, über meine eigene Dummheit und aus Verzweiflung. Mein Lachen war so laut, daß ich meine Besucher erst bemerkte, als sie mitten in der Zelle standen: van der Meulen, das Narbengesicht und der Kahlkopf. Der Mann mit der Narbe hielt seine Pistole auf mich gerichtet, sein Kumpan dagegen trug etwas Großes, Sperriges.

Van der Meulen sah mich streng an. »Wenn unsere Gebete Euch so sehr erheitern, Suythof, solltet Ihr Euch besser mit Eurem Metier befassen, mit der Malerei.«

Er nickte dem Kahlköpfigen zu. Der trat vor und stellte ein Bild so an eine Wand, daß es vom Kerzenschein beleuchtet wurde. Es war das blaue Gemälde, das Cornelia und Titus Hand in Hand beim Spaziergang zeigte.

»Wozu bringt Ihr das Bild her?« fragte ich.

»Ihr seid doch so begierig darauf, mehr über unser geheimnisvolles Blau zu erfahren«, erwiderte van der Meulen und zeigte auf das Bild. »Also bitte, hier seht Ihr es! Betrachtet es in aller Ruhe.«

Während er noch sprach, trat der dritte Schläger ein, der mit der roten Nase, und schüttete den Inhalt eines Sacks neben meinem Lager auf den Boden: Stricke, Eisenpflöcke und einen schweren Hammer.

»Legt Euch auf die Decken, Suythof, da habt Ihr's am bequemsten. Und denkt gar nicht erst an Gegenwehr, sonst bringt Euch eine Bleikugel um den Kunstgenuß!«

Meine Lage war in der Tat alles andere als aussichtsreich. Ich legte also das Gebetbuch zurück in die Kiste und begab mich zu meinem Lager, wo ich mich auf van der Meulens Anweisung hin rücklings ausstreckte. Der Kahlkopf und der Rotnasige schlugen die Pflöcke links und rechts neben mir in den Boden. Dann schlangen sie die Stricke auf so geschickte Weise um die Pflöcke und um meinen Leib, daß ich binnen weniger Minuten gefesselt und zur Reglosigkeit verdammt war. Auf einen weiteren Befehl des Kunsthändlers hin stellte der Kahlköpfige die Kerze näher an das Gemälde heran.

»Jetzt habt Ihr einen guten Blick auf das Bild und werdet durch nichts abgelenkt«, sagte van der Meulen. »Ich bin sicher, Ihr werdet eine erstaunliche Erfahrung machen.«

Sie gingen hinaus, und ich hörte, wie die Tür von außen verschlossen wurde. Schritte, die in dem Kellergang dumpf widerhallten, entfernten sich. Blieb eine Wache zurück? Ich konnte es nicht sagen. Aber mit oder ohne Bewachung, aufgrund der Stricke, die mir kaum einen Zoll Bewegungsfreiheit ließen, hätte ich ohnehin nicht entkommen können. Ihnen nicht und auch nicht dem blauen Gemälde.

Doch, es gab eine Möglichkeit. Ich schloß die Augen und nahm mir vor, das Bild keines Blickes zu würdigen. Darin sah ich den einzigen Weg, dem Einfluß der Teufelsfarbe zu entgehen. Immerhin ahnte ich, was mich erwartete, und das hatte ich all jenen voraus, die den Todesbildern zum Opfer gefallen waren.

So lag ich mit geschlossenen Augen, zwei Stunden, drei oder vier, ich wußte es nicht. Aber ich war bei wachem Verstand, viel zu nervös, um einzuschlafen.

Irgendwann ließ meine Furcht vor dem Bild nach, ohne daß ich es mir erklären konnte. Plötzlich erschien es mir dumm, daß ich, ein Maler, mich vor einem Gemälde ängstigte. Würde Rembrandt mich jetzt sehen, sagte ich mir, würde er sicher in sich hineinkichern. Hier hatte ich die einzigartige Gelegenheit, eines der blauen Bilder aus der Nähe zu studieren, und ich Narr verschloß davor die Augen. Warum? Wenn ich eine Gefahr bemerkte, konnte ich die Augen noch immer schließen.

Schließlich schlug ich die Augen auf. Vielleicht hatte die fremde, dämonische Kraft, die von dem Gemälde ausging, da schon von mir Besitz ergriffen.

Das Bild.

Ich betrachtete es und bewunderte einmal mehr Rembrandts Meisterschaft im Spiel mit Licht und Schatten. Nach meinem Empfinden brachte das eindringliche Blau seine Kunstfertigkeit besonders zur Geltung, und ich bedauerte, daß er nicht schon früher mit dieser Farbe gearbeitet hatte. Das Wasser in dem Bach, an dem Titus und Cornelia spazierengingen, schien tatsächlich zu fließen. Ich sah Cornelias Rock im Wind wehen und staunte, wie lebensecht die beiden wirkten.

Und dann winkten sie mir zu. Ich wollte meinen Augen nicht trauen, aber doch, es gab keinen Zweifel. Es waren nicht nur Geschöpfe, deren Dasein von Farbe und Pinselstrichen vorgegaukelt wurde, es waren wirkliche Personen. Menschen.

Cornelia trat aus dem Bild mitten in den Raum und winkte erneut. Sie lächelte mich unbeschwert an, und ich erkannte das Lächeln, nach dem ich mich so lange gesehnt hatte. Ich verstand Cornelias Wink. Es war eine Aufforderung, ihr zu folgen. Aber wie sollte ich das, wo mich doch die Stricke festhielten? Kaum hatte ich das gedacht, waren die Stricke verschwunden. Sie fielen nicht von mir ab, das mußten sie auch nicht, denn sie waren ganz einfach nicht mehr da. Ich erhob mich, lief zu Cornelia und schloß sie in die Arme.

Wir lachten und wanderten über Wiesen, immer an dem Bach mit dem leuchtend blauen Wasser entlang. Noch jemand war bei uns: Titus. Er hielt Cornelias eine Hand, ich die andere, und so bildeten wir ein unbeschwertes Dreigespann.

Mit der Zeit aber fiel mir auf, daß Cornelia dem anderen mehr Aufmerksamkeit schenkte als mir. Das erzürnte mich, war ich doch derjenige, der sie liebte und der sich für sie aufgeopfert hatte, indem ich halb Amsterdam auf den Kopf stellte, um ihren verschwundenen Vater wiederzufinden.

Cornelia aber schien das gleich zu sein und Titus erst recht. Die beiden scherzten und lachten miteinander, als wäre ich gar nicht vorhanden. Als wären sie einander mehr als Bruder und Schwester. Er riß sie von mir fort, nahm sie ganz in seine Arme und tanzte mit ihr durch das hohe, seltsam blau schimmernde Gras. Ich wollte sie auseinanderzwingen, aber etwas hielt mich zurück. Es waren die Stricke, die von einem Augenblick auf den anderen wieder da waren.

Noch etwas verwirrte mich: schemenhafte Gestalten, die nicht auf diese Wiese gehörten. Ich bemühte mich, sie deutlicher zu sehen, aber sie blieben Schatten, die ebenso schnell wieder verschwanden, wie sie aufgetaucht waren.

Als ich mich wieder Cornelia und Titus zuwandte, war letzterer nicht mehr da. Nur Cornelia hockte mitten auf der Wiese und starrte mich unschuldig aus großen Augen an. Meine Wut angesichts ihrer Heuchelei wurde zu rasendem Zorn, und ich stürzte mich auf sie. Die Stricke hielten mich nicht länger, aber darüber dachte ich nicht weiter nach.

Cornelia wurde von meinem Aufprall niedergeworfen und schrie auf, vielleicht vor Überraschung, vielleicht auch vor Schmerz. In meiner Raserei war es mir gleich. Sie hatte eine Strafe verdient, eine harte Strafe. Ich kniete auf ihr und schlug auf sie ein, bis aus ihren Schreien ein Wimmern wurde und sie jede Gegenwehr aufgab.

Doch sie konnte mich nicht täuschen. Ich erkannte in ihrem Verhalten den erbärmlichen Versuch, ihrer Bestrafung zu entgehen. Das stachelte meinen Zorn nur noch mehr an. Ich legte meine Hände um ihren weißen Hals und würgte sie, bis auch das klägliche Wimmern erstarb.

Da wurde ich von ihr weggerissen und wußte gar nicht, wie mir geschah. Ich prallte mit dem Hinterkopf gegen einen Stein, und ein Blitz durchfuhr meinen Schädel. Wie Morgendunst im Sonnenlicht löste sich das Bild der blaugefärbten Wiese vor mir auf, und ich erkannte die Wahrheit.

Ich befand mich noch immer in dem unterirdischen Kerker, hatte ihn nie verlassen. Da war das Lager mit den zerschnittenen Fesseln. Dort an der Wand stand das Bild mit Titus und Cornelia.

Cornelia! Ich sah sie gleich zweimal vor mir. Auf dem Gemälde, wo sie an Titus' Seite über die Wiese spazierte, als sei nichts geschehen. Aber auf dem Boden lag die wirkliche Cornelia, die Kleider zerrissen, blutend und zerschunden, die Augen geschlossen.

Zu dem Schmerz über diesen Anblick gesellte sich die schreckliche Erkenntnis, daß das alles mein Werk war. Als ich mich im

Bann des unheimlichen Blaus befand, mit Haut und Haaren ein
Sklave jener dämonischen Macht, hatten sie Cornelia zu mir in
die Zelle gebracht und meine Fesseln durchschnitten. Das Ergebnis des abartigen Spiels war entsetzlich. Fassungslos starrte
ich meine Hände an wie zwei fremde Wesen und hätte sie mir
am liebsten abgehackt. Mit diesen Händen hatte ich Cornelia
geschlagen und gewürgt – ich, der ich mir vorgenommen hatte,
sie zu beschützen und vor allem Unheil zu behüten! Zu meinem Ekel vor mir selbst gesellte sich eine Furcht, wie ich sie
tiefer noch nie im Leben empfunden hatte. Die Macht der
Teufelsfarbe wurde mir erst jetzt, da ich selbst sie verspürt hatte, im vollen Umfang bewußt. Obwohl ich die Gefahr gekannt
hatte, war es mir nicht gelungen, mich gegen den Angriff auf
meine Gedanken zu wehren. Das unheimliche Blau hatte meine Sinne getäuscht und mich zu einem willenlosen Sklaven gemacht. Schaudernd stellte ich mir vor, wie eine Stadt von Amsterdams Größe oder gar ein ganzes Land in die Gewalt der
teuflischen Macht geriet.
Ich erblickte die drei Wachen, van der Meulen und Doktor van
Zelden. Der Arzt kniete neben Cornelia.
Ich wollte fragen, wie es ihr ging, aber meine Stimme versagte.
Ich wollte mich, ungeachtet ihrer Waffen und ihrer Überzahl,
auf die anderen stürzen, aber ich vermochte mich nicht einmal
vom Boden zu erheben. Nach dem Fieberwahn, von dem ich
nicht wußte, wie lange er gedauert hatte, war ich jeglicher Kraft
beraubt. So blieb mir nichts übrig als zuzusehen, wie van Zelden sich über Cornelia beugte und sie untersuchte.
»Sie lebt, aber sie ist sehr schwach.«
Diese Worte erleichterten die schwere Last, die auf mir lag, ein
wenig, doch sie konnten die Schuld, die ich auf mich geladen
hatte, nicht von mir nehmen.
»Tragt sie hinaus«, sagte van der Meulen zu den Wachen. »Ich
kümmere mich um das Bild.«
Beinahe dankbar beobachtete ich, wie er das Bild aufnahm, um

den anderen zu folgen, die Cornelias noch immer reglosen Körper hinaus auf den Gang trugen.

In der Tür drehte er sich noch einmal um. »Jetzt kennt Ihr die Macht des göttlichen Blaus, Cornelis Suythof. Es hat Euren Verrat an unserer Sache bestraft, indem es Eure dunkle Seite zum Vorschein brachte. Es ist nichts geschehen, was nicht schon vorher in Euch gewesen wäre!«

Ich hockte auf meinen Decken, die Arme um den Leib geschlungen, und zitterte, während ich das Schreckliche wieder und wieder durchlebte. Im Bann der Teufelsfarbe hatte ich etwas getan, was ich niemals für möglich gehalten hätte: Es hatte nicht viel gefehlt, und ich hätte Cornelia, für mich das Kostbarste auf dieser Welt, getötet!

Ich befand mich in einem seltsamen Zustand zwischen Verwirrung und Verstehen. Allmählich begriff ich, was Ossel zu seiner Mordtat getrieben hatte. Das Teufelsblau war imstande, das Verborgene im Menschen zum Vorschein zu bringen, das, was er von sich selbst nicht wissen wollte.

Bei Ossel war es die insgeheim aufgestaute Verbitterung über Gesa Timmers gewesen, die er liebte und die ihn doch nur immerzu ausnutzte und demütigte. Ossels Liebe und Hingabe waren stärker gewesen als alle Verbitterung, aber die Teufelsfarbe hatte ihn das Gute vergessen lassen. So hatten die unheiligen Gefühle tief in seinem Innern die Oberhand gewonnen und hatten ihn zum Mörder werden lassen.

Doch wie stand es um mich? Wieder und wieder fragte ich mich, ob in mir wirklich ein solcher Haß auf Cornelia verborgen lag, daß mein Überfall auf sie damit zu erklären gewesen wäre. Das Teufelsbild hatte mir Eifersucht auf Titus vorgegaukelt, aber das war nichts als ein Trugbild gewesen. Titus war Cornelias Bruder, und er war unzweifelhaft tot, trotz allem, was Rembrandt dazu sagte. Was also warf ich Cornelia vor? Daß sie mir mein Interesse an Louisa übelnahm, vielleicht.

Aber ich verstand sie in dieser Hinsicht und konnte ihre Gefühle nachempfinden. Es wäre ungerecht gewesen, sie deswegen zu hassen. So tief ich auch in mir grub, ich konnte keine solch schlimmen Gefühle in mir entdecken.

Und doch war ich wie ein wildes Tier über sie hergefallen. Die Blutflecke auf dem Boden, wo Cornelia gelegen hatte, bewiesen es. Ihre Schreie und ihr Wimmern hallten in meinen Ohren wider und trieben mich fast zur Verzweiflung.

Unzählige Male stellte ich mir die Frage nach dem Warum und fand doch nur eine Antwort: Kein verborgener Haß auf Cornelia hatte mich angetrieben, sondern vielmehr ein versteckter Selbsthaß. Seit Cornelia wegen meines Verhaltens Louisa gegenüber das Vertrauen zu mir verloren hatte, quälte ich mich selbst mit Vorwürfen. Am liebsten hätte ich den Teil von mir, der sich nach Louisa gesehnt hatte, aus mir herausgerissen und in ein Feuer geworfen. Der blaue Dämon hatte dieses verborgene Gefühl entdeckt, ausgegraben und gegen Cornelia gerichtet. Sie hatte Grund zur Eifersucht gehabt. Der teuflische Fieberwahn hatte daraus eine Eifersucht gemacht, die mich umtrieb.

Ich fröstelte. Unwillkürlich wickelte ich mich in eine der Decken ein und dachte an die unheilvolle Macht der Farbe Blau.

KAPITEL 27

Mit Pulver und Blei

30. SEPTEMBER 1669

Irgendwann schlief ich doch vor Erschöpfung ein. Aber es war ein sehr unruhiger Schlaf voller ebenso qualvoller wie wirrer Träume, in denen die Farbe Blau eine beherrschende Rolle spielte. Mehrmals erwachte ich schweißgebadet und wünschte, ich würde nicht wieder einschlafen, aber meine Ermattung war einfach zu groß.

Als ich zum fünften oder sechsten Mal aufschreckte, glaubte ich, gedämpfte und doch laute Geräusche zu hören. Anfangs hielt ich auch das für traumgeborene Einbildungen, aber es wollte nicht still werden. Ich hörte laute Rufe, eilige Schritte und Detonationen.

Ich sprang von meinem Lager auf, lief zur Tür und drückte ein Ohr dagegen. Das waren eindeutig die Laute eines Kampfes. Ich rüttelte an der Tür, aber sie war erwartungsgemäß verschlossen. Also hämmerte ich mit den Fäusten gegen das schwere Holz der Türfüllung, was der Schnitt in der linken Handfläche mit schmerzhaftem Protest quittierte. Erst als ich vernahm, wie sich jemand am Türschloß zu schaffen machte, hielt ich inne und trat zwei Schritte zurück.

Mir kamen Zweifel, ob ich richtig gehandelt hatte. Ich hatte mit dem Hämmern gegen die Tür mögliche Befreier auf mich aufmerksam machen wollen. Was aber, wenn die Gérardisten in dem Kampf die Oberhand behalten hatten und nun kamen, um mich für den Aufruhr zu bestrafen?

Die Tür schwang auf, und augenblicklich hörte ich das Lärmen des Kampfes deutlicher. Drei Bewaffnete traten ein, angeführt von einem jungen blonden Mann, der in einer Hand eine doppelläufige Radschloßpistole hielt. Bei seinem Anblick atmete ich auf.

»Mijnheer Dekkert!« stieß ich hervor. »Noch nie war ich so erfreut, Euch zu sehen.«

»Das glaube ich Euch gern«, erwiderte Katoens Gehilfe nach einem kurzen Blick in die Zelle. »Ihr habt Euch an diesem ohnehin seltsamen Ort tatsächlich den unerfreulichsten Platz ausgesucht.«

Ich nickte. »Gut, daß Ihr das Schloß aufbrechen konntet.«

»Das mußten wir gar nicht. Der da hatte den Schlüssel bei sich.«

Er zeigte auf einen Mann, der reglos vor der Tür auf dem Gang lag. Ich trat näher und erkannte meinen rotnasigen Bewacher. Neben ihm lag eine Pistole, die ihm nie mehr von Nutzen sein würde. In seiner Brust klaffte ein gewaltiges Loch, und eine große Blutlache breitete sich unter ihm aus.

»Wart Ihr das?« fragte ich Dekkert, dessen Begleiter bloß mit Hieb- und Stichwaffen ausgerüstet waren.

»Ich bin nur schneller gewesen als er«, antwortete er und lud seine Waffe nach. »Zur Sicherheit habe ich beide Läufe abgefeuert, was wohl im Ergebnis etwas häßlich aussieht.«

Fragen über Fragen lagen mir auf der Zunge.

»Ist Katoen auch hier?« war eine davon.

»Selbstverständlich. Wir alle stehen unter seinem Kommando.«

»Was ist mit Rembrandt und seiner Tochter? Hat man sie schon gefunden?«

Zu meiner großen Enttäuschung schüttelte er den Kopf.
»Nicht, daß ich wüßte. Aber Genaues kann ich nicht sagen.
Hier unten wird überall gekämpft.«
»Rembrandt und Cornelia müssen sich nicht unbedingt unter
der Erde aufhalten. Es gibt wohl Zugänge zu mehreren Häusern hier im Viertel. In einem davon hat Rembrandt ein Dachatelier.«
»Dann sollten wir uns schnellstens auf die Suche machen«,
schlug Dekkert vor. »Oder gibt es hier noch etwas für uns zu
erledigen?«
Ich ließ meinen Blick durch den unwirtlichen Raum schweifen,
der nichts enthielt als die Kisten hinten an der Wand. »Nein,
nichts, Dekkert, es sei denn, Ihr interessiert Euch für katholi-
sche Gebete. Gehen wir!«
Beim Verlassen des Kerkers bückte ich mich nach der Waffe
des toten Wächters und vergewisserte mich, daß sie geladen
war. Es handelte sich ebenfalls um eine Radschloßpistole, die
allerdings einen weniger gepflegten Eindruck machte als Dek-
kerts. Gleichwohl fühlte ich mich mit ihr ein wenig besser und
hoffte, daß ich mich im Ernstfall auf sie verlassen konnte.
Schon bald sollte ich Gelegenheit erhalten, das herauszufinden.
Unter meiner Führung liefen wir durch die von beißendem
Pulverrauch erfüllten Gänge. Immer wieder hörten wir Schreie
und Schüsse, aber ich hatte den Eindruck, daß das Kampfgetö-
se allmählich abebbte. Ich kannte mich hier unten kaum besser
aus als Dekkert und seine Gefolgsleute, und so dauerte es eine
Weile, bis ich den gesuchten Treppenaufgang fand.
Wir erreichten ihn kurz nach zwei anderen Männern, die aus
der entgegengesetzten Richtung kamen: van der Meulen und
der kahlköpfige Wächter. Sie hielten jeder eine Pistole in der
Hand, und sobald sie uns ausgemacht hatten, legten sie auf uns
an.
Ohne nachzudenken ging ich in die Knie, während auch ich
meine Waffe schußbereit machte. Aber ich konnte kein Ziel

erkennen, weil sich, begleitet von Schußdetonationen, Pulver-rauch ausbreitete. Während ich die Augen zusammenkniff und mich bemühte, den weißgrauen Dunst zu durchdringen, stöhnte neben mir Dekkert auf und sackte zu Boden. Das Schlimmste befürchtend, feuerte ich wütend, ohne ein bestimmtes Ziel vor Augen, meine Pistole ab.

Dann wandte ich mich zu Dekkert um, neben dem bereits einer seiner Männer kniete. Dekkert hatte seine Waffe fallen gelassen und preßte beide Hände gegen seinen rechten Oberschenkel.

»Ihr lebt!« rief ich erleichtert und riß einen Streifen Stoff aus meinem Hemd, um die Wunde behelfsmäßig zu versorgen.

Als wir mit dem Verbinden fertig waren, hatte sich die Pulver-wolke weitgehend verzogen. Wir sahen einen Mann zusam-mengekrümmt am unteren Treppenabsatz liegen. Es war der Kahlkopf, was ich aber erst auf den zweiten Blick erkannte. Meine Kugel hatte ihm den halben Kopf weggerissen, und der blutige Überrest aus aufgerissenem Fleisch und zersplittertem Schädelknochen hätte gut in Doktor van Zeldens Sammlung gepaßt.

»Ihr seid ja ein Meisterschütze, Suythof«, lobte Dekkert, wäh-rend er sich, gestützt auf einen seiner Männer, ächzend erhob.

»Nennt es lieber einen Glückstreffer. Ich habe mit Schuß-waffen nicht viel mehr Erfahrung als Ihr vermutlich mit dem Malerpinsel. Wie geht es Euch?«

»Besser, als es aussieht«, sagte er mit einem angestrengten Lä-cheln. »Zum Glück hat die Kugel mein Bein nur gestreift. Der andere Kerl ist wohl die Treppe hinauf, wie?«

Ich nickte. »Entweder ins Freie oder zu Rembrandt. Wenn wir uns beeilen, erwischen wir van der Meulen vielleicht noch.«

»Das war van der Meulen? Dann los, ihm nach!«

Eilig erklommen wir die Treppen, und Dekkert bemühte sich, seiner Verletzung zum Trotz mit uns Schritt zu halten. Falls van der Meulen wirklich vor uns war, war sein Vorsprung so groß, daß wir ihn nicht zu Gesicht bekamen. Oder hatte ich mich im Weg geirrt und unsere kleine Gruppe in die Irre geführt? Nein, ich erkannte den Gang, der zu Rembrandts Dachatelier führte. Die Tür stand offen, was mich nichts Gutes ahnen ließ.

Als wir in das Atelier stürmten, fanden wir Rembrandt und van der Meulen, der auf den Maler einredete. Vermutlich wollte er den Alten zur gemeinsamen Flucht bewegen. Unser Erscheinen erschreckte den Kunsthändler, der sich wohl einen größeren Vorsprung ausgerechnet hatte. Unschlüssig schwenkte er seine Pistole zwischen Rembrandt und uns hin und her.

Hatte er die Zeit gehabt, seine Waffe neu zu laden? Ich wußte es nicht und wollte auch nicht abwarten, bis ich es herausfand. Meine Pistole war zwar leergeschossen, aber in all der Aufregung hatte ich sie in der Hand behalten. Ich schleuderte sie gegen van der Meulen, und das schwere Eisen traf ihn an der Schläfe.

Er gab einen unverständlichen Laut von sich, ließ seine Waffe sinken und taumelte ein paar Schritte rückwärts. Dabei stolperte er über die Staffeleien und verlor vollends das Gleichgewicht. Er fiel nach hinten, durchbrach eine der großen Fensterscheiben und stürzte hinunter auf die Straße. Wir hörten einen gellenden Schrei und dann das dumpfe Geräusch, als sein Körper unten aufschlug.

Ich eilte an das Fenster und blickte hinunter. Die seltsam verrenkte Haltung, in der van der Meulen auf dem Pflaster der schmalen Gasse lag, ließ kaum einen Zweifel daran, daß er tot war. Er hatte sich wohl das Genick gebrochen.

Dekkert trat neben mich. »Ihr seid wahrhaftig geschickt im Umgang mit Pistolen.«

Ich wandte mich an Rembrandt, der uns verstört ansah. Von dem Pinsel in seiner rechten Hand tropfte blaue Farbe auf den Boden.

»Was hat das zu bedeuten? Was habt Ihr dem Herrn van der Meulen angetan, Suythof?«

»Nichts, was er nicht verdient hätte«, antwortete ich bitter.

»Sagt mir lieber, was er von Euch wollte!«

»Ich sollte mit ihm kommen. Er hatte es sehr eilig. Ich wollte ihm erklären, daß ich erst dieses Bild beenden muß.«

Dabei deutete er mit dem Pinsel auf das blaue Gemälde, an dem er schon bei meinem ersten Besuch in diesem Atelier gearbeitet hatte.

»Wohin solltet Ihr van der Meulen begleiten?« setzte ich meine Befragung fort. »Hat er das gesagt?«

Rembrandt verneinte.

»Hat er von Cornelia gesprochen? Hat er erwähnt, wo sie sich aufhält?«

»Wo soll sie schon sein? In unserem Haus an der Rozengracht natürlich.«

Er schien tatsächlich nicht zu ahnen, daß man seine Tochter hergebracht hatte und was ihr – nicht zuletzt durch mich – Schreckliches widerfahren war.

»Hat van der Meulen Cornelia wirklich nicht erwähnt?«

Rembrandt schüttelte unwillig den Kopf. »Was faselt Ihr dauernd von Cornelia? Macht Euch bloß keine Hoffnungen auf sie. Meine Tochter wird einmal einen gutsituierten Mann heiraten, jemanden wie van der Meulen, und nicht einen Tunichtgut wie Euch!«

Abermals sah ich hinunter auf die Straße, wo van der Meulen lag, und bereute, ihn getötet zu haben. Nicht, weil es schade um ihn gewesen wäre. Aber er hätte uns sagen können, wo Cornelia zu finden war.

»Verliert nicht den Mut«, sagte Dekkert, der meine Verzweiflung bemerkte. »Wir stellen alles auf den Kopf. Wenn Eure Cornelia hier ist, werden wir sie auch finden.«

Ich half bei der Suche, Raum um Raum, Stockwerk um Stockwerk. Die meisten der Zimmer standen leer, und von Cornelia entdeckten wir nicht die geringste Spur. Nachdem wir das ganze Haus durchsucht hatten, trafen wir auf Jeremias Katoen, der gerade einem Hauptmann der Wachen Anweisungen zum Abtransport der Gefangenen gab.

Hoffnungsvoll wandte ich mich an ihn, aber auch er wußte nichts von Cornelias Verbleib. Fredrik de Gaal oder Antoon van Zelden hätten uns wohl Auskunft erteilen können, aber sie waren nicht unter den Gefangenen.

Im Erdgeschoß des Hauses fanden wir ein Zimmer, in dem ein paar verstaubte Möbel standen. Erschöpft ließen Katoen, Dekkert und ich uns auf die zerschlissenen Polster fallen, und Dekkert lagerte sein lädiertes Bein auf einem niedrigen Tisch, der ursprünglich einmal zum Abstellen von Geschirr gedient hatte.

»Das war ein gehöriger Schlag gegen die Verschwörer«, erklärte Katoen. »Wenn uns auch noch ein paar wichtige Köpfe fehlen. Schade, daß van Zelden uns entkommen ist, obwohl wir ihm schon so nahe waren.«

Das wollte ich genauer wissen.

»Van Zelden hat uns zu Euch geführt, Suythof«, sagte der Amtsinspektor zu meiner Überraschung. »Ich habe ihn, wie versprochen, überwachen lassen. Er fuhr zur Rozengracht und holte dort Rembrandts Tochter ab. Meine Männer sind ihm bis in diese Gegend gefolgt, wo er mit dem Mädchen in einem baufälligen Haus verschwand. Wir zogen Erkundigungen ein, und bald waren wir sicher, das Versteck der Verschwörer gefunden zu haben. Die ganze Nacht über haben wir Vorkehrungen getroffen, und bei Morgengrauen waren wir bereit, die Verschwörerbrut mit Pulver und Blei auszurotten.«

»Wieso nicht schon in der Nacht?« fragte ich. »In den dunklen Gängen da unten bleibt sich das gleich.«

»Wir wußten nicht, was uns erwartet. Außerdem benötigten wir Zeit, um unsere Leute zusammenzuziehen und den ganzen Straßenzug abzusperren.«

»Aber es sind Euch einige Verschwörer entwischt!«

»Warum so vorwurfsvoll, Suythof? Solltet Ihr uns nicht vielmehr dankbar sein? Nach allem, was Dekkert erzählt hat, war Eure Lage nicht eben rosig.«

»Verzeiht«, sagte ich. »Ihr habt ja recht. Aber die Sorge um Cornelia macht mich verrückt. Außerdem denke ich an das, was ich ihr angetan habe. Wärt Ihr schon in der Nacht gekommen, wäre ihr das wohl erspart geblieben.«

Ich erzählte, was ich unter dem Einfluß der Teufelsfarbe getan hatte, und berichtete alles, was ich über die Gérardisten und ihre Pläne wußte.

»Eine phantastische Geschichte«, befand Katoen. »Niemals hätte ich sie geglaubt, hätte ich diese unterirdische Festung nicht mit eigenen Augen gesehen. Ein Glück für Euch, Suythof, sonst hätte ich nach diesem Bericht für Eure Einweisung ins nächste Irrenhaus gesorgt.«

»Leider ist die Teufelsfarbe keine Ausgeburt meiner Phantasie«, sagte ich. »Sorgt bloß dafür, daß die Bilder aus Rembrandts Arbeitsraum unter Verschluß gehalten werden. Habt Ihr das Lager mit dem blauen Farbstoff gefunden?«

»Nein, bis jetzt leider nicht«, antworte Katoen, und sein Gesicht verdüsterte sich bei dem Gedanken daran, welches Unheil mit dem Teufelsblau angerichtet werden konnte.

KAPITEL 28

Vater und Sohn

Zwei Stunden später fuhren Katoen und ich mit Rembrandt in einer Kutsche zur Rozengracht. Ein heftiger Wind fegte durch die Straßen und rüttelte an unserem Gefährt. Unmißverständlich kündigte der Herbst sein Kommen an.

Katoen hatte darauf verzichtet, Rembrandt in Gewahrsam zu nehmen, und darüber war ich froh. Man konnte den alten Maler gewiß nicht von jeder Schuld freisprechen. Ihm war bewußt, daß seine Bilder anderen Menschen den Tod gebracht hatten. Aber wie weit durfte man ihm dieses von Alter, Schmerz, Verwirrung und von der blauen Teufelsfarbe zerfressene Bewußtsein noch zurechnen? Angesichts des langen Zeitraums, über den Rembrandt mit dem Blau der Gérardisten in Berührung gekommen war, erschien es mir erstaunlich genug, daß ihm überhaupt noch ein Fünkchen Verstand geblieben war. Hatte Fredrik de Gaal ihn wirklich aufgrund einer Eingebung ausgewählt?

Zum wiederholten Mal dachte ich darüber nach, ob das Böse nicht bloß dem Blau entsprang, sondern ob auf jener fernen Insel vielleicht etwas beheimatet war – ich nannte es für mich einen Dämon –, das mit Hilfe der Teufelsfarbe seine Klauen nach allen Menschen ausstreckte, deren es habhaft werden konnte.

Rebekka Willems mußte das Vorfahren der Kutsche bemerkt haben. Sie öffnete die Haustür, bevor wir sie noch ganz erreicht hatten. Als sie ihres langjährigen Dienstherrn, zu dessen Familie sie schon fast zählte, angesichtig wurde, lächelte sie, doch gleich darauf legte sich ein Schatten über ihr zerknittertes Gesicht.

»Wie seht Ihr aus, Herr?« fragte sie. »Was hat man Euch angetan?«

»Er hat einiges hinter sich und braucht vor allem Ruhe«, erklärte ich in der Diele, wo wir vor dem kalten Wind sicher waren. »Doch sagt uns als erstes, ob Ihr etwas über den Verbleib von Cornelia wißt.«

»Cornelia. Ist sie denn nicht bei Euch?«

»Würde ich dann fragen?«

»Das verstehe ich nicht«, sagte die alte Frau leise und schüttelte immer wieder den Kopf. »Als ich Euch eben mit Meister Rembrandt aus der Kutsche steigen sah, dachte ich, Cornelia sei bei Euch. Doktor van Zelden sagte doch, er hätte den vermißten Herrn gefunden und wollte Cornelia zu ihm bringen. Als Cornelia am späten Abend immer noch nicht wieder da war, begann ich mir Sorgen zu machen.«

»Aus gutem Grund«, sagte Katoen. »Hat van Zelden sonst noch etwas gesagt? Vielleicht hat er eine Bemerkung darüber gemacht, wo er Cornelia hinbringen wollte.«

»Nichts dergleichen«, antwortete Rebekka. »Er hatte es sehr eilig und drängte Cornelia, sich schnell etwas überzuwerfen und mit ihm zu kommen.«

Ich fragte mich, was Cornelia gedacht haben mochte, als van Zelden an ihrer Haustür erschien. Vermutlich war sie auf der Hut gewesen, wußte sie doch von dem konservierten Titus, aber die Sorge um ihren Vater mußte stärker gewesen sein als alle Vorsicht.

Ich wandte mich an Katoen. »Vielleicht finden wir in van Zeldens Haus eine Spur. Außerdem könnt Ihr Euch dort selbst einen Eindruck davon verschaffen, was van Zelden mit Titus van Rijn angestellt hat.«

»Eine gute Idee«, erwiderte der Amtsinspektor.

In Rembrandt, der bislang unbeteiligt dabeigestanden hatte, kam Leben. »Ihr sprecht von Titus? Wo ist er? Etwa bei Doktor van Zelden?«

»Titus ist tot«, versicherte ich ihm zum wiederholten Mal. »Nur sein Leichnam wird in van Zeldens Haus aufbewahrt, konserviert in einem riesigen Glas.«

»Dann nehmt mich mit!« drängte er mit zitternder Stimme, Tränen in den Augen. »Ich will meinen Sohn sehen!«

Hatte er wirklich verstanden, daß Titus tot war? Ich wußte es nicht, aber ich bat den Amtsinspektor, dem alten Mann den Wunsch zu erfüllen. Vielleicht fand er endlich Ruhe, wenn er sich mit eigenen Augen davon überzeugt hatte, daß Titus nicht mehr unter den Lebenden weilte.

Katoen willigte ein, und wir stiegen, verfolgt von Rebekkas besorgtem Blick, wieder in die Kutsche. Auf der Fahrt zum Kloveniersburgwal wurde der Wind heftiger und fetzte die Dächer von einigen der Verkaufsstände am Straßenrand. Über Amsterdam schien sich ein Sturm zusammenzubrauen.

Als wir vor dem Haus des Arztes ausstiegen, mußten wir uns regelrecht gegen den Wind stemmen, um voranzukommen. Ein Mann, der seinen Mantel fest um sich geschlagen hatte, trat uns entgegen.

»Hat sich hier etwas getan, Kampen?« fragte Katoen.

»Nicht viel«, antwortete der Wachtposten. »Ein Dienstmädchen ist vor etwa einer Stunde zum Einholen weggegangen und vor kurzem zurückgekehrt. In der Zwischenzeit sind zwei Patienten des Doktors von einer älteren Frau, vielleicht der Köchin, abgewiesen worden.«

»Und Doktor van Zelden?«

»Hat sich hier nicht mehr blicken lassen, seit er gestern abend das Haus verlassen hat.«

Da wäre er auch schön dumm gewesen, dachte ich. Nach dem Angriff auf das Verschwörernest mußte er gewarnt sein.

Auf unser Klingeln hin erschien das Hausmädchen, das ich

bereits kannte. Auf ihrem rotwangigen Gesicht zeichnete sich kein Wiedererkennen ab. »Der Doktor ist nicht da.«

»Wir möchten trotzdem eintreten«, sagte Katoen und stellte sich vor. »Ich bin Bevollmächtigter des Amsterdamer Amtsrichters.«

Zögernd ließ sie uns ins Haus, auch Kampen schloß sich uns an. Drinnen trafen wir die Köchin, von der er gesprochen hatte, eine weißhaarige Mittfünfzigerin mit teigigem Mondgesicht. Katoen fragte sie nach dem Verbleib van Zeldens.

»Wir wissen nicht, wo er ist«, antwortete die Frau, und in meinen Ohren klang es aufrichtig. »Gestern abend hat er das Haus verlassen, und seitdem sind wir ohne Nachricht von ihm.«

»Ist das ungewöhnlich?« setzte Katoen die Befragung fort.

»Ach, er ist schon öfter mal über Nacht fortgeblieben. Schließlich ist er nicht verheiratet, da kommt so etwas schon einmal vor, wenn Ihr mich versteht.« Die Köchin zwinkerte verschwörerisch. »Aber er hat noch nie eine Sprechstunde ausfallen lassen, ohne uns vorher Bescheid zu geben. Da mache ich mir schon ein wenig Sorgen.«

»Gibt es vielleicht Verwandte oder eine Damenbekanntschaft, bei der er sich aufhalten könnte?«

»Da ist mir nichts bekannt«, sagte die Köchin und sah das Dienstmädchen an. »Dir?«

Das Mädchen schüttelte den Kopf.

»Dann werden wir uns hier im Haus etwas umsehen«, verkündete der Amtsinspektor. »Besonders in den hinteren Räumen.«

»Das geht nicht«, erwiderte der Köchin rasch. »Die sind verschlossen.«

»Wo ist der Schlüssel?«

»Den trägt der gnädige Herr immer bei sich.«

»Gibt es einen Zweitschlüssel?«

»Nein. Es wird Doktor van Zelden auch gar nicht recht sein, wenn sich jemand in seiner Abwesenheit dort zu schaffen macht. Er ist sehr eigen mit diesen Räumen.«

»Eben deshalb wollen wir sie sehen«, sagte Katoen, zog ein Klappmesser aus der Tasche und wandte sich an mich. »Hier, Suythof, Ihr brecht doch so gern fremde Türen auf, sogar die von Kirchen. Dann beweist mal Eure Geschicklichkeit!«

Unter den bangen Blicken von Köchin und Dienstmädchen machte ich mir an der Zugangstür zu den Räumen zu schaffen, die das Mädchen als das Heiligtum bezeichnet hatte. Diesmal war mir kein Glück beschieden, und Kampen versuchte es an meiner Statt. Er brauchte nur ein, zwei Minuten, und das Schloß öffnete sich mit einem metallischen Klicken.

Katoen, Kampen, Rembrandt und ich gingen durch van Zeldens Räume, während seine Bediensteten ängstlich an der aufgebrochenen Tür warteten. Wahrscheinlich überlegten sie krampfhaft, wie sie ihrem Herrn, wenn er wiederkam, erklären sollten, was hier geschehen war. Ich für meinen Teil bezweifelte allerdings, daß van Zelden jemals in sein Haus zurückkehren würde.

Das hinterste Zimmer war, wie bei meinem ersten Besuch hier, gesondert abgeschlossen. Katoen zückte bereits sein Messer, ich aber ging noch einmal in den ersten Raum und fand den Schlüssel an fast derselben Stelle wie zuvor.

Bevor ich die Tür öffnete, wandte ich mich an Rembrandt: »Überlegt Euch, ob Ihr das wirklich sehen wollt! Glaubt mir, es ist kein erhebender Anblick.«

Er schaute mich fast flehend an. »Wenn es mein Sohn Titus ist, möchte ich ihn sehen!«

»Also gut«, seufzte ich und öffnete die Tür.

Ein erschreckender Gedanke kam mir in den Sinn: War Titus' Leichnam vielleicht ebenso verschwunden wie die Bilder, die ich Katoen in dem Musico hatte zeigen wollen? Aber nein, der riesige Glasbehälter befand sich an seinem Platz, und in der blau schimmernden Flüssigkeit schwamm der leblose Körper von Rembrandts Sohn.

Nicht nur Rembrandt, auch Katoen und Kampen starrten mit aufgerissenen Augen auf das Unglaubliche.

»Dieser van Zelden muß ein wahrer Teufel sein, daß er so etwas fertigbringt«, murmelte Kampen.

»Oder er ist vom Teufel besessen«, sagte ich.

Rembrandt trat ganz langsam auf den Leichnam seines Sohnes zu; die beiden Beamten und mich schien er völlig vergessen zu haben. Er sank vor dem Glasbehältnis auf die Knie, legte den Kopf in den Nacken und betrachtete den nackten Leib in der blauen Flüssigkeit. Wir drei anderen verhielten uns ganz still. Ehrfurcht vor dem, was die Geschicke der Lebenden und der Toten lenkte, erfüllte den Raum. Eine kleine Ewigkeit schien der alte Mann stumm auf den toten Sohn zu schauen.

»Was haben sie dir angetan?« Rembrandts Stimme war so leise, daß wir ihn kaum verstehen konnten.

Nach einer langen Weile erhob er sich und drehte sich zu uns um. Tränen glitzerten in seinen Augen. Sie wirkten unendlich müde, und zugleich nahm ich etwas in ihnen wahr, das ich lange vermißt hatte: Vernunft und Verstehen.

»Was habe ich nur getan?« fragte er mit brüchiger Stimme, ohne einen von uns anzusehen. »Was habe ich über die Menschen gebracht?«

»Beinahe ein Verhängnis«, sagte ich ohne Vorwurf und um einen sanften Ton bemüht. »Aber wenn wir Fredrik de Gaal und Antoon van Zelden aufspüren, können wir vielleicht das Schlimmste verhindern.«

Dabei hatte ich den blauen Farbstoff im Sinn, über den die übriggebliebenen Gérardisten noch immer verfügten.

»Ich weiß nicht mehr, was ich gedacht habe«, fuhr Rembrandt fort. »Ich wollte Titus so sehr zurückhaben, daß ich wirklich geglaubt habe, er sei noch am Leben.«

Katoen, der sich inzwischen in dem Raum umgesehen hatte, holte etwas aus einem Schrankfach und hielt es hoch. »Das hier habt Ihr gesehen, Mijnheer van Rijn.«

Es war etwas Lappiges, das wie ein Stück Leder aussah. Als Katoen es mit beiden Händen auseinanderzog, nahm es die Form eines in die Breite gezerrten Gesichts an, dessen Augen uns als leere Höhlen anglotzten.

»Was ist das?« fragte Rembrandt.

Der Amtsinspektor gab es ihm. »Eine Maske vom Gesicht Eures Sohnes. Damit hat van Zelden Euch genarrt. Deshalb seid Ihr Eurem vermeintlichen Sohn nur im Dunkeln begegnet. So konntet Ihr die Täuschung nicht bemerken. Dazu eine flüsternde Stimme wie die eines schwächlichen Kranken, und schon war der schändliche Auftritt perfekt. Dafür benötigte van Zelden den Leichnam Eures Sohnes, und wohl auch deshalb hängt, wie Suythof mir erzählte, ein Porträt von Titus in van Zeldens Salon.«

»Aber warum hat er den ganzen Leichnam konserviert?« fragte ich mich laut. »Ein Abdruck vom Gesicht hätte ihm doch reichen müssen.«

»Wer weiß, vielleicht plante er noch weitere Schändlichkeiten, wie sie sich nur ein kranker, den Menschen verachtender Verstand ausdenken kann. Möglicherweise hat er mit dem Gedanken gespielt, den toten Leib wieder unter den Lebenden wandeln zu lassen, wenn auch nur als geistlosen Golem. Wenn ich mich hier umsehe, gewinne ich den Eindruck, daß van Zelden ein genialer Mann ist, wenn er auch seine Genialität offenkundig in den Dienst des Bösen gestellt hat.«

Rembrandt ließ die Maske angewidert fallen und wandte sich an mich. »Suythof, ich muß Euch für so vieles um Verzeihung bitten. Wollt Ihr mir trotz allem einen Gefallen tun?«

»Wenn ich kann.«

»Sorgt dafür, daß Titus endlich Ruhe findet. Bringt ihn unter die Erde, wie es sich gehört.« Er begann heftig zu zittern und hielt sich nur noch mit Mühe aufrecht. »Und findet Cornelia!«

Katoen und ich konnten ihn gerade noch auffangen, bevor er zusammenbrach. Wir trugen ihn zu einem Sessel, während Kampen nach draußen lief, um Hilfe zu holen.

KAPITEL 29

Sturm über Amsterdam

Während ein Arzt aus der Nachbarschaft sich um Rembrandt kümmerte, stellten Katoen, Kampen und ich Antoon van Zeldens Haus auf den Kopf. Wir suchten nach Hinweisen auf ein weiteres Versteck der Gérardisten, auf den Ort, wo die Teufelsfarbe gelagert und vermutlich Cornelia festgehalten wurde. Aber wir fanden nichts.

»Weshalb haben die Verschwörer Rembrandts Tochter bloß mitgenommen?« fragte Kampen, nachdem wir auch den letzten Schrank mit Papieren durchgesehen hatten.

»Ursprünglich, um Rembrandt auch weiterhin gefügig zu halten«, sagte Katoen. »Sie konnten nicht wissen, wie lange er noch auf das Theater mit dem falschen Titus hereinfallen würde. Als wir ihr Versteck stürmten, mußten sie schnell handeln. Daß sie Rembrandt wegbrachten, konnten wir gerade noch verhindern, bei Cornelia ist es ihnen vermutlich gelungen. Nur fehlt ihnen jetzt der Vater.«

»Dann könnten sie das Mädchen eigentlich freilassen«, meinte Kampen.

»Das werden sie kaum tun«, entgegnete Katoen. »Cornelia könnte ihren neuen Schlupfwinkel preisgeben. Vielleicht rechnen sie auch damit, Rembrandt erneut in ihre Gewalt bringen zu können. Außerdem …«

»Ja, was?« fragte Kampen nach, als Katoen mich ansah und verstummte.

Der Amtsinspektor räusperte sich. »Nun, sie könnten das Mädchen auch als Geisel mißbrauchen, wenn wir sie aufspüren.«

Nachdem der Arzt Rembrandt wieder auf die Beine geholfen hatte, brachten wir ihn zurück zu seinem Haus. Kampen begleitete uns. Auch Katoen ging davon aus, daß van Zelden nicht zum Kloveniersburgwal zurückkehren würde, womit eine Überwachung des Hauses hinfällig geworden war. Kampen erhielt den Auftrag, Rembrandts Haus zu beobachten, für den Fall, daß die Gérardisten versuchten, erneut mit ihm in Verbindung zu treten.

»Und was machen wir jetzt?« fragte ich Katoen, nachdem wir Rembrandt in sein Schlafzimmer gebracht hatten, wo er von Rebekka Willems umsorgt wurde. »Wie können wir nur herausfinden, wohin sie sich zurückgezogen haben?«

»Wir haben beim Angriff auf ihre unterirdische Festung, so kann man es wohl ohne Übertreibung nennen, fast dreißig Gefangene gemacht. Dekkert und ein paar andere Männer sind gerade dabei, sie zu verhören. Gut möglich, daß wir bald den entscheidenden Hinweis erhalten.«

»Ich wäre mir da nicht so sicher. Die Gérardisten sind eine verschworene Gemeinschaft. So leicht wird keiner von denen zum Verräter. Laßt Ihr eigentlich auch das Haus von Fredrik de Gaal überwachen?«

»Das war das erste, was ich angeordnet habe, nachdem ich von Euch erfahren hatte, daß er einer der Anführer – vielleicht sogar *der* Anführer – der Verschwörer ist. Und bevor Ihr fragt, natürlich stehen auch sämtliche Handelsschiffe de Gaals, die derzeit vor Amsterdam ankern, unter Beobachtung.«

»Das ist gut«, sagte ich. So weit hatte ich noch gar nicht gedacht. »Auf einem Schiff könnten die entkommenen Gérardisten nicht nur Amsterdam verlassen, sie könnten auch die Teufelsfarbe an einen anderen Ort schaffen.«

»Ebendrum.«

Ich schüttelte mich unwillig. »Es schmeckt mir nicht, einfach herumzusitzen und darauf zu warten, daß wir irgendeinen Hinweis erhalten, der dann vielleicht niemals kommt. Lassen wir da nicht kostbare Zeit sinnlos verstreichen?«

»Was schlagt Ihr vor?«

Mir kam ein Gedanke: »Die Ochtervelts! Habt Ihr die auch festgenommen?«

»Sprecht Ihr von dem Buch- und Kunsthändler auf dem Damrak?«

»Ja, sein Laden liegt in der Nähe von van der Meulens Geschäft.«

»Das wir übrigens schon auf den Kopf gestellt haben, leider ohne Erfolg.«

»Emanuel Ochtervelt hat Fredrik de Gaals Reisebericht gedruckt. Aber erst, als ich Ochtervelt und seine Tochter nach dem Gottesdienst in der unterirdischen Kirche traf, habe ich erkannt, welche Verbindung eigentlich zwischen den beiden besteht.«

»Wenn die Gérardisten so verschwiegen sind, wie Ihr annehmt, Suythof, werden wir auch von Ochtervelt nichts erfahren. Andererseits sollten wir nichts unversucht lassen. Also auf zum Damrak!«

Der Sturm über Amsterdam hatte an Heftigkeit zugenommen. Auf den Brücken über dem Grachtengürtel rüttelte er an unserer Kutsche, daß mir angst um den Fahrer oben auf dem Kutschbock wurde.

»Das war's dann wohl mit dem Sommer«, meinte Katoen, während er durch eines der Seitenfenster in den grauen Himmel blickte. »Jetzt beginnt für Amsterdam die ungemütliche Zeit der Stürme.«

»Wenn wir diesen unseligen blauen Farbstoff nicht aufspüren, müssen Amsterdam und alle anderen niederländischen Städte sich auf einen viel schlimmeren Sturm gefaßt machen. Ihr selbst habt mir geschildert, wie die Verschwörer Zwietracht unter unseren Bürgern säen werden, und Fredrik de Gaal hat Eure Worte bestätigt. Wenn erst König Ludwigs Franzosenregimenter in unser Land einfallen, werden die Menschen sich noch nach den Stürmen dieses Herbstes zurücksehnen.«

Katoen stieß einen tiefen Seufzer aus. »Ich wüßte zu gern, was es mit der Teufelsfarbe auf sich hat. De Gaals Geschichte über diese unbekannte Insel erscheint mir doch reichlich absonderlich.«

»Ich glaube ihm. Er hatte keinen Grund, mich hinsichtlich der Herkunft der Farbe anzulügen. Außerdem paßt die Geschichte zu den Fakten, die über die letzte Fahrt der *Nieuw Amsterdam* bekannt sind. Ich frage mich vielmehr, ob das Teufelsblau tatsächlich nur von den Gérardisten benutzt wird, die damit ihre umstürzlerischen Pläne zu verwirklichen suchen, oder ob die Verschwörer selbst ein Werkzeug sind.«

»Wessen Werkzeug?«

»Das Werkzeug einer unheiligen Macht, die von ihnen Besitz ergriffen hat, um die Menschheit ins Unglück zu stürzen.«

»Suythof!«

»Was ist? Ihr seht mich an, als zweifeltet Ihr an meinem Verstand.«

»Nach einer solchen Äußerung ist das kein Wunder. Wart Ihr der zersetzenden Kraft der Teufelsfarbe vielleicht zu lange ausgeliefert?«

»Mag sein, aber das hat nichts mit meinen Überlegungen zu tun. Manches von dem, was de Gaal erzählte, hat mich nachdenklich gemacht. Er behauptete mehrmals, Gott habe zu ihm gesprochen, erst auf der Insel und dann in Amsterdam, wo er ihm eingegeben habe, die Todesbilder von keinem anderen als Rembrandt malen zu lassen. Vielleicht hat er tatsächlich die Stimme einer höheren Macht vernommen, aber die einer bösen, einer dämonischen Macht. Dann wäre der Umsturz in den

Niederlanden nur der Anfang, und von hier aus würde sich das Böse weiter ausbreiten.«

»Ihr Künstler leidet an überbordender Phantasie«, brummte Katoen. »Mir genügt es, mich mit einer Verschwörerbande wie den Gérardisten herumschlagen zu müssen. Da brauche ich weiß Gott nicht auch noch Dämonen auf der Seite des Feindes.«

»Es ist nur eine Überlegung. Aber als ich in meiner Kerkerzelle auf das blaue Bild starrte, hatte ich tatsächlich das Gefühl, etwas Fremdes wolle von mir Besitz ergreifen. Ein Wesen, das sich an meiner Qual ergötzte.« Leise fügte ich hinzu: »Und an dem, was ich Cornelia angetan habe.«

»Wenn es solch ein dämonisches Wesen wirklich gibt, hat es einen wahrhaft teuflischen Plan ersonnen«, meinte Katoen nach einigem Nachdenken. »Es gaukelt den Gérardisten vor, daß sie ihren Zwecken dienen, während es in Wahrheit der Herr ist und die Verschwörer zu seinen ahnungslosen Helfern macht.«

Ich stimmte ihm mit einem Nicken zu, doch meine Gedanken waren bereits weitergewandert – zu Cornelia. Die Sorge um sie schnürte mir fast den Atem ab, und ich malte mir aus, was ihr alles zugestoßen sein mochte. War sie längst tot, und lag ihre Leiche irgendwo am Hafen? Oder hatten die Gérardisten Cornelia gar nicht mitgenommen? Lag sie, gefesselt und geknebelt, in einem Teil des unterirdischen Labyrinths, den Katoens Leute übersehen hatten, und ging vielleicht gerade in diesem Augenblick elendig an Atemnot oder Durst zugrunde? Vor Verzweiflung hieb ich mit der Faust gegen die Kutschtür, und der Amtsinspektor sah mich mitfühlend an.

Nach einem kleinen Abstecher zum Rathaus, wo Katoen kurz ausstieg, um etwas zu erledigen, erreichten wir Ochtervelts Laden. Auf dem sonst so belebten Damrak war kein Mensch zu sehen. Jeder, der auch nur halbwegs bei Sinnen war, hatte sich vor dem tosenden Sturm in sein Haus geflüchtet. Der Wind jaulte und fauchte und schien uns nicht zu Ochtervelt durchlassen zu wollen, mit solcher Gewalt drückte er gegen die Türen der Kutsche. Als es uns endlich gelungen war auszusteigen, erfaßte der wütende Wind Katoens Hut mit dem blau leuchtenden Federbusch, wirbelte ihn in die Lüfte und trug ihn über die Dächer davon.

Wir beeilten uns, den Laden zu betreten, in dem sich außer Ochtervelt und seiner Tochter niemand aufhielt. Die beiden mühten sich damit ab, ein großes Gemälde mit schwerem Rahmen in den hinteren Teil der Räumlichkeiten zu tragen. Emanuel Ochtervelt stand mit dem Rücken zu uns, nur Yola konnte uns sehen. Sie blieb stehen, ließ das Bild auf den Boden sinken und starrte mich an wie einen Geist. An ihrer Miene erkannte ich, daß sich noch nicht bis zu ihnen herumgesprochen hatte, was an diesem Morgen im Versteck der Gérardisten geschehen war.

»Was hast du, Tochter?« stieß der Alte mürrisch hervor. »So geh doch weiter!«

»Wir haben Besuch, Vater«, erwiderte Yola, ohne den Blick von mir zu wenden.

»Und wenn schon. Laß uns erst das Bild nach hinten bringen, dann kümmern wir uns um die Kundschaft.«

»Vater … es ist Cornelis Suythof …«

Jetzt setzte auch Emanuel Ochtervelt das Bild ab. Dann wandte er sich zu uns um und starrte uns ebenso erstaunt an wie seine Tochter.

»Suythof! Wir kommt Ihr … ich meine …«

»Warum so überrascht?« fragte ich, während ich näher trat. »Erst vor zwei Tagen habt Ihr der Hoffnung Ausdruck verliehen, mich öfter zu treffen. Aber damit habt Ihr wohl gemeint, nicht hier, sondern in der unterirdischen Kirche Eurer Teufelssekte.«

Ochervelt blickte sich um wie ein Kaninchen, vor dessen Bau ein Fuchs lauert. Aber hier gab es kein Entkommen.

Yola trat an seine Seite und ergriff seine Hand. »Bleib ruhig,

Vater. Herr Suythof hat uns immer freundlich behandelt. Er wird nicht zulassen, daß uns etwas Böses geschieht.«

»Ganz so, wie die Gérardisten mich freundlich behandelt haben?« fragte ich harsch.

Yola sah mich verständnislos an. »Wovon sprecht Ihr?«

»Von der Folter mit der Teufelsfarbe, der man mich in Eurem unterirdischen Labyrinth ausgesetzt hat. Von dem Wahn, in den mich Euer dämonisches Blau versetzt hat und in dem ich um ein Haar Rembrandts Tochter getötet hätte.«

Yola wurde blaß. »Davon weiß ich nichts. Du, Vater?«

Emanuel Ochervelt schüttelte stumm den Kopf.

»Das ändert nichts an dem, was geschehen ist«, sagte ich. »Wenn Ihr wollt, daß man Euch schonend behandelt, dann helft uns, weiteres Unheil zu verhüten!«

Katoen ergriff das Wort und fragte die beiden nach dem Lager der Teufelsfarbe und ob sie einen Ort wüßten, an dem Cornelia versteckt sein konnte.

Yola gab an, von beidem nichts zu wissen, und sah erneut mich an. »Glaubt mir, Mijnheer Suythof, ich würde Euch helfen, Cornelia zu finden, wenn ich irgendwie könnte! Das alles habe ich nicht gewollt.«

Katoen wandte sich an ihren Vater. »Und wie ist es mit Euch, Mijnheer Ochtervelt? Habt Ihr uns etwas zu sagen?«

Ochtervelt schluckte, bevor er begann: »Ich weiß, daß vieles, was wir für den rechten Glauben getan haben, in Euren Augen verbrecherisch erscheint. Aber wir müssen uns dafür vor einem Höheren verantworten, und nur vor ihm, mögen Eure Gerichte uns auch bestrafen. Aber ich bitte Euch inständig, laßt meiner Tochter gegenüber Gnade walten. Sie ist noch jung, ich war es, der sie zu den Gérardisten gebracht hat. Sie hat mit mir die Messe besucht, aber sie ahnt nichts von unseren geheimen Plänen.«

»Am besten helft Ihr Eurer Tochter und Euch selbst, wenn Ihr uns helft«, sagte Katoen. »Was also wißt Ihr über das Lager der blauen Farbe und über Cornelias Aufenthaltsort?«

Ochtervelt blickte uns an, dann Yola, dann wieder uns; er war hin- und hergerissen zwischen seiner Treue zu den Gérardisten und der Liebe zu seiner Tochter. Er mußte sich sichtlich einen Ruck geben, bevor er sagte: »Ich weiß nur, daß de Gaal mehrere Lagerhäuser am Hafen für unsere Zwecke benutzt hat. Ob er dort allerdings den Farbstoff aufbewahrt hat oder aber Waffen und Flugschriften für den Aufstand, kann ich nicht sagen.«

»Natürlich wissen wir von den Lagerhäusern und haben sie längst durchsucht, soweit sie uns bekannt sind«, sagte Katoen mehr zu mir als zu Ochtervelt. »Aber bislang haben wir nichts gefunden als ein paar Kisten mit umstürzlerischen Pamphleten und Gebetbüchern und einige Fässer Schießpulver.«

Ein Rütteln an der Tür ließ mich herumfahren. Ich glaubte, der wütende Sturm habe den Eingang zu Ochtervelts Laden aufgestoßen, aber es waren vier junge Männer, die den Laden betraten und von Katoen mit knappen Worten begrüßt wurden. Vermutlich hatte er die Verstärkung bei unserem kurzen Halt am Rathaus angefordert.

Ich wandte mich an Ochtervelt. »Könnt Ihr mir wirklich keinen Hinweis auf Cornelias Aufenthaltsort geben? Habt Ihr nicht wenigstens eine Vermutung?«

»Nein.« Ochtervelts unglückliche Miene ließ darauf schließen, daß er die Wahrheit sagte. »Ich gehöre den Gérardisten an, das gebe ich zu. Aber ich war nie ein führendes Mitglied unserer Gemeinschaft und bin nicht in alle Geheimnisse eingeweiht. Es tut mir leid, auch für Euch, Mijnheer Suythof.«

Katoen teilte seine Leute ein: »Zwei Mann bringen die beiden hier zum weiteren Verhör ins Rathaus. Dekkert ist unterrichtet. Die beiden anderen durchsuchen den Laden und die Wohnung und stellen alles sicher, was auch nur im entferntesten hilfreich sein könnte.«

Zwei der Männer führten die Ochtervelts hinaus. Als Yola an mir vorbeiging, sandten ihre hübschen Augen mir einen Blick zu, der um Verzeihung bat. Ich nickte ihr aufmunternd zu, aber in mir sah es alles andere als hoffnungsvoll aus.

»Und wir?« fragte ich ratlos. »Was können wir tun?«

»Vielleicht bei der Durchsuchung von Ochtervelts Räumlichkeiten helfen«, sagte Katoen. »Oder habt Ihr einen anderen Vorschlag?«

»Das könnte sein«, sagte ich nach kurzem Überlegen. »Ob er besser ist, weiß ich nicht, aber es wäre noch eine Möglichkeit.«

»So? Laßt hören, Suythof!«

Ein einsamer Fußgänger und unsere Kutsche stemmten sich in der Anthonisbreestraat gegen den Wind, ansonsten hatte der Sturm die Straße leer gefegt. Auch vor dem *Glücklichen Hans* war es menschenleer. Wir hatten nachmittag, und um diese frühe Zeit war das Musico noch geschlossen.

Als wir die Kutsche verließen, rief der Fahrer uns zu: »Das Unwetter macht den Gaul verrückt. Ich kann ihn nicht mehr lange im Zaum halten.«

»Dann fahrt zurück«, erwiderte Katoen, dem der Wind das Haar zerzauste. »Wir schlagen uns zu Fuß durch.«

Der Kutscher nickte dankbar und lenkte sein Gefährt in Richtung Rathaus, während wir uns dem Eingang des Musicos näherten. Katoen hämmerte mehrmals mit der Faust dagegen, bis endlich der Wirt, den wir bereits kannten, die Tür ein kleines Stück aufzog.

»Hier ist noch zu«, brummte er und wollte die Tür wieder schließen.

»Nicht für uns«, entgegnete Katoen. »Oder erkennt Ihr uns nicht wieder?«

»Ach, Ihr seid's. Wollt Ihr etwa wieder zu Kaat?«

»Erraten.«

»Na, dann kommt«, sagte er und ließ uns ein. Die Unmutsfalten auf seiner Stirn verrieten, daß ihn unser Besuch keineswegs erfreute.

Er führte uns ins obere Stockwerk, wo ich neugierig nach den Gemälden schielte. An den Wänden im Gang hingen, wie bei unserem letzten Besuch, die unverfänglichen Bilder, und ich fragte mich, ob wir diesmal bei Kaat Laurens mehr Erfolg haben würden.

Der Wirt rief ihren Namen, und sie antwortete aus einem der Zimmer. Als wir es betraten, wunderte ich mich über die reiche Ausstattung mit Silberleuchtern und zwei Ölgemälden. Wer zu Kaat Laurens' Mädchen wollte, mußte wohl schon ein paar Gulden in der Tasche haben. Die Kuppelmutter, die ausnahmsweise ein sehr schlichtes Kleid trug, war damit beschäftigt, zusammen mit einem jungen Mädchen ein Bett herzurichten.

»Schickt das Mädchen hinaus, wir haben mit Euch allein zu sprechen!« verlangte Katoen und erklärte dem in der Tür wartenden Wirt, auch er werde einstweilen nicht benötigt.

Kaat Laurens sah uns abwartend an, aber nicht mit der Ruhe, die sie vorzutäuschen versuche. Mir entging nicht, wie sie mehrmals schluckte und dabei zur Tür blickte, als überlege sie, wie sie uns am besten davonlaufen könne.

»Ihr wißt wohl, weshalb wir hier sind«, eröffnete Katoen das Gespräch.

»Ganz und gar nicht, aber ich werde es sicher gleich erfahren.«

»Euer Freund van der Meulen ist tot«, sagte der Amtsinspektor.

»Van der Meulen, was Ihr nicht sagt. Wie ist das geschehen? Hat der Sturm ihn erwischt?«

»Nein, er ist aus einem Fenster gefallen. Am Rande des Joordan, wo früher seine Kunsthandlung war. Ihr habt sicher gewußt, daß er noch immer in dieser Gegend verkehrte, daß er dort sozusagen sein zweites, geheimes Zuhause hatte.«

»Nichts von alledem war mir bekannt«, erwiderte die Kuppelmutter, ein wenig zu schnell für meinen Geschmack. »Und überhaupt, ich verstehe nur die Hälfte von dem, was Ihr sagt.«

Ich mischte mich ein: »Das bezweifle ich. Ihr versteht uns nur zu genau.«

»Ach, Ihr schon wieder. Der Maler, nicht wahr? Was führt Euch diesmal her? Hat man Euch etwa wieder entführt?«

An meiner Stelle antwortete Katoen: »Das hat man, und diesmal besteht kein Zweifel an seinen Worten. Ebensowenig bezweifle ich, daß Ihr, Mevrouw Laurens, mit den Gérardisten gemeinsame Sache macht. Ob Ihr ihnen tatsächlich angehört oder nur Handlangerdienste für sie geleistet habt, werde ich noch herausfinden. Wie das Gericht Eure Taten beurteilt, könnt Ihr beeinflussen, indem Ihr mit uns zusammenarbeitet. Sagt uns alles, was Ihr über die Gérardisten wißt, dann kann ich möglicherweise Euren Namen aus der Sache heraushalten!«

Kaat Laurens starrte für ein paar lange Sekunden durch uns hindurch und überlegte.

»Ich habe von den Leuten, von denen Ihr da sprecht, noch nie gehört. Offenbar habt Ihr nur Anschuldigungen gegen mich vorzubringen, aber keine Beweise. Das wird Euch vor Gericht nicht viel nützen. Also laßt mich gefälligst in Ruhe!«

Wir mußten uns geschlagen geben und unverrichteter Dinge das Musico verlassen. Draußen verschaffte ich meinem Ärger und meiner Verzweiflung durch einen lauten Fluch Luft.

»Beruhigt Euch, Suythof, Euer Plan war nicht schlecht. Aber diese Kaat Laurens ist durchtrieben. Sie weiß bestimmt mehr, als sie uns sagt, doch mit den Mitteln, die das Gesetz und meine Amtspflichten mir gestatten, kommt man bei ihr nicht weiter.«

Ich wurde hellhörig. »Wie meint Ihr das?«

»Ach, ich habe nur gedacht, daß man Kaat Laurens rauher anfassen müßte, wenn man sie zum Reden bringen will. Aber das kann ich nicht, nicht ohne handfeste Beweise. Anders wäre das wohl bei jemandem, der nicht im Auftrag des Amsterdamer Amtsrichters unterwegs ist.«

Den Wink hatte ich wohl verstanden, aber ich äußerte auch

meine Bedenken: »In so einem Fall könnte sich dagegen Kaat Laurens auf den Schutz der Gesetze berufen.«

Katoen starrte die Straße hinunter, wo der fauchende Wind alles vor sich hertrieb, was nicht festgezurrt war. »Dieser Sturm heute ist schlimm. Die Stadtwachen werden alle Hände voll zu tun haben, um die ärgsten Schäden zu beseitigen. Ich glaube nicht, daß das Auge des Gesetzes heute abend auf den *Glücklichen Hans* fällt.«

KAPITEL 30

Das Antlitz des Dämons

Auch gegen Abend hatte der Sturm nicht nachgelassen. Etliche der Kähne in den Grachten waren gekentert, und mehrere Häuser hatten ihr Dach eingebüßt. Überall in den Straßen sah man, wie Leute ihre Fenster mit Brettern vernagelten, um Sturmschäden abzuwenden. Es war, als habe eine überirdische Macht beschlossen, Amsterdam dem Erdboden gleichzumachen.

Als ich mit meinen Begleitern zur Anthonisbreestraat ging, war es viel dunkler als sonst um diese Uhrzeit, fast schon wie mitten in der Nacht. Ein riesiges, finsteres Wolkengebilde hing über der Stadt. Wann immer ich den Blick gen Himmel wandte, meinte ich dort oben einen Dämon zu erblicken, der den Winden gebot und seinen Zorn darüber, daß seine Pläne gestört worden waren, an ganz Amsterdam auslassen wollte. Starrten nicht böse Augen von dort oben zu mir herunter, und ragten darüber nicht Hörner auf wie bei einem Teufel? Einmal blieb ich vor Schreck stehen, und Robbert Cors prallte gegen mich.

»Was habt Ihr denn, Suythof?« fragte er. »Dadurch, daß Ihr dauernd in den Himmel starrt, vertreibt Ihr den Sturm auch nicht.«

»Seht Ihr denn nicht dieses Gesicht?«

353

»Gesicht? Wo? In den Wolken?«

»Schon gut«, sagte ich und riß mich zusammen, bevor Cors mich für einen übergeschnappten Trottel hielt und sich seine Zusage, mir zu helfen, noch einmal überlegte.

Vermutlich hatte er recht, und ich bildete mir nur etwas ein. Offenbar war die Wirkung der Teufelsfarbe auf mich noch nicht ganz abgeklungen, und ich mußte achtgeben, daß ich mich nicht erneut in einer Welt verlor, die nur in meiner überreizten Phantasie existierte.

Wir gingen weiter, und bald tauchte der *Glückliche Hans* vor uns auf. Hinter den Fenstern des Musicos brannte Licht, aber es drangen kaum Geräusche nach draußen. Der tosende Sturm verschluckte alles. Der Aufpasser hatte sich dicht an die Tür unter das Vordach gestellt. Zum Schutz gegen das Unwetter trug er einen breitkrempigen Hut, den er tief ins Gesicht gezogen hatte.

Fünf von Cors' besten Schülern waren bei uns. Sie wußten nicht, worum es ging, aber aus Verehrung für ihren Lehrer hatten sie sich bereit erklärt zu helfen. Auch Cors selbst war längst nicht in alle Einzelheiten eingeweiht, doch er wußte, daß wir den Leuten, die Ossel Jeuken auf dem Gewissen hatten, einen Schlag versetzen wollten.

»Und Ihr seid sicher, daß keine Wachen in der Nähe sind?« vergewisserte er sich zum wiederholten Mal. »Ich frage nicht meinetwegen. Aber es würde mir gar nicht gefallen, meine Schüler demnächst im Rasphuis unterrichten zu müssen.«

»Ihr könnt Euch darauf verlassen, Meister Cors.«

»Gut. Dann werde ich mich mal um den armen Kerl da vorn kümmern.«

Damit trat er aus dem Schatten heraus und ging auf den *Glücklichen Hans* zu wie ein Gast. Der Aufpasser kam ihm einen Schritt entgegen, um ihn in Augenschein zu nehmen. Dann ging alles sehr schnell: Eine Drehung von Cors, ein ausgestrecktes Bein, ein genau sitzender Griff um den Leib des Auf-

passers, und schon lag der Mann bäuchlings auf der Straße.
Cors hockte sich auf ihn und sorgte dafür, daß er nicht aufstand. Zwei der Ringer liefen hin, und binnen zwei, drei Minuten war der Aufpasser gefesselt und geknebelt. Wir trugen ihn
in die schmale, dunkle Seitengasse und legten ihn dort ab.
»Wunderbar«, sagte Cors und grinste. »Bei dem Unwetter
wird so schnell niemand über ihn stolpern.«
Wir betraten den Schankraum, wo Kaat Laurens mit eher
lauter als schöner Stimme ein schwungvolles Lied zum besten
gab. Ihre mächtigen Brüste hoben und senkten sich im Takt
und wollten das enggeschnürte Kleid bei jedem Atemzug
sprengen. Die wenigen Gäste, die sich bei dem Sturm aus ihren
Häusern gewagt hatten, lauschten voller Hingabe. In ihren
Ohren war wohl alles besser als das Tosen des Windes. Ein
dürrer Mann, der an einem Spinett saß, gab sich alle Mühe,
dem Instrument die passende Begleitung zu entlocken, aber
Kaat Laurens sang, hingerissen von ihrem eigenen Vortrag, so
schnell, daß das Spinett dem Gesang immer etwas hinterher
war. Der Schankwirt, der nicht viel zu tun hatte, bemerkte uns
zuerst und musterte uns zweifelnd. Natürlich erkannte er mich
wieder, und die sechs Männer hinter mir waren ihm eine Warnung.
Ich beachtete ihn nicht weiter und ging an der Theke vorbei.
Vor dem Spinett blieb ich stehen und hob die langstielige Axt,
die ich bei mir trug. Drei, vier schnell aufeinanderfolgende
Schläge, und von dem Instrument war nicht mehr übrig als ein
Trümmerhaufen. Der dürre Musiker sprang von seiner Holzbank auf und flüchtete hinter den breiten Rücken der ver-
stummten Sängerin. Ich holte erneut aus und hieb auch die
Bank in Stücke.
Robbert Cors und seine Ringer beteiligten sich nicht an der
Zerstörungsorgie. Ich wollte sie nicht in zu große Schwierig-
keiten bringen, falls es wider Erwarten doch Ärger mit dem
Gesetz geben sollte. Sie hatten nur dafür zu sorgen, daß mich

niemand daran hinderte, das zu erledigen, was ich mir vorgenommen hatte.

»Was fällt Euch ein?« fauchte mich eine wütende Kaat Laurens an. »Hört sofort auf damit!«

Während sie noch sprach, trat ich an einen der unbesetzten Tische und verwandelte ihn in Kleinholz. Anschließend nahm ich mir die dazugehörigen Stühle vor.

Die Kuppelmutter wollte mir in die Arme fallen, um mich zurückzuhalten, aber Cors kam ihr zuvor und nahm sie in einen festen Griff. Ich setzte mein Werk fort, Tisch um Tisch und Stuhl um Stuhl, und bald war der Fußboden von einem riesigen Haufen aus Holztrümmern bedeckt.

»Helft mir, Freunde!« forderte Kaat Laurens ihre Gäste mit sich überschlagender Stimme auf. »Schmeißt diese Kerle raus, und ich halte euch den ganzen Abend frei, auch bei den Mädchen!«

Das ließen sich die Musico-Besucher nicht zweimal sagen. Rasch bildete sich eine Front von acht Männern, zu denen sich noch der Wirt mit einem Dolch gesellte. Auch in den Händen mehrerer Gäste blitzten Stichwaffen auf. Ihnen gegenüber standen die sechs unbewaffneten Ringer. Cors hatte die Kuppelmutter so heftig weggestoßen, daß sie auf den Trümmerhaufen gestürzt war. Da lag sie in ihrem verrutschten Kleid, die linke Brust, groß und weiß, entblößt, und blickte ängstlich zu meiner erhobenen Axt auf.

Der Schankwirt eröffnete den Angriff, indem er auf den Ringkampfmeister zusprang und versuchte, ihm seinen Dolch in die Brust zu rammen. Cors drehte sich schnell, ließ den Wirt ins Leere laufen, packte den verwirrten Mann von hinten und warf ihn mit solcher Wucht zu Boden, daß er stöhnend liegen blieb. Der Dolch schlitterte unter einen der noch unversehrten Tische.

Cors' Schüler machten ihrem Meister keine Schande. Einer nach dem anderen wurden die Gäste des Musicos niedergestreckt, und die Ringer trugen kein größeres Übel davon als ein oder zwei harmlose Schnittwunden. Die eben noch so mutigen Gäste suchten das Weite, bis außer meinen Helfern und mir nur noch die Kuppelmutter und ihr Wirt da waren. Der Spinettspieler hatte sich längst still und heimlich verdrückt.

Ich wandte mich der Theke zu und schlug sie nach und nach in Stücke. Als nächstes machte ich mich über den Wandschrank mit den Schnapskrügen her. Sie zersprangen klirrend, und bald stank der Schankraum so stark nach Schnaps, daß ich glaubte, ein einziger Funke könne alles entzünden.

»So haltet doch endlich ein und sagt mir, was Ihr wollt!« flehte die Kuppelmutter, deren hübsche Geldquelle vor ihren Augen Stück für Stück in Trümmer gelegt wurde. Noch immer kauerte sie mit entblößter Brust auf dem Boden.

»Ihr wißt, was ich will«, sagte ich nur und hieb erneut auf den Wandschrank ein, ohne sie weiter zu beachten.

Ich dachte nur an Cornelia und an die Gefahr, in der die Frau schwebte, die ich liebte. Falls sie überhaupt noch lebte.

Die Ringer feixten. Ihnen schien der Auftritt einen Riesenspaß zu bereiten. Sie hatten wohl nicht oft Gelegenheit, ihre Kunst an einem anderen Ort als der Ringkampfschule unter Beweis zu stellen.

»Ich will ja mit Euch reden!« rief Kaat Laurens mit zitternder Stimme. »Aber nicht hier, sondern unter vier Augen.«

Ich ließ die Axt sinken. »Meinetwegen gehen wir in Euer Kontor.«

Die Kuppelmutter erhob sich schwankend und ging vor mir her, während Cors und seine Männer auf den noch immer benommenen Wirt aufpaßten.

Nachdem ich die Tür des Kontors hinter mir geschlossen hatte, sagte ich zu der vor Furcht blaß gewordenen Frau: »Hofft nicht auf ein Eingreifen der Wachen. Für die gibt es heute keine Anthonisbreestraat.«

Sie wurde noch weißer im Gesicht und ließ sich erschöpft auf einen Stuhl fallen. Schweiß rann in kleinen Bächen von ihrer

Stirn und tropfte auf ihre Brust, was sie gar nicht zu bemerken schien.

Ich sah sie stumm an und spielte mit der Axt in meinen Händen.

»Was wollt Ihr wissen?« fragte Kaat Laurens.

»Van der Meulens Mitverschwörer sind untergetaucht. Irgendwo muß es ein geheimes Lager geben. Und sie haben eine Frau entführt, die ich suche, die Tochter des Malers Rembrandt. Was wißt Ihr darüber?«

»Nichts, wirklich nicht. Ich gehöre nicht zu ihnen.« Als ich drohend die Axt hob, fuhr sie schnell fort: »Ich habe gewisse Geschäfte mit van der Meulen gemacht, und er war mein stiller Teilhaber, doch die Papiere besagen, daß der *Glückliche Hans* mir allein gehört. Van der Meulen hat mir erklärt, die Behörden brauchten nicht zu wissen, daß er an meinem Haus beteiligt ist. Aber ich weiß nichts von dieser entführten Frau und auch nichts von einem Lagerhaus. Manchmal hat van der Meulen hier im Haus Kisten und Fässer zwischengelagert, aber er hat mir nie gesagt, wo sie herkamen oder hingebracht werden sollten.«

»Was wißt Ihr über van der Meulens Kumpane, insbesondere Antoon van Zelden und Fredrik de Gaal?«

»Van der Meulen war hin und wieder mit van Zelden hier. Ich bin ihm nach Möglichkeit aus dem Weg gegangen, weil er mir unheimlich war. Wenn er die Nacht mit einem meiner Mädchen verbrachte, war die Ärmste am nächsten Morgen ganz zerschunden. Einmal mußte ich ein Mädchen sogar zum Arzt bringen.«

Ihre Abscheu vor van Zelden erschien mir echt.

»Und de Gaal?«

»Der war nur einmal hier, als van der Meulen eine große Ladung Kisten im Keller unterbrachte. Er wollte sich wohl den Inhalt anschauen.«

»Was war denn darin?«

»Das weiß ich nicht, darum habe ich mich nie gekümmert. So war die Absprache mit van der Meulen.«

»Ihr wißt etwas und dann doch wieder nichts«, sagte ich und ließ den Axtstiel auf den Boden knallen. »Ich weiß nicht recht, ob ich Euch das abnehmen soll.«

»Wartet, da ist noch etwas. Weil Ihr nach einem Lagerhaus fragtet. Als de Gaal hier war, habe ich zufällig einen Teil des Gesprächs zwischen ihm und van der Meulen mit angehört. Die beiden haben das nicht gemerkt. Sie standen in einem der Lagerräume im Keller und wußten nicht, daß man durch einen Luftschacht oben viel von dem verstehen kann, was unten gesprochen wird.«

Ich bezweifelte, daß Kaat Laurens das Gespräch so zufällig mitgehört hatte, wie sie es behauptete, aber das war jetzt unwichtig. »Was habt Ihr gehört?«

»Es ging um die Kisten. Sie sollten auf ein Schiff verladen werden. Van der Meulen erkundigte sich, ob das nicht einen zu deutlichen Hinweis auf de Gaal geben könnte. Der aber lachte nur und sagte, eingetragen sei das Schiff natürlich nicht auf ihn, sondern auf jemand anderen, der vor den Behörden als Eigner gelte.«

»Wißt Ihr noch den Namen des Schiffes?«

»Ich glaube, es war irgendwas mit einem Vogel.« Sie überlegte, so lange, daß ich bereits verzweifeln wollte. »Ja, jetzt fällt es mir wieder ein. Das Schiff hieß *Zwaluw*.«

Zwaluw – Schwalbe. Das war kein ungewöhnlicher Name für ein Schiff, und es mochten in Amsterdam etliche auf diesen Namen eingetragen sein. Doch immerhin war es ein Anhaltspunkt.

»Wie war der Name des eingetragenen Eigners?« fragte ich.

»Den haben sie gar nicht erwähnt. Jedenfalls kann ich mich nicht erinnern, ihn gehört zu haben.«

Ich stellte noch ein paar Fragen, aber mehr war aus ihr nicht herauszubekommen. Nicht recht zufrieden mit dem Ergebnis meines ungewöhnlichen Verhörs, verzichtete ich dennoch auf einen weiteren Einsatz der Axt. Diesmal, so hatte ich den Eindruck, hatte sie mir die Wahrheit gesagt – jedenfalls zu einem gewissen Teil. Vermutlich hatte sie ihre eigene Bedeutung für die Pläne der Verschwörer heruntergespielt, um sich für den Fall eines Gerichtsverfahrens nicht unnötig zu belasten. Das aber mochte ich ihr nicht verübeln.

Im Schankraum warteten die Ringkämpfer und der Wirt, der inzwischen auf einem der wenigen heil gebliebenen Stühle hockte und seinen schmerzenden Kopf hielt. Blut rann unermüdlich aus einer Platzwunde und färbte das Hemd des Mannes dunkelrot.

Robbert Cors sah mich erwartungsvoll an. »Habt Ihr aus dem Weibsbild herausbekommen, was Ihr wissen wolltet?«

»Da bin ich mir nicht sicher«, antwortete ich wahrheitsgemäß. »Jedenfalls danke ich Euch für Eure unersetzliche Hilfe. Möglicherweise werde ich sie noch einmal in Anspruch nehmen.«

»Jederzeit«, versprach Cors, und seine Schüler blickten lachend auf das Trümmerfeld. »Wie Ihr seht, hat es uns Spaß gemacht.«

Mit gesenkten Häuptern stemmten wir uns auf der Anthonisbreestraat gegen den Wind, und erst im letzten Augenblick sah ich das Seltsame, das auf mich zujagte. Es war wie ein Wirbel aus Wind und leuchtete in einem halbdurchsichtigen Blau. Es packte mich und hob mich mit solcher Leichtigkeit vom Boden, als sei ich ein Schmetterling und kein ausgewachsener Mann. Vor Schreck ließ ich die Axt fallen.

Der Wirbel drehte mich herum und wollte mich von meinen Begleitern fortreißen. Die aber packten mich und hielten mich mit mehreren kräftigen Händen fest. Mir war, als sollte ich auseinandergerissen werden. Das schlimmste aber war, der Gewalt des Sturmes so hilflos ausgeliefert zu sein.

Der wirbelnde Wind zerrte unnachgiebig an mir, aber auch die

360

Ringer strengten sich an, und endlich, von einer Sekunde zur anderen, löste der Wirbel sich auf, und ich stürzte hart aufs Pflaster. Der Aufprall war schmerzhaft, und ich fühlte mich völlig zerschunden. Tatsächlich waren meine Kleider zerrissen. Ich sah aus, als sei eine Wolfsmeute über mich hergefallen.

»Wie geht's Euch, Suythof?« fragte Cors, der als erster bei mir war.

Ich richtete mich auf, bis ich vor ihm kniete. »Etwas benommen bin ich. Es ging alles so schnell.«

Cors schüttelte den Kopf. »So etwas habe ich noch nie gesehen. Das war, als hätte der Sturm vorgehabt, gerade Euch zu zerschmettern. Wir Menschen glauben, wir beherrschen alles, aber manchmal geht die Natur doch seltsame Wege.«

»Da habt Ihr wohl recht«, sagte ich nur, weil ich mich mit dem, was mich wirklich beschäftigte, nicht lächerlich machen wollte. In jener kleinen Ewigkeit nämlich, als ich zwischen Himmel und Erde hing, hatte ich in dem Luftwirbel noch etwas anderes zu erblicken geglaubt: eine blaue Gestalt, unsagbar häßlich und mit einem zornigen, haßerfüllten Ausdruck in den Augen. Wenn es denn wirklich eine böse Macht gab, einen Dämon, der mit dem Leid der Menschen spielte, so hatte ich ihm eben ins Antlitz geschaut.

KAPITEL 31

Das Schiff im Nebel

DIE ZUIDERSEE, 1. OKTOBER 1669

Es wurde Abend, und in den zurückliegenden Stunden hatte der anfangs heftige Seegang zum Glück etwas nachgelassen. Trotzdem hingen viele jener Männer an Bord der *Golfslag*, die keine Seeleute waren, über der Reling und brachten dem Meer ihr Opfer dar. Ich blickte hinüber zu den beiden Einmastern, die unserem zweimastigen Leichter in geringem Abstand folgten, und sah, daß es sich dort nicht anders verhielt. Ich selbst spürte, obwohl zum ersten Mal auf See, nicht die geringste Übelkeit. Vermutlich war ich einfach zu aufgeregt.

Zum hundertsten Mal spähte ich nach vorn, wo sich die Umrisse der Insel Texel noch unscharf abzeichneten, und fragte mich, ob ich Cornelia bald in den Armen halten würde. Niemand wußte, ob sie sich an Bord der *Zwaluw* befand. Ebensogut konnten die Verschwörer sie in ein anderes Versteck in Amsterdam gebracht haben. Oder sie waren über Land geflohen und hatten Cornelia als Geisel mitgenommen. Alles schien möglich, wir aber hatten nur den Hinweis von Kaat Laurens auf das Schiff namens *Zwaluw*.

Nach dem abendlichen Besuch im *Glücklichen Hans* und meiner Begegnung mit dem Sturmwirbel hatte ich Jeremias Katoen aufgesucht, wie es zwischen uns verabredet gewesen war, und ihm Bericht erstattet. Sofort hatte der Amtsinspektor seine eigens bereit gehaltenen Leute ausgesandt, um so schnell wie möglich soviel wie möglich über die *Zwaluw* in Erfahrung zu bringen. Und was sie herausfanden, war wirklich ungewöhnlich. Zur Zeit lagen vier Schiffe mit diesem Namen vor Amsterdam, aber nur eines davon war groß genug, um den Gérardisten als Versteck dienen zu können.

Als Eigner war ein gewisser Isbrant Winckelhaack eingetragen, ein Tuchhändler mit eher kleinem Geschäft, viel zu klein, um ein großes Schiff wie die *Zwaluw* zu unterhalten. Wir hatten Winckelhaacks Anwesen am Singel aufgesucht, nicht weit entfernt von Antoon van Zeldens Haus am Kloveniersburgwal, aber der Hausherr war gegen Mittag überraschend abgereist, so überraschend offenbar, daß selbst seine Frau uns keine Auskunft über sein Ziel geben konnte. Als wäre das noch nicht ungewöhnlich genug, hatte er am selben Tag den Auftrag erteilt, die vor Texel auf Reede liegende *Zwaluw* zum Auslaufen bereitzumachen. Eilig war eine Mannschaft angeheuert worden, und Segelleichter waren von Amsterdam nach Texel gefahren, um das Handelsschiff mit Wasser und Proviant für eine mehrmonatige Reise auszustatten. Das alles bewies nichts, war aber verdächtig, und dieser Verdacht war alles, woran wir uns klammern konnten.

Jeremias Katoen beschrieb es so: »Fredrik de Gaal hat die Teufelsfarbe einst an Bord eines Schiffes nach Amsterdam gebracht. Da wäre es doch nur passend, wenn er jetzt versuchte, sie auch an Bord eines Schiffes wieder wegzuschaffen. Vielleicht ist die Farbe schon seit längerem an Bord. Die letzte Fahrt der *Zwaluw* liegt immerhin vier Jahre zurück. Man fragt sich, wie ein kleiner Kaufmann wie Winckelhaack überhaupt so ein großes Schiff unterhalten kann, ohne daß es ihm durch Handelsfahrten irgendeinen Gewinn einbringt. Möglicherweise dient das Schiff den Gérardisten als schwimmendes Lagerhaus.«

Der Amtsinspektor hatte in der vergangenen Nacht ebensowenig Schlaf gefunden wie ich. Wir beide hatten für dieses Unternehmen Männer zusammengetrommelt. Er hatte die besten Musketiere der Amsterdamer Wachtruppen ausgesucht; ich hatte Robbert Cors an seine Zusage erinnert, mir jederzeit erneut zu helfen, und anschließend Henk Rovers und Jan Pool aus ihrem weinseligem Schlaf gerissen, um sie für eine Mannschaft möglichst zuverlässiger und einen harten Waffengang nicht scheuender Seeleute zu gewinnen. Mit dieser bunt zusammengewürfelten Truppe an Bord waren unsere drei Leichter im Morgengrauen von Amsterdam losgesegelt, mit Kurs auf Texel, wo die großen Schiffe lagen, deren Tiefgang für die seichten Gewässer rund um Amsterdam nicht geeignet war.

Der Sturm hatte noch in der Nacht sein wütendes Toben eingestellt, und es blies nur noch ein starker ablandiger Wind, der allerdings genügte, um die See aufzuwühlen. So vor dem Wind segelnd, war unsere kleine Flotte anfangs gut vorangekommen; erst in den letzten Stunden hatte der Wind nachgelassen, so als habe eine höhere Macht ihm befohlen, uns von Texel fernzuhalten.

Die unscharfen Umrisse vor uns wollten einfach nicht deutlicher werden. Ich wandte mich an Henk Rovers, der neben mir hockte und sich mit Jan Pool über die »Landratten« lustig machte, die halb über der Reling hingen, anstatt es sich möglichst bequem zu machen. »Warum sehen wir die Insel nicht längst besser, Henk?«

Der alte Seemann kniff die Augen zusammen, so daß sich die zahlreichen Fältchen um sie herum noch vermehrten, und blickte zu der Insel hinüber. »Das ist Nebel, möchte ich meinen. Er scheint über ganz Texel aufzuziehen. Weiß der Teufel, woher er so schnell gekommen ist.«

»Das weiß wohl wirklich nur der Teufel«, murmelte ich.

»Unsinn«, raunzte Jan Pool und verzog sein zur Hälfte schwarzes Gesicht zu einem Grinsen. »Hört nicht auf das Altweibergewäsch von Henk, Mijnheer Suythof. Wir haben die Wende vom Sommer zum Herbst, das Wetter schlägt um. Da ist es nicht ungewöhnlich, wenn schneller Nebel über der Zuidersee aufsteigt. Kümmert Euch lieber um die jämmerlichen Landratten, die uns noch die ganze See vollkotzen.«

»Wie meint Ihr das?«

»Ihr wollt die Männer an Bord der *Zwaluw* doch überraschen, oder? Sie sollen glauben, wir bringen ihnen frisch angeheuerte Seeleute. Wenn sie den speienden Haufen da sehen, werden sie gleich wissen, daß etwas nicht stimmt.«

Ich bedankte mich für den Hinweis und gab ihn an Jeremias Katoen weiter, der wiederum mit dem Leichtermann Hendrix sprach, dem Eigner unseres Zweimasters. Hendrix ließ ein Flaggensignal geben, das die beiden anderen Leichter auf Rufweite zu uns aufschließen ließ. Katoen gab den Befehl, bei Annäherung an die *Zwaluw* das Kotzen einzustellen. Ich konnte nur hoffen, daß die Männer in der Lage waren, sich daran zu halten.

»Da«, sagte ich zu Rovers und Pool. »Seht doch, ein großer Schatten. Ob das die *Zwaluw* ist?«

»Schon möglich«, erwiderte Pool. »Oder auch nicht.«

Ich trat neben Hendrix, der das Ruder führte, und machte ihn auf meine Beobachtung aufmerksam.

»Schon gesehen«, sagte der Leichtermann gleichmütig. »Bald werden sich noch mehr der auf Reede liegenden Schiffe aus dem Nebel schälen.«

»Dann ist das nicht die *Zwaluw*?« fragte ich, ein wenig enttäuscht.

Hendrix warf einen kurzen Blick auf die mit leuchtender Farbe bemalten Tonnen, die als Markierungspunkte überall zwischen Amsterdam und Texel auf den Wellen tanzten. »Nee, Mijnheer, da brauchen wir noch eine halbe Stunde, wenn das Wetter nicht umschlägt. Was meint Ihr, wie viele Schiffe hier vor Texel liegen?«

Ich hatte nicht die geringste Ahnung, und ich wollte es auch gar nicht wissen. Voller Unruhe kehrte ich zu meinem Platz neben Rovers und Pool zurück und starrte auf den großen, dunklen Leib des Handelsschiffes, an dem wir vorüberfuhren. Weitere Schiffe tauchten aus dem Nebel auf und verschwanden wieder, wie Hendrix es angekündigt hatte. Der Leichtermann hielt unbeirrt seinen Kurs, als verfüge er über die Fähigkeit, durch die gelbgraue Nebelwand hindurchzusehen.

Trotz meiner übergroßen Anspannung versank ich allmählich in einen gewissen Gleichmut, wußte ich doch, daß ich zur Untätigkeit verdammt war, solange ich mich hier an Bord befand. Die Nebelsuppe wurde dicker, und die Umrisse der an Zahl zunehmenden Schiffsriesen blieben immer öfter schemenhaft. Ich spürte einen kleinen Hauch jener Einsamkeit und Leere, die wirkliche Seeleute, Männer wie Henk Rovers und Jan Pool, auf ihren langen Fahrten empfinden mußten.

»Schiff voraus!« vernahm ich zum wiederholten Mal den halblaut ausgestoßenen Ruf eines Seemanns, der auf Befehl von Hendrix am Bug stand und aufpaßte, daß die *Golfslag* in dem Nebel nicht mit einem anderen Schiff zusammenstieß.

Diesmal wich unser Leichter nicht aus, sondern hielt geradewegs auf den dunklen Umriß zu. Jeremias Katoen ging zu den Männern und sprach zu ihnen. Wer noch über der Reling hing, zog sich zurück und bemühte sich, seine Übelkeit zu verbergen. Die Musketiere zogen ihre Ladestöcke und machten ihre Waffen für den Einsatz bereit. Gleiches geschah auf den beiden anderen Leichtern, die im Nebel nahe bei uns geblieben waren. Katoen kam auch zu uns und sagte: »Wir erreichen die *Zwaluw* jeden Augenblick. Alles wird gemacht wie besprochen. Die Seeleute und die Männer von Robbert Cors gehen zuerst an Bord, weil der Anblick der Musketiere den Feind warnen würde. Diese Speerspitze hat die Aufgabe, den Gegner so lange zu beschäftigen, bis die Musketiere nachgerückt sind. Von da an müssen wir uns auf unser Glück verlassen. Zumindest das

Wetter ist nicht ungünstig für unseren Plan. In dem Nebel können die Leute auf der *Zwaluw* nicht so schnell erkennen, mit wem sie es tatsächlich zu tun haben.«

Das Schiff vor uns wurde größer und größer, wuchs ins Riesenhafte an. Unsere Leichter wirkten daneben geradezu unscheinbar. Aber wir wollten ja auch kein Seegefecht mit der *Zwaluw* austragen, die unsere unbewaffneten Segler mit ihren Kanonen mühelos versenkt hätte. Natürlich hatte Jeremias Katoen kurz erwogen, ein paar Kriegsschiffe anzufordern, um die *Zwaluw* im Falle einer Gegenwehr einfach in Stücke zu schießen. Aber dann wären auch Unschuldige ums Leben gekommen, Seeleute und mögliche Geiseln – wie Cornelia. Außerdem wußten wir gar nicht, ob wir mit unserer Vermutung bezüglich des Handelsschiffes richtig lagen. Wir konnten nicht einfach ein Schiff zerstören, das möglicherweise nur ein harmloser Kauffahrer war. Auf den Kampf Mann gegen Mann kam es also an, und diesbezüglich war unklar, auf wessen Seite der zahlenmäßige Vorteil lag.

Wir waren an die neunzig Mann, sechzig Musketiere, der Rest Seeleute und Ringer. Unsere volle Kampfkraft würden wir aber erst nach und nach entfalten können, denn zunächst mußten wir an Bord des Kauffahrers gelangen. Deshalb war es entscheidend, daß wir möglichst lange für den angeforderten Nachschub an Seeleuten gehalten wurden.

Wie viele Personen sich an Bord der *Zwaluw* aufhielten, wußten wir nicht einmal annähernd. An Seeleuten gab es dort wohl nur eine Rumpfbesatzung für die nötigsten Arbeiten, solange das Schiff auf Reede lag. Unklar war, ob nur einige wenige Gérardisten an Bord waren oder ob sich das Gros der Verschwörer dorthin zurückgezogen hatte.

Ich sah den gewaltigen Bug des Schiffes, der sich auf und ab bewegte wie der atmende Leib eines riesigen Lebewesens und unter dessen Aufprall jedesmal nach allen Seiten Gischt spritzte. Die *Golfslag* glitt zur Steuerbordseite des Kauffahrers.

»Der Pott liegt tief im Wasser«, stellte Henk Rovers fest. »Seine Laderäume dürften voll sein.«

Unwillkürlich dachte ich an die blaue Teufelsfarbe. Aber was war, wenn wir uns täuschten und es eine harmlose Erklärung für die Geheimniskrämerei um das Auslaufen der *Zwaluw* gab? Vielleicht ein gutes Geschäft, das Isbrant Winckelhaack vor der Konkurrenz geheimhalten wollte?

Nein, sagte ich mir, das darf nicht sein. Die *Zwaluw* war unsere letzte Hoffnung, die Pläne der Gérardisten zu vereiteln. Und auch für mich war sie die letzte Hoffnung ...

Der Leichtermann Hendrix wechselte ein paar laut gerufene Worte mit der Bordwache der *Zwaluw*, und schon ließen die Männer hoch über uns eine Jakobsleiter herab. Skeptisch beäugte ich die hin und her schaukelnde Strickleiter, die zu ergreifen mir angesichts des Schlingerns der *Golfslag* als kleines Kunststück erschien. Selbst der schwere Kauffahrer lag nicht ruhig im Wasser, sondern riß in einem fort an seinen Ankerketten.

»Ich gehe als erster«, entschied Jan Pool und ergriff mit sicherer Hand das untere Ende der Jakobsleiter. »Wenn die da oben mein Gesicht sehen, brauchen sie erst mal 'ne Weile, um sich von dem Schreck zu erholen.«

»Dann muß ich ja wohl auch da hoch«, seufzte Henk Rovers, als habe er sich in sein Schicksal ergeben, und folgte dem schwarzgesichtigen Seemann.

Ich hatte längst erkannt, daß die beiden gute Freunde waren. Die rauhe Art, in der sie miteinander umsprangen, entsprach ihrem Naturell und war in ihren Kreisen nichts anderes als die ausgesuchten Artigkeiten, die man in der sogenannten feinen Gesellschaft austauschte.

Nur kurz verfolgte ich mit bangem Herzen, wie die zwei an der hohen Steuerbordwand der *Zwaluw* hinaufkletterten, dann wollte auch ich die Strickleiter ergreifen. Aber Robbert Cors kam mir zuvor.

»Ich habe ältere Rechte, wenn es darum geht, Ossel zu rächen«, sagte er und erstieg die Jakobsleiter nicht weniger behende als die beiden Seebären. Die Kraft und Gewandtheit des geübten Ringers kam ihm auch hier zugute.

Ich zog mir die abgetragene Wollmütze, mit der ich mich als Seemann verkleidet hatte, tief in die Stirn für den Fall, daß oben an Bord jemand stand, der mich kannte. Noch einmal holte ich tief Luft, dann hing ich zwischen den beiden Schiffen wie ein zum Räuchern aufgeknüpfter Fisch.

»Nur nicht nach unten sehen!« hatte Henk Rovers mir geraten, und daran hielt ich mich, als ich die Strickleiter Stück für Stück, Handgriff um Handgriff erklomm. Wenn ich durch das Schlingern der *Zwaluw* gegen die Schiffswand gedrückt wurde, spürte ich die Pistole und das große Messer, die, unter dem Wams verborgen, in meiner Hose steckten. Die Waffen vereinfachten die Kletterei nicht gerade, und doch beruhigte es mich, sie bei mir zu tragen.

Weit über mir war Jan Pool aufs Deck der *Zwaluw* gesprungen, und ich hörte ihn laut mit den Leuten dort oben scherzen; wahrscheinlich ging es um sein schwarzes Gesicht. Henk Rovers verschwand jenseits der Reling, dann Robbert Cors, und schließlich blickte ich in die Gesichter der Männer, die auf uns warteten. Ich konnte darin weder Feindseligkeit noch einen Verdacht erkennen und schwang mich mit einem erleichterten Seufzer aufs Deck.

Ein riesenhafter Kerl mit feuerrotem Haar, der selbst Robbert Cors noch um Haupteslänge überragte, klopfte mir fast schmerzhaft auf die Schulter.

»Du siehst ja reichlich mitgenommen aus, Kamerad. Ist wohl kein Vergnügen, mit so 'nem kleinen Kahn durch die Zuidersee zu schippern.«

Ich nickte ihm einfach nur zu, weil es mir nicht ratsam erschien, mich mit einem Seemann über nautische Belange zu unterhalten. Hinter mir enterten mehr und mehr Männer unserer

Vorhut das Schiff, zum Teil Seeleute, zum Teil Ringer. Als ich den schwankenden Gang sah, mit dem letztere sich über das im Wellengang schlingernde Deck bewegten, wußte ich, daß wir unser Possenspiel nicht lange würden aufrechterhalten können. Der breitbeinige Gang erfahrener Seeleute war ihnen ebenso fremd wie mir selbst.

»He, was seid ihr für merkwürdige Gestalten?« wunderte sich dann auch der rothaarige Riese. »Wart Ihr schon jemals an Bord eines Schiffes?«

Schnell schaute ich zu Cors, Rovers und Pool hinüber. In allen drei Gesichtern las ich dasselbe: Die Zeit zum Handeln war gekommen. Eigentlich hatte Jeremias Katoen den Befehl zum Angriff geben wollen, aber er war noch nicht an Bord.

»Jetzt!« rief ich und zog die doppelläufige Pistole, die ich erhalten hatte, bevor wir morgens an Bord der Leichter gegangen waren.

Zeitgleich zogen meine Freunde und Helfer ihre Waffen, um sie auf die Crew der *Zwaluw* zu richten.

Ich zielte auf den Rothaarigen und sagte: »Bleib einfach stehen und beantworte unsere Fragen! Bist du unschuldig, wird dir nichts geschehen.«

»Unschuldig?« bellte er, mehr wütend als erschrocken. »Woran?«

»An allem, was die Gérardisten auf dem Gewissen haben – falls man bei denen noch von einem Gewissen sprechen kann.«

Als ich die Gérardisten erwähnte, beobachtete ich mein Gegenüber genau. Sein breites Gesicht verfinsterte sich, und er erschrak sichtlich. Kein Zweifel, er gehörte zu den Verschwörern. Da in den Reihen der Gérardisten vermutlich vom hochgestellten Kaufmann bis zum einfachen Tagelöhner alles zu finden war, konnte die Rumpfbesatzung der *Zwaluw* auch ganz und gar aus Angehörigen des Geheimbundes bestehen.

Ungeachtet meiner Pistole rief der Rotschopf: »Alarm! Alles an Deck! Wir werden ...«

Seine letzten Worte gingen im Krachen meines Schusses unter. Er griff sich an die Brust, in die meine Kugel aus dieser geringen Entfernung ein handtellergroßes Loch gerissen hatte, sah mich aus geweiteten Augen an und schlug vor mir hin wie ein gefällter Baum.

Um mich herum entspann sich ein gnadenloser Kampf Mann gegen Mann.

Robbert Cors und seine Leute verzichteten weitgehend auf die ihnen zugeteilten Waffen und gingen ihre Gegner mit bloßen Händen an. Cors selbst wirbelte einen Seemann, der ein Messer mit gezackter Klinge gezogen hatte, mit solcher Kraft durch die Luft, daß dieser in fünf oder sechs Schritten Entfernung gegen die Decksaufbauten krachte und in sich zusammensank. Augenblicklich war der Ringkampfmeister über ihm, nahm ihm mit zwei schnell aufeinanderfolgenden Fausthieben das Bewußtsein, ergriff das Messer und zerbrach die Klinge an den Aufbauten.

Für Jan Pool und Henk Rovers sah es nicht so gut aus. Die beiden hatten sich in Richtung Heck abdrängen lassen und erwehrten sich am Aufgang zum Kampagnedeck einer Überzahl von vier Feinden. Rovers blutete aus einer Wunde an der Stirn und rang mit einem Gegner, der doppelt so schwer sein mochte wie er und ihn schlicht zu erdrücken drohte. Der kräftigere Pool beschäftigte die anderen drei Männer. Er hielt ein Stück Tau in Händen, das er wie eine Peitsche benutzte und mit dem er die drei Angreifer ein ums andere Mal zurücktrieb.

Nur kurz dachte ich daran, Rovers durch das Abfeuern meines zweiten Pistolenlaufs zu helfen. Ich war kein erfahrener Schütze, mochte Dekkert meinen Umgang mit Schußwaffen auch gelobt haben, und auf dem schlingernden Schiffsdeck wäre es anmaßend gewesen, auf diese Entfernung auch nur an einen halbwegs sicheren Schuß zu denken. Rovers und sein Gegner hielten einander so eng umschlungen, daß ich den einen ebensogut hätte treffen können wie den anderen.

Immer mehr Besatzungsmitglieder der *Zwaluw* stürmten an Deck und griffen in den Kampf ein. Im Augenblick achtete ich nicht weiter auf sie. Ich mußte mich beeilen, wenn ich den bedrängten Freunden zu Hilfe kommen wollte.

Also hetzte ich nach achtern. Dort ging Rovers unter dem Druck seines Gegners zu Boden. Dieser kniete über ihm und hob ein klobiges Holzscheit, mit dem er Rovers wohl den Schädel zerschmettern wollte.

Ich sprang hinzu und ließ meine schwere Pistole auf den Hinterkopf des Mannes niedersausen. Das war vielleicht nicht ganz so wirkungsvoll wie ein Schlag mit dem Holzscheit, aber es reichte aus, um den dickleibigen Seemann auf die Planken zu schicken. Rovers hatte sich schnell wieder gefaßt, nahm das Messer auf, das ihm vorher heruntergefallen war, und schnitt seinem Gegner die Kehle durch. Ein wahrer Blutstrom ergoß sich auf das Deck und färbte es rot.

»Schaut nicht so entsetzt, Suythof«, keuchte Rovers und deutete mit dem Messer auf den Sterbenden. »Die da oder wir, um nichts anderes geht's hier!«

Ich nickte und wandte mich Jan Pool zu. Der aber benötigte meine Hilfe nicht. Zwei seiner Gegner hatte er schon niedergestreckt, dem dritten hatte er das Stück Tau wie eine Würgeschlinge um den Hals gelegt. Jetzt zog er die Schlinge zu und ließ erst von dem Mann ab, als der mit blauem Gesicht und hervorquellenden Augen in sich zusammensackte.

»Vielen Dank für Euer Eingreifen«, rief Pool mir zu. »Ich wäre nicht schnell genug gewesen, um Henk beizustehen. Der Gute wird allmählich zu alt für solche Späße.«

Rovers beantwortete das mit einem verächtlichen Schnauben.

Mehr und mehr Musketiere kamen an Bord und feuerten ihre Schußwaffen ab. Die Gegner fielen unter ihren Kugeln, und die, die standhielten, wurden allmählich unter Deck gedrängt. Dichte Pulverschwaden hüllten die *Zwaluw* ein, als sei es nicht schon neblig genug. Einige der Musketiere luden ihre Waffen nach, andere zogen den Degen und gingen mit blanker Klinge gegen die Besatzung des Kauffahrers vor. Mitten unter den Musketieren stand Jeremias Katoen und rief seinen Männern Anweisungen zu.

Plötzlich sah ich, wie sich auf dem Backdeck zwei unserer Gegner an einer Drehbasse zu schaffen machten. Sie hatten das kleine Geschütz eilig geladen und richteten es genau auf die Stelle, an der Katoen stand. Ich legte meine Pistole an und drückte ab, ohne richtig gezielt zu haben. Meine Kugel ging fehl und ließ neben den beiden Männern das Holz der Reling zersplittern. Aber sie waren darüber so erschrocken, daß auch sie ihr Ziel verfehlten: Das Geschoß aus der Drehbasse streifte eine Armlänge über Katoen den Großmast.

Das war eine Warnung für den Amtsinspektor, und ein paar seiner Musketiere nahmen das Backdeck unter Beschuß. Der Mann, der die Drehbasse abgefeuert hatte, warf die Arme in die Luft, fiel gegen die ramponierte Reling und stürzte ins Meer. Sein Kamerad zog sich flink unter Deck zurück.

Ich wandte mich an Rovers und Pool. »Hier oben gibt's für uns nicht mehr viel zu tun. Wir müssen nach unten!«

Rovers nickte. »Gebe Neptun, daß wir Euer Mädchen finden!«

Wir kletterten eine Leiter hinab aufs Verdeck, wo Fässer und Kisten mit Proviant aufgestapelt waren. Ein seltsames Geräusch, eine Art heiseres Lachen, verwirrte mich. Aber es waren nur Hühner in einem großen Käfig, die auf der geplanten Reise die Besatzung mit frischen Eiern versorgen sollten.

»Wohin?« fragte Jan Pool und blickte sich um.

»Nach achtern«, entschied ich, weil sich da die Kajüten befanden. Dort trafen wir vermutlich eher auf die Männer, die an Bord der *Zwaluw* etwas zu sagen hatte. »Aber ihr beide könnt gern hier auf die Musketiere warten. Ich verlange nicht, daß ihr euch in Gefahr ...«

»Papperlapapp!« unterbrach Pool meine Rede. »Mitgefangen, mitgehangen – oder? Verschwenden wir nicht noch mehr Zeit!«

Ich nickte ihm dankbar zu und setzte mich, sobald ich meine Doppelpistole nachgeladen hatte, an die Spitze unserer kleinen Gruppe. Von oben drangen das trockene Krachen der Musketen und die Schreie Verwundeter und Sterbender an unsere Ohren, und ich hoffte, daß wir unten bald Verstärkung erhielten.

Wir zwängten uns zwischen den noch nicht gänzlich verstauten Vorräten hindurch und betraten die große Kajüte, in der wohl die ranghöchsten Seeleute an Bord und die Passagiere ihre Mahlzeiten einzunehmen pflegten. Der lange Tisch und die Stühle mit den samtbezogenen Polstern standen verlassen in der Mitte des Raums. An einer Wand war ein Musketenständer angebracht. Die Waffen standen dort säuberlich aufgereiht nebeneinander, damit ein unerwarteter Überfall oder auch eine Meuterei schnell abgewehrt werden konnte. Befriedigt nahm ich zur Kenntnis, daß unsere Gegner nicht dazu gekommen waren, die Musketen auszugeben. Offensichtlich hatten wir die Besatzung der *Zwaluw* vollkommen überrascht.

An ein paar kleineren Kajüten vorbei, die ebenfalls verlassen waren, hielten wir auf die Schifferhütte am Heck zu, das Reich des Kapitäns. Kaum hatte ich den schmalen Eingang durchschritten, erstarrte ich. Vor den großen Fenstern, die achtern angebracht waren, stand ein hochgewachsener Mann in der Kleidung eines Kapitäns und zielte mit einer langläufigen Pistole auf uns. Unwillkürlich ging ich in die Knie. Gleichzeitig feuerte ich beide Läufe meiner Pistole ab. Hinter mir hörte ich einen Aufschrei, und vor mir sah ich, wie meine Kugeln die Brust des Kapitäns trafen. Er wurde nach hinten gerissen und fiel gegen eines der Fenster. Die Holzverstrebungen und das Glas zersplitterten unter dem Aufprall, und der Kapitän der *Zwaluw* stürzte kopfüber ins Meer.

Ich wandte mich zu meinen Gefährten um. Jan Pool kniete am Boden und hielt Henk Rovers in den Armen. In seinen Augen standen Tränen.

»Ist er ...« begann ich, aber ein Kloß in meiner Kehle ließ mich
den Satz nicht beenden. Wie gebannt starrte ich auf das große
Loch im Bauch des alten Henk.

»Ja«, sagte Pool. »Zum Glück. An einem Bauchschuß langsam
zu krepieren ist so ziemlich das Widerwärtigste, das man sich
denken kann.«

»Es tut mir leid«, sagte ich mit brechender Stimme. »Wollt Ihr
hier bei Henk bleiben?«

»Wozu? Ihm kann ich nicht mehr helfen, Euch dagegen schon!«

»Ich danke Euch«, sagte ich und lud hastig meine Waffe nach.
»Wir sollten unser Glück in den Frachträumen versuchen, Jan.
Ihr kennt Euch auf Schiffen besser aus als ich. Führt Ihr mich
hin?«

Wir verließen das Halbdeck mit den Kajüten und drangen über
mehrere Niedergänge tiefer in den Bauch des Kauffahrers ein.
Schließlich wandten wir uns nach achtern, wo wir im Zwielicht eine große Anzahl Kisten und Fässer erspähten. Die See
klatschte mit solcher Wucht gegen das Schiff, daß sie hier unten
sogar den Lärm des oben tobenden Kampfes übertönte. Pool
fand eine Hebestange und stemmte ein paar der Kisten und
Fässer auf. Sie enthielten weitere Vorräte: Pökelfleisch und
Schiffszwieback, Rum und Trinkwasser. Ratlos blickte er mich
an.

»Zum Bug!« sagte ich. »Vielleicht haben wir dort mehr Glück.«
Und dann schickte ich ein stilles Stoßgebet gen Himmel, daß es
so sein möge. Wir liefen in die andere Richtung und betraten den
vorderen Frachtraum. Hier war es noch dunkler als am Heck,
daher bemerkte ich anfangs nur die Schatten, die sich in dem
schummrigen Licht bewegten. Die Männer stürzten sich auf
uns, und ich wich rasch zur Seite aus. Dem dumpfen Geräusch
eines Schlages folgte ein halbersticktes Stöhnen, und der schwere Körper von Jan Pool brach neben mir zusammen.

Eine Laterne flammte auf, und ich sah meinen Gefährten zusammengekrümmt am Boden liegen, reglos. Doch ich hatte keine Zeit, um festzustellen, ob nach Henk Rovers ein zweiter Freund sein Leben für mich geopfert hatte; ich konnte mich noch nicht einmal um Pool kümmern. Mehrere Männer, die Messer und Knüppel in den Händen hielten, umringten mich. Ich wich zurück, bis ich gegen ein paar Kisten stieß. Nur die Pistole in meiner Rechten hielt die Männer davon ab, es mit mir ebenso zu machen wie mit Pool.

»Legt den Schießprügel ganz langsam beiseite!« verlangte eine heisere und nichtsdestotrotz durchdringende Stimme, die ich sofort erkannte. »Tut Ihr es nicht, ist Eure Liebste bald nur noch eine leblose Hülle wie ihr Bruder.«

Aus dem Zwielicht schälten sich drei Gestalten, und mir stockte der Atem. Antoon van Zelden und Fredrik de Gaal schoben Cornelia vor sich her, die sich in einem erbärmlichen Zustand befand. Ihre Arme waren auf den Rücken gefesselt, ihre Kleidung zerrissen, ihr Gesicht und ihr sonst so helleuchtendes Haar voller Schmutz. Ihre Augen zeugten von Erschöpfung und Hoffnungslosigkeit.

Aber als sie mich sah, belebte sich ihr Antlitz. »Cornelis!« Sie schluckte und fragte: »Wie geht es Vater?«

»Er sorgt sich um dich, aber sonst geht es ihm besser, jetzt, da er nicht mehr in den Händen dieser Wahnsinnigen ist. Er hat Titus' Leichnam gesehen und weiß nun, daß sein Sohn tot ist, daß van Zelden nur ein teuflisches Spiel mit ihm getrieben hat.«

»Noch einmal, Suythof, Waffe weg!« schnarrte der Arzt, und in seiner rechten Hand blitzte eine Messerklinge auf, die er gegen Cornelias Hals führte. »Ich kann mit so einer Klinge umgehen, wie Euch bewußt sein dürfte. Es wäre für das Mädchen nicht angenehm!«

Schnell legte ich meine Pistole auf eine der vielen Kisten.

»Schon besser«, sagte van Zelden, ohne das Messer von Cornelias Hals zu nehmen. »Im Grunde weiß ich nicht, warum wir euch beide nicht sofort umbringen.«

376

»Aber ich weiß es«, entgegnete ich. »Ihr braucht Geiseln, um der Falle zu entkommen, in die Ihr Euch selbst begeben habt. Daß wir den Kampf um die *Zwaluw* gewinnen werden, dürfte feststehen.«

»Was soll das heißen, wir hätten uns selbst in die Falle begeben?« fragte Fredrik de Gaal.

»Ihr seid doch wohl freiwillig an Bord dieses Schiffes gegangen. Es mag ein gutes Versteck sein und auch eine Möglichkeit, der Verfolgung durch das Gesetz zu entgehen. Aber Ihr werdet zugeben, daß es von hier kein Entrinnen gibt. Deshalb braucht Ihr Cornelia und mich. Ich nehme an, Cornelia ist auch noch aus einem anderen Grund wichtig für Euch.«

»Gebt Ihr wieder den Schlaukopf?«

»Gar nicht. Ich habe bloß eine Vermutung.«

»Und die wäre?«

In der Annahme, daß die Zeit für uns arbeitete, beschloß ich, ihm eine ausführliche Antwort zu geben. Irgendwann mußte der Kampf um das Schiff entschieden sein, zu unseren Gunsten, wie ich fest glaubte. Wenn Katoen und seine Musketiere hier erschienen, bedeutete das nicht unbedingt eine Verbesserung unserer Lage, aber mit ein paar geladenen Musketen auf unserer Seite würde ich mich doch entschieden besser fühlen. Also sagte ich: »Erst dachte ich, Ihr wolltet Cornelia nur dazu benutzen, ihren Vater gefügig zu halten. Das war vielleicht ein Grund, möglicherweise der wichtigste, für ihre Entführung. Aber ich denke, es gibt noch einen zweiten. Es hat sich gezeigt, daß Rembrandt der den Geist zersetzenden Kraft der Teufelsfarbe vergleichsweise gut standhält. In Anbetracht des langen Zeitraums, während dem er mit dem dämonischen Blau zu tun hatte, ist es ein Wunder, daß er nicht vollständig dem Wahnsinn anheimgefallen ist. Vermutlich wollt Ihr herausfinden, ob auch Cornelia über diese Widerstandskraft verfügt und woher die seltene Fähigkeit, Eurem Dämon derart zu widerstehen, rührt.«

De Gaal nickte anerkennend. »Jammerschade, daß Ihr Euch gegen uns gestellt habt. Aber was faselt Ihr da immerzu von einem Dämon, Suythof?«

»Ich habe mir viele Gedanken über Euch und die ostindische Pflanze mit dem unbekannten Farbstoff gemacht. Meine Schlußfolgerung ist, daß nicht Ihr dieses Blau für Eure Zwecke benutzt, sondern vielmehr die unheimliche Kraft sich Euch und Eure Mitverschwörer untertan gemacht hat. Hier geht es nicht bloß um die Sache der Gérardisten, um das Vorherrschen des katholischen oder des calvinistischen Glaubens in den Niederlanden. In Wahrheit führt Ihr den Kampf einer fremden, bösen Macht, ohne es zu wollen. Ihr verbreitet mit Eurem Tun nicht den vermeintlich wahren Glauben an Gott, sondern die Macht Satans!«

Ich fing etliche bestürzte Blicke auf. Die Seeleute, die Pool und mich überfallen hatten, sahen unsicher zu van Zelden und de Gaal hinüber. Auch der Arzt wirkte verwirrt. Nur de Gaal zeigte sich ungerührt; ein spöttischer Zug lag auf seinem Gesicht.

»Ihr scheint dem Wahnsinn weniger widerstanden zu haben als Rembrandt, sonst würdet Ihr nicht so einen Unfug behaupten. Nein, nicht nur Unfug, das ist mehr. Es ist ein Frevel an Gott, seine Macht dem Satan zuzuschreiben.«

Ich schüttelte den Kopf. »Ihr erkennt Eure eigene Verblendung nicht, weil das Böse von Euch Besitz ergriffen hat. Nicht Gott steht hinter Euren seltsamen Eingebungen, sondern Satan!«

De Gaals Spott schlug in Ärger um. »Schluß jetzt mit dem dummen Geschwätz! Ihr werdet gleich erfahren, über welche Macht Ihr spottet.«

Auf sein Geheiß hin öffnete ein Seemann eine der Kisten. De Gaal griff hinein und trat mit ausgestreckter Hand auf mich zu. Auf seiner nach oben gekehrten Handfläche sah ich das blaue Pulver schimmern, die Farbe des Teufels. De Gaal spitzte die Lippen und blies mir das Pulver ins Gesicht.

Ich hielt den Atem an, aber es war zu spät. Schwindel packte mich, und vor meinen Augen zerflossen alle festen Umrisse zu wellenförmigen Gebilden, als sei das gesamte Schiff vom Meer verschluckt worden. Aus den Gesichtern der Männer wurden gräßliche Fratzen, und Cornelias eben noch ängstliches Antlitz nahm einen vorwurfsvollen Ausdruck an. Es gefiel mir nicht, wie sie mich ansah.

»Habt Ihr etwas gegen diese Frau, Suythof?« fragte die schmeichelnde Stimme de Gaals. »Dann tut Euch keinen Zwang an, bestraft sie für alles, was sie Euch angetan hat!«

Dunkel erinnerte ich mich, daß ich schon einmal versucht hatte, Cornelia zu bestrafen. Für ihren Verrat, dafür, daß sie einem anderen Mann größere Gunst erwiesen hatte als mir. Damals war sie mir entwischt. Noch einmal sollte ihr das nicht gelingen. Langsam trat ich auf sie zu und streckte die Hände nach ihrem Hals aus.

»Nicht, Cornelis!« wimmerte sie. »Hör nicht auf das, was andere dir sagen! Hör nur auf dich selbst!«

Sie hatte erbärmliche Angst, was widersprüchliche Gefühle in mir auslöste.

Da war ein Teil in mir, der sich an ihrer Angst ergötzte, der davon nicht genug bekommen konnte. Der ihr am liebsten soviel Leid und Schmerz wie nur möglich bereitet hätte.

Aber da war auch ein anderer Teil, dem Cornelias Angst einen Stich ins Herz versetzte und dessen größter Wunsch es war, ihr für immer alle Sorgen und Ängste zu nehmen.

Dieser zweite Teil schämte sich für den anderen und fürchtete ihn zugleich, erkannte, daß er unter dem Einfluß einer bösen Macht stand.

Diesmal nicht!

Das hämmerte ich mir wieder und wieder ein. Ich durchbrach das Fremde, das meine Sinne wie meinen Verstand umnebelte. Für einen Augenblick glaubte ich, in eine halbdurchsichtige blaue Fratze zu starren, die mich enttäuscht und zornig zugleich anblickte. Aber ich blieb stark. Meine Hände schlossen sich nicht um Cornelias Hals, sondern um den von Fredrik de Gaal, fest und unerbittlich. Mit einem gurgelnden Laut ging der Kaufmann in die Knie.

»Laßt sofort von ihm ab, Suythof!«

Das rief Antoon van Zelden, der offenbar nicht glaubte, was ich über die dämonische Macht der Teufelsfarbe gesagt hatte. Cornelia bog den Kopf weit nach hinten, um seiner scharfen Klinge zu entgehen. Mir blieb nichts anderes übrig, als de Gaal loszulassen und zurückzutreten. Im selben Augenblick entstand hinter mir ein Aufruhr.

Jan Pool war aus seiner Reglosigkeit erwacht und hatte vielleicht nur auf den richtigen Augenblick gewartet. Jetzt war er vom Boden aufgesprungen und hatte gleich drei Gegner umgerissen, mit denen er sich in wildem Durcheinander am Boden wälzte. Trotz der feindlichen Übermacht hielt er sich wacker. Es war, als habe der Tod seines Freundes Henk Rovers seine Kräfte verdoppelt.

Ich warf mich mit einem raschen Sprung auf van Zelden, was angesichts der Klinge an Cornelias Kehle sehr gewagt war. Aber van Zelden schien durch das Gerangel, in das Pool die Männer von der *Zwaluw* verwickelt hatte, abgelenkt, und darauf setzte ich. Die Klinge ritzte Cornelias Hals nur oberflächlich, dann taumelte van Zelden auch schon nach hinten und stieß gegen den Mann, der die Laterne hielt. Letzterer ging zu Boden, und die Laterne rollte durch den Lagerraum, bis sie gegen eine Kiste prallte und zerbrach.

Während ich mit van Zelden rang, beobachtete ich, daß sich mit dem auslaufenden Öl auch das Feuer ausbreitete. Es erfaßte die Planken und die Frachtkisten, und binnen weniger Sekunden loderten an mehreren Stellen gierige Flammen empor.

»Feuer an Bord!« stieß der Mann, dem die Laterne entglitten war, panisch hervor.

Er kümmerte sich nicht weiter um uns, sondern lief zu dem Durchgang, der Pool und mich hergeführt hatte. Dort aber stieß er auf Robbert Cors, der ihn am Kragen packte und zur Seite schleuderte. Hinter dem Ringkampfmeister erschienen zwei seiner Schüler.

»Sieht aus, als kämen wir gerade rechtzeitig«, rief Cors und packte einen der Männer, mit denen Pool kämpfte.

Mir gelang es, van Zelden rücklings gegen einen der Kistenstapel zu drücken und ihm das Messer wegzureißen. Seine tiefliegenden Augen starrten mich voller Haß und Verachtung an. Im flackernden Schein der sich immer weiter ausbreitenden Flammen kam mir sein einem Totenschädel ähnelnder Kopf vor wie der eines Höllendämons. Ein unmenschlicher Schrei drang tief aus seiner Kehle, und gleichzeitig packte er mich mit beiden Händen, um mich in Richtung der Flammen zu ziehen. Er war bereit, sein eigenes Leben zu opfern, sich selbst mit mir ins Feuer zu stürzen.

Ich stieß ihm sein Messer, das ich immer noch in der Rechten hielt, in die Brust, einmal, zweimal, dreimal. Blut spritzte mir ins Gesicht.

Einen kehligen Schmerzenslaut ausstoßend, ließ van Zelden mich los. Er hatte vorher so heftig an mir gezogen, daß er nun von seinem eigenen Schwung in die Flammen gerissen wurde, die schnell Besitz von ihm ergriffen. Sie leckten an ihm empor, und ich hätte schwören können, daß sie eine blaue Färbung annahmen. Einer der brennenden Stapel aus Kisten mit Blaupulver stürzte um und begrub van Zelden unter sich.

Ich sah mich nach den anderen um. Cors, seine Schüler und Pool hatten eindeutig die Oberhand gewonnen und würden die Gegner binnen kurzem besiegt haben. Cornelia stand zitternd neben den Kämpfenden, ein Blutfaden rann aus der Wunde an ihrem Hals. Ich lief zu ihr und durchtrennte mit van Zeldens blutigem Messer ihre Fesseln. Sie rieb ihre schmerzenden Handgelenke und sah mich dankbar an. Erst jetzt fiel mir auf, daß Fredrik de Gaal fehlte, und ich fragte Cornelia nach ihm.

»Er ist zwischen den Kisten verschwunden, in dieser Richtung«, sagte Cornelia und zeigte zum Bug.

Möglicherweise gab es dort einen Aufgang, deshalb lief ich in die von Cornelia bezeichnete Richtung. Das Feuer tauchte den Lagerraum in ein rotes, unstetes Licht. In diesem Licht machte ich tatsächlich eine Leiter aus und einen Mann, der sie eilig erstieg: Fredrik de Gaal.

Er stand auf einer der oberen Sprossen und mühte sich damit ab, eine Luke über seinem Kopf zu öffnen. Als er mich sah, verstärkte er seine Anstrengungen. Ich aber war schneller, erklomm die Leiter und packte einen seiner Füße. Dann ließ ich mich wieder nach unten gleiten und riß de Gaal mit meinem Gewicht einfach mit.

Während es mir gelang, mit beiden Füßen aufzukommen und zur Seite zu springen, schlug der Kaufmann der Länge nach hin. Er richtete sich so weit auf, daß er sich rücklings gegen die Leiter lehnen konnte.

Ich stand vor ihm. Van Zeldens Messer, das mir auf der Leiter heruntergefallen war, hatte ich wieder aufgehoben. Ihn mit der Waffe bedrohend, sagte ich keuchend: »Hier ist die Sache zu Ende, de Gaal! Ihr werdet Euch für all Eure Untaten vor Gericht verantworten, und mit der Legende vom ehrenwerten Amsterdamer Kaufmann Fredrik de Gaal wird es ein für allemal vorbei sein.«

Seltsam ruhig schüttelte er den Kopf. »Ihr irrt, Suythof, wie schon so oft. Niemals werde ich mich vor Gericht verantworten. Und zu Ende ist die Sache noch lange nicht, zumindest nicht für Euch. Unsere Brüder sind zahlreich, und Ihr werdet weder in Amsterdam noch sonstwo in den Niederlanden sicher sein!«

In seinen dunklen Augen blitzte so etwas wie ein letzter Triumph auf. Er richtete sich auf, packte mit beiden Händen mein rechtes Handgelenk, hielt es fest umklammert und warf sich in van Zeldens Messer. Es bohrte sich geradewegs in sein Herz. Hastig stieß ich ihn von mir weg. Sein Körper fiel nach hinten und wurde von der Leiter aufgefangen, sein starrer Blick war der eines Toten.

»Cor-ne-lis!«
Das war Cornelia. Ihr langgezogener, verzweifelter Ruf machte mir bewußt, daß ich mich in höchster Gefahr befand. Das Feuer, das schon einen großen Teil des Frachtraums erfaßt hatte, drohte mich von den anderen und vom Ausgang abzuschneiden. Natürlich gab es noch die Leiter vor mir und die Luke, an der de Gaal sich vergebens zu schaffen gemacht hatte. Was war, wenn sie sich wirklich nicht öffnen ließ?
Ich beschloß, es nicht auszuprobieren. Statt dessen lief ich zu Cornelia und den anderen, und dabei spürte ich den schmerzhaften Biß der Flammen. Unwillkürlich dachte ich an jene Nacht, als ich vergebens versucht hatte, Louisa vor dem Flammentod zu bewahren, und mich befiel die Angst, es könnte mir mit Cornelia genauso ergehen.
Sobald ich sie erreichte, nahm ich sie fest bei der Hand und zog sie mit mir in Richtung Ausgang. Auch Pool und die Ringer verließen eilig den Frachtraum, mit ihnen zwei Besatzungsmitglieder der *Zwaluw*, die jetzt weniger Gefangene waren als einfach vor dem Feuer flüchteten.
Ich traf Robbert Cors und zeigte auf jene feindlichen Seeleute, die, bewußtlos oder verletzt, am Boden lagen. »Was wird aus denen? Das Feuer wird bald bei ihnen sein.«
»Gerade deshalb können wir uns nicht um sie kümmern. Der Kahn hier brennt wie Zunder. Wir müssen an uns selbst denken!«
Ein Blick auf die Flammen, die uns wahrhaftig zu verfolgen schienen, sagte mir, daß Cors recht hatte. Wir flohen aus dem Frachtraum und erklommen die Leitern, so schnell wir konn-

ten. Ich blieb dicht bei Cornelia, noch immer von der Furcht beseelt, sie an das tobende Feuer zu verlieren.

Auf halbem Weg nach oben, im Orlopdeck, trafen wir auf Jeremias Katoen und einen Trupp Musketiere.

»Mein Gott, Suythof, wo kommt Ihr her?« entfuhr es dem Amtsinspektor, als er meiner ansichtig wurde. Meine im Kampf zerrissenen, vom Feuer versengten und mit Blut besudelten Kleider hatten ihn offensichtlich erschreckt.

»Geradewegs von van Zelden und de Gaal«, antwortete ich atemlos.

»Wo sind die beiden?«

»Da«, sagte ich zeigte nach unten. »Sie sind tot. Und wenn wir uns nicht beeilen, sind wir das auch. Da unten lodert ein wahres Höllenfeuer.«

»Aber was ist mit dem blauen Farbstoff?«

»Der ist auch da unten«, antwortete ich. »Mitten im Feuer.«

Katoen warf einen Blick hinunter und erspähte bereits die ersten Flammen, die an der hölzernen Leiter emporzüngelten.

»So ist es vielleicht am besten«, murmelte er und befahl seinen Musketieren, rasch nach oben zu klettern.

Sie ließen uns den Vortritt, wofür ich ihnen besonders wegen Cornelia dankbar war. Das Feuer erschien mir wie ein lebendes Wesen, das es sich zur Aufgabe gemacht hatte, uns einzuholen und zu verschlingen.

Als wir endlich oben ankamen und frische Luft atmeten, war mir ein wenig wohler. Jetzt mußten wir nur noch alle rechtzeitig in die Leichter gelangen. Zunächst herrschte beim Verlassen des Kauffahrers ein wildes Durcheinander. Die Männer behinderten sich mehr gegenseitig, als daß sie einander halfen. Aber Katoen sorgte schnell für Ordnung. Bald hingen mehrere Jakobsleitern an der Steuerbordwand der *Zwaluw*, so daß unsere Leute und zusätzlich ein ganzer Haufen Gefangener sich gleich auf alle drei Leichter verteilen konnten. Einige Schwerverwundete mußten umständlich mit Seilen hinuntergelassen werden, aber Katoen sorgte dafür, daß möglichst niemand zurückblieb.

Cornelia hatte Schwierigkeiten, sich an der Jabobsleiter festzuhalten. Die Fesseln hatten ihr das Blut in den Armen derart abgeschnürt, daß sie noch nicht wieder richtig zugreifen konnte. Aber Jan Pool und ich blieben dicht bei ihr und halfen ihr sicher an Bord der *Golfslag,* wo wir auch Cors und Katoen wiedertrafen.

Endlich gab der Leichtermann Hendrix den Befehl, den Anker zu lichten. Unser Zweimaster nahm langsam Fahrt auf, und ihm folgten die beiden anderen Leichter. Wir waren nicht zu früh dran. Kurz nachdem wir abgelegt hatten, hüllten die Flammen den gesamten Kauffahrer ein, und eine Reihe heftiger Explosionen erschütterte das Schiff.

»Die Pulverkammer«, sagte Pool und berührte dabei die geschwärzte Hälfte seines Gesichts. »Das habe ich schon die ganze Zeit befürchtet. Wir haben wirklich Glück gehabt – nur Henk nicht.«

Auch ich dachte an den toten Freund, während rings um uns brennende Trümmer zischend ins Wasser fielen. Noch einmal schien der zornige Dämon Verderben über uns bringen zu wollen.

Aber die Leichter entfernten sich stetig von der *Zwaluw.* Nebel legte sich zwischen uns und das brennende Schiff. Bald sahen wir nur noch seine groben Umrisse, die aufgrund der lodernden Flammen ihre Form ständig veränderten.

Das Gemisch aus Nebel und Rauch nahm nach und nach eine blaue Farbe an, was ich auf den verbrennenden Farbstoff zurückführte. Oder war da noch mehr? Mir schien, als zeichneten sich in dem blauen Nebel die Linien eines riesenhaften, von Wut und Haß verzerrten Gesichts ab, das uns noch lange nachstarrte.

KAPITEL 32

Hinter der Maske

Während der langen Rückfahrt von Texel nach Amsterdam verlangte mein wunder, erschöpfter, den Schlaf entbehrender Körper nach seinem Recht. Obwohl selbst am Ende ihrer Kraft, machte Cornelia es mir so bequem, wie es in Anbetracht der Enge nur möglich war. Den Kopf in ihre Arme gebettet, schlief ich auf dem harten Holz der *Golfslag* so gut wie im weichsten Bett.

Geweckt wurde ich von einem seltsamen Lärm, einem harten Prasseln. Zudem stellte ich fest, daß unser Leichter sehr unruhig auf den Wellen tanzte.

Der Himmel über mir war verschwunden. Die Leute hatten die Persenning über die *Golfslag* gezogen, um uns vor dem rauhen Wetter zu schützen.

Ich sah in Cornelias Gesicht, und sie lächelte mich beruhigend an. »Wie geht es dir, Cornelis?«

»Ganz gut«, sagte ich, noch etwas benommen. »Ich habe wohl tief geschlafen.«

»Tief und lange.«

»Wie lange?«

»Die ganze Nacht über, und jetzt geht es schon auf Mittag zu. Ich denke, es war ein guter Schlaf.«

Unablässig prasselte es gegen Persenning und Bordwand. In

meinen Ohren klang es, als hämmere eine ganze Heerschar von Schmieden um die Wette.

»Was ist geschehen?« fragte ich.

»In den frühen Morgenstunden ist es immer kälter geworden; ein Sturm ist aufgezogen. Wir fahren mitten durch einen Hagelschauer. Aber dein Freund Jan Pool meinte eben, Amsterdam sei nicht mehr weit.«

Ich wandte den Kopf und sah in das schwarze Gesicht, das mich breit angrinste. »Guten Morgen, Mijnheer Suythof. Ich dachte schon, Ihr wolltet den hübschen Sturm verschlafen.«

Trotz des Unwetters hielt der Leichtermann Hendrix unbeirrt Kurs, und die beiden Einmaster folgten uns mit geringem Abstand. Es war tatsächlich kalt; ich sah, wie Cornelia fror. Ich dagegen lag unter einer zwar muffig riechenden, aber doch wärmenden Wolldecke, die sie über mich gebreitet hatte. Ich setzte mich auf und schlug die Decke um uns beide. Cornelia drückte sich eng an mich und wärmte mich noch viel mehr als die Decke.

Wir erreichten Amsterdam am Nachmittag. Unser Eintreffen im Hafen erregte einiges Aufsehen. Jeremias Katoen orderte mehrere Wagen an den Anlegeplatz, um die Verwundeten ins Soldatenkrankenhaus bringen zu lassen. Cornelia und mir bot er an, uns ebenfalls in ein Krankenhaus zu bringen, aber Cornelia wollte so schnell wie möglich ihren Vater wiedersehen. Katoen veranlaßte, daß einer der Wagen uns an der Rozengracht absetzte. Heftiger Eisregen war über Amsterdam hereingebrochen und vertrieb die Menschen von den Straßen. An der Rozengracht angelangt, sahen wir zu, daß wir schnell das schützende Haus erreichten.

Eine aufgeregte Rebekka Willems öffnete uns, aber es war nicht unsere Rückkehr, die sie in solche Erregung versetzte, daß ihre Hände und ihre Stimme zitterten. »Ein fremder Herr ist oben«, sagte sie, »und schreibt sich alles auf, was er mitnehmen will!«

»Was schreibt er sich auf?« fragte Cornelia, als sie in der Diele die Eiskristalle aus ihrem Haar schüttelte.

»Alles mögliche aus unserer Sammlung. Er sagt, vieles davon könne er gut gebrauchen.«

»Und was sagt mein Vater dazu?«

»Deinem Vater scheint es gleichgültig zu sein. Er hat dem Fremden erlaubt, zu tun und zu lassen, was er will. Meister Rembrandt sitzt nur im Atelier und starrt auf seine Bilder, wie er es auch gestern schon getan hat.«

Ich hatte zu viel erlebt, um nicht sofort eine Gefahr zu wittern. War der Fremde ein Abgesandter der Gérardisten, hatte er den Auftrag, alle möglichen Beweise – und vielleicht auch Zeugen – zu beseitigen?

»Bleibt beide hier unten und nehmt euch in acht!« wies ich Cornelia und Rebekka an. »Wenn auch nur irgend etwas euren Verdacht erregt, ruft sofort die Wachen! Ich gehe nach oben und sehe mir diesen Fremden genauer an.«

Als ich den Fuß auf die erste Treppenstufe setzte, spürte ich Cornelias Hand auf meinem Unterarm, und ein flehender Blick aus ihren blauen Augen traf mich. »Sei vorsichtig, Cornelis – bitte!«

Ich versprach es und eilte die Treppe hinauf. Kaum oben angelangt, vernahm ich ein lautes Krachen aus jenem Zimmer, in dem ich meine Schlafstatt und mein kleines Atelier eingerichtet hatte. Jetzt erst kam mir zu Bewußtsein, daß ich keine Waffe bei mir trug. Trotzdem eilte ich in den Raum, wo sich mir ein seltsamer Anblick bot.

Der ausgestopfte Bär, der mir während meiner Zeit hier ein treuer Gefährte gewesen war, lag am Boden wie damals, als Rembrandt in diesem Raum einen Tobsuchtsanfall erlitten hatte. Sein Sturz mußte den Lärm eben verursacht haben. Ein dürrer Mann mit lockigem, wirr um den Kopf hängendem Haar richtete ihn mit Mühe wieder auf und wischte sich mit einer ungelenken Bewegung den Schweiß von der Stirn. Dann erst nahm er mich wahr, und seine schmalen Augen blickten mich nicht nur überrascht, sondern vor allem erschrocken an.

Ich hatte seit dem Kampf um die *Zwaluw* noch keine Gelegenheit gehabt, mich zu waschen. Mit all dem Schmutz und Blut und den abgerissenen Kleidern mußte ich wie ein Straßenräuber wirken, der sich heimlich Zugang zu diesem Haus verschafft hatte. Ich aber fragte mich, wer hier der wahre Räuber war.

»Wer seid Ihr?« vernahm ich die unsichere Stimme des Fremden.

»Der Mann, der in diesem Raum wohnt. Und wer seid, bitte schön, Ihr?«

»Oh, verzeiht.« Er verbeugte sich. »Pieter van Brederode ist mein Name. Ich sammle Antiquitäten und Kuriositäten. Davon gibt es in diesem Haus mehr, als ich mir erträumt hatte. Stellt Euch vor, ich habe hier einen Helm entdeckt, den vermutlich der berühmte Ritter Gerard van Velsen getragen hat!«

»Aha«, machte ich nur. Allem Anschein nach war der Besucher kein Gérardist, sondern nur ein Verehrer des Ritters Gerard, der, soweit ich wußte, ungefähr vierhundert Jahre vor uns gelebt hatte. Als harmlos wollte ich den Mann trotzdem nicht einstufen. Er schien mir ein Geschäftemacher zu sein, der es darauf anlegte, die Gleichgültigkeit des alten Rembrandt für seine Zwecke auszunutzen. Offenbar waren Cornelia und ich gerade im rechten Augenblick zurückgekehrt.

Van Brederode hielt ein ledergebundenes Buch hoch. »Hier drin habe ich alles verzeichnet, was für mich von Nutzen ist. Meister Rembrandt van Rijn müßte es nur noch unterschreiben. Ich lasse die Sachen dann in den nächsten Tagen abholen.«

»Ach ja, und bezahlen wollt Ihr nichts dafür?«

»Selbstverständlich werde ich bezahlen. Meister Rembrandt hat es mir überlassen, den Preis zu bestimmen.«

Das sah Rembrandt, der sonst um jeden Stüber knauserte, gar nicht ähnlich. Vielleicht hatte der verwirrte Maler gar nicht erfaßt, was dieser Mensch wirklich von ihm wollte. Immerhin hatte er auf seine Kuriositätensammlung einmal große Stücke gehalten.

Ich nahm van Brederode das Buch aus der Hand und schob es in eine seiner Jackentaschen. »Jetzt hört mir einmal gut zu, Mijnheer. Rembrandt van Rijn kann Euch gar nichts zusichern und wird auch nichts unterschreiben. Er besitzt hier nämlich keine Geschäftsgewalt. Die ist auf seine Kinder übertragen worden.«

»Aber sein Sohn ist tot, und seine Tochter war nicht im Haus, als ich herkam.«

»Jetzt ist sie im Haus.«

»Dann werde ich mit ihr verhandeln und ihr einen guten …«

»Einen guten Tag könnt Ihr ihr wünschen, mehr nicht«, fuhr ich dazwischen, packte den Mann am Kragen und schob ihn einfach aus dem Zimmer.

Ohne sein Zetern zu beachten, bugsierte ich ihn die Treppe hinunter und, an Cornelia und Rebekka vorbei, hinaus auf die Straße. Dort rutschte er auf dem gefrorenen Boden aus und schlug der Länge nach hin. Er warf mir einen wütenden Blick zu, aber ich schloß einfach die Haustür.

»Wer war das?« fragte Cornelia.

»Vielleicht nur ein harmloser Spinner«, antwortete ich. »Vielleicht aber auch ein Schuft, der deinen Vater übers Ohr hauen wollte. Ich bin einfach nicht in der Stimmung, mir darüber den Kopf zu zerbrechen.«

Rebekka wollte etwas sagen, aber ein seltsames Knistern, das mir nur zu vertraut war, drang an meine Ohren.

»Riecht ihr das auch?« fragte ich, als ich – schwach, aber deutlich genug – den Brandgeruch wahrnahm.

Für einen Augenblick fühlte ich mich wieder an Bord der *Zwaluw* versetzt und sah mich in dem Frachtraum stehen, der sich in Windeseile in eine Hölle aus Feuer und Tod verwandelte.

»Das kommt von oben!« rief Cornelia und lief zur Treppe. »Aus Vaters Atelier!«

Rebekka Willems und ich folgten ihr. Cornelia erreichte das Atelier als erste und stieß die Tür auf. Hitze schlug uns entgegen, ich sah in der Mitte des Raums Flammen auflodern. Sie fraßen sich durch umgestürzte Staffeleien und bemalte Leinwände.

Als ich neben Cornelia trat, sah ich Rembrandts Gesicht im Feuer vergehen. Die Selbstbildnisse, an denen er viele Monate lang mit solcher Hingabe gearbeitet hatte, wurden binnen einer Minute von den Flammen gefressen. Rembrandt stand vor dem Feuer, das er selbst entzündet haben mußte, und sah dem Werk der Zerstörung ungerührt zu. Cornelia trat zu ihm, aber er schien sie gar nicht wahrzunehmen.

Ich eilte in mein Zimmer und kehrte mit einer Decke zurück, die ich über das Feuer warf. Rebekka hatte dieselbe Idee, und so erstickten wir die Flammen und rissen, ungeachtet des Eissturms, die Fenster auf, damit der beißende Rauch, der uns husten ließ und uns Tränen in die Augen trieb, abziehen konnte. Von Rembrandts Selbstporträts war nichts geblieben als ein Haufen Asche.

Erst jetzt löste sich der starre Blick des Alten von den Überresten seiner Arbeit, und als er Cornelia sah, leuchteten seine Augen auf.

Er schloß seine Tochter in die Arme und schluchzte hemmungslos wie ein Kind.

»Es tut mir leid«, sagte er nach langen Minuten. »Ich habe dir so vieles angetan, meine Tochter, habe dich sogar in Lebensgefahr gebracht. Und ich habe andere Menschen getötet, nicht mit eigener Hand, aber durch meine Bilder. Ich habe das alles nicht gewollt. In diesem alten Körper hat ein anderer gesteckt, so als sei ich von etwas Bösem besessen.«

»Das weiß ich, Vater«, sagte Cornelia und strich sanft über sein dünnes Haar. »Aber warum hast du deine Bilder zerstört?«

»Weil sie den anderen in mir zeigten, den Bösen, der ich war. Das Lächeln auf diesen Bildern war kein gutes Lächeln. Ich wollte nicht, daß man mich so in Erinnerung behält, nicht jetzt, wo es zu Ende geht.«

»So etwas darfst du nicht sagen, Vater! Du bist erschöpft, aber du wirst dich bald erholen.«

»Ich werde bald bei Titus sein«, erwiderte er.

Sein Gesichtsausdruck verriet, daß er fest an das glaubte, was er sagte.

Dies war nicht der Irrglaube eines verwirrten Geistes, der den Tod des geliebten Sohnes nicht wahrhaben wollte. Hinter der Maske des bösen und verblendeten Mannes, der sich an der ganzen Welt für erlittene Mißachtungen und persönliches Unglück rächen wollte, war der wahre Rembrandt van Rijn zum Vorschein gekommen: ein wissender alter Mann, der in einem Moment lange nicht mehr erlebter Klarheit das eigene Ende kommen sah.

»Mir ist kalt, und ich bin müde«, sagte er mit brüchiger Stimme. »Ich möchte ins Bett.«

Cornelia brachte ihren Vater nach unten und bereitete ihm das Lager, während Rebekka und ich uns bemühten, zumindest das gröbste Durcheinander im Atelier zu beseitigen. An einer Wand standen noch einige Bilder, an denen Rembrandt in den vergangenen Wochen gearbeitet hatte, darunter ein unvollendetes von Simeon im Tempel, das meiner Einschätzung nach auch unvollendet bleiben würde. Aber sosehr ich auch suchte, von Rembrandts Selbstporträts schien keines dem Feuer entgangen zu sein.

Cornelia sorgte sich um ihren Vater, und so holte ich einen Arzt. Der aber konnte ihr keine Hoffnung machen.

»Euer Vater hält seine Zeit für gekommen«, sagte er. »Und ich fürchte, damit hat er recht. Ich habe ihm etwas gegeben, damit er eine ruhige Nacht hat.«

Das Mittel wirkte, und am nächsten Morgen verlangte Rembrandt nach mir. Er saß in seinem Bett und löffelte brav eine

Fischsuppe, die Rebekka eigens für ihn zubereitet hatte. Es schien ihm besserzugehen als tags zuvor.

»Tretet näher, Suythof«, sagte er und stellte die Suppentasse auf den kleinen Tisch neben seinem Bett. »Cornelia hat mir erzählt, was Ihr alles für sie getan habt. Dafür möchte ich Euch danken. Dafür und für alles andere.«

»Ich habe es nicht um des Dankes willen getan, sondern wegen Cornelia.«

Er blickte zum Fenster. Draußen ging es nicht mehr ganz so stürmisch zu, aber der Wind war noch heftig genug, um die Blätter von den Bäumen zu reißen.

»Bald wird der Herbststurm auch mich hinwegwehen«, sagte Rembrandt leise, »und das ist richtig so. Als Maler zähle ich nichts mehr, und die Menschen brauchen mich nicht länger.«

»Das ist Unsinn«, entfuhr es mir. »Cornelia braucht Euch.«

Ein Lächeln stahl sich auf die alten, rissigen Lippen. Nicht das überhebliche, durchtriebene Lächeln, das dort oben im Atelier verbrannt war, sondern ein wohlwollendes.

»Aus meiner Tochter ist früh eine Frau geworden, nicht zuletzt deshalb, weil ihr Vater frühzeitig zum Kind wurde. Ein Kind, das statt Spielsachen alten Trödel gesammelt hat und sich zuweilen beim Ersparten der eigenen Tochter bedienen mußte, um seine Schulden zu begleichen. Jetzt, wo ich wieder klarsehe, bereue ich das alles. Ich hätte mich um die Menschen kümmern sollen, nicht um irgendwelchen Plunder. Übrigens, hat dieser van Brederode schon abholen lassen, was er haben will?«

»Oh«, stammelte ich. »Ich fürchte, ich habe da etwas übereilt gehandelt. Ich hielt den Mann für einen üblen Geschäftemacher und habe ihn etwas unsanft vor die Tür gesetzt.«

»Macht Euch deshalb keine Sorgen, Suythof. Er wird wiederkommen, wenn ihm etwas an meinen Sachen liegt.« Er beugte sich zu mir vor und griff mit beiden Händen nach meiner Rechten. »Eigentlich wollte ich auch gar nicht deshalb mit Euch sprechen, sondern wegen Cornelia. Wie ich schon sagte, sie ist eine Frau und kein Kind mehr. Eine junge Frau aber braucht keinen alten Vater. Sie braucht einen jungen, kräftigen Mann. Also, Suythof, Ihr müßt mir bei allem, was Euch heilig ist, versprechen, daß Ihr immer gut auf mein Kind achten werdet!«

»Das geht nicht«, sagte ich leise.

»Wie?«

Ich erzählte ihm von dem Rausch, in dem ich Cornelia fast umgebracht hätte, und davon, daß ich an Bord der *Zwaluw* erneut in den Bann der Teufelsfarbe geraten war. »Vielleicht ist noch etwas von dem Bösen in mir und kann jederzeit zum Ausbruch kommen? Was, wenn ich Cornelia in diesem Zustand etwas antue? Nein, ich kann das nur verhindern, indem ich Amsterdam und Cornelia möglichst bald verlasse.«

Rembrandt, der noch immer meine Hand hielt, erwiderte: »Ich habe früher manches böse Wort über Euch gesagt, Suythof, aber einen Feigling habe ich Euch nie genannt, weil ich Euch dafür nicht gehalten habe. Sollte ich mich da getäuscht haben?«

»Ich will Cornelia nur vor Schaden bewahren.«

»Das redet Ihr Euch ein. In Wahrheit lauft Ihr vor der Verantwortung davon, aus Angst, einen geliebten Menschen, der Euch anvertraut ist, zu enttäuschen. Glaubt mir, ich weiß nur zu genau, wovon ich spreche. Ich habe die Menschen, die ich liebe und die mir vertrauten, nicht nur einmal belogen, ausgenutzt und enttäuscht. Niemand kann Euch zusichern, daß es Euch nicht auch einmal so ergeht. Die Seele des Menschen ist ein schwieriges Ding, sie gehorcht dem Verstand und selbst dem Herzen nur bedingt. Aber mit meinem schlechten Beispiel vor Augen sollte es Euch doch gelingen, besser für Cornelia zu sorgen, als ich es konnte. Oder liebt Ihr sie etwa nicht?«

»Natürlich liebe ich sie!«

»Dann steht dazu! Wenn Ihr davonlauft, werdet Ihr auf ewig unglücklich sein. Ihr und Cornelia ebenso.«

Nachdem er mich mit diesen Worten entlassen hatte, rief er

Cornelia zu sich. Sie sprachen lange miteinander. Als sie aus seiner Schlafkammer trat, las ich in ihren Augen, daß Rembrandt ihr von der Unterredung mit mir erzählt hatte.

Sie blieb dicht vor mir stehen und sagte: »Ich weiß, daß du nicht Herr deines Willens warst, als du mich angegriffen hast. Ich gebe dir daran ebensowenig die Schuld, wie ich sie Vater gebe, obwohl er das teuflische Bild, das dich verführte, gemalt hat. Der Cornelis Suythof, den ich kenne und liebe, würde mir niemals etwas Böses antun.«

Ich legte meine Arme um sie und zog sie fest an mich. Wir umarmten und küßten uns für eine kleine Ewigkeit, in der ich spürte, daß sie mir alles vergeben hatte. Mein Herz war leicht wie schon lange nicht mehr, und im stillen versprach ich Rembrandt, worum er mich gebeten hatte.

Rembrandt van Rijn starb am darauffolgenden Tag, dem vierten Oktober, und wurde am achten Oktober in der Westerkerk beigesetzt, unweit der Stelle, wo sich nicht nur Titus' Grab befand, sondern seit zwei Tagen auch dessen Leichnam. Jeremias Katoen hatte dafür gesorgt, daß Rembrandts Sohn ohne großes Aufsehen in das Mietgrab gelegt wurde, in dem man ihn ohnehin wähnte.

Ebenfalls ohne großes Aufsehen ging Rembrandts Beisetzung vonstatten. Vom Ruhm früherer Jahre war nichts geblieben, und das offizielle Amsterdam schien vom Tod des Malers keine Kenntnis zu nehmen. Nur einige wenige folgten dem einfachen Sarg von der Rozengracht zur Westerkerk, unter ihnen Robbert Cors und Jan Pool.

Als die Träger den Sarg im Boden versenkt hatten, wandte Cors sich an mich: »Was meint Ihr, Mijnheer Suythof? Hat nun auch Ossel Jeuken seinen Frieden gefunden?«

»Ich hoffe es. Wir haben dafür getan, was in unserer Macht stand. Mag die Öffentlichkeit ihn auch für einen Mörder halten, wir, seine Freunde, kennen sein wahres Wesen.«

395

Hinter einer Säule trat ein Mann hervor und sagte: »Was in Wahrheit geschah, darf aber nie an die Öffentlichkeit dringen. Zu groß wäre das Erschrecken darüber, wie nahe unsere junge Nation am Abgrund stand.«

Es war Jeremias Katoen in Begleitung seines noch humpelnden Gehilfen Dekkert.

»Die Werkzeuge des Bösen, die nur angeblich Mörder, eigentlich aber ebenso Opfer waren wie die Ermordeten, bleiben also mit dem Makel behaftet«, stellte ich bitter fest.

Katoen nickte. »Das läßt sich nicht ändern. Nur so können wir verhindern, daß die Gérardisten ihr Ziel doch noch erreichen und das Vertrauen der Niederländer in ihren Staat in den Grundfesten erschüttern.«

»Wie steht es denn um die Gérardisten?« fragte ich. »Haben Euch die Verhöre weitergebracht?«

»Es geht nur mühsam voran. Viele der Festgenommenen sind äußerst verstockt, einige beginnen zu reden und nennen Namen, die zu weiteren Verhaftungen führen. Es wird seine Zeit dauern, bis wir die Mehrzahl der Verschwörer dingfest gemacht haben. Bis auf den letzten Mann werden wir sie wohl nicht überführen. Aber wir haben den Kerl erwischt, der damals das Bild aus Jeukens Wohnung geholt und Beke Molenberg bestochen hat. Ein Kunsthändler von der Leidsegracht, der oft mit van der Meulen zusammengearbeitet hat. Und wir haben auch Isbrant Winckelhaack verhaftet.«

»Den Eigner der *Zwaluw*?«

»Ja. Der Dummkopf hat doch tatsächlich versucht, die Versicherung für sein zerstörtes Schiff zur Kasse zu bitten. Das hat uns natürlich auf seine Spur gebracht.«

»Was ist mit dem Wrack der *Zwaluw* geschehen?«

»Was nicht verbrannt oder in die Luft geflogen ist, ist auf den Grund des Meeres gesunken.«

»Damit dürfte die gesamte Fracht unbrauchbar sein«, sagte ich befriedigt.

»Davon können wir ausgehen«, bestätigte der Amtsinspektor.
»Ein Glück, daß es so gekommen ist.«

Ich wollte mich schon von ihm verabschieden, da fiel mir eine letzte Frage ein: »Wie ist es um das Schicksal der Ochtervelts bestellt? Haben sie eine hohe Strafe zu erwarten?«

»Emanuel Ochtervelt schon. Allein der Umstand, daß er Euch verraten hat, läßt erkennen, wie tief er in die Machenschaften der Verschwörer verstrickt war. Vermutlich wird er den Rest seines Lebens im Rasphuis verbringen. Seine Tochter wird eher glimpflich davonkommen. Sie wußte nicht viel, und im verborgenen an katholischen Messen teilzunehmen ist nicht verboten. Im Gegenteil, unser Gesetz untersagt den Katholiken sogar, ihren Glauben öffentlich zu praktizieren.«

»Wird Yola ohne ihren Vater durchkommen?«

Katoen blickte zu Cornelia hinüber, die noch am Grab ihres Vaters stand und Abschied nahm. »Junge Frauen scheinen Euch sehr am Herzen zu liegen, Suythof. Ochtervelts Tochter hat im Verhör eine Tante in Oudewater erwähnt. Ich werde mich darum kümmern, daß sie zu ihr gebracht wird.«

Cornelia trat zu uns und faßte mich bei der Hand. »Führen die Herren schon wieder hochwichtige Gespräche?«

»Nicht doch«, wehrte Katoen ab und zog den Hut, um sich zu verabschieden. »Wir haben nur über junge Damen gesprochen, und ich habe Cornelis Suythof gesagt, daß er diesbezüglich über einen erlesenen Geschmack verfügt.«

KAPITEL 33

Niemals sicher

AMSTERDAM, 9. JANUAR 1670

Die Wochen nach Rembrandts Tod waren nicht einfach für Cornelia. Magdalena van Loo, Titus' Witwe, schien fest entschlossen, dafür zu sorgen, daß ihr und ihrer kleinen Tochter Titia auch nicht ein einziger Stüber ihres Erbes entging. Nach allem, was Cornelia durchgemacht hatte, mußte sie sich jetzt auch noch mit der wenig feinfühligen Magdalena herumschlagen. Letztere nutzte dabei weidlich aus, daß Cornelia vor dem Gesetz als uneheliche Tochter galt. Ein Glück nur, daß die meisten Streitfragen zwischen Cornelias Vormund, dem Maler Christiaen Dusart, und Titias Vormund, dem Juwelier Frans van Bijlert, ausgehandelt wurden. Doch das schlimme Jahr 1669 war noch nicht ganz vorbei, da folgte Magdalena ihrem Titus ins Grab. Ein früher Tod war keine Seltenheit im Amsterdam, selbst wenn keine Verschwörer mit finsteren Absichten im Spiel waren.

Cornelias Vormund hielt es für das beste, den Haushalt in der Rozengracht aufzulösen, zumal ein Großteil der Besitztümer zur Auszahlung des Erbes versteigert werden mußte. Aus diesem Grund wurden mehrere Räume in der Rozengracht gleich nach Rembrandts Tod versiegelt, darunter auch der von mir bewohnte. Die Sammlerstücke, die Rembrandt darin angehäuft hatte, waren zur Versteigerung bestimmt. So nahm ich denn Abschied von meinem stummen, aber treuen Bärenfreund.

Und ich nahm Abschied von der Rozengracht. Durch Robbert Cors' Vermittlung fand ich eine kleine und sogar erschwingliche Dachwohnung am Botermarkt, wo ich hervorragende Bedingungen zum Malen antraf. Eine Beschäftigung, die ich lange Zeit gröblich vernachlässigt hatte. Mein Kopf war noch voll von dem Erlebten, aber vielleicht gelangen mir gerade deshalb ein paar Bilder, die von Amsterdamer Kunsthändlern als ausdrucksstark gelobt wurden und mir mehr Geld einbrachten als erhofft.

Cornelia sah ich in dieser Zeit nur selten. Dusart hatte sich ihrer angenommen und wollte die Vermögensverhältnisse gründlich prüfen, bevor er sie heiraten ließ. Als Cornelia ihn eines Tages in meinem Beisein bedrängte, einer Hochzeit zuzustimmen, hielt er uns an, aufs Frühjahr zu warten, weil das doch die rechte Zeit für zwei Liebende sei, wie er sich ausdrückte. Ich glaube, er war sich noch nicht sicher, was meine Person betraf, und wollte unsere Liebe auf die Probe stellen.

Cornelia und ich sahen uns meist sonntags nach dem Kirchgang, und bald vertraute Dusart uns so weit, daß er nicht länger den Aufpasser für uns spielte. Am zweiten Sonntag des neuen Jahres, als Amsterdam unter einer dichten Schneedecke lag und die zugefrorenen Flüsse und Grachten im milden Licht der Wintersonne glitzerten, gingen wir zum Schlittschuhlaufen vor die Tore der Stadt, wo nicht gar soviel Andrang herrschte und wir uns auf einem vereisten Flußlauf frei bewegen konnten.

Auch hier gab es noch genügend Vergnügungssüchtige, die auf dem Eis herumtollten, aber wir genügten uns selbst, zogen unsere Kreise und entfernten uns, je weiter der Nachmittag voranschritt, nicht nur zufällig von den anderen. Da war noch ein Stand am Ufer des Flusses, wo heiße Kastanien und Glühwein angeboten wurden; dort vergnügten sich noch ein paar Kinder, indem sie sich in zwei Gruppen aufteilten und versuchten, mit langen Stöcken einen flachen Stein der jeweils gegnerischen Gruppe abzujagen. Dann aber ließen wir, Hand in Hand über das Eis gleitend, auch die letzten Menschen hinter uns.

Ich machte dabei alles andere als eine gute Figur, was Cornelia häufig zum Lachen brachte. Und das war mir viel wichtiger, als ein bewunderter Schlittschuhläufer zu sein.

Als die Schatten länger wurden und wir eine gewisse Erschöpfung spürten, ließen wir uns auf einem von schneebedeckten Büschen umgebenen Bootsanleger nieder und sprachen über unsere Zukunft. Darüber, in welchem Teil Amsterdams wir wohnen, wie wir unser Haus einrichten und wie wir unsere Kinder nennen würden. Es waren heitere Gedankenspiele, die bald jede ernsthafte Überlegung beiseite schoben. Aber die ernste Seite unserer Zukunft sollte uns nur zu bald bewußt werden.

Erst nahm ich den Schatten auf der Flußbiegung gar nicht richtig wahr. Es wurde bereits dunkel, und ich glaubte zunächst, daß einer der Baumstämme am Ufer seinen Schatten aufs Eis warf. Erst als wir uns wieder auf den Fluß begaben, um den Rückweg anzutreten, erkannte ich, daß es ein Mensch war. Wie erstarrt stand er da und, so schien es, wartete auf uns. Ein Mann mit breiten Schultern und einer großen Narbe auf der rechten Wange.

Erschrocken griff ich nach Cornelias Arm, so plötzlich, daß sie den Halt verlor und sich an mich klammerte. Auch ich konnte mich nicht länger aufrecht halten. Wir fielen beide aufs Eis, und diesmal lachten wir nicht.

Der Mann mit der Narbe bewegte sich schnell und geschickt auf seinen Schlittschuhen. Bevor wir uns noch erheben konnten, war er über uns, und jetzt erkannte ich das narbige Gesicht zweifelsfrei wieder. Schon mehrmals hatte der Mann meinen Weg gekreuzt, und diesmal stand in seinem Antlitz der feste Entschluß zu lesen, daß dies unsere letzte Begegnung sein sollte.

Er zog eine Pistole unter seinem schwarzen Umhang hervor und richtete sie auf mich. »Guten Abend, Malerchen. Du scheinst überrascht, mich zu sehen. Dachtest wohl, ich wäre mit der *Zwaluw* abgesoffen, was?«

»Wart Ihr nicht an Bord?« fragte ich, während ich krampfhaft überlegte, was ich tun konnte.

»Sicher war ich an Bord. Aber ich konnte rechtzeitig ins Wasser springen und zur Insel Texel rüberschwimmen. Ein paar von uns mußten schließlich übrigbleiben, um das Vermächtnis zu erfüllen.«

»Das Vermächtnis?«

»Hat Fredrik de Gaal dir nicht geschworen, daß du niemals vor uns sicher sein wirst?«

Doch, das hatte er, und ich hatte jedes seiner Worte deutlich in Erinnerung: *Und zu Ende ist die Sache noch lange nicht, zumindest nicht für Euch. Unsere Brüder sind zahlreich, und Ihr werdet weder in Amsterdam noch sonstwo in den Niederlanden sicher sein!*

»Was einer von uns schwört, ist für alle anderen eine Verpflichtung. Wir beobachten dich und dein Liebchen schon länger, Suythof. Wir haben nur den richtigen Ort und die richtige Zeit abgewartet, um euch eurer gerechten Strafe zuzuführen. Hier draußen stört uns keiner. Und ich bin froh, daß es an mir ist, euch zu richten. Das bin ich Truus und Roelof schuldig.«

»Truus und Roelof?«

»Hast du meine beiden Freunde schon vergessen? Sie hatten nicht das Glück, mit dem Leben davonzukommen.«

Natürlich erinnerte ich mich an den Kahlkopf und den Mann mit der roten Nase. Sie hatten mir schließlich mehr als einmal übel mitgespielt.

»Es hat dir wohl die Sprache verschlagen, Malerchen«, fuhr das Narbengesicht fort. »Hast du Angst um dich oder um dein hübsches Mädchen? Mach dir keine Sorgen, du wirst als erster dran glauben. Mit deinem Liebchen werde ich mich noch vergnügen, bevor ich sie dir nachschicke!«

Langsam, fast bedächtig, zog er den Abzug der klobigen Pistole durch.

Ich stieß Cornelia von mir fort und rollte mich, da mir zum Aufstehen die Zeit fehlte, über das Eis in Richtung des Narbigen. Der Schuß krachte, ein brennender Schmerz durchfuhr meine linke Schulter, und Pulverrauch hüllte uns ein. Keine Sekunde später prallte ich gegen die Beine unseres Feindes und brachte ihn durch den Schwung zu Fall.

Der Schmerz in der Schulter strahlte auf den ganzen Körper aus, und für einen Augenblick fühlte ich mich wie gelähmt. Das Eis färbte sich rot von meinem Blut.

Keuchend kam der Narbige auf die Knie und schleuderte die abgeschossene Pistole nach mir. Ich schüttelte die Lähmung ab und duckte mich. Die Waffe schlug hinter mir aufs Eis und schlitterte in die Dämmerung davon.

Der Mann fletschte seine schlechten Zähne. »Du bist ein zäher Hund, Malerchen. Aber das wird dir nichts nützen. Wenn du den schnellen Tod durch meine Kugel nicht willst, werde ich dich mit bloßen Händen erwürgen!«

Ich zweifelte nicht daran, daß ihm das gelingen würde. Mein linker Arm hing nutzlos an mir herab, und nur mit einer Hand würde ich mich des kräftigen Mannes kaum erwehren können. Auch Cornelia, die hinter ihm kauerte und verängstigt zu uns herübersah, war ihm hoffnungslos unterlegen.

Unser selbsternannter Henker erhob sich, begann aber im selben Augenblick heftig zu schwanken. Ein knackendes Geräusch drang an meine Ohren: das Brechen von Eis. Unter den Schlittschuhen des Narbigen sah ich die Risse, die wahrscheinlich durch unsere heftige Auseinandersetzung entstanden waren.

»Ans Ufer, Cornelia, schnell!« rief ich.

Erst zögerte sie, doch dann erhob sie sich und glitt mit geschickten Bewegungen aufs Ufer zu.

Zumindest beide Beine gehorchten mir noch. Schwankend rappelte ich mich auf und lief, nein, stolperte ihr hinterher.

Der Narbige wollte mir folgen, nicht mehr von Rachsucht, sondern von Todesangst getrieben, aber die Risse unter ihm breiteten sich immer schneller aus, und sein schwerer Körper sank in den Fluß.

Statt geradewegs zum rettenden Ufer zu laufen, änderte Cornelia ihre Richtung und hielt auf mich zu. Sie half mir, auch das letzte Stück Eis zu überwinden. Ich ließ eine Blutspur zurück, aber das war im Augenblick meine geringste Sorge.

Als wir das Ufer endlich erreicht hatten, ragten von dem Narbigen nur noch Kopf, Oberkörper und Arme aus dem Wasser. Verzweifelt versuchte er, sich an dem brechenden Eis festzuhalten und an Land zu ziehen. Zweimal sah es so aus, als würde es ihm gelingen, aber dann rutschte er doch immer wieder zurück ins eiskalte Wasser.

»Helft mir!« rief er. »Rettet mich! Ihr seid doch Christenmenschen!«

Wir aber saßen, noch im Würgegriff der Angst, stumm am Ufer und sahen zu, wie der Mann, der uns nach dem Leben getrachtet hatte, endgültig unterging.

Erst als er nicht mehr zu sehen war, ergriff Cornelia das Wort: »Ist er – ist er tot?«

»Er muß tot sein. Ich hoffe jedenfalls, daß er es ist! Aber das ist für uns kein Grund aufzuatmen.«

»Wieso nicht?«

»Hast du seine Worte nicht gehört? Noch andere als er haben es auf uns abgesehen. Wir werden niemals sicher sein, nicht hier in Amsterdam und auch sonst nirgendwo in diesem Land.«

»Aber was sollen wir tun, Cornelis?«

»Hast du dir noch nie die fernen Länder vorgestellt, in die

unsere Schiffe von Texel aus fahren? Hast du dich nie gefragt, wie es dort sein mag, welche Sprache die Menschen sprechen, welche Farbe der Himmel hat und welchen Duft die Blumen verströmen? Ich würde es gern hören, sehen und riechen.«

Stumm machte Cornelia sich daran, mit einer der mehreren Wollblusen, die sie zum Schutz gegen die Kälte angezogen hatte, meine Wunde zu verbinden. Die Kugel steckte in meiner Schulter fest. Cornelia ging so behutsam wie möglich zu Werke, aber hin und wieder konnte ich ein Aufstöhnen nicht unterdrücken.

»Reiß dich zusammen, Cornelis Suythof!« sagte sie schließlich mit gespielter Strenge. »Oder glaubst du, ich vertraue mich auf einer Fahrt in ferne Länder einem Jammerlappen an?«

Epilog

Ein neues Leben

Batavia, 6. Dezember 1673

Cornelia und ich gaben einander im Frühling des Jahres 1670 das Jawort und schifften uns bald hernach auf dem Segler *Tulpenburgh* ein. Unser Ziel war das ostindische Batavia auf der Insel Java, eine große Handelsstadt am Fluß Tjiliwong, von der man sich wahre Wunderdinge erzählte. Hier sollte ein Mann schnell zu Reichtum und Ansehen gelangen können, mochte er in der alten Heimat auch noch so einfachen Verhältnissen entstammen.

Inzwischen bin ich doppelt froh, daß wir uns entschieden haben fortzugehen, befinden sich doch die Niederlande seit dem vergangenen Jahr wieder im Krieg. Von den Engländern zur See und von den Franzosen zu Lande bekämpft, hat meine Heimat schwere Prüfungen zu bestehen. Die französischen Truppen Ludwigs XIV. sind in die Niederlande eingefallen und haben eine Spur der Verwüstung hinterlassen. Inwieweit der Einmarsch von den Gérardisten unterstützt oder gar vorbereitet worden ist, entzieht sich meiner Kenntnis. Um ganz ehrlich zu sein, ich möchte es auch gar nicht wissen.

Hier in Batavia erscheint der Krieg uns weit entfernt. Zuweilen, wenn es meine Zeit erlaubt, sitze ich am Hafen und schaue hinaus auf das unendliche Blau des Meeres, das am Horizont eins wird mit dem blauen Himmel. Meer und Himmel umschließen unsere kleine Welt, behüten sie, und angesichts des klaren, leuchtenden Blaus rings um mich her beginne ich mich zu fragen, wie diese Farbe mir und anderen derart bedrohlich erscheinen konnte.

Noch in Amsterdam habe ich diesen Bericht zu schreiben begonnen, um die ungewöhnlichen Ereignisse des Jahres 1669 für die Nachwelt festzuhalten. Während der langen, öden Seereise hatte ich reichlich Muße, die Aufzeichnungen fortzusetzen, in den ersten Monaten in Batavia aber bin ich kaum zum Schreiben gekommen. So einfach sind Reichtum und Ansehen auch hier nicht zu erlangen, und ich bin gezwungen, hart zu arbeiten, um unser kleines Haus vor dem Rotterdamer Tor zu bezahlen.

Leider mußte ich die Erfahrung machen, daß ein junger, unbekannter Maler in Batavia nicht gefragter ist als in Amsterdam. So bewarb ich mich um die Stelle eines Aufsehers in dem Zuchthaus, das man im Gebäude des Handwerkerhauses eingerichtet hat, und wurde aufgrund meiner Erfahrung auch angenommen. Auf welche Weise ich der Anstellung im Rasphuis verlustig gegangen bin und daß ich selbst dort sogar als Gefangener eingesessen habe, verschwieg ich allerdings.

Die Anstellung im Zuchthaus und die Einkünfte aus meiner Malerei reichen aus, um uns ein sorgenfreies Leben zu ermöglichen, Cornelia, mir und unserem kleinen Sohn, der gestern in der Heiligkreuzkirche auf den Namen Rembrandt getauft worden ist.

Ich habe meine Aufzeichnungen fortgesetzt, und jetzt, da ein kleiner Rembrandt bei uns ist, bin ich mit meinem Bericht über den alten Rembrandt, seinen Großvater, so gut wie fertig.

Cornelia hat unseren Sohn gestillt. Jetzt drückt sie den zufrieden glucksenden Jungen an sich und sieht zu mir herüber. »Du verdirbst dir noch die Augen mit der Schreiberei, Cornelis.«

»Keine Sorge, ich bin gerade zum Ende gekommen.«

Ihr hübsches Gesicht verfinstert sich. »Hast du alles aufgeschrieben, über meinen Vater, meine ich?«

»Das mußte ich. Vielleicht ist es für spätere Generationen wichtig.«

»Aber Vater hat seine Selbstbildnisse zerstört, damit nichts an seinen Wahn erinnert!«

»Es war nicht nur *sein* Wahn. Wir alle waren davon befallen. Ich selbst habe lange geglaubt, nicht die Gérardisten, sondern ein Dämon, der sich ihrer bemächtigt hatte, wolle das Böse über uns bringen.«

»Und jetzt glaubst du das nicht mehr?«

Ich seufze schwer. »Damals geschahen unaufhörlich unglaubliche Dinge, wie in einem Fieberwahn. Im Fieber sieht man oft Dinge, die einer Betrachtung bei kühlem Verstand nicht standhalten. Warum an Dämonen glauben, wenn der Mensch genug Böses in sich hat, um seine Mitmenschen und sich selbst ins Unglück zu stürzen? Ist dieses Böse in uns nicht der wahre Dämon?«

Cornelia überlegt und nickt schließlich. »Vielleicht hast du recht. Das ist alles so weit weg, daß ich auch nicht mehr weiß, was ich erlebt und was ich mir bloß eingebildet habe. Ich bin froh, daß wir hier sind und ein neues Leben begonnen haben. Aber ich möchte nicht, daß unser kleiner Rembrandt eines Tages liest, sein Großvater sei ein Wahnsinniger gewesen, ein Mörder. Natürlich hat mein Vater Böses getan. Aber du weißt, daß sein Geist verwirrt war. Schon bevor er sich diesem teuflischen Blau aussetzte, hatte Titus' Tod ihm zeitweilig den Verstand geraubt. Nur so kann ich mir erklären, daß er sich überhaupt mit den Gérardisten eingelassen hat. Bitte, Cornelis, beschmutze seinen Namen nicht!«

»Also gut.«

Ich gebe ihr mein Wort.

Auf Wunsch meiner Frau Cornelia darf dieser Bericht nicht

zu Lebzeiten unserer Nachkommen veröffentlicht werden, ferner nicht in diesem Jahrhundert und auch nicht in diesem Jahrtausend. So verfüge ich, Cornelis Bartholomeusz. Suythof, es am Nikolaustag des Jahres 1673 zu Batavia auf Java mit diesem letzten Federstrich.

Zeittafel

1581
Die sieben nördlichen Provinzen der Spanischen Niederlande erklären als Republik der Vereinten Niederlande ihre Unabhängigkeit von Spanien.

1584
Am 10. Juli wird Prinz Wilhelm von Oranien, Generalstatthalter der Vereinten Niederlande, in Delft ermordet.

1595
In Amsterdam wird das Zuchthaus am Heiligeweg, das sogenannte Rasphuis, in Betrieb genommen.
In den Niederlanden wird eine kleine Handelsflotte von vier Schiffen für die erste Fahrt nach Ostindien ausgerüstet.

1602
Zur besseren Abwicklung des Überseehandels wird die Vereinigte Ostindische Kompanie gegründet.

1606
Am 15. Juli wird Rembrandt Harmenszoon van Rijn in Leiden geboren.

1619

Die Ostindische Kompanie gründet einen Verwaltungssitz in Batavia (früher und auch heute wieder: Jakarta) auf Java.

1631/32

Rembrandt zieht nach Amsterdam.

1637

Das sogenannte Tulpenfieber führt in den Niederlanden zu einem Börsencrash.

1646

Cornelis Bartholomeuszoon Suythof wird in Amsterdam geboren.

1648

Der Dreißigjährige Krieg findet mit dem Westfälischen Frieden ein offizielles Ende. In diesem Rahmen verzichtet Spanien auf alle Ansprüche gegen die Niederlande, die damit reichsgesetzlich als eigenständiger Staat calvinistischen Glaubens anerkannt werden.

1654

Rembrandts Tochter Cornelia wird in Amsterdam geboren und am 30. Oktober in der Oudekerk getauft.

1658

Nach dem Verkauf seines prachtvollen Hauses in der Jodenbreestraat bezieht Rembrandt ein bescheideneres Domizil in der Rozengracht.

1660

Rembrandt schließt mit seinem Sohn Titus und seiner Lebensgefährtin Hendrickje Stoffels, Cornelias Mutter, einen Vertrag, demzufolge er in ihrem Unternehmen angestellt ist.

1663

Hendrickje Stoffels stirbt.

1668

Rembrandts Sohn Titus heiratet am 10. Februar Magdalena van Loo.
Titus stirbt und wird am 7. September in der Westerkerk beigesetzt.

1669

Rembrandts Enkelin Titia, Tochter von Titus und Magdalena, wird am 22. März getauft.
Am 2. Oktober kommt der Antiquitätensammler Pieter van Brederode in die Rozengracht, um sich Rembrandts Antiquitäten- und Raritätensammlung anzusehen.
Rembrandt stirbt am 4. Oktober und wird am 8. Oktober in der Westerkerk beigesetzt.

1670

Cornelis Suythof und Cornelia van Rijn heiraten Anfang Mai in Amsterdam.

1672

Frankreich beginnt mit Hilfe seiner Verbündeten, unter ihnen England, einen Angriffskrieg gegen die Niederlande und marschiert in den Niederlanden ein.

1673

Cornelis Suythof und Cornelia wird auf Batavia ein Sohn geboren, der am 5. Dezember auf den Namen Rembrandt getauft wird.

1674

England schließt im Frieden von Westminster einen Separatfrieden mit den Niederlanden.

In Amsterdam erscheint das Buch *Klare Onderrichtinge der Voortreffelijcke Worstel-Konst* (Genaue Unterrichtung über die vortreffliche Ringkunst) des bekannten Begründers einer Ringkampfschule, Nicolaes Petter. In Wahrheit ist Robbert Cors, Schüler und Nachfolger des verstorbenen Petter, der Herausgeber des Buches.

1678

Cornelis Suythof und Cornelia wird ein zweiter Sohn geboren und am 14. Juli getauft auf den Namen Hendric (nach anderer Schreibweise Hendrick; in einigen Quellen wird statt des zweiten Sohnes eine Tochter namens Hendrickje erwähnt).

Am 10. August wird der Krieg zwischen Frankreich und den Niederlanden mit dem Frieden von Nijmwegen beendet.

NACH 1689

… gibt es keine Aufzeichnungen über Cornelis Suythof und Cornelia. Daher ist nicht bekannt, wann genau sie gestorben sind.

Nachwort des Autors

Rembrandt Harmenszoon van Rijn hat ein an Aufregungen und Schicksalsschlägen nicht gerade armes Leben geführt. Seine Bewunderer mögen mir verzeihen, daß ich ihn in weitere Kalamitäten gestürzt habe. Aber ein Roman über das Amsterdam der Rembrandt-Zeit, in dem Rembrandt nicht vorkommt, erschien mir wenig sinnvoll, und wenn schon Rembrandt, dann auch richtig!

Noch ein Wort an die Verehrer des großen Malers: Es liegt mir fern, sein Ansehen irgendwie zu verunglimpfen. Ich habe das Überlieferte genommen, zum Beispiel Rembrandts ausgeprägten und im Alter erneut zutage getretenen Hang zum Selbstbildnis, und mit dem Erfundenen vermischt.

Niemand wird den Charakter eines Menschen, der seit mehr als dreihundert Jahren tot ist, auch nur annähernd treffend schildern können. Es muß beim Bemühen bleiben, und in einem Roman darf die Phantasie zu ihrem Recht kommen. Wer sich aber ein wenig mit Rembrandts Leben auseinandersetzt, wird schnell zu der Erkenntnis gelangen, daß dieser Mann durchaus auch dunkle Seiten hatte. Licht und Schatten, hell und dunkel, waren wohl in seiner Persönlichkeit so ausgeprägt, wie sie es auch in seinen Werken sind. Ich habe mir die Freiheit genommen, dem Dunkel seines Charakters eine weitere Facette hinzuzufügen.

Die Welt des Malers, sein näheres Umfeld und das Amsterdam des sogenannten Goldenen Zeitalters der Niederlande, habe ich in wesentlichen Zügen der Historie entsprechend geschildert, von den weltumspannenden Aktivitäten der Ostindischen Kompanie über den Ringkampflehrer Robbert Cors, einen frühen Verfechter der waffenlosen Selbstverteidigung, bis hin zum Rasphuis, das in dieser Geschichte eine wichtige Rolle spielt. Auch die Folter im Wasserhaus entspringt nicht meiner Erfindungsgabe, sondern wird in mehreren Reiseberichten aus dem siebzehnten Jahrhundert erwähnt. Der Historiker Simon Schama, dessen umfassende und erhellende Werke über das Amsterdam des Goldenen Zeitalters (»Überfluß und schöner Schein«) und über Rembrandt (»Rembrandts Augen«) ich jedem ans Herz legen möchte, der sich intensiver mit Rembrandt und seiner Zeit befassen will, erörtert die von anderen Historikern vertretene Theorie, der zufolge es sich bei dem Wasserhaus um einen frühen Großstadtmythos handelt, so beeindruckend, daß sich möglicherweise so gut wie jeder schriftstellernde Amsterdamreisende verpflichtet fühlte, diesen in sein Werk aufzunehmen. Schama kommt zu dem Ergebnis, daß eine Existenz des Wasserhauses wahrscheinlicher ist als eine reine Legende. Ob Wahrheit oder nicht, für einen Romanautor ist es auf jeden Fall eine tolle Geschichte.

Eine tolle Geschichte – so wird mancher vielleicht den gesamten Roman beurteilen und sich fragen: Kann eine Farbe den Menschen zum Wahnsinn treiben? Ich will nicht behaupten, daß die von mir geschilderte Handlung sich wirklich so hätte zutragen können, möchte aber anmerken, daß Yves Klein, der sein kurzes Leben (1928–1962) der Arbeit an monochromen Bildern gewidmet und sich schließlich ganz auf die Farbe Blau

konzentriert hat, der Ansicht war, die von ihm kreierte Farbmischung »International Klein Blue« (IKB) habe eine bewußt-
seinsverändernde Wirkung. Und Rembrandt selbst soll davor
gewarnt haben, zu nahe an seine Bilder heranzugehen – mit der
Begründung, das könne schädlich sein.

Jörg Kastner
www.kastners-welten.de